Ellin Carsta

Das Unrecht der Väter

TINTE & FEDER

Das Buch

Bernried am Starnberger See, 1936: Paul-Friedrich von Falkenbach und die Brüder Lehmann stehen für Erfolg. Drei Freunde, die zusammen im Ersten Weltkrieg gedient haben und deren Verbindung so stark ist, dass sie ihre Firmensitze zusammengelegt haben und schon seit Jahren gemeinsam die Geschäfte betreiben.

Während die Söhne der Lehmanns bereits in deren Firmen eingestiegen sind, kann sich Gustav von Falkenbach nur schwer vorstellen, in die Fußstapfen seines Vaters zu treten, schließlich steht er kurz davor, sein Medizinstudium abzuschließen. Auch seine Schwester Wilhelmine ist dabei, ihren eigenen Weg zu finden und sich eine politische Meinung zu bilden, während die Nazis im Land und im Umfeld der Familien immer mehr an Einfluss gewinnen.

Als die Tochter eines Kriegskameraden auf Gut Falkenbach auftaucht, um Fragen zum rätselhaften Tod ihres Vaters zu stellen, versuchen die drei Männer alles, um ein altes Geheimnis verborgen zu halten.

Die Autorin

Ellin Carsta ist das Pseudonym der deutschen Autorin Petra Mattfeldt, die zusammen mit ihrem Mann und ihren drei Kindern in der Nähe von Bremen lebt. Alle Fans ihrer »Hansen-Saga« können sich über eine neue Familiensaga aus ihrer Feder freuen.

Weitere Informationen zur Autorin finden Sie unter www.petramattfeldt.de.

Ellin Carsta

Das Unrecht der Väter

Die Falkenbach-Saga

Roman

Tinte & Feder

Deutsche Erstveröffentlichung bei
Tinte & Feder, Amazon Media EU S.à r.l.
38, avenue John F. Kennedy, L-1855 Luxembourg
November 2020

Umschlaggestaltung: bürosüd° München, www.buerosued.de
Umschlagmotiv: © Sk_Advance studio © Matthew Moloney
© Boris Ryaposov © antpkr © Potapov Alexander © watin © Elenamiv
© mije_shots © romakoma / Shutterstock
1. Lektorat: Silvia Kuttny-Walser
2. Lektorat: Diana Schaumlöffel
Korrektorat: Gisela Wunderskirchner / Angelika Wiedmaier
Gedruckt durch:
Amazon Distribution GmbH, Amazonstraße 1, 04347 Leipzig /
Canon Deutschland Business Services GmbH, Ferdinand-Jühlke-Straße 7,
99095 Erfurt /
CPI books GmbH, Birkstraße 10, 25917 Leck

ISBN 978-2-49670-260-6

www.tinte-feder.de

Für Ulrich, Ciara, Alin,
Uli, Lianne und Franz!
Euch brauche ich, um etwas
vollkommen Neues entstehen
zu lassen.
Ich danke euch!

Deutschland im Jahr 1920

In der Nähe von Gut Falkenbach bei Bernried

Prolog

Die Rinde des Methusalem-Baums war feucht und rutschig. Ganz langsam robbte Leopold auf dem Bauch weiter voran und umklammerte mit Armen und Beinen den dicken Ast der riesigen Buche, von dem es gute fünf Meter in die Tiefe ging. Seine Hände zitterten ein wenig, doch das sollten die anderen nicht sehen.

»Wir glauben es dir ja, Leopold! Komm jetzt zurück.« Angst lag in der Stimme seines Cousins Ferdinand.

»Mach schon!«, drängte auch Gustav. »Du hast gewonnen, Leo. Komm wieder zu uns.« Gustav bereute es schon, dass er Leopold auf die Feder aufmerksam gemacht hatte, die der über ihnen kreisende Falke verloren hatte und die ganz am Ende des Astes liegen geblieben war.

Doch Leopold ließ sich nicht beirren. Er war mit seinen elf Jahren der älteste der drei Buben und würde den beiden anderen schon zeigen, dass er sich ganz bis ans Ende des Astes wagte, um die Feder zu holen. Wirklich wohl war ihm zwar nicht dabei, doch das würde er keinesfalls zugeben. Die uralte Buche war beeindruckend hoch und die Böschung darunter tief abfallend. Zudem fürchtete er sich vor der Reaktion seiner Mutter, wenn diese später seine zerrissene und verschmutzte Kleidung zu sehen bekam.

Sie waren alle drei auf den Baum geklettert. Doch nur er würde sich weiter vorwagen und diese verflixte Feder holen.

Niemand sollte ihm nachsagen, er hätte gekniffen. Wie eine Raupe bewegte er sich auf dem dicken Ast vorwärts, und es war nur noch ein kleines Stück bis zu dessen Ende, wo er die Feder zu fassen bekäme.

Es begann zu nieseln, und Leopold musste die Augen zusammenkneifen. Kleine Tropfen hingen in seinen Wimpern, die er mit dem Handrücken abstreifen wollte. Doch kaum hatte er die Hand gehoben, verlor er fast das Gleichgewicht und klammerte sich eilig wieder am Ast fest. Er wartete einen Moment, dann streckte er abermals die Hand aus und griff rasch nach der Feder. Mit einem Jubelschrei hielt er sie hoch, damit die anderen sie sehen konnten, verlor dann aber tatsächlich das Gleichgewicht und fasste hastig nach, um auf dem rutschigen Ast erneut Halt zu finden.

»Pass auf!«, brüllte Gustav erschrocken, und Leopold versuchte hektisch, sich wieder festzuklammern. Doch er konnte nicht verhindern, dass er immer weiter in Schieflage geriet und schließlich seitlich herunterglitt, sodass er wie ein kleiner Affe am Ast hing und nicht mehr vor und zurück konnte.

»Halt dich gut fest!«, rief nun auch Ferdinand, der Leopold auf dem Ast hinterherkroch, um seinem Cousin zu Hilfe zu kommen.

Als er ihn erreichte, versuchte er mit allen Kräften, ihn irgendwie zu stützen, sodass Leopold wieder nach oben auf den Ast klettern konnte. Doch vergeblich. Kaum hatte er sich ein paar Zentimeter nach oben gequält, glitt Leopold auch schon wieder zurück. Es war zum Verzweifeln.

»Versuch dich wieder hochzuziehen!«, schrie Gustav.

Doch sosehr Leopold sich auch bemühte, er wurde immer schwächer. Lange würde er sich nicht mehr festklammern können.

»Halt noch ein bisschen aus!«, rief Ferdinand ihm zu, kroch eilig rückwärts, kletterte dann von dem dicken Ast auf den darunter, der jedoch um einiges schmaler war und bestenfalls Ferdinand, nicht aber auch noch Leopold würde tragen können, sollte dieser herabstürzen. Mit dem Mut der Verzweiflung balancierte Ferdinand den Ast entlang, bis er an die Stelle gelangte, wo Leopold direkt über ihm hing. Sollte dieser den Halt verlieren, würde er im Fallen unweigerlich Ferdinand mit in die Tiefe reißen.

»Was hast du vor?« Gustav klang verzweifelt.

Ferdinand streckte seine linke Hand in Gustavs Richtung aus. »Halt mich fest! Ich werde Leo hochdrücken, damit er zurück auf den Ast kommt.«

»Das schaffst du nicht. Du wirst selbst herunterfallen.«

»Halt mich!«, forderte Ferdinand noch einmal. Sofort ergriff Gustav Ferdinands ausgestreckte Linke und gab ihm so tatsächlich Halt, hatte aber dabei alle Mühe, nicht selbst seitlich abzurutschen.

»Auf drei!«, rief Ferdinand. »Eins, zwei, drei.« Er drückte Leopold mit ganzer Kraft hinauf, sodass dieser sich ein Stück weit hochhangeln konnte. Hektisch suchte Leopold nach einem besseren Halt, bekam einen dünneren Ast zu fassen und zog sich selbst wieder hinauf. Ferdinand geriet ins Wanken und stieß einen kurzen Schrei aus. Dann löste er seine Hand aus Gustavs Griff und ließ sich unsanft auf den Ast unter ihm plumpsen, der bedrohlich knackte. Eine Sekunde lang bewegte sich keiner von ihnen. Doch für den Moment schienen sie einigermaßen sicher.

»Und jetzt ganz langsam zurück!«, befahl Gustav und robbte rückwärts, gefolgt von Leopold und Ferdinand auf dem Ast darunter. Ohne ein weiteres Wort erreichten sie schließlich den Stamm und kletterten nacheinander daran hinunter, bis sie wieder auf sicheren Füßen standen. Erleichtert ließen sie sich zu Boden fallen, eine Weile bewegten sie sich nicht, dann rappelten sie sich mühsam und mit schmerzverzerrten Gesichtern wieder auf.

Einen Augenblick lang starrten sie sich nur an. Ihre ganze Kleidung war verdreckt, und sie hatten diverse Abschürfungen an den Händen und im Gesicht. Doch endlich brach sich die Erleichterung Bahn, sie lachten und lachten und konnten sich gar nicht mehr beruhigen.

»Seht ihr.« Leopold hielt triumphierend die Feder hoch. »Ich hab doch gesagt, dass ich sie mir hole.«

Die anderen beiden hielten kurz inne. Dann grinste Leopold, und sie brachen wieder in Gelächter aus. An das Donnerwetter, das sie zu Hause erwartete, mochte noch keiner von ihnen denken.

München, Juli 1936

Anwesen der von Falkenbachs bei Bernried am Starnberger See

1. Kapitel

Das Geschehene vergessen zu können, ist ein Geschenk des Himmels.

Paul-Friedrich von Falkenbach

»Ich möchte das Glas erheben!«, kündigte Paul-Friedrich von Falkenbach an und erhob sich von seinem Stuhl, wobei er sich bemühte, auf seiner Beinprothese festen Stand zu finden. Das Streichquartett, das am Ende des Saals platziert war und mit leichten Melodien zur Unterhaltung beitrug, spielte einen Tusch und verstummte dann ebenso wie alle anderen im Saal, die nun ihre Blicke zur Stirnseite der Tafel wandten.

»Fünfzehn Jahre ist es nun her«, fuhr Paul-Friedrich von Falkenbach fort, »dass wir hier auf dem Anwesen, das schon seit über einem Jahrhundert im Besitz meiner Familie ist, die neuen Fabriken eingeweiht und unsere gemeinsame Arbeit aufgenommen haben. Und ich könnte mich nicht glücklicher schätzen, denn der Entschluss, unsere tiefe Freundschaft mit dem Geschäftlichen zu verbinden, fiel auf den fruchtbarsten Boden,

den man sich vorstellen kann.« Er machte eine Geste zu den beiden Männern an seinem Tisch. »Meine Freunde Wilhelm und Heinrich Lehmann sind für mich wie Brüder, und wir alle sind heute zusammengekommen, um das Jubiläum unserer Firmen zu feiern und darauf anzustoßen, dass das Glück den Lehmanns und den von Falkenbachs erhalten bleiben möge, damit wir unser Lebenswerk dereinst an unsere Söhne und Sohnessöhne übergeben können. Willi, Heinrich«, er erhob das Glas, worauf die Angesprochenen ebenfalls aufstanden, »unsere Freundschaft brachte uns zusammen. Unser Geschäftssinn trieb uns an, unsere Erfolge werden uns in die Zukunft tragen. Auf uns und unsere Familien! Prost und Heil Hitler!«

»Prost und Heil Hitler!«, riefen die gut zweihundert geladenen Gäste an der festlich gedeckten Tafel.

Paul-Friedrich und Heinrich nahmen wieder Platz; dessen älterer Bruder Wilhelm blieb stehen.

»Vielen Dank, teurer Freund«, sagte er, an Paul-Friedrich von Falkenbach gewandt. »Ich spreche für mich ebenso wie für meinen Bruder Heinrich« – der quittierte es mit einem Nicken –, »wenn ich hier vor unseren Familien, Freunden und Kollegen meinen tief empfundenen Dank an dich richte. Du warst es, der damals den Einfall hatte, unsere Unternehmen neu aufzubauen, und zwar genau hier, auf Gut Falkenbach, deinem eigenen Grund und Boden. Unsere Geschäfte waren zuvor durchaus einträglich, doch erst durch diesen großen Schritt und deine Hilfe gelang es uns, meiner Topf- und Heinrichs Porzellanfabrik zu geradezu schwindelerregendem Aufschwung zu verhelfen, der in unserem schönen Deutschen Reich dann in einer wirtschaftlichen Blüte gipfelte, die keiner von uns für möglich gehalten hätte.« Er hob das Glas. »Ich möchte alle Anwesenden bitten, sich zu erheben.« Er ließ seinen Blick durch den Saal schweifen, wo sogleich alle seiner Aufforderung eilig folgten und ebenfalls ihre Gläser zur Hand nahmen. Wilhelm sah Paul-Friedrich an, den Einzigen, der noch saß, und auf den nun alle Augen gerichtet waren. »Auf unsere weiteren gemeinsamen Erfolge, vor allem aber auf die Gesundheit und unsere Familien. Paul-Friedrich von Falkenbach – er lebe drei Mal hoch!«

»Hoch!«, rief die Festgesellschaft zurück.

»Er lebe hoch!«

»Hoch!«, erklang zum zweiten Mal die Antwort.

»Er lebe hoch!«, begeisterte Wilhelm sich nun ein drittes Mal, was von den Gästen erneut mit einem »Hoch!« erwidert wurde.

»Heil Hitler!«, schloss Wilhelm.

»Heil Hitler!«, schallte der Ruf zurück, und das Quartett spielte wieder einen Tusch. Dann prosteten sich alle zu und setzten sich wieder. Heinrich Lehmann nickte seinem Bruder zu, um ihm zu zeigen, dass der mit seinen Worten alles ausgedrückt hatte, was auch ihm am Herzen lag.

»Ich danke dir, mein Freund«, sagte Paul-Friedrich nun zu Wilhelm und richtete den Blick dann auf Gustav. »Und eines Tages, mein Sohn, »wenn du dein Medizinstudium beendet hast und nach Gut Falkenbach zurückkehrst, werde ich all das, was ich besitze, ganz nach Altväter Sitte an dich übergeben.«

Gustav rollte innerlich mit den Augen. Er hasste die Redewendungen seines Vaters, die dieser zu jeder passenden und unpassenden Gelegenheit benutzte. Statt jedoch darauf einzugehen, entgegnete er nur: »Bis zur Bestallung als Arzt geht ja noch einige Zeit ins Land.«

Paul-Friedrich wollte etwas erwidern, doch seine Frau Dorothea legte ihm lächelnd und mit einer anmutigen Geste die Hand auf den Unterarm. »Der Junge wird seinen Weg schon finden, Paul.«

»Gewiss, meine Liebe. Doch die Zeit verfliegt rascher, als man glaubt«, stellte er fest und trank einen Schluck. »Wenn ich bedenke, dass wir heute dieses fünfzehnjährige Jubiläum feiern, kann ich es selbst kaum fassen. Und ich bin glücklich darüber, so viel an meine Kinder übergeben zu können, wenn der Tag einmal kommt.«

»Danke, Vater«, sagte Gustav, obwohl er gar nicht daran denken mochte, dass er schon bald sein Studium in Berlin abschließen würde und nach Bernried zurückkehren musste. Noch vor drei Jahren war alles anders gewesen. Da hatte er es gar nicht erwarten können, nach Hause an den Starnberger See zurückzukehren. Aber da hatte er auch noch geglaubt, dass in Bernried eine wunderbare Zukunft mit Irma auf ihn wartete. *Irma.* Unauffällig hob er den Blick und sah zu ihr hin. Sie schien ihm nicht mehr so hübsch wie früher. Zwar trug sie ihre langen, glatten Haare noch immer so streng hochgesteckt wie damals. Auch ihre Haut war noch so zart und blass, fast wie Porzellan, was ihr, zusammen mit der zierlichen Figur und der Größe von knapp einem Meter sechzig, etwas Puppenhaftes verlieh. Doch an Leopolds Seite hatte sie die einstige fröhliche Ausstrahlung fast vollständig eingebüßt. Sie war schon wieder schwanger, und dem Umfang ihres Bauches nach zu schließen, würde es nicht mehr lange bis zur Niederkunft dauern. Dabei war ihr erstes Kind gerade einmal ein Jahr alt. Entsprechend abgehärmt wirkte Irma schon jetzt. Wie würde es ihr wohl erst mit einem weiteren Kind ergehen? Ihr Ehemann Leopold hingegen wirkte frisch und voller Tatendrang; seine dunklen Haare waren wie immer glatt zurückgekämmt und mit reichlich Pomade fixiert, sodass man von der Naturwelle nichts sah. Gustav verzog das Gesicht. Wer glaubte dieser Kerl denn zu sein? Rudolph Valentino etwa? Wie einen Bruder hatte er diesen Mann einmal geliebt. Auch wenn er ihm gesagt hatte, dass er ihm die Sache mit Irma verzieh, wusste er doch tief im Innern, dass es gelogen war. Irma war mit Gustav verlobt gewesen, und das hätte Leopold respektieren müssen. Und die Tatsache, dass sein eigener Vater von ihm verlangt hatte, um des lieben Friedens willen einfach über die Angelegenheit hinwegzugehen, machte es noch schlimmer für Gustav. Er konnte nicht eine Sekunde lang nachvollziehen, weshalb sein Vater, der sonst stets über alle Maßen auf korrektes Benehmen achtete, einfach alle seine Bedenken, ja sogar seine Werte über den Haufen warf, sobald es um die Familie Lehmann ging. Sie waren Geschäftspartner, ja. Doch gab es ihnen, vor allem aber ihren Söhnen das Recht, sich alles Mögliche herauszunehmen? Mit Ferdinand, dem Sohn von Heinrich Lehmann, kam Gustav gut zurecht. Er würde eines Tages die Porzellanfabrik seines Vaters übernehmen. Übernehmen *müssen*, um genau zu sein. Denn Ferdinand und Gustav erging es ganz ähnlich: Keiner von beiden wollte das, was ihre Väter – und in Gustavs Fall auch Groß- und Urgroßväter – geschaffen hatten, weiterführen. Ferdinand hatte schon in seiner Kindheit mit großer Leidenschaft und erstaunlichem Talent gezeichnet und gemalt. Er hatte einen ganz besonderen Blick für Motive. Wann immer er etwas sah, das ihm in Form, Farbe oder Art außergewöhnlich erschien, holte er Kohlestift und Block hervor und zeichnete es. Seine Mutter Käthe hatte oft mit ihm geschimpft, weil seine Hände von dem Kohlestift meist ganz schwarz gewesen waren und auch seine Kleidung ihren Teil abbekommen hatte. Gustav fragte sich, wie viel Zeit Ferdinand sich heute eigentlich noch für seine künstlerische Arbeit nahm. Sie hatten sich lange nicht mehr in Ruhe unterhalten, und Gustav wusste nicht, ob Ferdinand noch immer zu dem kleinen Anlegesteg am Starnberger See hinunterging, an den ein Teil von Gut Falkenbach grenzte, um dort zu sitzen und zu zeichnen, oder ob er stattdessen seine Tage nur noch in der Porzellanfabrik seines Vaters Heinrich verbrachte, um seinen Pflichten nachzukommen und gelegentlich ein lobendes Wort oder eine Anerkennung seines Vaters zu erhalten. Heute hatte Ferdinand sich offenbar etwas von der Pomade seines Cousins Leopold stibitzt, denn seine kurzen, gelockten und immer etwas zerzausten Haare waren für das Fest streng zurückgekämmt, was ihn und Leopold nicht wie Cousins, sondern eher wie Brüder wirken ließ. Nur die eine vorwitzige Strähne, die Ferdinand stets ins Gesicht fiel, hatte sich von der Pomade nicht bändigen lassen, sondern klebte ihm nun starr an der Stirn.

Ferdinand war jetzt vierundzwanzig, zwei Jahre jünger als Gustav, und hatte erst vor wenigen Wochen Elisabeth geheiratet. Die beiden wirkten sehr verliebt. Vor allem Elisabeth schien geradezu an den Lippen ihres frischgebackenen Ehemannes zu hängen, wenn er etwas erzählte, und auch die Blicke, die sie ihm zuwarf, sprachen Bände. Gustav konnte nur hoffen, dass seine eigene Frau Clara, mit der er jetzt seit knapp einem Jahr verheiratet war, ebenso für ihn empfand wie Elisabeth für ihren Ferdinand. Ganz sicher war er sich da nicht, vor allem weil sie von der Geschichte mit Irma wusste und Gustav ihr anmerken konnte, dass Irma ihr ein Dorn im Auge war. Immer schwang ein wenig Eifersucht mit, wenn das Gespräch auf sie kam. Gustav sah nach rechts zu Clara, die gerade höfliche Konversation mit ihrem Tischnachbarn betrieb. Sie schien seinen Blick gespürt zu haben, denn sie wandte ihm den Kopf zu.

»Alles in Ordnung, mein Lieber?«, fragte sie höflich und lächelte ihn an.

»Gewiss.« Mehr sagte Gustav nicht. Es hätte auch keinen Sinn gehabt, Clara zuzuflüstern, wie sehr ihm das Verhalten seines Vaters, ja diese ganze Jubiläumsfeier auf die Nerven ging. Sie hätte ihn nicht verstanden. Clara war ehrgeizig und stets darauf bedacht, Gustavs Eltern zu gefallen. Wenn es nach ihr ginge, würde sie mit Gustav lieber heute als morgen aus Berlin fortgehen und nach Bernried umziehen. Manchmal fragte Gustav sich sogar, ob Clara sich ihm auch ohne das »von« vor seinem Nachnamen so bereitwillig zugewandt hätte. Sie war eine echte Schönheit und hätte vermutlich jeden haben können. Ihre Eltern waren bereits vor Jahren verstorben, wie

Clara ihm erzählt hatte, sie war als Einzelkind aufgewachsen und hatte sonst niemanden auf der Welt. Als sie sich vor knapp eineinhalb Jahren kennenlernten, hatte Gustav nach der Enttäuschung wegen Irma zu viel getrunken und seine Zeit weniger mit dem Medizinstudium, sondern eher mit dem Umherziehen im Berliner Nachtleben verbracht. Er war in einem nicht gerade vorzeigbaren Zustand gewesen, als er Clara das erste Mal begegnet war. Ein Freund hatte die beiden miteinander bekannt gemacht, und schon nach vier Monaten hatte Gustav Clara gefragt, ob sie seine Frau werden wolle. Sie hatte keinen Moment gezögert. Gegen jeden Standesdünkel hatten sie sich in Berlin, ohne die Familie und nur im Beisein einer Handvoll Freunde und Kommilitonen, das Jawort gegeben – sehr zum Bedauern von Gustavs Mutter, die sich gefreut hätte, die Hochzeit für ihren Sohn ausrichten zu dürfen, ganz so, wie es in der Familie von Falkenbach üblich war. Inzwischen fragte Gustav sich, wie es um Claras wahre Gefühle für ihn stand und ob es wirklich Liebe war, die sie verband. Vielleicht war es richtig gewesen, sie zu heiraten, vielleicht auch falsch. Aber nun war es eben so, und er musste damit leben, genau wie sie. Clara wünschte sich natürlich Kinder, wie wohl jede Frau, doch bisher deutete sich keine Schwangerschaft an, wofür Gustav insgeheim recht dankbar war. Ein Familienzuwachs hätte ihn nur dazu gezwungen, sofort nach den Abschlussprüfungen Berlin zu verlassen und in das *Gefängnis* von Gut Falkenbach zurückzukehren. Seine Kommilitonen, die klugen Gespräche und den Austausch über die politische Lage – all das hätte er hinter sich lassen müssen. Vor allem aber hätte er sich wieder unter die Fittiche seines Vaters begeben müssen, der ihm in aller Deutlichkeit zu verstehen gegeben hatte, was er von Gustav erwartete: Sein Sohn sollte keinesfalls den ganzen Tag damit verbringen, *Arzt zu spielen*, wie er es nannte. Ein von Falkenbach hatte Ländereien zu verwalten und in regelmäßigen

Abständen Treibjagden abzuhalten. Vor allem aber sollte er die Pferdezucht, die Paul-Friedrich schon seit Jahren betrieb, weiter ausbauen. Dabei konnte Gustav den Pferden, ganz im Gegensatz zu seiner Schwester Wilhelmine, nicht das Geringste abgewinnen. Doch das schien seinen Vater nicht zu interessieren. Ebenso wenig tangierte es ihn, dass Gustav überhaupt nur seinetwegen mit dem Medizinstudium begonnen hatte, über das er nun so abfällig sprach.

Seit der Rückkehr des Vaters aus dem Krieg, in dem er sein linkes Bein verloren hatte, litt er unter sogenannten Phantomschmerzen, was bedeutete, dass Paul-Friedrich etwa Muskelkrämpfe im linken Bein zu spüren glaubte, obwohl er dieses Bein gar nicht mehr hatte. Hinzu kamen die ständigen Wundschmerzen, die ihn belasteten. Als Gustav mit dem Medizinstudium begonnen hatte, war er fest davon überzeugt gewesen, dass er ein Medikament dafür entwickeln könnte und nur genug Fachwissen bräuchte, um diesen Plan in die Tat umzusetzen. Doch in Wahrheit entfernte er sich immer mehr von diesem Vorhaben. Denn das Verhältnis zu seinem Vater hatte sich im Lauf der Zeit verschlechtert, erheblich verschlechtert sogar, was nach Gustavs Empfinden vor allem daran lag, dass sein Vater sich stark verändert hatte.

Damals, als Paul-Friedrich und die Lehmann-Brüder aus dem Krieg heimkehrten, war das durchaus verständlich gewesen. Während man die Lehmanns eingezogen hatte, hatte Paul-Friedrich sich freiwillig gemeldet, um seinem Vaterland zu dienen, wie er es ausgedrückt hatte. Und trotz des entsetzlichen Verlusts seines Beins stand er unerschütterlich zu dieser Entscheidung. Paul-Friedrich und die Lehmann-Brüder hatten in derselben Einheit gedient und Freundschaft geschlossen. Gustav fand es durchaus bewundernswert – so wie viele andere es ebenfalls taten –, dass die Männer ihre Freundschaft nach dem Krieg fortsetzten und in der Heimat etwas Gemeinsames aufbauten. Doch während Paul-Friedrich anfangs zwar von den Kriegserlebnissen gezeichnet, aber immer noch der gute Mensch und Vater war wie zuvor, war er mit den Jahren immer unzufriedener, ja geradezu übellaunig geworden. Niemand schien ihm etwas recht machen zu können, außer vielleicht Gustavs Mutter Dorothea, die Paul-Friedrich aufrichtig liebte und deren Worten er Bedeutung beimaß. Ganz anders als bei Gustav oder dessen Schwester Wilhelmine, wenngleich diese noch mehr als ihr älterer Bruder vom Vater geschätzt wurde. Womöglich lag es auch nur daran, dass Wilhelmine so selten aufbegehrte, während ihr Bruder des Öfteren mit dem Vater aneinandergeriet. Gustav glaubte, dass die Wesensveränderung, die sein Vater durchmachte, in hohem Maße mit den Tabletten zusammenhing, die er wegen seiner Schmerzen tagtäglich zu nehmen hatte.

Bei jeder weiteren Auseinandersetzung mit dem Vater spürte Gustav, dass sein Ehrgeiz, ein sehr guter Arzt zu werden, langsam, aber sicher schwand. Er hatte ein Medikament entwickeln wollen, das dem Leiden des Vaters Linderung brachte und ihm nicht, wie die immer weniger wirkenden Schmerzmittel, aufs Gemüt schlug. Vor allem aber fragte er sich, wie er mit diesem Mann zusammenleben sollte, wenn es ihm nicht gelang, dieses neue Medikament zu entwickeln, das dem Vater echte Hilfe brachte.

Gerade wurden die Türen zum großen Saal geöffnet, und Hans, der Haushofmeister der von Falkenbachs, trat ein und gab den hinter ihm heraneilenden Dienstmädchen den Weg frei, damit diese die riesigen Platten mit geschmortem Wild zu der langen Tafel herüberbringen konnten. Dahinter kamen weitere Mädchen mit Schalen voll köstlich duftendem Gemüse und goldgelb glänzenden Herzoginkartoffeln herein, die sie nun gleichmäßig verteilten. Paul-Friedrich hatte angeordnet, anders als bei solchen Gesellschaften üblich, auf die Vorspeise zu verzichten, um die geladenen Gäste so üppig wie möglich mit dem Wildbret zu versorgen, das für den heutigen Anlass im Forst der Falkenbachs erlegt worden war. Gustav bezweifelte, dass es dem Vater darum ging, sich besonders großzügig zu zeigen. Vielmehr schien es Paul-Friedrich wichtig zu sein, dass niemandem im Saal entging, welcher Reichtum auf Gut Falkenbach herrschte. Nur dafür schien sein Vater sich zu interessieren.

»Das sieht ja einfach köstlich aus«, meinte Clara begeistert, als die Schalen und Platten vor ihnen auf dem Tisch abgestellt wurden. »Ich muss schon sagen, liebe Dorothea, du und Paul-Friedrich habt euch zu diesem wunderbaren Anlass selbst übertroffen«, wandte sie sich nun an ihre Schwiegereltern.

»Tatsächlich war es der Einfall meines Mannes«, erklärte Dorothea lächelnd, freute sich aber sichtlich über das Kompliment der Schwiegertochter. »Ich hätte lieber eine Suppe vorweg serviert und danach bereits angerichtete Teller. Doch Paul-Friedrich bestand darauf, dass große Platten aufgetragen werden, damit unsere Gäste nach Herzenslust nachlegen können.«

»Wir haben schließlich nur einmal unser fünfzehnjähriges Jubiläum«, erklärte Paul-Friedrich. »Bitte«, rief er nun laut in den Saal, »greift zu, liebe Freunde, greift zu! Hier auf Gut Falkenbach ist es übrigens verboten, das Besteck beiseitezulegen, wenn man sich nicht mindestens dreimal nachgelegt hat«, scherzte er, was die Gäste mit Schmunzeln und Lachen quittierten.

»Das ist ganz in meinem Sinn«, prahlte Leopold nun, worauf Gustav die Augenbrauen hob und leicht den Kopf schüttelte. Irma schien es bemerkt zu haben, denn sie senkte peinlich berührt den Blick. Offenbar war ihr das Verhalten ihres Mannes unangenehm.

»Reichst du mir bitte das Gemüse?«, bat Clara, und Gustav errötete, denn seine Frau schien sehr wohl registriert zu haben, dass sein Blick einen Moment zu lange auf seiner früheren Verlobten geruht hatte.

»Aber natürlich.« Eilig griff Gustav nach der Schüssel.

»Vielen Dank.« Sie nahm sich einen Löffel voll, sichtlich darauf bedacht, ihren Teller nicht zu sehr zu füllen. Auch wenn Clara ihm nicht viel über ihre Kindheit erzählt hatte, vermutete Gustav doch, dass sie recht streng erzogen worden war. Zumindest schien sie sich gewandt auf dem gesellschaftlichen Parkett zu bewegen, was seiner Mutter Dorothea gleich beim ersten Kennenlernen aufgefallen war. Anders als bei den Lehmanns, die erst durch die gemeinsamen Geschäfte auf Gut Falkenbach vermögend geworden waren, merkte man Clara mit jeder Geste und der ganzen Art, wie sie sich gab, an, dass sie aus gutem Haus stammte und es gewohnt war, sich in einem wohlhabenden Rahmen zu benehmen. Sie hatte diesen Hauch von Arroganz, den man, wie Gustavs Großmutter früher immer behauptet hatte, bei den Neureichen vergeblich suchte. Gustav hatte sich nie für Themen wie Herkunft und Klassenzugehörigkeit interessiert, doch wenn er die Familie Lehmann so betrachtete, hatte er das Gefühl, dass in den Worten seiner Großmutter viel Wahres steckte.

»Und, Gustav«, sprach Leopold ihn jetzt an, »wie lange braucht der Herr Medizinalrat fürs Studium noch?« Er grinste breit, und Gustav hätte ihm in diesem Moment am liebsten ins Gesicht geschlagen.

»Warum? Hast du dir etwas eingefangen?«

»Gustav!« Dorothea von Falkenbach stieß einen Zischlaut aus.

»Was denn?«, tat Gustav unschuldig. »Zurzeit geht doch die Grippe um. Woran dachtest du denn, Mutter?«

Dorothea errötete, Irma starrte beschämt zu Boden, doch Wilhelmine sprang ihm zur Seite: »Ich glaube ja, mein Bruder wird mal ein ganz hohes Tier in der Medizin.«

»Ach ja?« Gustav war ehrlich überrascht, solche Worte aus dem Mund seiner kleinen Schwester zu hören, die sich mit so ziemlich allem beschäftigte, nur nicht mit ernsten Themen und dem überfälligen Erwachsenwerden.

»Aber sicher. Wusstest du das nicht?« Sie lächelte ihn an, doch Gustav war nicht sicher, ob es ernst gemeint war. Wilhelmine war für ihn ein Fähnlein im Wind, sie wechselte ihre Ansichten und Überzeugungen je nachdem, wer sie in der Woche ausführte und ihr den Hof machte. Dass die Eltern sich dies schon eine ganze Weile kommentarlos ansahen und nicht eingriffen, überraschte Gustav, doch er gönnte seiner Schwester die kurze Zeit der Freiheit, die ihr noch blieb, bevor sie irgendeinem jungen Erben einer reichen Familiendynastie zur Frau bestimmt wurde. Auch wenn Wilhelmine bisher glaubte, diesbezüglich ein Mitspracherecht zu haben, wusste Gustav es besser. Sie war nur deshalb noch nicht verheiratet, weil Maximilian, ein Sohn aus der Familie von Leuffenburg und damit in den Augen Dorotheas und Paul-Friedrichs die richtige Partie für ihre Tochter, sich bis dato nicht interessiert zeigte. So nahmen sie es hin, dass Wilhelmine sich von anderen jungen Männern ausführen ließ, allerdings immer nur so lange, bis die Tochter zu viel von einer bestimmten Person sprach. Dann untersagten sie ihr den weiteren Kontakt, um sicherzustellen, dass Wilhelmine sich nicht in etwas verrannte und zu dem Zeitpunkt, wenn Maximilian von Leuffenburg Interesse bekundete, womöglich Schwierigkeiten machte. Natürlich hatte Wilhelmine diese Taktik längst durchschaut, und deshalb log sie auch, was ihre Bekanntschaft zu einem ganz bestimmten jungen Mann anging. Rudolph Gschwendner war trotz seiner gerade mal vierundzwanzig Jahre bereits Zellenleiter. Er kümmerte sich um die Verwaltung von acht Blöcken und schien erpicht darauf, zum Ortsgruppenleiter aufzusteigen. So wie Gustav ihn einschätzte, würde es ihm wohl auch gelingen, und sogar die Stelle des Gauleiters, der Hitlers direkter Weisung unterstand, würde er mit seiner zielstrebigen Art vermutlich in nicht allzu ferner Zukunft einnehmen. Gustav stand Rudolph eher kritisch gegenüber, wenngleich er seine gedanklichen Ansätze durchaus lobenswert fand. Es war auch nicht Rudolphs Art, die ihn schreckte, wenn dieser mit Ordnung und Disziplin die Menschen in seiner Umgebung von der Idee des totalen Befehlsgehorsams zu überzeugen versuchte. Gustav wusste einfach nicht, was er vom Führer selbst zu halten hatte, und ob die, die seine Überzeugungen unter das Volk trugen, die Lage gänzlich erfassen konnten. Dennoch konnte er sich Rudolph durchaus als seinen Schwager vorstellen, auch wenn Gustav nicht einen Moment lang annahm, dass es wirklich dazu käme. Sosehr seine Eltern auch an die Ziele der Nationalsozialisten glaubten und stets eiligst um Ruhe baten, wenn Reden von Goebbels oder dem Führer selbst über den Rundfunkempfänger übertragen wurden, standen sie doch einigen Äußerungen kritisch gegenüber. Nicht so sehr allerdings wie viele von Gustavs Bekannten in Berlin, wo es in regelmäßigen Abständen zu gewaltsamen Auseinandersetzungen zwischen den Hitler-Anhängern und deren Gegnern kam. Doch auch dort schienen sich die Gemüter inzwischen etwas beruhigt zu haben. Schließlich hatte Hitler seine Versprechen gehalten und Ordnung und Struktur ins Deutsche Reich zurückgebracht, die seit dem Krieg verloren geglaubt waren. Das Land hatte eine starke Führung gebraucht, und der Führer hatte sie ihm gegeben. Für Gustav stellte sich die Frage, die auch in gewissen Berliner Kreisen stets diskutiert wurde, ob es wirklich reichte, die Menschen durch den Autobahnbau wieder in Lohn und Brot zu bringen, oder welche Maßnahmen noch beschlossen wurden, um das Land erneut zu einer Blüte wie im Kaiserreich zurückzuführen.

»Du hast mir immer noch nicht geantwortet«, stellte

Leopold fest. »Wann können wir denn mit deiner ständigen Anwesenheit rechnen, du zukünftiger Herr Doktor?«

»Gustav arbeitet Tag und Nacht, um sein Studium zu beenden, weil wir uns nichts sehnlicher wünschen, als nach Gut Falkenbach heimzukehren«, antwortete Clara an seiner Stelle.

Wilhelmine prustete los. »Aber gewiss doch, mein großer Bruder kann es kaum erwarten«, spottete sie.

»Wilhelmine«, wies die Mutter sie flüsternd zurecht. »Was ist denn das für ein Benehmen?«

»Entschuldige bitte, Mutter. Aber hast du denn nicht Gustavs Gesichtsausdruck gesehen? Es würde mich nicht wundern, wenn mein schlauer großer Bruder sich entschließt, lieber noch ein paar Semester dranzuhängen und weiterzustudieren, als nach Bernried zurückzukommen. Oder vielleicht will er ja auch lieber eine Praxis in Berlin eröffnen?«

»Wie bitte?« Paul-Friedrich funkelte Gustav wütend an.

»Was regst du dich denn so auf, nur weil Wilhelmine sich wieder einmal etwas zurechtspinnt«, versuchte sich Gustav zu verteidigen.

»Dann stimmt es also nicht?«

»Nein«, stellte Gustav klar, »natürlich nicht.« Er sah Leopold an. »Ich werde noch dieses Jahr heimkommen.«

Paul-Friedrich atmete erleichtert aus.

»Es ist ja auch an der Zeit. Außerdem wollt ihr beide doch für Nachwuchs sorgen, der ja nicht in einer kleinen Behausung in Berlin aufwachsen soll. Dort ist es ja schon für euch beide zu eng.«

»Die Wohnung ist für Berliner Verhältnisse überaus großzügig geschnitten, Vater«, stellte Gustav fest. »Und Clara und ich fühlen uns sehr wohl dort, nicht wahr, Clara?«

»Das stimmt. Aber natürlich hat dein Vater recht. Die Wohnung ist mit dem großzügigen Bau von Gut Falkenbach keinesfalls zu vergleichen. Und wenn sich Nachwuchs einstellt, wollen wir unbedingt in unserem richtigen Zuhause angekommen sein.«

»Deine Frau spricht mir aus der Seele, Gustav«, lobte Paul-Friedrich. »Gibt es denn bereits gute Nachrichten?«, fragte er in verschwörerischem Tonfall und deutete auf Clara.

Irma sah auf. Während sie dem ganzen Gespräch bisher teilnahmslos beigewohnt hatte, schien sie die Antwort darauf, ob Clara von Gustav, ihrem früheren Verlobten, schwanger sei, zu interessieren. Sie wusste, dass sie nicht das Recht hatte, so zu fühlen. Sie war es gewesen, die Gustav während dessen Abwesenheit in Berlin den Rücken zugewandt und sich auf Leopold eingelassen hatte. Alles hatte sie damals zerstört, und ihr war klar, dass sie ihm das Herz gebrochen hatte. Sie würde es niemals wiedergutmachen können. Diese Schuld würde sie bis zu ihrem letzten Atemzug begleiten. Und es war nicht nur das schlechte Gewissen, ihn derart verletzt zu haben. Sie bereute zutiefst, auf Leopold hereingefallen zu sein. War dieser anfangs noch zugänglich und zuvorkommend zu ihr, zeigte er bald nach der Eheschließung kaum noch Interesse. Es war, als wollte er nur unbedingt haben, was ihm nicht gehörte. Und dann, als er sie erobert hatte, hatte sie seinen Reiz für ihn verloren. In der Öffentlichkeit ging er stets höflich mit ihr um, wahrscheinlich, um Gustav zu zeigen, wie glücklich er an der Seite der Frau war, die eigentlich seine Zukünftige gewesen war. Wenn Leopold und sie dann jedoch allein waren, behandelte er sie fast wie Luft. Nichts, was sie sagte, schien ihn zu interessieren. Ihre Ansichten waren ihm so gleichgültig, dass sie sie auch den Bäumen hätte erzählen können. Für ihn zählte nur das Geschäft, Geld und immer mehr Geld und der Ausbau der Topf- und Pfannenfabrik. Den ganzen Tag verbrachte er dort und schien ihre kleine Tochter Sophia gar nicht wahrzunehmen. Wenn er dann heimkam, hatte er entweder ein paar Schnäpse genossen, weil es etwas zu feiern gab, oder aber er hatte sich geärgert und seinen Unmut ebenfalls mit Schnaps hinuntergespült. Einen Grund fand er immer. Doch im Gegensatz zu den Zeiten, in denen er in Feierlaune war, graute Irma davor, wenn er in schlechter Stimmung nach Hause kam und sie ihm zu Willen sein musste. Er war dann so grob, und es dauerte alles viel länger. Ihr Blick fiel auf Gustav. Auch wenn ihr früherer Verlobter es nicht ahnen konnte, hatte sie ihre Strafe für ihren Verrat an ihm bereits bekommen.

»Pass doch auf!«, fuhr Leopold sie von der Seite an, worauf sich alle Blicke auf sie richteten. Sie war so in Gedanken gewesen, dass sie das mit Rotwein gefüllte Kristallglas umgestoßen hatte. Nun floss die dunkle Flüssigkeit über das strahlend weiße Leinen und schließlich an der Kante herunter auf ihr Kleid. Leopold war noch rechtzeitig ausgewichen, sodass er nichts abbekommen hatte.

»Oh Gott!« Irma rückte eilig mit dem Stuhl zurück. »Wie unachtsam von mir. Bitte verzeih!«

Leopold grummelte etwas Unverständliches.

Ferdinands Ehefrau Elisabeth erhob sich von ihrem Stuhl. »Lass mich dir helfen! Wir gehen das rasch reinigen.«

Clara zögerte, dann erhob sie sich ebenfalls. »Ich komme mit«, erklärte sie und warf einen kurzen Blick zu ihrer Schwiegermutter, als wollte sie sich damit ihrer Gunst versichern. »Das bekommen wir schon wieder hin.«

Gustav glaubte keinen Moment, dass seine Ehefrau das Hilfsangebot ehrlich meinte, doch fand er es andererseits auch gut, dass sie offenbar bemüht war, künftig mit Irma auszukommen.

Clara schloss sich Irma und Elisabeth an, die neben ihrem Stuhl warteten. Gemeinsam gingen sie zur Tür und zogen so die Blicke der Gäste auf sich – was Clara sichtlich gefiel, Elisabeth offenbar gleichgültig war und Irma über die Maßen peinlich.

2. Kapitel

Eines haben das Leben und der Krieg gemeinsam: Man muss stets wachsam und auf alles gefasst sein.

Paul-Friedrich von Falkenbach

Hans, der Haushofmeister, eilte zum Platz des Hausherrn und beugte sich an dessen rechter Seite hinab, um ihm diskret etwas mitzuteilen.

»Eine junge Frau wünscht Sie zu sprechen, gnädiger Herr.«

Paul-Friedrich sah leicht verärgert zu Hans auf. »Jetzt?«

»Ich sagte ihr, dass es ein schlechter Zeitpunkt sei. Doch sie meinte, sie sei aus dem Norden angereist, und bat mich, Ihnen lediglich ihren Namen zu nennen und Sie um ein kurzes Gespräch zu ersuchen. Sollte es Ihnen nicht möglich sein, würde sie sofort wieder gehen und ein andermal wiederkommen«, flüsterte Hans ihm zu.

»Wie ist denn ihr Name?«, fragte Paul-Friedrich leise.

»Behrend, Erna Behrend. Sie meinte, Sie hätten zusammen mit ihrem Vater gedient.«

Paul-Friedrich atmete geräuschvoll aus. »Sie soll warten. Ich komme gleich.«

»Jawohl, gnädiger Herr.« Hans verneigte sich und ging hinaus.

Paul-Friedrich erhob sich. »Was ist denn, mein Lieber?«, fragte Dorothea.

»Gar nichts. Es wird nur einen kleinen Moment dauern.« Er sah zu seinen Geschäftspartnern. »Wilhelm, Heinrich, wärt ihr wohl so gut, mich kurz zu begleiten?«

Die Angesprochenen nahmen ihre Servietten vom Schoß und legten sie auf dem Tisch ab, als sie aufstanden. Ohne lange zu fragen, schlossen sie sich Paul-Friedrich an. Erst als sie die Tür fast erreicht hatten, erkundigte sich Wilhelm leise: »Was ist denn?«

»Wir haben Besuch«, raunte Paul-Friedrich und warf seinen Geschäftspartnern einen eindringlichen Blick zu. »Die Tochter von Viktor Behrend ist hier.«

»Was?« Heinrich starrte Paul-Friedrich an. »Weshalb denn?«

»Das werden wir gleich erfahren.« Paul-Friedrich straffte den Rücken.

Ohne ein weiteres Wort gingen sie hinaus in die Halle.

Hans stand bei der Besucherin und wartete zusammen mit ihr, bis von Falkenbach und die Brüder Lehmann sie erreichten. Dann verneigte er sich und ging in Richtung Küche davon.

»Fräulein Behrend?« Paul-Friedrich reichte ihr die Hand. »Willkommen auf Gut Falkenbach. Darf ich Ihnen Wilhelm und Heinrich Lehmann vorstellen? Sie waren in derselben Einheit wie Ihr Vater und ich.«

Sie reichten sich die Hände. »Guten Tag. Aber ja, ich kenne die Namen. Und bitte entschuldigen Sie, dass ich Sie so überfalle. Ich wusste ja nicht, dass Sie heute eine Gesellschaft geben. Aber ich habe etwas Wichtiges mit Ihnen zu besprechen und …«

»Aber ich bitte Sie, Fräulein Behrend«, unterbrach Paul-Friedrich sie. »Kommen Sie doch erst einmal richtig herein.« Er deutete zum Ende der Eingangshalle. »Dort hinten in meinem Arbeitszimmer können wir in aller Ruhe miteinander sprechen.«

»Vielen Dank.«

Gemeinsam gingen sie durch die Halle, und Paul-Friedrich deutete auf die lebensgroßen Porträtgemälde an den Wänden, die auf sie herabzublicken schienen. Im Vorübergehen erzählte er der Besucherin, um welche seiner Vorfahren es sich handelte und in welcher Zeit sie gelebt hatten. Er tat sein Bestes, um kein peinliches Schweigen aufkommen zu lassen. Erna Behrend nahm es mit einem höflichen Lächeln zur Kenntnis. Dann betraten die vier das Arbeitszimmer Paul-Friedrich von Falkenbachs.

»Bitte, Fräulein Behrend, nehmen Sie doch Platz.«

»Vielen Dank. Ich möchte Sie wirklich keinesfalls zu lange stören und von Ihren Gästen fernhalten.«

»Aber Fräulein Behrend, das ist doch nicht der Rede wert. Es ist uns eine Freude, die Tochter von Viktor kennenzulernen.«

Sie gingen zu der Sitzecke hinüber. Paul-Friedrich bedeutete der Besucherin, in einem der Sessel Platz zu nehmen, und ließ sich selbst in dem anderen nieder. Die Lehmann-Brüder setzten sich auf die gegenüberstehende Couch.

»Kann ich Ihnen etwas anbieten?«, fragte Paul-Friedrich.

»Nein, haben Sie vielen Dank. Ich möchte Ihre Zeit wirklich nicht über Gebühr in Anspruch nehmen.«

»Nun denn, was können wir für Sie tun?«

»Ich habe Fragen, die meinen Vater und die Umstände seines Todes betreffen. Sie waren doch an dem Tag an seiner Seite, nicht wahr?«

»Liebes Fräulein Behrend«, antwortete Wilhelm, »das liegt doch so lange zurück. Weshalb wollen Sie denn die alten Wunden wieder aufreißen?«

Sie lächelte freudlos. »Nun, ich war noch sehr klein, als er starb, und habe keine richtige Erinnerung an ihn. Und ich denke, die Spurensuche soll mir helfen, endlich über den Verlust hinwegzukommen und über die bittere Erfahrung, ohne Vater aufzuwachsen.« Sie zuckte die Schultern. »Ich bin auf Ungereimtheiten gestoßen und hoffe, dass Sie diese womöglich ausräumen können.«

»Was denn für Ungereimtheiten?«, fragte Paul-Friedrich.

»Nun, nach den wenigen Berichten und Aufzeichnungen war mein Vater als Truppführer der 8. Armee Ihrer Einheit damals in Riga für die Erkundung zuständig. Aus diesen Unterlagen geht auch hervor, dass Sie in einem Bereich eingesetzt waren, wo mit keinerlei Auseinandersetzungen zu rechnen war. Ihre Aufgabe bestand lediglich darin, die Lage zu sondieren. Dennoch hat es drei Tote gegeben, meinen Vater und zwei weitere Ihrer Kameraden.«

»Es war Krieg, Fräulein Behrend«, setzte Heinrich zu einer Erklärung an. »Wir wurden überrumpelt. Ihr Vater ist als Held gestorben.«

»Ich weiß«, stellte sie etwas ungeduldig fest. »Doch ich bin selbst nach Riga gereist und habe mit den Menschen dort gesprochen. Und da bin ich auf einiges gestoßen, was ich mir nicht erklären kann.«

Es klopfte, und Dorothea von Falkenbach betrat das Arbeitszimmer.

»Hier seid ihr also! Die Gäste fragen bereits nach euch. Es wäre unhöflich, sie länger warten zu lassen.«

Paul-Friedrich erhob sich. »Bitte verzeih, meine Liebe. Doch unsere Besucherin hier ist die Tochter unseres früheren Truppführers, Hauptfeldwebel Viktor Behrend, unter dem wir im Krieg gedient haben.«

Dorothea kam herüber und ging auf die junge Frau zu, die sich sogleich erhob und die ihr gereichte Hand ergriff. »Es ist mir eine Freude, Sie kennenzulernen, Fräulein. Mein Mann hat stets nur das Beste über Ihren verstorbenen Herrn Vater erzählt.«

»Vielen Dank.«

»Doch tatsächlich haben Sie sich einen recht ungünstigen Tag für Ihren Besuch ausgesucht. Wir feiern ein Firmenjubiläum. Wie wäre es denn, wenn Sie morgen wiederkämen und wir alle uns in Ruhe unterhalten?«

Kurz zögerte die junge Frau. »Ja, das wird wohl das Beste sein. Haben Sie herzlichen Dank.«

Die Männer erhoben sich ebenfalls.

»Wo sind Sie denn untergekommen?«, fragte Dorothea den Überraschungsgast.

»Im *Gasthof zur Post*.«

»Und wie sind Sie hierhergelangt? Es ist immerhin ein ganzes Stück zu laufen.«

»So weit ist es gar nicht.«

»Dann erlauben Sie, dass unser Chauffeur Sie zu Ihrer Unterkunft zurückbringt«, schlug Dorothea vor. »Morgen lassen wir Sie dann gegen zwölf Uhr dort abholen, und während eines gemeinsamen Essens hier im Gutshaus können wir in aller Ruhe über das sprechen, was Sie zu uns führt, ja?«

Kurz zögerte Erna Behrend. »Das ist sehr großzügig. Vielen Dank. Ich nehme Ihr Angebot gern an.«

»Wunderbar. Dann bringe ich Sie hinaus, damit unsere Gäste nicht länger warten müssen.«

»Natürlich.« Erna Behrend verabschiedete sich von den Männern und ging dann zusammen mit Dorothea zur Tür.

»Kommt ihr?«, fragte Dorothea ihren Ehemann und dessen Geschäftspartner.

»Wir kommen gleich nach«, antwortete Paul-Friedrich. »Dann bis morgen, Fräulein Behrend. Ich freue mich auf unser gemeinsames Mittagessen.«

»Vielen Dank.« Sie nickte erst ihm und dann Wilhelm und Heinrich zu. »Bis morgen, meine Herren.«

»Einen guten Tag.«

Die Frauen verließen das Zimmer, und Dorothea schloss die Tür.

Paul-Friedrich wartete kurz, ging dann hinüber und öffnete die Tür erneut. Als er sah, dass die beiden Frauen außer Hörweite waren, schloss er sie wieder und drehte sich zu seinen Geschäftspartnern um.

»Verdammter Mist!«, fluchte Heinrich. »Was denkt ihr, worauf die Kleine hinauswill?«

»Nicht so laut!«, zischte Paul-Friedrich.

»Aber Heinrich hat recht. Was will sie nur?« Wilhelm sah von einem zum anderen.

»Ich weiß es nicht«, gab Paul-Friedrich zurück. »Aber ich weiß, dass wir die Nerven behalten müssen.«

»Die Nerven behalten?«, begehrte Heinrich auf. »Was ist, wenn sie etwas in Erfahrung gebracht hat? Was, wenn sie mit unseren Frauen oder Söhnen darüber spricht? Dorothea hat sie soeben zum Essen eingeladen, wo alle mit am Tisch sitzen werden. Wenn da etwas herauskommt …«

»Nichts wird herauskommen. Absolut gar nichts, hörst du?« Paul-Friedrich funkelte ihn wütend an.

»Ach nein? Und was ist, wenn sie etwas ahnt?«, fragte Heinrich.

»Sie ahnt schon nichts. Sie kann gar nichts ahnen«, stellte Wilhelm klar. »Paul hat recht. Wir müssen einfach die Nerven behalten und hoffen, dass sie bald wieder verschwindet. Vor allem aber müssen wir dafür sorgen, dass unsere Söhne und deren Frauen morgen nicht im Haus sind. Wenn die sich mit der Behrend unterhalten und sie doch etwas ahnen sollte und womöglich anfängt, Fragen zu stellen, dann stürzt alles, was wir uns aufgebaut haben, von einem Tag auf den anderen in sich zusammen.«

»Unsinn«, entgegnete Heinrich. »Unsere Söhne würden nichts sagen, selbst wenn sie etwas ahnten.«

»Ach ja? Und da bist du sicher? Für meinen Leopold mag das gelten. Der hat die Nerven dafür. Doch was ist mit euren Söhnen? Der eine ein Doktor, der andere ein Träumer. Und beide zu dem Schlag Menschen gehörend, der der törichten Überzeugung ist, es sei seine Pflicht, der Sache nachzugehen.«
Wilhelm lief rot an vor Zorn. »Wenn auch nur einer von den Jungen etwas ahnt, dann haben wir die längste Zeit unseres Lebens hier verbracht. Ihr wisst genau, was passiert, wenn auch nur der leiseste Verdacht aufkommt. Wenn Hitlers Leute von irgendetwas Wind bekommen, dann machen sie uns den Garaus und konfiszieren unseren gesamten Besitz. Wir würden alles verlieren, einfach alles. Und vermutlich auch unser Leben.«

»Du übertreibst, Wilhelm«, stellte Paul-Friedrich fest. »Wenn wir alles verlieren, dann sitzen unsere Söhne mit uns im selben Boot. Glaubst du ehrlich, dass sie das riskieren würden?«

»Gegenfrage: Kannst du deine Hand dafür ins Feuer legen, dass sie nicht die falschen Fragen bei gewissen Leuten stellen? Und was dann?«

Einen Moment lang sagte keiner ein Wort. Dann entschied Wilhelm: »Wir müssen auf jeden Fall verhindern, dass außer uns jemand bei dem Treffen dabei ist.«

»Und wie willst du das anstellen?«

»Wir fahren morgen am Vormittag in den Ort und statten diesem Fräulein Behrend einen Besuch ab. Uns wird schon etwas einfallen. Auf keinen Fall dürfen wir zulassen, dass sie sich mit unseren Familien an einen Tisch setzt.«

»Du hast recht«, fand Paul-Friedrich. »Doch wir sollten nicht alle drei gleichzeitig bei ihr auftauchen, das wäre zu auffällig.«

»Ich werde mit ihr sprechen«, bot Heinrich an.

»Du ganz sicher nicht«, entgegnete Wilhelm. »Du bist doch der Erste, der die Nerven verliert und womöglich etwas Unüberlegtes tut.«

»Ich werde zu ihr fahren«, erklärte Paul-Friedrich.

»In Ordnung«, stimmte Wilhelm zu, und auch Heinrich nickte.

»Und nun lasst uns endlich zurück in den Saal gehen, bevor Dorothea sich erneut auf den Weg zu uns macht.«

»Ja, gehen wir«, pflichtete Heinrich ihm bei. »Nur eines noch«, bat er und hielt Paul-Friedrich, der soeben das Arbeitszimmer verlassen wollte, am Arm zurück. »Sorg dafür, dass die Kleine aufhört, Fragen zu stellen. Sonst nehme ich die Sache selbst in die Hand.«

»Ich regle das schon, Heinrich. Bewahre du nur die Nerven.« Damit gingen die drei hinaus und schlossen die Tür hinter sich.

Clara hielt noch immer das feuchte Tuch in der Hand, mit dem sie Irmas Kleid zu reinigen versucht hatte, und starrte Elisabeth und Irma mit offenem Mund an. Sie waren wegen des verschmutzten Kleides zu dritt in das Badezimmer gegangen, das sich direkt neben dem Arbeitszimmer Paul-Friedrichs befand, um das weiter vorn im Haus befindliche Bad für die Gäste der Jubiläumsfeier frei zu halten. So hatten sie nun jedes Wort der Unterhaltung mit Erna Behrend sowie den darauffolgenden Disput ihrer Schwiegerväter mitbekommen.

»Was hatte das nur zu bedeuten?«, fragte Irma.

»Ich weiß es nicht«, antwortete Elisabeth. »Es klang, als ginge es um ein düsteres Geheimnis, das ans Licht zu kommen droht.«

»Aber was könnte das für ein Geheimnis sein?«, fragte Clara.

»Ich werde Ferdinand fragen, ob er eine Ahnung hat, worum es sich handeln könnte«, antwortete Elisabeth.

»Auf gar keinen Fall!«, sagte Clara eilig. »Du hast unsere Schwiegerväter doch gehört: Worum auch immer es geht, unsere Männer haben keine Ahnung und dürfen auch nichts davon erfahren. Es könnte ihr und damit auch unser Leben auf Gut Falkenbach gefährden.«

»Aber wir müssen doch etwas tun«, sagte Irma kleinlaut. »Für mich klang es fast so, als hätten unsere Schwiegerväter ein Verbrechen begangen.«

»Du hast recht, wir müssen etwas unternehmen«, stimmte Clara ihr zu. »Vor allem aber müssen wir uns jetzt versprechen, mit keinem Menschen über das zu reden, was wir soeben gehört haben.«

Elisabeth und Irma zögerten.

»Wollt ihr wirklich riskieren, alles zu verlieren? Weil es offenbar etwas gibt, was unsere Schwiegerväter um jeden Preis verheimlichen wollen?«

Kurz zögerte sie noch, dann schüttelte Elisabeth den Kopf. Clara wandte den Blick Irma zu. »Willst du eine Zukunft für deine Kinder oder nicht?«

»Aber mein Schwiegervater sagte, dass Leopold der Einzige wäre, der das Gehörte für sich behalten würde. Vielleicht könnte ich doch …?«

Weiter kam sie nicht. »Und wenn nicht?«, hielt Clara dagegen. Sie legte eine kurze Pause ein, dann fuhr sie fort. »Du hast die drei gehört, Irma«, sagte sie eindringlich. »Unsere Männer wissen nicht, worum es geht. Und im Grunde genommen wissen wir auch nichts. Gott bewahre, dass wir es eines Tages erfahren. Manchmal ist es einfach besser, nichts zu hören, nichts zu sehen und erst recht nichts zu sagen. Schon um eurer Tochter willen, Irma. Ich flehe dich an!«

Einen Moment lang überlegte sie noch, dann streckte Irma die Hand aus. »Gut. Dann lasst uns alle schwören, dass wir das, was wir gehört haben, für uns behalten werden.«

Clara legte ihre Hand sogleich auf die Irmas, nur Elisabeth hielt noch inne und sah die beiden an. »Damit gehen wir einen

Bund ein, den wir zum Wohle unserer Familien niemals brechen dürfen.«

Die anderen beiden nickten stumm. Dann legte schließlich auch Elisabeth ihre Hand auf die der Schwägerinnen.

»Wir schwören beim Leben unserer zukünftigen Kinder, das Gehörte für uns zu behalten«, sagte Clara.

»Wir schwören«, gaben die anderen einstimmig zurück. So albern es auch wirkte – dieser Augenblick hatte für alle drei etwas Feierliches. Vor allem aber auch etwas Beängstigendes. So unterschiedlich sie auch waren, sie waren einander nun für immer auf eine besondere Art verbunden.

Doch was, wenn sie eines Tages gezwungen wären, den Schwur zu brechen?

3. Kapitel

Ich werde meinen Weg schon finden. Doch erst einmal genieße ich es, den Pfad einfach nur entlangzulaufen und zuzusehen, wohin er mich führt.

Wilhelmine von Falkenbach

Sie kam sich geradezu verwegen vor. Es waren noch immer nicht alle Gäste gegangen, und die Lautstärke, die aus dem großen Saal zu ihr nach oben drang, verriet, dass inzwischen reichlich dem Alkohol zugesprochen wurde und es daher noch eine Weile dauern konnte, bis auch die Letzten sich auf den Heimweg machten. Wilhelmine hatte jedoch keine Lust, so lange zu warten. Ihrer Mutter hatte sie vor einer guten halben Stunde gesagt, dass sie sich auf ihr Zimmer zurückziehen wolle. Schließlich hatte sie lange genug bei der Jubiläumsfeier ausgeharrt. Dorothea hatte nichts dagegen einzuwenden gehabt. Wie auch, Wilhelmine hatte sich schließlich die größte Mühe gegeben, die wohlerzogene Tochter der Gastgeber zu spielen und viele Stunden lang ihr eingefrorenes Lächeln zur Schau getragen, sodass sie von den verkrampften Kiefermuskeln fast Kopfschmerzen bekommen hatte.

Soeben hatte sie sich, schon im Nachthemd, von Wilma noch eine Tasse Tee bringen lassen, um angeblich Ruhe für die Nacht zu finden. Kaum hatte das Mädchen ihr Zimmer wieder verlassen, war Wilhelmine aufgesprungen, hatte sich das Nachthemd über den Kopf gezogen, das altrosa Kleid angelegt und ein wenig Lippenstift aufgetragen, der ihren üppigen Mund noch verführerischer wirken ließ. Dann hatte sie ihre Augen mit einem dunklen Puder betont und fand nun beim Blick in den Spiegel, dass sie nicht nur drei oder vier Jahre älter wirkte, sondern vor allem wie eine geheimnisvolle Frau, der die Männer zu Füßen liegen sollten. Zumindest einer, und auf den kam es Wilhelmine schließlich an: Rudolph Gschwendner. Noch einmal prüfte sie ihr Aussehen, brachte mit den Händen ihre blonden Locken in Form, griff dann nach ihrem Mantel, löschte das Licht und öffnete die Tür einen Spalt breit. Sie lugte vorsichtig nach rechts und links, lauschte, ob von irgendwoher ein Geräusch zu hören war. Hier oben schien außer ihr niemand zu sein, doch so ganz sicher war sie nicht, denn die aus dem Salon heraufdringenden Stimmen übertönten fast alles.

Sie huschte durch die Tür, steckte von außen den Schlüssel hinein, schloss ab und ließ ihn in ihrer Manteltasche verschwinden. Eilig lief sie über den Flur und war dankbar für den dicken Teppich, der das Geräusch ihrer Schritte schluckte. Sie hatte fast das Ende des Korridors erreicht, als die Tür zu dem Zimmer, in dem während ihrer Aufenthalte im Gutshaus Clara und Gustav schliefen, geöffnet wurde. Wilhelmine sprang zur Seite und schlüpfte hinter den großen Schrank, in dem Bettwäsche und Leintücher aufbewahrt wurden. Sie konnte nicht sehen, wer aus dem Zimmer kam, und würde vermutlich in den nächsten Sekunden entdeckt werden, wenn die Person ins Badezimmer auf der gegenüberliegenden Seite des Schranks ging. Doch wohin sollte sie jetzt noch ausweichen, um sich zu verstecken? Heraustreten konnte sie auf keinen Fall. So wie sie aussah, geschminkt, ausgehfertig und im Mantel, wäre jeder Versuch einer Ausrede vollkommen sinnlos.

Wilhelmine wagte nicht zu atmen, als Clara, die Frau ihres Bruders Gustav, der wegen des Firmenjubiläums sein Medizinstudium in Berlin kurzzeitig unterbrochen hatte und nach Hause gereist war, an ihr vorbeiging, direkt auf das Bad zusteuerte und, ohne sich umzudrehen, die Tür hinter sich schloss. Erleichtert verließ Wilhelmine ihr Versteck und hastete den Flur entlang bis zu dem Raum, in dem sich bis zu dessen Tod vor ein paar Monaten das Arbeitszimmer ihres Großvaters befunden hatte. Seit er seinem jahrelangen Leiden erlegen war, stand das Zimmer leer und wurde bisher nicht wieder genutzt. Wozu auch, das Gutshaus hatte so viele Räume und Kammern, dass man hier eine kleine Armee unterbringen könnte, ohne auch nur ein Zimmer doppelt zu belegen. Sie öffnete die Tür, huschte hinein und schloss sie lautlos wieder. Einen Moment blieb sie stehen, lehnte sich an die Tür und versuchte, ihre Atmung zu beruhigen. Das war wirklich verdammt knapp gewesen. Zum Glück hatte Clara sich nicht zu ihr umgedreht. Wilhelmine hatte sich bisher ohnehin nicht für ihre Schwägerin erwärmen können, und sich dieser nun erklären zu müssen, wäre ihr alles andere als angenehm gewesen. Irgendwie hatte es sich aber bisher auch nicht ergeben, dass die beiden sich einmal ausführlicher unterhalten hätten. Doch wenn Wilhelmine ehrlich war, stand ihr auch nicht der Sinn danach. Später vielleicht mochte es notwendig sein, mit Clara auszukommen, wenn sie und Gustav ihre Zelte in Berlin abbrachen und hier auf Gut Falkenbach lebten. Doch noch war es nicht so weit, weshalb Wilhelmine es als Zeitverschwendung ansah, sich mehr als nötig mit der Frau ihres Bruders zu beschäftigen. Er wollte schließlich mit ihr leben, nicht sie.

Sie löste sich von der Tür und tat ein paar Schritte zu der Bücherwand hinüber, die die gesamte Stirnseite des Raums einnahm. Hier hatte sie schon als Kind viele Stunden verbracht. Damals hatte sie, wenn sie versprach, ganz still zu sein, bei ihrem Großvater sitzen und spielen dürfen, während er die Korrespondenz erledigte. Oft hatte er dann nach einiger Zeit die Briefe sein lassen und sich mit ihr beschäftigt, worauf Wilhelmine nur gewartet hatte. Und als sie sieben oder acht Jahre alt war, hatte der Großvater ihr ein Geheimnis dieses Hauses anvertraut: Es gab einen Geheimgang, der schon seit ungefähr hundert Jahren existierte. Viele Male war der Großvater auf ihr Betteln hin mit ihr dort hineingegangen und hatte mit seiner Daimon-Taschenlampe geleuchtet, die von der Form her fast so aussah wie sein Flachmann.

Sie trat an das Bücherregal heran und fasste seitlich in das dritte Regal von unten. Sofort ertastete sie den kleinen Griff, den sie nach unten zog, worauf der vordere Teil des Bücherregals aufsprang und sich einen Spalt breit öffnete. Wilhelmine nahm die Daimon-Taschenlampe und schaltete sie ein, um zu sehen, ob die Batterieladung noch ausreichte. Sie hatte sie seit Großvaters Tod noch nicht einmal ausgewechselt. Genau genommen hätte sie auch gar nicht gewusst, wie das ging und wo man solche Batterien erwerben konnte. Sie nahm sich fest vor, Hans damit zu beauftragen, damit sie nicht eines Tages ohne die Taschenlampe in den Gang hineinlaufen musste, denn das hätte sie sich nun doch nicht getraut. Es war ohnehin immer ein bisschen unheimlich, sich ganz allein in dem engen Tunnel zwischen den Mauern des alten Gebäudes zu bewegen, um unbemerkt das Gut verlassen zu können. Manche ihrer Vorfahren hatten sich auch vor möglichen Feinden in Sicherheit bringen müssen – zumindest hatte der Großvater Wilhelmine so manche spannende Geschichte darüber erzählt. Ob sie wirklich alle gestimmt hatten? Manches kam ihr heute, aus der Sicht einer Erwachsenen, unwahrscheinlich vor. Andererseits wollte sie den Erzählungen ihres Großvaters einfach Glauben schenken. Denn in ihrer Erinnerung waren diese gemeinsam mit dem Großvater verbrachten Stunden die schönsten ihres bisherigen Lebens gewesen.

Wilhelmine schob das Regal noch ein Stück weiter auf, sodass sie durch den Spalt schlüpfen konnte, und trat in den Gang. Von der anderen Seite zog sie die Geheimtür wieder ganz zu sich heran, musste aber die Taschenlampe kurz auf dem Boden ablegen, um beide Hände frei zu haben und die Verriegelung wieder einrasten zu lassen. Sie drückte noch einmal fest dagegen, um sicherzugehen, dass die Geheimtür auch wirklich verschlossen war. Dann nahm sie die Taschenlampe wieder zur Hand und bahnte sich ihren Weg durch das Gemäuer. Sie nahm die zweiundzwanzig Schritte bis zur Treppe, die zehn Stufen nach unten führte. Dahinter machte der Gang einen Knick nach rechts, und sie lief weitere fünfzehn Stufen hinab, um genau siebenunddreißig Schritte weiter noch einmal sechs Stufen nach unten zu steigen. Danach waren es noch einmal einhunderteinundfünfzig Schritte geradeaus – zumindest früher einmal, als sie kleiner gewesen war. Heute waren es weniger, doch aus Gewohnheit zählte sie noch immer, nur um bei etwa einhundertfünfunddreißig Schritten festzustellen, dass sie an die Stelle des Gangs stieß, wo sie links abbiegen und noch einmal einundzwanzig Schritte gehen musste, bevor sie die Treppe erreichte, die nach oben führte und an deren Ende sich eine Klappe befand, die sie von unten anheben musste. Sie schaltete die Taschenlampe aus und legte sie auf der letzten Stufe ab. Dann trat sie ins Freie.

Draußen war es fast vollkommen dunkel, was aber vor allem daran lag, dass sie sich im Wald befand und die Bäume hier so hochgewachsen und dicht belaubt waren, dass kaum Licht durch das Blätterdach zu dringen vermochte. Sie schloss die Klappe wieder und legte ein paar Zweige darauf, auch wenn es unnötig war. Niemand würde diese Klappe einfach so finden, vermutlich nicht einmal dann, wenn er davon wüsste.

Sie klopfte den Staub, den sie in der Dunkelheit nicht sehen, sondern nur ahnen konnte, von ihrem Mantel. Dann lief sie ein Stück auf die Lichtung zu, von wo der angrenzende Weg zur Straße führte. Schon von Weitem sah sie den Steyr 50, das Automobil von Rudolph Gschwendner, das er erst seit zwei Wochen fuhr. Fast zweitausendneunhundert Reichsmark hatte er dafür bezahlt. Wilhelmine wusste, dass das Fahrzeug für Rudolph mehr darstellte als nur irgendein Automobil. Er hatte einen Teil des Geldes, das sein Großvater väterlicherseits ihm vererbt hatte, für den Kauf verwendet. Rudolphs Vater durfte nichts davon erfahren, denn er war ohne seinen alten Herrn aufgewachsen, weil der sich, als der Sohn gerade einmal vier Jahre alt gewesen war, mit einer anderen Frau aus dem Staub gemacht hatte. Dass die nun ausgerechnet nicht nur gut situiert, sondern richtig vermögend gewesen war, nachdem sie ihren ersten Ehemann, einen Zuckerrübenfabrikanten, zu Grabe getragen hatte, machte es für Rudolphs Vater nicht besser. Immer wieder hatte er seinem eigenen Sohn gesagt, dass er keinen roten Heller von seinem Erzeuger, der ihn verraten hatte, annehmen würde. Nun, Rudolphs moralische Maßstäbe waren in dieser Hinsicht etwas nachgiebiger. Als sich ihm die Gelegenheit bot, Geld von einem Mann zu erhalten, den er zwar nie kennengelernt, der ihm jedoch kurz vor seinem Tod geschrieben und ihn um Verzeihung gebeten hatte, war ihm nicht einen Augenblick der Gedanke gekommen, dessen Großzügigkeit zurückzuweisen. Seinen Eltern hatte Rudolph erzählt, dass er den Wagen nicht in einer Summe bezahlt hätte, sondern den Kaufpreis in wöchentlichen Raten abstottere. Sie hatten ihm geglaubt und nicht weiter nachgefragt, worüber er ganz froh war. Wilhelmine bewunderte ihren Liebsten dafür, wie entschlossen er vorgegangen war. Sie selbst hätte sich so etwas vermutlich niemals getraut. Ihre Mutter Dorothea sagte immer, man sehe Wilhelmine eine Lüge an der Nasenspitze an. Im Grunde war das natürlich Unsinn, doch Wilhelmine wusste selbst, dass sie nicht gut im Lügen war. Deshalb konnte sie auch nur hoffen, dass niemals ein Verdacht aufkam, weil sie sich in letzter Zeit fast jeden Abend heimlich davongeschlichen hatte, um mit Rudolph und anderen jungen Leuten ihre Zeit zu verbringen. Sie mochte sich gar nicht ausmalen, welches Donnerwetter sie von ihrer Mutter zu hören bekäme. Immerhin war sie eine junge Frau aus bestem Haus, und natürlich wusste sie, dass ihre Eltern sie nur zu gern an der Seite von Maximilian von Leuffenburg gesehen hätten. Wilhelmine war zuversichtlich, dass Maximilian, den sie schon viele Jahre kannte und für einen echten Langweiler hielt, seine starre Haltung beibehielt und auch weiterhin nicht das geringste Interesse an ihr zeigte. Denn nur so war es möglich, einer Verbindung auf Dauer aus dem Weg zu gehen.

Sie rannte das letzte Stück und wurde erst langsamer, als sie Rudolphs Automobil fast erreicht hatte. Kurz beugte sie sich am Seitenfenster herunter, damit er nicht erschrak, wenn sie plötzlich einstieg.

»Du bist spät dran«, begrüßte er sie.

»Dir auch einen guten Abend«, gab sie etwas pikiert zurück.

Rudolph startete den Motor und trat zweimal das Gaspedal durch, bevor er kuppelte, dann den Gang einlegte und anfuhr.

»Ich konnte wirklich nicht früher fort«, sagte sie schließlich in etwas versöhnlicherem Tonfall. Sie wollte Rudolph keinesfalls verärgern, das hatte sie aus dem letzten Streit mit ihm gelernt. Denn da hatte er mehrere Tage nicht mit ihr gesprochen, ja sie sogar vollkommen ignoriert. Sosehr sie sich auch bemüht hatte, sich von ihm fernzuhalten und ihm zu zeigen, dass sie eine Entschuldigung erwartete, war es am

Ende doch sie gewesen, die wieder den Kontakt gesucht und ihm gegenüber klein beigegeben hatte. Gefallen hatte ihr das nicht. Offenbar hatte sie Rudolph noch nicht einmal gefehlt, denn er hatte ihr durch einige Bemerkungen zu verstehen gegeben, gar nicht recht mitbekommen zu haben, dass es insgesamt fünf Tage waren, an denen sie sich weder gehört noch gesehen hatten. Von daher fand Wilhelmine es schon richtig, dass sie das Heft des Handelns ergriffen und ihn aufgesucht hatte. Was ergaben Schmollen und Schweigen schließlich für einen Sinn, wenn der andere es nicht einmal bemerkte? Doch ganz ehrlich gestanden, machte es sie schon traurig, dass sie Rudolph nicht so viel bedeutete wie er ihr. Das war ihr bisher noch nie passiert, und sie fragte sich, ob es genau das war, was sie an ihm so anziehend fand. Ihre anderen Verehrer hatten ihr stets zu Füßen gelegen und ihr jeden Wunsch von den Augen abgelesen. Für Rudolph jedoch schien es weit Wichtigeres zu geben als sie. Vor allem die Partei und sein Engagement für das Jungvolk in seiner Funktion als Zellenleiter. Er war ja mit seinen vierundzwanzig Jahren gerade einmal zwei Jahre älter als Wilhelmine. Und während sie noch immer in den Tag hineinlebte, strebte Rudolph ehrgeizig die Stelle des Ortsgruppenleiters an. Und das in so jungen Jahren, das musste man sich einmal vorstellen!

»Und? Was hast du heute so erlebt?«, fragte Wilhelmine, während Rudolph den Steyr 50 mit fast vierzig Stundenkilometern in die Kurve lenkte. Abrupt griff sie nach dem Haltegriff an der Beifahrerseite.

»Keine Sorge, ich weiß schon, was ich tue«, stellte Rudolph klar, ohne auf ihre Frage einzugehen. Erst nachdem sie noch eine Weile geschwiegen und ihr Ziel in Bernried fast erreicht hatten, sagte Rudolph: »Ich habe mich heute über Ewald geärgert. Er hat noch immer nicht verstanden, wie wichtig Gehorsam ist.«

»Warum? Was ist denn geschehen?«

»Es ist wegen Liesel. Ihre Eltern haben silbernes Hochzeitsjubiläum, das sie groß feiern wollen, und mein angeblich bester Freund Ewald hat ihr versprochen, dabei zu sein. Und dafür will er die Pimpfenprüfungen schwänzen. Dabei sind Liesel und er nicht mal verheiratet!«

»*Waaas?*«, fragte Wilhelmine mit gespieltem Entsetzen, weil sie glaubte, Rudolph erwarte eine solche Reaktion von ihr. Dabei fand sie es durchaus verständlich, dass Ewald seiner zukünftigen Ehefrau den Vorzug gab, statt einer Reihe kleiner Jungen die Pimpfenprüfung abzunehmen, bei der diese ihre auswendig gelernten Antworten auf Fragen aus dem Führerschulungswerk aufsagen mussten.

»Ganz genau. So habe ich auch reagiert. Wie soll der Führer vorankommen, wenn nicht von ganz unten an Einheit das höchste Gebot ist?« Er schlug einmal mit der Hand aufs Lenkrad. »Es ist mir richtiggehend peinlich, dass ein Kerl, den ich als Freund bezeichnet habe, den Führer so enttäuscht.«

»Er bekommt es ja nicht persönlich mit«, sagte Wilhelmine in beschwichtigendem Tonfall, bemerkte ihren Fehler aber sofort.

»Wie bitte?« Rudolph machte eine Vollbremsung und brachte den Wagen am Straßenrand zum Stehen. »Was hast du da eben gesagt?« Er funkelte sie wütend an.

Wilhelmine wurde rot. Sie wusste, dass sie jetzt auf keinen Fall etwas Falsches sagen durfte.

»Na, dass wir von Glück reden können, dass der Führer mit der Besetzung des Rheinlands und den Folgen daraus im Moment verständlicherweise so beschäftigt ist, dass er hoffentlich nicht die Zeit findet, seine Aufmerksamkeit auf einen wie Ewald zu richten. Man mag sich gar nicht vorstellen, welche Enttäuschung das für ihn sein müsste nach allem, was er für uns Deutsche schon getan hat und jeden Tag aufs Neue tut. Offen gesagt, frage ich mich manchmal, ob es überhaupt noch gesund für einen Menschen sein kann, sich derart aufzuopfern, wie der Führer es sich zumutet.«

Rudolph sah prüfend zu ihr hinüber, dann fuhr er wieder an und lenkte das Automobil zurück auf die Straße. »Ach so. Ich habe dich wohl eben falsch verstanden.«

Wilhelmine atmete erleichtert auf. Manchmal, wenn Rudolph dieses wütende Funkeln in die Augen stieg, machte er ihr geradezu Angst.

Sie erreichten die Gaststätte, die dem Schützenverein angeschlossen war, und Rudolph parkte den Steyr 50 direkt vor dem Gebäude. Jeder wusste, dass ihm dieser Wagen gehörte, und der Stolz darauf war Rudolph deutlich anzusehen. Sie stiegen aus, doch bevor sie die Tür erreichten, griff Wilhelmine kurz nach Rudolphs Hand. »Es ist schön, dass wir zusammen hier sind«, erklärte sie.

Er nickte ihr nur zu, offenbar schon wieder ganz in Gedanken, und öffnete die Tür. Eilig zog sie ihre Hand zurück, bevor jemand es bemerkte. Dann betraten sie die Gaststätte des Vereinsheims.

Im Innern konnte man vor Tabakqualm kaum etwas sehen, und Wilhelmine musste husten, als sie einatmete.

»Komm«, sagte Rudolph nur und ging dann mit ihr zu den freien Stühlen an der Stirnseite der Tischreihen, die offenbar für ihn reserviert waren. Im Vorbeigehen begrüßte er seine Freunde, die teils allein, manche aber auch mit ihren Mädchen da waren. Wilhelmine war froh darüber, denn es gab auch Abende, an denen sie als einzige junge Frau im Kreis von Männern saß, die ohnehin nur ein Thema kannten: der Führer und seine wunderbaren Taten.

Wenn aber wie heute einige weibliche Begleitungen anwesend waren, ergab es sich meist, dass man sich zu späterer Stunde umsetzte, sodass die Männer und die Frauen für sich waren und auch andere Gespräche geführt wurden. Wobei

Wilhelmine auch hier eher die Außenseiterin war, da ihre Eltern ihr eigentlich verboten hatten, sich im Kreis von gewöhnlichen Menschen zu bewegen oder womöglich sogar Parteimitglied zu werden. Die von Falkenbachs waren stets um Neutralität bemüht, wenngleich sie natürlich vom nationalsozialistischen Gedankengut überzeugt waren. Oder diesem zumindest gute Seiten abgewinnen konnten. Wenn Wilhelmine jedoch die Arbeitsmaiden betrachtete, die oft härter als die Männer auf den Feldern zu schuften hatten, war sie froh, einen anderen gesellschaftlichen Status zu haben. Nicht zuletzt auch wegen dieser schrecklichen Frisuren: Alle außer ihr trugen geflochtene Zöpfe, die manche zu Affenschaukeln hochgebunden hatten, während Wilhelmines blonde Locken lediglich bis zum Hals reichten. Ja, so sollte eine junge schöne Frau aussehen, und nicht wie diese biederen grauen Mäuse, deren Hände von der vielen Arbeit ganz rau und aufgesprungen waren.

»Ein Bier und eine Limonade«, bestellte Rudolph für sie beide und nahm sofort das Gespräch mit Horst auf, der ihm schräg gegenüber saß.

»Hast du das von Ewald gehört?«

»Nein. Was ist mit ihm?«

»Er wird nicht dabei sein, wenn die Pimpfenprüfungen abgenommen werden.«

»Warum nicht?« Horst zog die Stirn in Falten.

»Weil er da mit seiner Verlobten zu Gast bei deren Eltern ist wegen irgendeines dummen Hochzeitstags.«

»Sag das noch mal.« Horst ballte die Hand zur Faust.

»Du hast mich richtig verstanden. Und ich dachte, Ewald sei mein Freund. Der braucht mir gar nicht mehr anzukommen.«

»Es sind immer die Weiber«, ereiferte sich Horst. »Ewald ist eigentlich ein feiner Kerl. Doch dass er sich von einem Weib so vorführen lässt, will mir einfach nicht in den Kopf. Hat er denn überhaupt nichts von den Werten begriffen, die der Führer uns mit auf den Weg gegeben hat? Wie sollen wir denn so zu dem Volk werden, das dieses Land braucht?«

Einige Frauen im Raum warfen sich verstohlene Blicke zu. Wilhelmine war überzeugt, dass so manche das Gleiche dachte wie sie selbst: dass sie wohl niemals einen annähernd so hohen Stellenwert bei ihren Männern haben würden wie der Führer, ganz gleich, wie viel sie schufteten und wie vielen Kindern sie das Leben schenkten.

Die Getränke wurden gebracht, und ohne auf Wilhelmine zu warten, trank Rudolph gierig den ersten Schluck. »Ewald wird seine Entscheidung noch bereuen, da bin ich sicher.«

»Wenn es nach mir ginge, warten wir gar nicht erst darauf, dass er das tut«, bemerkte Horst.

»Was meinst du?«

»Na, findest du nicht, wir sind es dem Führer schuldig, ihn zur Besinnung zu bringen?«

»Lasst ihn doch einfach!«, mischte sich Knut ein, der einer der Zellen angehörte, die Rudolph leitete. »Ewald wird schon merken, dass er einen Fehler gemacht hat, wenn keiner von uns mehr etwas mit ihm zu tun haben will.«

Rudolph schüttelte den Kopf. »Aber das würde die Truppe schwächen. Der Führer braucht jeden Einzelnen von uns, jeder ist wichtig. Eine Kette ist nur so stark wie ihr schwächstes Glied.«

»Deshalb sollten wir dafür sorgen, dass Ewald begreift, wie stark er werden muss, damit er einer von uns sein kann«, beharrte Horst.

Wilhelmine wurde mulmig zumute. Horst war ihr sowieso nicht sonderlich sympathisch. Er war ihr in seiner ganzen Art zu derb, und es wunderte sie überhaupt nicht, dass sie ihn noch nie mit einem Mädchen gesehen hatte.

Rudolph nahm noch einen Schluck, dann stellte er geräuschvoll sein geleertes Bierglas auf den Tisch. »Ich bringe dich nach Haus, Wilhelmine«, entschied er und stand sofort auf.

»Was? Aber ich habe noch nicht mal einen Schluck von meiner Limonade getrunken. Ich kann sie nicht so schnell herunterstürzen«, beschwerte sie sich.

Rudolph griff ohne zu zögern nach ihrem Glas, setzte es an und trank es in einem Zug leer.

Wilhelmine wollte etwas sagen und ihn zurechtweisen, doch sie fürchtete seine Reaktion. Die Peinlichkeit, der er sie soeben ausgesetzt hatte, genügte ihr bereits.

»So«, stellte Rudolph fest. »Nun musst du das nicht mehr trinken. Und jetzt komm!« Er fasste sie am Arm und zog sie fast grob vom Stuhl hoch.

»Ich bin gleich wieder da«, sagte er dann zu Horst, ließ Wilhelmines Arm los, nahm sie stattdessen an der Hand und zog sie mit sich, sehr zur Belustigung der anderen, die lauthals feixten. Wilhelmine lief rot an und hätte vor Scham im Boden versinken können. Draußen ließ Rudolph ihre Hand los und stieg sofort in sein Automobil. Wilhelmine konnte die Tränen nicht länger zurückhalten.

»Warum heulst du denn? Nur weil du nach Hause musst?«

»Du bist kein netter Mensch, Rudolph Gschwendner«, sagte sie leise und wischte die Tränen fort.

»Ach, nun hab dich nicht so.« Er lenkte den Wagen auf die Straße, und Wilhelmine spürte, dass er immer wieder zu ihr herübersah, doch sie hob nicht einmal den Blick. Er fasste mit der Hand herüber und berührte sie am Arm. »Nun komm schon, Wilhelmine. So schlimm war das doch nicht.«

Sie reagierte nicht. Es war das erste Mal, dass sie ihm wirklich böse war. Und mehr noch: Sie fühlte sich verletzt und gedemütigt. Vor allem die Demütigung traf sie tief.

Die ganze Rückfahrt über sagte Wilhelmine kein Wort. Und als sie die Stelle erreicht hatten, wo Rudolph sie vorhin abgeholt hatte, stoppte er den Wagen, und sie öffnete sofort die Tür.

»Warte«, sagte er, und tatsächlich verharrte sie kurz in Erwartung einer Entschuldigung.

Er stellte den Motor ab und seufzte. Dann wandte er sich ihr zu, fasste unter Wilhelmines Kinn und drehte ihren Kopf zu sich. Sie schluckte schwer.

»Du bist wirklich ein ganz besonderes Mädchen, Wilhelmine«, begann er. »Und ich kann dir nicht zum Vorwurf machen, dass du so vieles noch nicht verstehst, denn deine Eltern haben dich immer vor der wirklichen Welt abgeschirmt.«

»Wie bitte?« Wilhelmine konnte kaum glauben, was sie da anstelle einer Entschuldigung zu hören bekam. »Aber wenn wir eine gemeinsame Zukunft haben wollen, musst du endlich begreifen, dass das große Ganze über dem Einzelnen steht.«

Einen Moment war Wilhelmine sprachlos.

»Du musst dich wirklich mehr anpassen«, klärte er sie weiter auf. » Sonst wird aus dir trotz deines arischen Blutes nie eine gute deutsche Frau.«

Wilhelmine atmete mehrmals geräuschvoll ein und aus. Sie wollte ihn anbrüllen und fürchterlich beschimpfen, doch erstaunlicherweise wurde sie plötzlich ganz ruhig. Ganz anders als sonst, wo sie stets darauf bedacht gewesen war, die Wogen zu glätten und wieder gut mit Rudolph zu sein.

»Weißt du, was mir gerade klar geworden ist?«, sagte sie mit einem Lächeln, das Rudolph nicht recht zu deuten wusste.

»Nein, was denn?«

Sie berührte sein Gesicht, spielte mit den Fingern in seinem Haar. »Wenn ich recht bedenke, wie rein mein gutes deutsches Arierblut ist, und dann dich so betrachte, mit diesen dunklen Haaren und den braunen Augen, dann muss ich mich fragen, ob wir wirklich sicher sein können, wo du eigentlich herkommst. Womöglich treibst du ja nur ein falsches Spiel mit deiner

Hingabe zum Führer und bist in Wahrheit gar nicht von reinem deutschen Blut. Schließlich will ich keinesfalls in Verdacht geraten, Rassenschande zu begehen.« Sie holte aus, verpasste ihm eine schallende Ohrfeige und stieg sofort aus dem Automobil aus. »Melde dich ja nie wieder bei mir, Rudolph Gschwendner, sonst werde ich genau dieses Gerücht verbreiten. Ich bin fertig mit dir, ein für alle Mal. Und jetzt mach, dass du fortkommst!«

Damit wirbelte sie herum und lief so schnell sie konnte über den Weg zur Lichtung, die in den Wald führte. Kurz befürchtete sie, dass Rudolph ihr folgen könnte und ihr womöglich etwas antat. Doch sie wagte es nicht, sich umzudrehen und damit kostbare Zeit zu verlieren. Sie rannte weiter, bis sie den Wald erreichte, und blieb sogleich im Schutz der Dunkelheit hinter einem Baum stehen. Von hier sah sie zur Lichtung und erwartete fast, Rudolphs Silhouette zu entdecken. Aber dort war nichts. Er hatte sich also nicht einmal die Mühe gemacht, ihr zu folgen. Sie wusste nicht, ob sie erleichtert oder abermals gekränkt sein sollte. Trotz der bittersten Beleidigung, die sie ihm nur hatte entgegenschleudern können, interessierte er sich nicht genug für sie, um wütend zu werden. Wieder kamen ihr die Tränen, die sie jedoch trotzig fortwischte. Dann machte sie sich auf den Weg zu der Luke, die sie auch in der Dunkelheit spielend fand. Kein Wunder, sie kannte diese Gegend wie ihre Westentasche. Sie hob den Ring der Klappe an und zog sie hoch. Dann bückte sie sich nach der Taschenlampe, schaltete sie ein, leuchtete die Stufen hinab und verschwand schließlich in dem Geheimgang – nicht jedoch, ohne sich noch ein letztes Mal umzusehen. Aber nein, Rudolph war ihr wirklich nicht gefolgt. Auch wenn sie es schon fast wieder bedauerte, ihn derart beleidigt zu haben, wusste sie tief in ihrem Innern doch, dass es richtig gewesen war. Also stieg sie die Stufen hinunter, senkte die Luke vorsichtig ab und ging den Weg, den sie vorhin genommen hatte, wieder zurück. Als sie schließlich die Tür erreichte, hinter der sich auf der anderen

Seite das Bücherregal befand, entriegelte sie sie und trat wieder in das frühere Zimmer ihres Großvaters, das inzwischen genauso dunkel war wie der Gang, aus dem sie gekommen war. Sie schob den Griff wieder nach oben, um den Mechanismus zu verriegeln. Dann legte sie auch die Taschenlampe zurück.

»Du bist früher wieder da, als ich erwartet hätte«, erklang plötzlich eine Stimme aus dem Dunkeln, und Wilhelmine schrie entsetzt auf.

Ein Klicken war zu hören. Clara hatte die kleine Tischlampe neben dem Sessel eingeschaltet, in dem sie die ganze Zeit auf ihre Schwägerin gewartet hatte.

Wilhelmine war starr vor Schreck. »Was tust du hier?«, stammelte sie.

»Viel interessanter dürfte doch wohl die Frage sein, wo du herkommst«, stellte Clara amüsiert fest.

»Clara?« Ein lauter Ruf vom Flur her bewirkte, dass ihre Schwägerin sofort aufstand und zur Tür ging.

Wilhelmine meinte, nun jeden Moment zum Schafott geführt zu werden.

»Gustav, da bist du ja«, sagte Clara, während sie die Tür nur einen Spalt breit geöffnet hielt. Mit einer Handbewegung hinter ihrem Rücken bedeutete sie Wilhelmine, sich zu verstecken.

»Hast du eben geschrien?«, fragte Gustav verwirrt.

»Ja, allerdings. Ich dachte, ich hätte eine Maus gesehen.«

»Eine Maus?«

»Ja, aber jetzt ist sie offenbar schon wieder weg.«

»Was machst du überhaupt in diesem Zimmer?«

»Ich wollte mir etwas zu lesen holen, während du dort unten noch feierst und es dir gutgehen lässt.«

»Und warum hältst du die Tür nur einen Spalt breit auf?«

»Natürlich um die Maus nicht entkommen zu lassen, du Dummerchen. Sonst haben wir sie am Ende noch in unserem Schlafzimmer.«

»Ist alles in Ordnung mit dir? Du bist so eigenartig.«

»Ich?«

»Ja«, stellte Gustav fest. »Würdest du mich bitte mal hineinlassen?«

»In dieses Zimmer?«

»Ja, genau. In dieses Zimmer.«

Clara konnte nur hoffen, dass Wilhelmine ihre Geste verstanden hatte und nicht noch immer wie angewurzelt vor der Bücherwand stand, und das auch noch geschminkt und im Mantel. Sie gab den Eingang frei und sah sich selbst um, als Gustav eintrat. Dieser machte ein paar Schritte, dann wandte er sich wieder seiner Frau zu.

»Ich dachte eben wirklich, du versteckst jemanden hier drin.«

»Deine Fantasie geht ein wenig mit dir durch, mein Lieber. Wen sollte ich wohl hier verstecken?«

»Vielleicht einen anderen Mann?«

»Ja, gewiss«, spottete Clara, »das ist ja auch sehr plausibel. Vor allem, weil ich außer deinen Eltern, deiner Schwester und den Familien Lehmann hier niemanden kenne.«

»Na ja, wäre Leopold nicht gerade noch unten am Feiern, könnte ich tatsächlich eifersüchtig werden.«

»Das hat nun so überhaupt nichts mit mir zu tun, dass er dir einmal die Frau ausgespannt hat. Schließlich gehören zum Fremdgehen immer noch zwei.«

»Da hast du recht.« Er beugte sich zu ihr und gab ihr einen Kuss. »Bitte verzeih mein Misstrauen. Das war unangebracht.«

»Ist schon gut. Ich weiß doch, ein gebranntes Kind scheut das Feuer.« Sie lächelte ihn an. »Gehst du noch einmal hinunter, oder kommst du mit mir ins Bett?«

»Ich muss mich noch einmal unten blicken lassen, aber nur kurz.«

»Gut. Dann treffen wir uns gleich drüben.«

»Kommst du nicht mit raus?«

»Gustav, ich bin hier, um mir ein Buch zu holen! Und da ich noch immer keins gefunden habe, das mich interessiert …«

»Ach ja, natürlich.« Er schüttelte den Kopf, als wundere er sich über sich selbst. »Dann sehen wir uns gleich drüben im Schlafzimmer.«

»Ich freue mich schon auf dich«, gab sie zurück und ging dann zur Bücherwand hinüber, während er das Zimmer verließ. Sie wartete einen Moment, huschte dann zur Tür, um zu prüfen, ob er auch wirklich gegangen und außer Hörweite war. Sie schlich ein paar Schritte über den Flur und spähte zur Treppe. Gustav ging soeben hinunter, kurz darauf hörte sie schon den Hall seiner Ledersohlen auf dem Marmorboden im Foyer. Eilig lief sie zurück ins Zimmer, schloss die Tür, ging dann an die Bücherwand und klopfte. »Du kannst herauskommen«, flüsterte sie. »Er ist weg.«

Statt aus dem Geheimgang trat Wilhelmine hinter dem Vorhang hervor.

»Ach, da steckst du«, stellte Clara fest.

»Danke. Das war wirklich sehr nett von dir.«

Clara betrachtete die Schwägerin. »Du siehst furchtbar aus. Warum hast du geweint?«

Wilhelmine schüttelte nur den Kopf. Sie hatte bisher so gut wie nichts mit der Frau ihres Bruders zu tun gehabt, und von Vertrauen konnte erst recht nicht die Rede sein.

»Dann eben nicht.« Clara zuckte die Schultern, nahm sich wahllos irgendein Buch und las den Titel laut vor: »*Uhlenspiegel* von Georg Engel. Na, von mir aus.«

»Warum hast du eigentlich hier auf mich gewartet?«, fragte Wilhelmine. »Und woher wusstest du von dem Geheimgang?«

»Dachtest du wirklich, ich hätte dich vorhin nicht bemerkt, als du dich hinter dem Schrank versteckt hast? Da bin ich natürlich neugierig geworden.«

»Wirst du es Gustav oder meinen Eltern sagen?«

Clara überlegte kurz. »Wer weiß«, entschied sie dann. »Das kommt ganz darauf an, ob es für mich nützlich sein kann oder nicht.« Dann hob sie wie zum Gruß das Buch, ging hinaus und rief noch: »Angenehme Träume«, bevor sie die Tür hinter sich schloss.

Wilhelmine hätte sich nicht elender fühlen können. Erst der Eklat mit Rudolph, und nun hatte ihre Schwägerin, von der sie so gar nicht wusste, was sie von ihr halten sollte, sie auch noch in der Hand. Das Leben konnte so ungerecht sein.

4. Kapitel

Das Gefühl, ständig in fremden Schuhen laufen zu müssen, erschöpft mich.

Ferdinand Lehmann

Ferdinand war schon seit einer ganzen Weile hundemüde, als die Gesellschaft sich endlich auflöste und nur noch ein harter Kern an Feierwütigen zurückblieb, die einfach kein Ende finden wollten. Nun, da nur noch eine Handvoll Männer beisammensaßen und bereits Lieder anstimmten, sah er den richtigen Zeitpunkt gekommen, sich endlich in sein Bett zu verabschieden. Es war bereits nach Mitternacht, als er das Privathaus seiner Eltern betrat, das nur wenige Hundert Meter von der Porzellanfabrik entfernt gebaut worden war. Alles war dunkel und nirgendwo im Gebäude auch nur ein Mucks zu hören. Seine Frau Elisabeth war schon vor Stunden zusammen mit seiner Mutter Käthe nach Hause gegangen, während die Männer noch weitergefeiert hatten. Sein Vater Heinrich war auch jetzt noch drüben im Gutshaus der von Falkenbachs und hob den Bierkrug, genau wie sein Onkel Wilhelm, Paul-Friedrich, Leopold und einige Gäste. Gustav hatte sich zusammen mit ihm verabschiedet, nachdem er kurz zuvor im Obergeschoss des Gutshauses gewesen war und mit seiner Frau gesprochen hatte. Die Männer hatten Gustav damit aufgezogen, dass er wohl noch seinen ehelichen Pflichten nachzukommen habe, was für große Erheiterung in der Runde sorgte. Gustav hatte es weder bestätigt noch verneint, hatte nur rasch noch sein Bier ausgetrunken und dann zusammen mit Ferdinand die anderen zurückgelassen. In der Halle hatten auch sie sich dann voneinander verabschiedet, und während Gustav nach oben gegangen war, hatte Ferdinand den Heimweg eingeschlagen.

Die kühle Nachtluft hatte ihm gutgetan. Er hatte im Lauf des Abends dem Alkohol reichlich zugesprochen, obwohl er wusste, dass er ihn nicht wirklich vertrug. Er war da vollkommen anders als sein Cousin Leopold, der offenbar ganze Fässer voll Bier und Schnaps in sich hineingießen konnte, ohne dass er auch nur die geringste Wirkung spürte.

Nun versuchte Ferdinand auf Zehenspitzen über die Treppe nach oben zu gelangen und stieg bewusst über die sechste Stufe hinweg, die schon immer geknarrt hatte. Tatsächlich verursachte er so gut wie kein Geräusch, und auch als er die Tür zum Schlafzimmer öffnete, geschah dies ohne einen Laut.

»Da bist du ja, Liebling«, hörte er Elisabeth sanft in der Dunkelheit sagen.

»Du schläfst noch nicht?«, flüsterte er zurück, um nicht womöglich noch seine Mutter zu wecken, die jedoch zwei Zimmer weiter schlief und ihn eigentlich ohnehin nicht hören konnte.

»Ich kann nicht richtig zur Ruhe kommen, wenn du nicht bei mir bist«, erwiderte Elisabeth und drückte den Schalter der Nachttischlampe.

»Danke«, sagte Ferdinand und war erleichtert, nicht weiter im Dunkeln herumtasten zu müssen. Er zog sich bis auf die Unterhose aus und legte seine Kleidung sorgfältig über den Stuhl. Dann nahm er seinen Schlafanzug, der unter dem Kopfkissen lag, streifte ihn rasch über und legte sich zu seiner Frau unter die Decke. Sie knipste das Licht aus und schmiegte sich an seine Brust.

»Ich bin froh, dass wir das hinter uns haben«, seufzte Elisabeth.

»Ja, ich auch. Diese ganzen Leute, die durch die Fabrikhallen geschlendert sind, um sich alles genau anzusehen, bevor es zur eigentlichen Feier hinüber ins Gutshaus ging, waren mir wirklich zu viel. Ich habe nur darauf gewartet, dass irgendjemand einen Hebel berührt und eine komplette Charge Porzellan vernichtet.«

»Das hätte wirklich noch gefehlt«, stimmte sie ihm zu. »Aber dafür, dass es dir unangenehm war, hast du dich wacker geschlagen. Ich hätte dir tatsächlich abgekauft, dass du dich über die vielen Besucher gefreut hast, so verbindlich, wie du alles erklärt und gezeigt hast.«

»Ach ja? Und ich dachte, jeder müsste mir meine Ungeduld anmerken.«

»Aber nein, überhaupt nicht«, bekräftigte Elisabeth. »Ich war heute wieder sehr stolz auf dich, weißt du das?«

»Danke. Das bedeutet mir wirklich viel.«

»Und – hast du schon mit deinem Vater sprechen können?«

»Nein, also eigentlich schon, aber es hat nichts gebracht.«

»Heißt das, es gefällt ihm nicht?«

»Das heißt, er hat sich meinen Entwurf nicht einmal angesehen. Er hat mir nur heruntergebetet, dass ich schließlich genau wisse, dass wir Porzellan ausschließlich mit floralen Mustern herstellen. Alles andere sei neumodischer Kram, der am Ende in den Regalen verstaube.«

»Aber wie will er das denn wissen, wenn ihr es nicht einmal versucht?«

»Wem sagst du das? Doch du kennst ja meinen Vater. Was er sagt, ist Gesetz.«

»Ach Ferdinand, das tut mir leid.« Sie schmiegte sich noch enger an ihn. »Eines Tages wird dir die Firma gehören, und dann kannst du entscheiden, welches Porzellan gefertigt wird und welches nicht.«

Ferdinand seufzte. »Weißt du«, sagte er nachdenklich, »eigentlich will ich das alles gar nicht. Von mir aus könnte die Fabrik auch verkauft werden. Dann gehen wir von hier fort und führen unser eigenes Leben.«

»Wie meinst du das?« Besorgnis lag in ihrer Stimme.

»Ist dir so ein Gedanke noch nie in den Sinn gekommen? Ich meine, wolltest du nicht auch lieber etwas Eigenes haben, statt einfach nur zu tun, was deine Eltern von dir erwarten?«

»Aber ich habe etwas Eigenes gehabt«, stellte sie fest.

»Du bist Verkäuferin in derselben Bäckerei geworden, in der auch deine Mutter gearbeitet hat.«

»Ja, weil ich es so wollte.«

»Das war wirklich dein Wunsch?«

»Aber ja. Warum denn auch nicht?«

Ferdinand setzte sich auf und machte das Licht wieder an. »Du willst mir also wirklich erzählen, dass du immer schon in einer Bäckerei arbeiten wolltest und dir nichts Schöneres vorstellen kannst?«

»Wie du das sagst … Das klingt ja, als wäre es etwas ganz Furchtbares«, stellte Elisabeth entrüstet fest und setzte sich ebenfalls auf.

»Aber nein, so habe ich es doch nicht gemeint. Aber ich dachte immer, dass du die Arbeit machst, weil du sie machen musst.«

»Nun ja, jeder muss seinen Anteil leisten«, stimmte sie zu. »Doch wenn ich ehrlich bin, hat mir meine Aufgabe stets Freude gemacht.«

»Und warum hast du die Arbeit dann aufgegeben, sobald wir verheiratet waren?«

»Na, wegen deiner Mutter.«

»Wegen meiner Mutter?«, wiederholte Ferdinand.

»Ja, natürlich. Sie bat mich darum. Sie sagte, dass es nicht angemessen sei, wenn ich weiter in der Bäckerei arbeite, wo ich doch mit dir eine so gute Partie gemacht und es nicht nötig hätte, weiter Semmeln zu verkaufen.«

»Das hast du mir nie erzählt«, stellte Ferdinand fest.

»Ich fand es nicht wichtig. Außerdem dachte ich, dass es in deinem Sinne wäre. Deine Mutter meinte, dass ich dich sonst schlecht aussehen ließe. Deshalb habe ich meine Arbeit eingestellt.«

»Mhm.« Ferdinand war unschlüssig, wie er mit dieser Mitteilung umgehen sollte.

»Es macht mir nichts aus, Liebling. Wirklich nicht«, versicherte Elisabeth. »Ich verstehe deine Mutter ja. Ihr seid eine sehr reiche Familie. Da kann es schon einen eigenartigen Eindruck hinterlassen, wenn die angeheiratete Schwiegertochter weiter Semmeln verkauft, während der Ehemann das große Geld verdient.«

»Sie hätte trotzdem erst mit mir sprechen müssen, bevor sie dich darum gebeten hat. Außerdem …« Er machte eine kurze Pause.

»Außerdem *was*?«

»Wir waren nicht immer so reich, wie wir es jetzt sind. Und ich finde es albern, so zu tun, als müsste man sich dafür schämen, weniger Geld zu haben und ehrlicher, aber nicht besonders einträglicher Arbeit nachzugehen.«

»Ich wusste nicht, dass ihr auch schlechtere Zeiten erlebt habt«, sagte Elisabeth. »Das tut mir leid.«

»Muss es nicht. Wir hatten früher unsere Fabrik in der Nähe von Leipzig, wo auch mein Onkel seine Topffabrik betrieb. Wir konnten davon leben, doch besonders üppig war es nicht. Die Produktion war auch um einiges geringer als heute und das Vertriebsnetz viel kleiner.«

»Und wie seid ihr hierhergekommen?«

»Durch Paul-Friedrich. Mein Vater, mein Onkel und er waren zusammen im Krieg und beschlossen damals, die Fabriken, die mehr als sanierungsbedürftig waren, hier neu aufzubauen. Und das war genau die richtige Entscheidung. Seitdem ging es für uns bergauf.«

»Und heute seid ihr mit die wohlhabendsten Leute hier in der Gegend.«

»Ja, so ist es wohl. Doch ich habe nicht vergessen, woher wir kommen und dass es auch anders sein kann. Und eigentlich dachte ich, dass meine Mutter es ähnlich sieht. Deshalb wundert mich einfach ihr Vorgehen.«

»Womöglich fand sie, dass ein Gespräch von Frau zu Frau das Beste wäre. Ganz abgesehen davon, hätte ich ja ohnehin aufgehört zu arbeiten, sobald ich in anderen Umständen bin.«

Ferdinands Kopf fuhr ruckartig herum. »Dann bist du …?«

»Nein, so habe ich es nicht gemeint. Aber ich denke doch, dass es nicht lange auf sich warten lassen wird, oder?«

»Nun, das kommt darauf an.« Sein Lächeln wurde zu einem breiten Grinsen.

Sie sah ihn überrascht an. »Was? Jetzt? Einfach so?«

»Warum denn nicht? Oder willst du meine Mutter da auch erst noch um Erlaubnis bitten?«

Elisabeth kicherte, dann knipste Ferdinand das Licht aus und zog sie ganz eng an sich. Trotz des ungewohnten Alkohols reagierte sein Körper sofort, und Elisabeth seufzte, als er zärtlich ihren Hals zu küssen begann. Kurz war noch der Gedanke in ihr aufgetaucht, ihren Ehemann unauffällig über diese Besucherin auszufragen, die vorhin so überraschend im Gutshaus aufgetaucht war. Nun war sie froh, dass sie nicht mehr dazu gekommen war. Immerhin hatte sie geschworen, die Sache für sich zu behalten. Doch sie wusste, dass ihr dies sehr, sehr schwerfallen würde.

»Vater, kann ich dich kurz sprechen?« Ferdinand hatte nach einem kurzen Klopfen das Büro seines Vaters betreten, der am Schreibtisch saß und Korrespondenz bearbeitete. Trotz der frühen Stunde und der ausgiebigen Feier am gestrigen Abend wirkte Heinrich aufgeräumt und schien nicht die geringsten Nachwirkungen des vielen Alkohols zu spüren. Fast beneidete Ferdinand seinen Vater um sein robustes Naturell.

Heinrich winkte ihn heran. »Komm her und setz dich.« Er deutete auf einen der Stühle vor seinem Schreibtisch. Noch bevor Ferdinand sein Anliegen vorbringen konnte, begann Heinrich schon zu plaudern: »Na, war das nicht ein gelungener Tag gestern? Ich sage dir, alle waren schwer beeindruckt, was wir hier auf die Beine gestellt haben.«

»Ja, ich denke auch, dass es ein Erfolg war.«

»Was, das denkst du nur?« Heinrich lachte auf. »Ich konnte gestern noch mit Alois Lederkämper sprechen. Und was soll ich sagen: Er wird künftig sämtliches Porzellan für seine zwei Gasthäuser von uns beziehen. Wenn das kein Erfolg ist, dann weiß ich auch nicht.«

»Lederkämper, Donnerwetter!«, sagte Ferdinand. »Das wird uns wirklich einiges an Umsatz bringen.«

»Und das ist ja noch nicht alles. Dein Einfall, das Porzellan zu fotografieren und den Leuten die Fotografien mitzugeben, ist auf großen Anklang gestoßen. Wirklich, mein Sohn, dafür gebührt dir Respekt. Ich habe gerade einmal noch fünf Fotografien da. Der ganze Stapel ist weggegangen wie geschnitten Brot. Ich bin sicher, dass auch auf diesem Weg in Kürze weitere Aufträge hereinkommen werden.«

»Das freut mich sehr, Vater. Ich halte es für wichtig, dass

wir in der Kundenwerbung neue Wege gehen und uns von der Konkurrenz abheben.«

»Ja, da gebe ich dir recht. Ich glaube tatsächlich, dass wir rosigen Zeiten entgegensehen.«

»Was das Abheben von der Konkurrenz angeht«, nahm Ferdinand diesen Faden wieder auf, »würde ich sehr gern noch einmal mit dir über das sprechen, was ich gestern schon angedeutet habe.«

Heinrich verdrehte die Augen. »Ich habe dir doch gesagt, was ich davon halte. Wir sind ein Traditionsunternehmen, und unsere Kunden wissen, dass sie sich auf uns verlassen können. Wir liefern schlichte und florale Muster. Und nicht diese Striche und Kleckse, die du gezeichnet hast.«

»Ich hatte doch auch mit den Fotos recht, oder etwa nicht? Wie wäre es, wenn du mir ein bisschen Vertrauen entgegenbringst?«

»Vertrauen ja, doch ich werde keinesfalls so dumm sein, auf gut Glück Porzellan zu produzieren, das ich dann tonnenweise vernichten muss, weil es niemand kaufen will.«

»Und das weißt du woher?« Ferdinand konnte seine Wut kaum mehr unterdrücken.

»Aus jahrelanger Erfahrung, die dir nun mal fehlt.« Heinrich schlug mit der flachen Hand auf den Schreibtisch. »Und nun Schluss damit. Ich habe es dir gestern schon erklärt, das sollte eigentlich genügen. Eines Tages wird die Firma dir gehören, wenngleich ich mir kaum ausmalen mag, dass du all das in Grund und Boden wirtschaftest, was ich so mühsam aufgebaut habe.«

»Urgroßvater hat die Firma aufgebaut, genau wie die von Onkel Wilhelm. Das wollen wir doch nicht unter den Tisch fallen lassen.«

Heinrich war anzusehen, dass er kurz davor stand, vor Wut zu platzen. »Sieh an, Herr Neunmalklug. Was bildest du dir eigentlich ein? Spuckst hier große Töne, obwohl du in deinem Leben noch nichts geleistet hast, außer wie ein kleiner Junge vor dich hin zu kritzeln und dich deinen Tagträumen hinzugeben. Solange du deine Füße unter meinen Tisch streckst, wirst du gefälligst tun, was ich dir sage, hast du verstanden? Und jetzt mach, dass du rauskommst! Du hast mir den Tag verdorben, der so vortrefflich begonnen hat.«

Ferdinand stand auf. Kurz überlegte er, noch etwas zu sagen. Dann entschied er sich jedoch dagegen und ging zur Tür.

»Warum kannst du nicht ein wenig so sein wie dein Cousin?«, rief Heinrich ihm noch nach.

»Wie meinst du das?« Ferdinand drehte sich um.

»Nun, Leopold hat sich nicht schon früh am Abend davongestohlen wie ein kleines Mädchen, das ins Bett muss, sondern sich wie ein richtiger Kerl verhalten und ordentlich gepichelt, wie es sich für einen echten Lehmann gehört. Ich weiß nicht, wie viele Abschlüsse Wilhelm und er gestern gemacht haben, weil Leopold sich nicht davongeschlichen, sondern seine Aufgabe als Juniorchef der Fabrik wahrgenommen hat.«

Ferdinand sah ihn einen Moment lang an. »Es tut mir leid, dass ich offenbar eine solche Enttäuschung für dich bin.«

»Ja, mir auch.«

Ferdinand griff nach der Türklinke, dann zögerte er. »Sag, Vater, wäre es nicht womöglich besser, ich würde mich aus der Fabrik zurückziehen?«

Heinrich sprang auf. »Ich habe mich wohl verhört?!« Er machte ein paar rasche Schritte auf seinen Sohn zu, holte aus und verpasste ihm eine schallende Ohrfeige.

Ferdinand fasste sich an die schmerzende Wange, die augenblicklich rot anlief. Es war das erste Mal seit Jahren, dass Heinrich ihn wieder geschlagen hatte, und tatsächlich war Ferdinand überrascht. Er hatte geglaubt, dass sein Vater mit den Jahren umgänglicher, ja tatsächlich ein wenig milder geworden war. Früher hatte er Ferdinand regelmäßig verprügelt, doch nun mochte es bereits ein Jahrzehnt her sein, dass er das letzte Mal die Hand gegen ihn erhoben hatte. Eigenartigerweise versetzte ihn der Schlag weder in Wut noch kränkte er ihn. Er war einfach nur verwundert. Hatte er die Achillesferse seines Vaters getroffen?

Einen Moment lang sahen die beiden sich nur an. Dann sagte Ferdinand: »Ich entschuldige mich, sollte ich etwas Falsches gesagt haben.«

Heinrich holte erneut aus und schlug abermals mit der Rechten zu, dieses Mal erwischte er seinen Sohn jedoch schmerzhaft am Auge. »*Sollte ich etwas Falsches gesagt haben?*« Heinrich bebte vor Zorn. »All die Jahre habe ich mich krumm gearbeitet für dich und deine Mutter. Ja, vor allem für dich, damit es dir einmal besser geht. Und nun wagst du es, mir mit Herablassung zu begegnen und infrage zu stellen, ob du das Lebenswerk deiner Familie übernehmen solltest. Ich möchte dich am liebsten grün und blau prügeln, um dir ein wenig Benimm beizubringen.« Wieder schnaubte er vor Wut. »Du hast ja keine Ahnung, was ich alles getan habe, damit wir heute so gut dastehen. Und was ist der Dank?«

Ferdinand sagte kein Wort mehr, wartete einfach nur ab. Wenn sein Vater so wütend war wie gerade jetzt, war er unberechenbar. Das hatte Ferdinand in seiner Kindheit und Jugend wahrhaftig oft zu spüren bekommen. War er schon vor dem Krieg nicht gerade ein liebevoller Vater gewesen, so war es nach seiner Rückkehr noch um einiges schlimmer geworden. Doch mit dem Neubau der Fabrik und dem Umzug nach Gut Falkenbach hatte sich die Lage stabilisiert, und Heinrich war ruhiger geworden. Zwar hatte es immer mal wieder Phasen gegeben, in denen er aufbrausend war. Doch es war immer bei verbalen Ausfällen geblieben. Ferdinand konnte sich nicht recht erklären, warum es jetzt anders war. Kränkte den Vater womöglich über die Maßen, dass sein Sohn das, was er eines Tages erben sollte, nicht zu schätzen wusste?

Eine Weile sah Ferdinand den Vater einfach nur an, dann bemerkte er, dass sich dessen Körperhaltung entspannte.

»Ich werde jetzt gehen und die Fertigstellung der neuen Charge überprüfen«, kündigte Ferdinand an.

»Ja, tu das.« Mehr sagte Heinrich nicht, sondern kehrte zu seinem Schreibtischsessel zurück.

»Einen guten Tag, Vater«, verabschiedete sich Ferdinand und ging.

»Ebenso«, war von Heinrich noch zu vernehmen, bevor Ferdinand die Tür hinter sich schloss.

Als er sich vom Büro des Vaters entfernte, keimte ein Gedanke in ihm, den er mit seiner Frau besprechen wollte. Denn obwohl Heinrich genau das Gegenteil hatte erreichen wollen, spürte Ferdinand, dass er sich nun immer mehr von allem entfernte. Er brauchte das Geld nicht, er war nicht darauf erpicht, ein reicher Mann zu sein, vor dem die Angestellten zitterten. Nein, er konnte sich durchaus vorstellen, zusammen mit Elisabeth dem Gut Falkenbach den Rücken zuzukehren und anderswo neu anzufangen. Er war ein gescheiter, kräftiger und fleißiger junger Mann und würde schon eine Anstellung finden. Und womöglich würde es ihm ein Leben an einem anderen Ort ermöglichen, wieder zu malen und vielleicht sogar einmal das eine oder andere Gemälde zu verkaufen. Fast wäre er am Büro des Vorarbeiters Bruno Kantz vorbeigegangen, so sehr war er in Gedanken versunken. Er machte ein paar Schritte zurück, klopfte dann und trat, ohne eine Antwort abzuwarten, ein. Kantz war gerade dabei, die Lagerlisten mit den Auslieferungszahlen abzugleichen, und sah auf, als Ferdinand sein Büro betrat.

»Ah, der Herr Lehmann junior«, sagte Kantz.

»Guten Morgen, Herr Kantz«, grüßte Ferdinand, der den Vorarbeiter als einzigen Angestellten in der Firma siezte. »Ich würde mir gern die Charge mit den neuen Mustern ansehen«, kündigte Ferdinand an.

»Ich komme«, erklärte Bruno Kantz sofort und stand auf. Ferdinand mochte den Mittvierziger, der unverheiratet und ohne Familie war. Soweit Ferdinand wusste, hatte er einen älteren Bruder gehabt, der jedoch im Krieg gefallen war. Ob es an den langen Arbeitsstunden lag, die Kantz in der Fabrik verbrachte und die es ihm im Grunde unmöglich machten, eine nette Frau kennenzulernen, entzog sich Ferdinands Kenntnis. Bruno Kantz verstand von Porzellanherstellung so viel wie sonst niemand. Er war für Ferdinand eine Vertrauensperson in der Firma, die man mitten in der Nacht aufwecken und nach den aktuellen Einkaufspreisen für Kaolin, Quarz oder Feldspat fragen konnte, die man zur Porzellanherstellung benötigte, und die die gewünschten Details dann auf den Pfennig genau zu sagen vermochte. Er schätzte die Kompetenz des Vorarbeiters, vor allem aber auch die verbindliche Art, mit der Kantz die Kollegen behandelte. Ganz im Gegensatz zu Heinrich Lehmann setzte Kantz auf Freundlichkeit und wurde nur dann laut, wenn sich jemand als Faulpelz erwies und zu offensichtlich vor der Arbeit drückte. Das war etwas, das der gebürtige Leipziger auf den Tod nicht ausstehen und worauf er durchaus heftig reagieren konnte. Doch im Normalfall war Kantz in Ferdinands Augen eine Seele von Mensch.

»Ich habe die Produktion gleich heute in der Früh kontrolliert. Ich glaube, Sie werden zufrieden sein«, kündigte er nun an. »Ist denn jetzt schon raus, mit welchem Muster die Charge versehen wird?«

»Mit dem üblichen Blumenmuster«, erklärte Ferdinand und konnte dabei die Enttäuschung, die in seiner Stimme lag, nicht vollends verbergen.

»Also nicht mit Ihren Entwürfen?«

Ferdinand hatte Kantz gestern vor seinem Gespräch mit dem Vater bereits einige Skizzen gezeigt, was er nun bereute.

Langsam schüttelte er den Kopf. »Mein Vater möchte gern am Bewährten festhalten«, erklärte er.

»Ich verstehe«, sagte Kantz nur, und sie gingen gemeinsam über den langen Flur und dann die Stufen hinunter zu der Produktionshalle. Dort stand in einer Ecke ein Stapel Holzkisten, von denen Kantz nun eine öffnete und einen Teller herausnahm.

»Sehen Sie es?«, fragte er und reichte Ferdinand den Teller. »Wir haben den Anteil an Feldspat ein wenig erhöht. Bemerken Sie den feinen Glanz?«

»Wirklich erstaunlich.« Ferdinand drehte den Teller in den Händen und hielt ihn ins Licht.

»Wir werden dennoch die Produktionskosten einhalten können. Ich muss schon sagen, ich bin sehr zufrieden.«

»Ich ebenfalls.« Er reichte Kantz den Teller wieder zurück. »Und kommen wir mit der Produktionsmenge hinterher?«

»Im Moment ja. Doch Ihr Herr Vater kündigte heute Morgen bereits weitere Aufträge mit noch höheren Abnahmemengen an. Wenn das der Fall sein sollte, werden wir einige Extraschichten einlegen müssen.«

»Wird das ein Problem?«

»Ein Problem nicht. Jedoch arbeiten viele unserer Männer bereits mehr, als noch zumutbar ist. Ich weiß ja, dass man in diesen Zeiten dankbar zu sein hat für jede Arbeit, doch viele gehen nicht so bereitwillig an die Sache heran. Zwar will niemand seine Anstellung verlieren, doch dass sie immer mehr und mehr arbeiten sollen, weil keine weiteren Kräfte eingestellt werden, und dafür aber nicht mehr Geld erhalten, wird für mich immer schwerer zu begründen.«

»Haben Sie mit meinem Vater darüber gesprochen?«

»Einige Male schon. Doch er scheint der Auffassung zu sein, dass die Arbeiter sich einfach ein wenig mehr beeilen und fleißiger sein müssen, dann wäre die Arbeit schon zu bewältigen.

Und da sie das nicht sind …«, er zuckte mit den Achseln und ließ den Satz unausgesprochen. »Vielleicht könnten Sie ja mal mit Ihrem Herrn Vater darüber sprechen?«

»Glauben Sie mir, ich bin der Letzte, der Einfluss auf ihn nehmen kann«, gab Ferdinand resigniert zurück.

»Ich verstehe«, sagte Bruno Kantz noch einmal und seufzte. »Nun, ich werde noch mal versuchen, auf die Arbeiter einzuwirken. Ihr Herr Vater hat ja nicht unrecht, manch einer könnte in der Tat ein wenig flotter arbeiten.«

Ferdinand reichte ihm die Hand. »Ich bin Ihnen wirklich dankbar, Herr Kantz. Eines Tages wird sich das alles bestimmt ändern.«

»Ja, eines Tages.«

Sie verabschiedeten sich voneinander, und Ferdinand verließ zur Verblüffung des Vorarbeiters die Fabrik. Eigentlich war er stets die ganze Arbeitszeit über anwesend. Nun jedoch ging er so selbstverständlich hinaus, als wäre es bereits Zeit für den Feierabend. Kurz sah ihm Kantz noch nach, dann eilte er wieder nach oben an seinen Schreibtisch. Irgendwie musste er die zusätzlich anfallenden Stunden organisieren. Er wusste nur noch nicht, wie.

5. Kapitel

Nichts und niemand zerstört das, was ich mir aufgebaut habe.
Paul-Friedrich von Falkenbach

Es war gerade mal kurz vor elf, als der Chauffeur Paul-Friedrich von Falkenbachs den *Gasthof zur Post* erreichte, den Motor abstellte und um das Fahrzeug herumging, um seinem Dienstherrn die hintere Tür zu öffnen und ihn aussteigen zu lassen. Paul-Friedrich sah an der Fassade des zweistöckigen Gasthauses hinauf, das mit Lüftlmalerei prächtig geschmückt war. Um jedes Fenster waren in Goldfarbe Verzierungen gemalt, und jeweils mittig darüber schwebte das Bildnis eines Engels. Über dem ebenfalls goldfarben umrandeten Eingang war ein Schäferpaar zu sehen – die Frau mit einem Säugling im Arm, und daneben zwei Ziegen und ein Ochse. Darüber prangte in verschnörkelten Buchstaben der Name *Zur Post*. Paul-Friedrich trat ein und fand sich gleich in der Gaststube wieder, deren Einrichtung aus einem wuchtigen Tresen und acht Tischen bestand. Zwei von ihnen standen an Eckbänken, die anderen waren jeweils von vier Stühlen umrundet. An der Wand hingen ein großes Hirschgeweih und einige Heiligengemälde mit vergoldeten Rahmen. Der Fußboden bestand aus alten Holzdielen, die bei jedem Schritt leise knarrten.

In der Ecke am Fenster saßen zwei Männer vor ihren Bierkrügen und unterhielten sich. Ansonsten war die Gaststube leer. Hinter dem Tresen stand der Wirt Egbert Thalhäuser, der das Gasthaus zusammen mit seiner Ehefrau Hilde betrieb, und spülte Gläser.

»Heil Hitler«, grüßte Paul-Friedrich.

»Heil Hitler, Herr von Falkenbach«, gab der Wirt zurück. »Sie waren ja schon lange nicht mehr bei uns. Was darf ich Ihnen denn bringen?«

»Im Moment nichts, danke. Sagen Sie, ist nicht zurzeit eine junge Frau bei Ihnen zu Gast? Ihr Name ist Erna Behrend.«

Der Wirt sah ihn prüfend an. »Ja, das stimmt. Zimmer fünf. Die Treppe rauf und dann links.«

Paul-Friedrich schüttelte lächelnd den Kopf. »So vertraut sind wir nicht miteinander«, erklärte er. »Ihr Vater und ich waren zusammen im Krieg, das ist alles. Seien Sie doch so gut, und geben Sie ihr Bescheid, dass ich hier im Gastraum auf sie warte.« Bernried war immerhin ein kleiner Ort, in dem ohnehin schon zu viel getratscht wurde. Niemals hätte Paul-Friedrich sich dem Gerücht ausgesetzt, eine junge Frau auf ihrem Zimmer aufgesucht zu haben.

Der Wirt schien mit der Antwort zufrieden. »Setzen Sie sich doch, Herr von Falkenbach. Ich hole sie gleich.«

»Vielen Dank.«

Paul-Friedrich ging zu einem freien Tisch, der von den beiden anderen Männern so weit wie möglich entfernt war. Zwar wollte er Erna Behrend in aller Öffentlichkeit treffen, belauscht werden wollte er allerdings nicht. Noch wusste er nicht, worum es Erna Behrend überhaupt ging. Womöglich, und davon ging er zum jetzigen Zeitpunkt aus, dachten er und die Lehmanns in eine völlig falsche Richtung, und das Ganze stellte sich am Ende als Sturm im Wasserglas heraus.

Es dauerte nicht lange, bis der Wirt wiederkam und an Paul-Friedrichs Tisch trat. »Sie kommt gleich runter. Möchten Sie nicht doch was trinken?«

Kurz überlegte Paul-Friedrich, ein Bier zu bestellen. Doch er entschied sich dagegen. Er hatte an diesem Morgen gleich zwei Pillen nehmen müssen, um die Schmerzen, die ihm sein linkes Bein, das ja nicht mal mehr vorhanden war, bereitete, einigermaßen in Schach zu halten. Darauf jetzt Alkohol zu trinken, wäre gewiss keine gute Idee. Nein, er brauchte einen klaren Verstand.

»Ich nehme einen Kaffee«, erklärte er.

»Kommt gleich«, sagte der Wirt eilfertig und verließ den Tisch.

Paul-Friedrich hoffte, dass es ein wenig dauerte, denn er hasste abgestandenen Kaffee, der in der Kanne warm gehalten wurde. Er sah gerade aus dem Fenster, als er sich nähernde Schritte hörte. Erna Behrend trat an den Tisch, und Paul-Friedrich stemmte sich mühsam hoch, um sie im Stehen zu begrüßen. Dieses verdammte Bein! Und die Prothese verursachte am Stumpf auch schon wieder entzündete Stellen. In ein oder zwei Tagen würde er größte Mühe haben, die Prothese überhaupt an den Stumpf zu schnallen, so gereizt, wie das Fleisch sich bereits jetzt anfühlte.

»Fräulein Behrend.« Sie reichten sich die Hand, und Paul-Friedrich zog ihre zu einem Handkuss heran. »Ich hoffe, ich überfalle Sie nicht.«

»Aber ich bitte Sie, gestern habe ich Sie überfallen, heute Sie mich. Das passt doch«, gab sie freundlich zurück. Seine Schwierigkeiten beim Aufstehen, die er sich nicht hatte anmerken lassen wollen, waren ihr durchaus nicht entgangen.

»Bitte, nehmen Sie doch Platz«, bat Paul-Friedrich. »Was wollen Sie trinken?«

Als hätte der Wirt die Frage gehört, kam er in diesem Moment mit dem Kaffee für Paul-Friedrich an den Tisch und wandte sich dann an Erna Behrend. »Und was möchten Sie, Fräulein?«

Sie sah auf Paul-Friedrichs Tasse. »Ich hätte gern einen Tee. Vielen Dank.«

Paul-Friedrich zog die Kaffeetasse zu sich heran und schnupperte kurz. Kein Zweifel, der Kaffee war nicht frisch aufgebrüht.

»Bringen Sie mir auch noch einen Tee«, sagte Paul-Friedrich, als der Wirt sich gerade abwenden wollte.

»Stimmt was nicht mit dem Kaffee?«

»Doch, aber ich habe es mir anders überlegt.«

Der Wirt sah auf die Tasse Kaffee, offenbar unschlüssig, ob er sie nun wieder mitnehmen sollte.

Paul-Friedrich schien seine Gedanken zu ahnen. »Lassen Sie den Kaffee ruhig hier stehen. Vielleicht trinke ich ihn ja später noch.«

»Wenn Sie meinen«, brummte der Wirt und machte sich davon.

»Passt es doch nicht heute Mittag mit dem Essen?«, fragte Erna Behrend.

Paul-Friedrich schmunzelte. »Tatsächlich ging die Feier bis in die frühen Morgenstunden, und meine Frau war in heller Aufregung, da noch nicht alles wiederhergerichtet ist. Aber das wäre nicht das Problem. Ich hatte einfach das Gefühl, dass Sie vielleicht lieber vertraulich mit mir sprechen möchten, ohne zu viele Ohren, die mithören können.«

»Das ist wirklich sehr aufmerksam von Ihnen, Herr von Falkenbach.« Sie lächelte ihm freundlich zu. »Und ich denke, Sie liegen richtig mit Ihrer Vermutung.«

»Wie alt sind Sie, wenn ich fragen darf?«

»Dreiundzwanzig. Mein Alter erklärt wohl auch mein Bedürfnis, einiges über meinen Vater zu erfahren. Als er in den Krieg zog, war ich gerade ein Jahr alt. Ich habe überhaupt keine Erinnerungen an ihn. Und … nun ja, wie Sie wissen, ist er nie nach Hause zurückgekehrt.«

»Ein hartes Schicksal, das Sie mit viel zu vielen Menschen teilen.«

Erna Behrend nickte. »Deshalb möchte ich so viel wie möglich über ihn herausfinden«, fuhr sie fort.

»Indem Sie nachforschen, was im Krieg mit ihm passierte?« Paul-Friedrich sah ihr direkt in die Augen. »Denken Sie nicht, dass die Erinnerungen, die Ihre Mutter an Ihren Vater hat, die besseren sind?«

»Wahrscheinlich haben Sie recht«, befand sie. »Doch sind diese Erinnerungen auch echt? Ich meine, sind sie ehrlich? War der Mann, den sie mir als meinen Vater beschrieben hat, wirklich so?«

»Nun, zwar weiß ich nicht, was Ihre Mutter Ihnen erzählt hat. Doch ich habe Hauptfeldwebel Viktor Behrend als einen wirklich ehrlichen, zuverlässigen und verantwortungsbewussten Truppführer erlebt, der seinen Dienst beflissen ausgeführt hat.«

»Zwar konnte meine Mutter mir nichts über sein Verhalten im Dienst sagen, doch Ihre Beschreibung entspricht weitestgehend der, die sie mir gegeben hat.«

»Warum haben Sie dann Zweifel? Denn das ist es doch offenbar, was Sie umtreibt, nicht wahr?«

Der Wirt trat mit zwei Tassen Tee an den Tisch und stellte sie ab. »Bitte sehr, die Herrschaften«, sagte er und ging, bevor einer der beiden etwas erwidern konnte.

»Danke«, sagte Erna Behrend dennoch, was der Wirt auch gehört haben musste, doch er reagierte gar nicht darauf.

»Ich glaube, er nimmt mir übel, dass ich seinen Kaffee nicht trinken wollte«, sagte Paul-Friedrich leise und in verschwörerischem Tonfall.

»Das war eine gute Entscheidung«, gab sie ebenso leise zurück. »Ich habe ihn gestern probiert.« Sie verzog das Gesicht und schüttelte den Kopf. »Nun trinke ich lieber Tee.«

Paul-Friedrich lachte auf und zog die Tasse heran. Tatsächlich roch der Tee durchaus appetitlich. Er bot zunächst seiner Gesprächspartnerin Zucker an, nahm sich dann selbst welchen und trank einen Schluck.

»Wo waren wir stehen geblieben?«, versuchte Paul-Friedrich an ihr Gespräch von soeben anzuknüpfen. Inzwischen war er recht angetan von der jungen Frau und fühlte sich durch deren plötzliches Auftauchen in seinem Heimatort nicht mehr beunruhigt. Ganz im Gegenteil. Er fand es recht angenehm, hier zu sitzen und zu plaudern. Schließlich hatte es im Krieg nicht nur schlechte Erlebnisse gegeben, und er war inzwischen überzeugt, dass die Fragen, die sie stellte, wirklich nur dem Zweck dienten, mehr über ihren toten Vater herauszufinden, um sich diesem etwas näher zu fühlen.

»Sie wollten wissen, warum ich Zweifel habe«, sagte Erna und schien einen Moment zu überlegen. »Ich studiere Zeitungswissenschaft, wissen Sie? Also bin ich schon von Berufs wegen neugierig.«

Paul-Friedrich lächelte freundlich, doch er spürte nun Unruhe in sich aufsteigen. Zwar kannte er nicht viele Journalisten persönlich, genau genommen nicht einen einzigen, doch dass diese Leute äußerst neugierig waren, verstand sich quasi von selbst.

»Ich finde es gut, dass sich inzwischen immer mehr Frauen einem Studium widmen«, meinte er. »Es entspricht dem Denken unserer Zeit.«

»Danke. Es ist sehr nett von Ihnen, dass Sie das sagen.

Glauben Sie mir, ich höre darüber auch andere Ansichten. Ganz andere.«

»Von Rückständigen«, befand Paul-Friedrich. »Doch solche wird es immer geben. Daran müssen wir uns nicht stören.«

»Es ist schön, diese Worte aus dem Mund eines erfahrenen Mannes zu hören.« Sie lächelte, doch das Lächeln erreichte nicht ganz ihre Augen. »Ich möchte ganz offen mit Ihnen sprechen, Herr von Falkenbach. War mein Vater womöglich kriminell?«

»Wie bitte?«

»Es fällt mir unendlich schwer, es anzusprechen«, entschuldigte sie sich. »Doch es muss sein.«

»Wie, um Himmels willen, kommen Sie denn darauf, Fräulein Behrend?«

Sie schluckte schwer, und fast schien es, als wollten ihr Tränen in die Augen steigen. »Ich war in Riga«, brachte sie stockend hervor. »Lettisch spreche ich natürlich nicht, doch ich konnte mich einigermaßen verständigen.«

Paul-Friedrich schüttelte den Kopf. »Aber was genau wollten Sie denn dort? Was hofften Sie an dem Ort, der von den Deutschen überrannt wurde, an ehrlichen Informationen zu erhalten?«

»Das stimmt natürlich. Die Menschen dort waren anfangs auch nicht besonders zugänglich. Doch als sie merkten, worum es mir ging, hatten die meisten Verständnis. So ein Krieg betrifft ja nicht nur eine Seite allein. Auf allen Seiten gibt es im Grunde nur Verlierer. Und ganz gleich, welcher Herkunft die Soldaten sind, sie haben Mütter, Väter, Geschwister und manchmal eben auch Kinder, die sie zu Hause zurücklassen. Tatsächlich wurde mir mehr Verständnis entgegengebracht, als ich zu hoffen gewagt hatte.«

»Es ist schön, wenn es nach Jahren gelingt, die Barrieren in den Köpfen und Herzen der Menschen zu überwinden.«

»Nun, ich bin nicht sicher, dass sie wirklich überwunden sind. Ich führte viele Gespräche dort. Sehr viele. Und oft kam die Angst der Menschen zum Ausdruck, dass unser Führer womöglich einen weiteren Krieg anstreben könnte.«

»Der Führer?« Paul-Friedrich schüttelte den Kopf. »Er arbeitet seit Jahren daran, die Ordnung im Deutschen Reich wiederherzustellen. Damit hat er sich wahrlich eine Mammutaufgabe vorgenommen. Da bleibt für einen Krieg gar keine Zeit.« Wieder setzte Paul-Friedrich ein verbindliches Lächeln auf.

»Nun, ich hoffe, Sie behalten recht. Doch denken Sie nicht auch, dass die hohen Kosten Deutschland ruinieren könnten? Ich meine, die Visionen des Führers sind ohne Zweifel beeindruckend. Doch wer soll das alles bezahlen? Allein der Bau der Reichsautobahnen kostet ein Vermögen.«

»Und bringt Tausende Männer in Lohn und Brot.«

»Das stimmt sicherlich. Und womöglich wird sich ein solches Konzept auf lange Sicht durchsetzen können. Doch in der Kürze der Zeit so gewaltige Veränderungen vorzunehmen, setzt erhebliche Einkünfte voraus. Einkünfte, die das Deutsche Reich nicht hat.«

»Sie sind wirklich eine ebenso kluge wie wissbegierige junge Frau«, stellte Paul-Friedrich anerkennend fest.

»Danke schön. Aber gewiss langweile ich Sie mit meinen Bedenken.«

»Von Langeweile kann nun wirklich keine Rede sein. Haben Sie doch etwas mehr Selbstvertrauen in das, was Sie zu sagen haben. Das würde einer so klugen jungen Frau wie Ihnen sehr gut zu Gesicht stehen.«

»Das ist ganz reizend von Ihnen. Haben Sie vielen Dank. Doch um wieder auf meinen Vater zurückzukommen: Ich habe mich in Riga anhand der Auskünfte, die ich vom früheren Kriegsamt bekam beziehungsweise von dem Archiv, das noch

Unterlagen aufbewahrt, durchgefragt. Die letzten Eintragungen über meinen Vater besagen, dass er in der Schlacht um Riga als Mitglied der 8. Armee zwischen dem 2. und dem 3. September 1917 gefallen ist.«

»Ja. Und?« Paul-Friedrich wollte sich nicht in die Karten sehen lassen. Er musste jetzt genau aufpassen, was er sagte.

»Nun, das kann nicht sein. Er schrieb meiner Mutter einen Brief, der datiert ist auf den 10. September 1917.«

»Womöglich hat er sich im Datum geirrt. In den Kriegswirren wäre dies nicht überraschend.«

»Das könnte man sicherlich glauben, doch er teilte ihr in diesem Brief mit, dass die Schlacht mit der Einnahme Rigas vor fünf Tagen beendet worden sei und er mit seinen Männern den Befehl zum Rückzug hätte.« Sie straffte den Rücken. »Wie ist mein Vater wirklich gestorben, Herr von Falkenbach? Bitte sagen Sie mir die Wahrheit.« Wieder schien sie gegen die Tränen anzukämpfen. »Überall wird es so dargestellt, als sei er als Held gestorben, doch das glaube ich nicht.«

»Und weshalb nicht?«

»Zum einen wegen des Briefes. Es war ohne jeden Zweifel die Handschrift meines Vaters. Dieser Brief wurde nach der Schlacht um Riga geschrieben, also als mein Vater und seine Einheit sich weitestgehend außer Gefahr befanden.«

»Niemand, der noch nicht wieder in der Heimat angekommen war, war tatsächlich außer Gefahr, Fräulein Behrend.«

»Ich hatte ein Foto meines Vaters dabei, als ich in Riga war«, fuhr sie fort, ohne auf seine Bemerkung einzugehen.

»Und?«

»Eine Frau hat ihn wiedererkannt.«

Paul-Friedrich schluckte schwer. Er konnte sich denken, was jetzt kam.

Die Tränen liefen Erna Behrend nun über die Wangen. »Mein Vater war ein Vergewaltiger, nicht wahr?«

Paul-Friedrich atmete tief ein und vernehmlich wieder aus. »Hat die Frau Ihnen das gesagt?«

Erna nickte stumm.

Paul-Friedrich seufzte. »Ich wünschte, Sie hätten niemals nachgeforscht und stattdessen das Andenken an Ihren Vater bewahrt.«

»Die Frau sagte, dass noch zwei andere Soldaten daran beteiligt waren. Um wen handelte es sich dabei?«

»Warum lassen Sie die Vergangenheit nicht ruhen?«

»Weil ich es nicht kann, verstehen Sie das denn nicht?«

»Nein, offen gesagt, verstehe ich das nicht.« In diesem Moment kam ihm ein Gedanke, und er fügte rasch hinzu: »Sie glauben doch wohl hoffentlich nicht, dass ich einer der Männer war?«

Sie schüttelte den Kopf. »Nein. Das glaube ich nicht. Die Frau hat mir gesagt, dass zwei von denen, die sich an ihr vergingen, tot sind. Sie hat selbst ihre Leichen gesehen.«

Kurz stellte sich Erleichterung bei Paul-Friedrich ein.

»Wie ist mein Vater gestorben, Herr von Falkenbach? Nach allem, was ich herausgefunden habe, müssen Sie, also der gesamte Trupp, schon auf dem Rückzug gewesen sein. Sie hatten das Gebiet um die Aa längst verlassen.«

Paul-Friedrich seufzte.

»Finden Sie nicht, dass ich ein Recht habe, zu erfahren, was wirklich geschehen ist?«

»Es war Krieg, Fräulein Behrend. Keiner von uns war damals der Mensch, der er in Friedenszeiten ist.«

»Sie haben niemanden vergewaltigt, vermute ich. Und Hunderttausende andere auch nicht. Mein Vater jedoch hat es getan, und dennoch wurde er nachträglich mit dem Eisernen Kreuz geehrt und als Held gefeiert. Damit wird der Frau ein weiteres Mal mitten ins Gesicht geschlagen.«

»Zum einen«, setzte Paul-Friedrich an, »hatte er das Eiserne

Kreuz verdient. Er hat uns gerettet, die gesamte Einheit. Das ist die reine Wahrheit, Fräulein Behrend. Wir sind in der Schlacht an der Aa in einen Hinterhalt geraten, und Viktor hat uns freigeschossen. Einen von uns, Ludwig Pfeiffer, hat Ihr Vater auf seinen Schultern davongetragen und außer Schussweite gebracht. Er hat jedem von uns das Leben gerettet.« Er suchte ihren Blick. »Zählt das denn gar nicht, Fräulein Behrend?«

»Das gab ihm nicht das Recht, zu tun, was er getan hat«, urteilte sie.

»Nein, das nicht. Und ich sage auch nicht, dass eine gute Tat eine grausame aufwiegt. Doch Ihr Vater war kein schlechter Mensch. Der Krieg hat jedem von uns alles abverlangt.«

»Und das soll einem Menschen das Recht geben, einem anderen auf diese Art Gewalt anzutun? Es war eine unschuldige junge Frau, die dort in einem Haushalt angestellt war. Sie hatte nichts mit dem Krieg zu tun. Und doch wurde ihr unbeschreibliches Leid zugefügt.«

»Nein«, er schüttelte den Kopf, »Sie haben recht. Dafür gibt es keine Entschuldigung.«

»Wie ist er wirklich ums Leben gekommen, wenn er nicht in der Schlacht fiel?«

Paul-Friedrich seufzte abermals. Die Gedanken an damals machten ihm schwer zu schaffen. So viel Leid, so viele Tote und so viel Elend hatte er mit eigenen Augen ansehen müssen, dass jeder Tag, an dem er diese Bilder nicht vor sich sah, für ihn wie ein Geschenk war.

»Es waren ein paar Bauern, die uns überfallen haben. Ihren Vater und noch zwei weitere Männer unserer Einheit haben sie getötet. Wir anderen sind knapp mit dem Leben davongekommen.«

»Und weshalb haben Sie beim Kriegsamt gelogen, was den Hergang anging?«

Er presste kurz die Lippen aufeinander. »Warum wohl? Des Stolzes wegen. Wir alle wurden später für unsere Tapferkeit ausgezeichnet, weil wir in der Schlacht von Riga zu denen gehörten, die den Sieg davontrugen. Wie, denken Sie, hätte es wohl gewirkt, wenn wir zugegeben hätten, dass uns ein paar Bauern überrumpelt und einige von uns zu Tode geprügelt haben?«

»Warum wurden Sie von den Männern überfallen? Weil Sie Soldaten waren – oder weil diese wussten, was Männer Ihrer Einheit der Frau angetan hatten?«

»Ich weiß es nicht.« Er sah sie fest an. »Ich weiß es wirklich nicht. Alles geschah in einem furchtbaren Durcheinander.«

»Also haben Sie die Leichen auf einen Karren geladen und sie mit Ihrer Lüge im Gepäck zurückgebracht?«

»Ja, so war es. Und ich schäme mich dafür.«

»Wie sagten Sie noch? Es war Krieg. Und wahrscheinlich haben Sie einfach so gehandelt, wie Sie es für richtig hielten«, sagte sie verständnisvoll. »Sie waren es, der der Frau in Riga die Leichen gezeigt hat, nicht wahr?«

Paul-Friedrich erwiderte nichts.

»Soll ich noch einmal nach Riga reisen, dieses Mal mit einem Foto von Ihnen?«

»Ja, ich habe sie ihr gezeigt. Ich dachte, so könnte ihre Seele vielleicht heilen.«

»Woher wussten Sie, was mein Vater und die anderen beiden der Frau angetan hatten?«

»Wir haben sie dabei überrascht. Wilhelm und Heinrich Lehmann und ich selbst. Wir haben sie daran gehindert, weiterzumachen, und haben alle drei mitgenommen.«

»Wer waren denn nun die anderen Männer, die die Frau überfallen haben?«

»Weshalb wollen Sie das wissen?«

»Ich möchte einfach mit der Geschichte abschließen, deshalb.«

Irgendetwas in ihrem Verhalten hatte sich verändert. Paul-Friedrich spürte es genau. Ihre Stimme klang ein wenig höher, und während sie ihm zuvor fest in die Augen gesehen hatte, wich sie seinem Blick nun aus und trank eilig einen Schluck Tee.

»Ich glaube Ihnen nicht«, stellte er fest.

»Wie bitte?«

»Wozu wollen Sie wissen, wer noch daran beteiligt war? Immerhin kennen Sie die Geschichte um Ihren Herrn Vater bereits. Weshalb also die anderen Namen?«

»Es gehört zum Gesamtbild, finden Sie nicht?«

»Sie lügen schon wieder, Fräulein Behrend. Und das, offen gesagt, nicht besonders glaubhaft. Ich möchte etwas von Ihnen wissen.«

»Ja?«

»Was werden Sie unternehmen, wenn Sie die Wahrheit kennen?«

»Wie meinen Sie das?«

»Haben Sie vor, Ihren Vater nachträglich anzuzeigen, ihm die erfolgte Ehrung aberkennen zu lassen und womöglich auch die anderen Namen preiszugeben?«

»Macht das für Sie einen Unterschied?«

»Allerdings.«

»Weshalb?«

»Weil es nicht richtig wäre. Ja, ich gebe zu, dass das, was Ihr Vater getan hat, einfach scheußlich war.« Er schüttelte den Kopf. »Doch ich habe etwas dagegen, dass stets diejenigen, die gar nicht dabei waren und von daher auch überhaupt nicht wissen können, wie es wirklich war, ein Urteil fällen und damit das, was manchmal ein ganzes Menschenleben bedeutet, zunichte machen.« Er suchte ihren Blick. »Und denken Sie bitte auch an Ihre Frau Mutter. Wie wäre es wohl für sie, wenn sie die Wahrheit erführe?«

»Meine Mutter ist tot. Bereits seit eineinhalb Jahren.«

»Oh, das tut mir leid.«

»Sie war sehr krank. Am Ende war es eine Gnade, dass sie gehen konnte.«

Einen Moment sagte keiner von ihnen etwas. »Sie haben mir meine Frage nicht beantwortet«, stellte Paul-Friedrich dann fest. »Was werden Sie tun, wenn Sie die ganze Geschichte kennen?«

»Das kann ich erst dann entscheiden.«

Er schüttelte den Kopf. »Dann bedaure ich. Wenn Sie mir nicht Ihr Wort geben, Stillschweigen darüber zu bewahren, werden Sie von mir nichts mehr erfahren.«

»Aber Herr von Falkenbach! Es geht hier um die Wahrheit.«

»Ja, um die Wahrheit, die jedoch gleichzeitig das Denunzieren von Kameraden bedeuten würde. Was Sie selbst herausgefunden haben, können Sie zur Anzeige bringen oder es auch lassen. Hier kann ich nichts tun. Doch ich werde nicht meine frühere Einheit verraten.«

»Das hätte ich nicht von Ihnen gedacht.«

»Es tut mir leid, Fräulein Behrend, doch ich habe meine Prinzipien.«

»Die Frau sagte mir, es habe sie getröstet, dass der deutsche Soldat gekommen sei und ihr die Leichname zweier Männer gezeigt habe, die ihr das angetan haben. Sie hatten Mitleid mit der Frau, Herr von Falkenbach. Sie waren froh, ihr zwei der Täter zeigen zu können. Wer waren die beiden anderen? In Ihrer Einheit waren damals acht Männer.« Sie zählte mit den Fingern ab. »Sie, die beiden Lehmanns, mein Vater, Ludwig Pfeiffer, Karl Taubner, Theo Siegler und Albert Zeidler.«

»Mein Gott, wie lange ich diese Namen nicht mehr gehört habe!«

»Wer waren die anderen Vergewaltiger, Herr von Falkenbach?«, fragte sie eindringlich.

Paul-Friedrich schüttelte den Kopf. »Das ist nicht mehr wichtig.«

»Wer, Herr von Falkenbach? Ludwig Pfeiffer und Karl Taubner sind zusammen mit meinem Vater gestorben. Einer von ihnen wird also der zweite Mann gewesen sein. Doch was ist mit Theo Siegler und Albert Zeidler? Beide sind nach Hause zurückgekehrt. Oder war es am Ende doch einer Ihrer Geschäftspartner, einer von den Lehmann-Brüdern, und Sie haben mir soeben eine Lüge aufgetischt, als Sie sagten, dass Sie und die beiden der Frau geholfen hätten?«

Paul-Friedrich versuchte die Fassung zu bewahren, obwohl er spürte, dass die anderen Gäste schon mehrfach zu ihnen herübergesehen hatten.

»Was wollen Sie mit diesen Informationen anfangen, Fräulein Behrend?«, fragte er, so ruhig es ihm möglich war.

»Ich möchte es einfach wissen.«

»Nein, Sie lügen mich gerade an, das sehe ich. Ich wiederhole also meine Frage: Wozu benötigen Sie diese Auskünfte?«

»Nun gut, ich werde es Ihnen sagen: Meine Mutter wurde ebenfalls angegriffen, und zwar schon vor vielen Jahren. Sie war danach nie mehr dieselbe. Irgendwo lebt eine Familie mit einem Mann unter einem Dach, der ein Vergewaltiger ist, und eine andere Familie glaubt, dass ihr Mann, Vater, Bruder oder Sohn als Held gestorben ist – dabei war er der letzte Abschaum.«

»Sie sagten vorhin, dass Sie Zeitungswissenschaft studieren«, stellte Paul-Friedrich fest. »Ist es das? Wollen Sie die Männer fast zwanzig Jahre später an den Pranger stellen?«

Sie sah ihn fast überrascht an. »Nein«, erklärte sie dann mit fester Stimme, »das habe ich tatsächlich nicht vor. Doch ich werde mit ihren Familien sprechen.«

Paul-Friedrich überlegte kurz. »Und wenn Sie das getan haben, hören Sie dann auf, weiter in der Vergangenheit herumzustochern und alte Wunden aufzureißen?«

»Darauf gebe ich Ihnen mein Wort«, erklärte sie in fast feierlichem Tonfall.

»Nun gut. Ludwig Pfeiffer und Karl Taubner.«

»Also die beiden, die zusammen mit meinem Vater gestorben sind?«

»Ganz genau.«

»Mhm«, erwiderte sie. »Die Frau sagte jedoch ganz deutlich, dass nur zwei der Männer, die ihr Gewalt angetan haben, tot waren.«

Paul-Friedrich schüttelte den Kopf. »Nein. Ich sehe sie noch heute vor mir. Der Leichnam Ihres Vaters lag links auf einem Holzkarren, rechts neben ihm Ludwig, der Karl ein wenig verdeckte.«

Sie sah ihm tief in die Augen, um herauszufinden, ob er ihr wirklich die Wahrheit sagte oder einfach nur den Namen der anderen Toten nannte, damit sie keine Fragen mehr stellte. Er hielt ihrem Blick stand.

»Schwören Sie es?«

Er hob bereitwillig die rechte Hand. »Ich schwöre es Ihnen, Fräulein Behrend. Die Tat von damals ist bereits gesühnt. Diejenigen, die sich an der jungen Frau vergangen haben, sind alle tot. Egal, wie tief Sie noch stochern, das ist die Wahrheit und nichts als die Wahrheit.«

Sie nahm ihre Tasse, doch der Tee war inzwischen kalt geworden. Dennoch hob sie sie an die Lippen und trank.

»Geht es Ihnen jetzt besser, wo Sie die Wahrheit kennen?«

Sie hob die Mundwinkel zu einem leisen Lächeln. »Ja, ich denke schon.«

»Und was werden Sie nun tun?«

Sie zuckte mit den Achseln. »Ich weiß es nicht genau. Eigentlich hatte ich mir fest vorgenommen, die Familien aufzusuchen und ihnen zu sagen, was geschehen ist. Doch andererseits frage ich mich, ob ich überhaupt das Recht dazu habe.

Immerhin nehme ich ihnen damit das Bild eines Menschen, den sie geliebt haben.«

»Das ist eine sehr erwachsene Einstellung.«

»Sie haben mich zum Nachdenken gebracht«, erklärte sie. »Mit dem, was Sie vorhin über das Urteilen derer sagten, die gar nicht an der Front waren.«

Paul-Friedrich nickte.

»Aber eine Frage hätte ich doch noch: Warum sind Sie dorthin zurückgekehrt?«

»Wie bitte?«

»Nach dem Krieg.«

»Wie kommen Sie darauf?«

Sie legte den Kopf schräg. »Ich sagte doch, ich bin angehende Journalistin.«

Er nickte. »Ich verstehe. Die Frau hat Ihnen auch davon erzählt«, reimte er sich zusammen und sagte dann nachdenklich: »Auch ich wollte mit all dem abschließen.«

»Sie und die Brüder Lehmann?«

»Ganz recht.«

»Ich verstehe.« Sie strich eine Haarsträhne zurück, die ihr in die Stirn gefallen war. »Aber warum ausgerechnet dort? Ich meine, Sie waren mehrere Jahre im Krieg. Doch der einzige Ort, an den Sie danach zurückgekehrt sind, ist Riga. Was war dort so wichtig für Sie, dass Sie genau damit abschließen wollten?«

Paul-Friedrich setzte ein gutmütiges Lächeln auf. »Gar nichts. Deshalb waren Willi, Heinrich und ich nicht nur in Riga, sondern auch in Frankreich, wo wir fast zwei Jahre stationiert gewesen sind.«

»Oh!«, entfuhr es ihr. »Das habe ich tatsächlich nicht gewusst.«

»Der Journalismus sollte Sie nicht dazu verführen, überall und hinter jeder Ecke eine Verschwörung zu vermuten«, sagte er in väterlichem Tonfall.

»Scheint schon jetzt eine Berufskrankheit zu werden«, erklärte sie.

Paul-Friedrich hob den Arm und deutete dem Wirt an, zahlen zu wollen.

»Nur eine letzte Frage noch«, bat sie.

»War denn nicht die Frage zuvor schon Ihre letzte Frage?« Es klang fast heiter.

»Was wissen Sie über das Geld?«

Paul-Friedrichs Lächeln gefror. »Welches Geld?«

»Das Geld, das meine Mutter und ich erhalten haben und das angeblich vom Kriegsamt stammte.«

Paul-Friedrich war verwirrt. »Darüber weiß ich tatsächlich nicht das Geringste«, sagte er. »Mir war nicht bekannt, dass das frühere Kriegsamt Gelder ausgezahlt hat.«

»Hat es auch nicht. Das ist ja überhaupt der Grund, warum mich die Sache so stutzig macht.«

6. Kapitel

»Das Leben ist eine Berg- und Talfahrt«, hat meine Großmutter immer gesagt. Doch die Zeit, die ich nun schon im Tal sitze, ohne die Aussicht, dass es je wieder bergauf geht, lässt mich an der Welt verzweifeln.

Irma Lehmann

Sie lächelte, als sie in das rosige Gesichtchen ihrer kleinen Sophia sah. Das Kind war ihr ganzes Glück, und seit sie ihm vor einem Jahr das Leben geschenkt hatte, hatte ihr eigenes dadurch einen bisher nie gekannten Sinn erfahren. Wäre da nur nicht diese bleierne Müdigkeit, die sie tags wie nachts verspürte und die ihr zum ständigen Begleiter geworden war. Doch wenn sie ihre Tochter nun so liegen sah, satt vom Stillen und in frische Windeln gepackt, ging ihr das Herz auf, und alles, was sie sonst nur durch einen dunklen Schleier von Müdigkeit wahrnahm, bekam mit einem Mal einen Sinn, und der Himmel klarte für sie auf.

Sophia schaute die Mutter an. Fast schien es, als lächelte sie ihr zu. Irma beugte sich über den Stubenwagen, berührte zärtlich die Wange ihrer Tochter, worauf diese einen vergnügten Gluckslaut von sich gab.

»Nun schlaf schön, meine Kleine«, sagte Irma zärtlich und warf noch einen letzten Blick in den Stubenwagen hinein. Sophia lag auf dem Rücken und hatte die kleinen Ärmchen nach oben angewinkelt. Sie blinzelte noch einige Male, doch die Müdigkeit, die sich stets nach dem Stillen bei der Kleinen einstellte, überfiel sie auch jetzt. Schon fielen Sophia die Augen zu, und kurz darauf wurde ihr Atem noch gleichmäßiger und tiefer. Vorsichtig zog Irma die Vorhänge des Stubenwagens als Sichtschutz zu, wandte sich mit einem Lächeln ab, setzte sich in den Sessel, der neben dem Fenster stand, und sah hinaus. Sophia würde etwa eine halbe oder eine Dreiviertelstunde schlafen, wie sie es jeden Mittag tat, sobald sie satt und sauber in ihrem Stubenwagen lag. Das war die Zeit, in der auch Irma etwas zur Ruhe kam, was sie überaus genoss. Diese zweite Schwangerschaft war anders als ihre erste, irgendwie anstrengender. Während Irma seinerzeit mit großer Hoffnung dem freudigen Ereignis der Niederkunft entgegengesehen hatte, empfand sie dieses Mal fast ständig eine diffuse, nicht einzuordnende Angst. Es war, als wollte das Kind in ihrem Bauch sich schon jetzt gegen die Mutter auflehnen. Irma wusste, dass solche Gedanken Unsinn waren. Vor allem hatte sie doch in der Mütterschule alles gelernt, was es als gute Mutter zu wissen galt. Und doch konnte sie sich gegen die zweifelnden Gedanken nicht wehren. Womöglich lag es auch daran, dass Irma, als sie mit Sophia schwanger gewesen war, mit der Geburt des Kindes noch die Hoffnung verbunden hatte, dass zwischen ihr und Leopold die Freude und Verbundenheit zurückkäme. Denn beides war schon ganz kurz nach der Heirat verschwunden. Es war, als hätte man einen Schalter umgelegt. Wie bemüht war Leopold doch gewesen, damals ihr Herz zu erobern. Erst hatte sie es gar nicht richtig bemerkt, ihn nur freundlich und charmant gefunden. Schließlich war sie zu der Zeit mit Gustav verlobt gewesen und irgendwie davon ausgegangen, dass damit die Verhältnisse zwischen ihr und den anderen Bewohnern auf Gut Falkenbach geklärt waren. Damals hatte sie noch in einer kleinen Wohnung in Bernried gelebt, die sie sich mit ihrer Freundin Barbara, die ebenfalls in der Mütterschule arbeitete, teilte. Nur gelegentlich war sie seinerzeit nach Gut Falkenbach gefahren, um Dorothea, Gustavs Mutter, zu besuchen, mit der sie sich immer schon gut verstanden hatte. Zwar hatte sie Leopold manchmal dort angetroffen, weil die Topf- und Pfannenfabrik seiner Familie ebenfalls auf dem Gutsgelände angesiedelt war. Doch zu der Zeit war er für sie einfach nur ein Jugendfreund ihres künftigen Ehemannes gewesen, da die beiden, mit Ferdinand als Drittem im Bunde, quasi zusammen aufgewachsen waren. Erst bei dem Erntedankfest im September 1934 hatte sich das geändert. Ihre Freundin Barbara hatte unbedingt hingehen wollen und so lange auf Irma eingeredet, bis diese endlich, wenn auch widerwillig, nachgab. Leopold war ebenfalls mit Freunden bei dem Fest gewesen. Bei der Erinnerung daran seufzte Irma und berührte mit der Fingerspitze die Fensterscheibe, die den Blick in den großzügigen Garten freigab. Es war fast eine sehnsuchtsvolle Geste, denn sie fühlte sich in diesem Augenblick so kraftlos und müde, so ohne jede Hoffnung, dass sie hätte weinen mögen. So gut sie es auch hatte, fühlte sie sich doch in diesem Haus, vor allem aber in der Rolle als Ehefrau Leopolds und Mutter seiner Kinder, gefangen. Ja, sie wusste, dass es für eine deutsche Frau keine höhere Aufgabe geben konnte, als Mutter zu werden und mit Treue, Opferbereitschaft, Leidensfähigkeit und Selbstlosigkeit ihre Pflichten zu erfüllen. Sie war von reinem arischen Blut, was in diesen Zeiten über alle Maßen geschätzt wurde. Von ihrer eigenen Mutter wusste sie, dass das früher anders gewesen war und keine Rolle gespielt hatte. Nun jedoch konnte Irma von Glück sagen, dass die arische Abstammungslinie ihrer Familie makellos war und über mehr als fünf Generationen zurückverfolgt werden konnte. Bei Barbara, ihrer früheren Arbeitskollegin und Mitbewohnerin, verhielt es sich da ganz anders. Deren Urgroßvater war Jude gewesen, und

Barbara hatte Irma im Vertrauen erzählt, dass ihre Mutter sich vergeblich bemühte, einen Ariernachweis zu erhalten, um den Repressalien, die immer mehr Juden und sogar diejenigen erlitten, die jüdische Ahnen in der Familie hatten, zu entgehen. Es blieb zu hoffen, dass sich die oftmals aufgeheizte Stimmung im Land wieder beruhigen würde. Irma war davon überzeugt. Schließlich gab es zu viele Juden im Deutschen Reich, als dass man sie so einfach aus der Volksgemeinschaft vertreiben könnte. Vor allem blieb auch die Frage, wohin sie vertrieben werden sollten. Denn schließlich waren sie nicht nur Juden, sondern auch Deutsche, die hier oft schon seit Generationen lebten. Und wenn Irma ehrlich war, begriff sie auch nicht, worin das Verbrechen dieser Menschen bestehen sollte. Aber das lag gewiss an ihr, womöglich war sie aus zu einfachem Holz geschnitzt und trotz der guten Erziehung durch ihre Eltern nicht gebildet genug, um sämtliche Zusammenhänge zu verstehen. Tatsächlich konnte sie sich auch nicht erinnern, je von ihren Eltern dahingehend aufgeklärt worden zu sein. Ihre Mutter hatte eigentlich Lehrerin werden wollen und war auch bereit gewesen, den Lehrerinnenzölibat, der 1880 im Deutschen Reich eingeführt und nach kurzer Abschaffung 1923 wieder ins Leben gerufen wurde, in Kauf zu nehmen. Dieser Zölibat sollte dazu dienen, die Unvereinbarkeit von Ehe und Beruf bei Frauen zu regeln. Doch als Irmas Mutter Grete ihren späteren Mann Albert kennenlernte, hatte sie den Berufswunsch verworfen und sich dann, als verheiratete Vogel, nur mehr nebenher als Musiklehrerin verdingt, ganz so, wie auch Irma vor ihrer Heirat mit Leopold neben der Arbeit in der Mütterschule ein wenig Musikunterricht gegeben hatte, um den Kindern reicher Eltern das Klavier näherzubringen und sich etwas dazuzuverdienen. Irmas Vater, Albert Vogel, war Opernsänger von Beruf und wurde in den großen Opernhäusern der Welt hofiert, weshalb er häufig auf Reisen war. Seit Irma aus dem Haus war, begleitete ihn Grete immer öfter, was den Eltern sichtlich gefiel, Irma jedoch oft das Gefühl gab, alleingelassen zu sein. Sie schämte sich für diese unsinnigen Gedanken – sie war schließlich eine erwachsene Frau und Mutter. Doch da sie so unglücklich in ihrer Ehe war, hätte sie sich ihre Mutter öfter an ihrer Seite gewünscht, um ihr auch mal das Herz ausschütten zu können oder gelegentlich Unterstützung im anstrengenden Alltag mit der kleinen Sophia zu erhalten. Doch zurzeit waren ihre Eltern gerade in London unterwegs und logierten im feinen Hotel *The Dorchester*, eine der besten Adressen der Stadt. Wie sehr Irma die beiden doch darum beneidete! Sofort schämte sie sich für diese Gedanken, sie hatte schließlich einen guten Ehemann, der sie versorgte, und eine kleine Tochter – alles, was eine junge Frau nur begehren konnte. Doch allein die Vorstellung, anderswo sein zu können, an einem Ort, an dem das Klavierspiel und die Musik geschätzt wurden, wo ihr Vater als Tenor in der Royal Albert Hall vor einem kunstbegeisterten Publikum auftreten und sich feiern lassen konnte, trieb ihr die Tränen in die Augen. Wie gern wäre sie in seine Fußstapfen getreten! Aber dies war zu keiner Zeit infrage gekommen. Sie war eine Frau, und gerade in diesen Zeiten war es wichtiger denn je, treu der Volksgemeinschaft zu dienen. Jeder musste seinen Anteil leisten, und im Grunde war Irma ja auch bereit dazu. Wenn da nur nicht diese Sehnsucht wäre, die Sehnsucht nach mehr, und diese Stimme in ihr, die einfach keine Ruhe geben wollte und die stets zu fragen schien, ob das schon alles war, was sie sich vom Leben erwarten konnte. Sie blickte weiter aus dem Fenster. Es hatte zu regnen begonnen, und die Tropfen betupften die Steine der Terrasse mit kleinen dunklen Punkten. Irma musste an Gustav denken, den sie gestern anlässlich des Firmenjubiläums das erste Mal nach Monaten wiedergesehen hatte. Er war schon einmal in Bernried gewesen, seit er so überraschend in Berlin geheiratet hatte. Das war einige Monate nach seiner Hochzeit gewesen. Wann genau, wusste Irma nicht mehr. Damals hatte sie den beiden herzlich gratuliert und ihnen alles Gute für die gemeinsame Zukunft gewünscht, ganz so, wie man es schließlich von ihr erwarten konnte. Und sie hatte auch mit der Situation des unangenehmen Zusammentreffens umgehen können. Doch gestern hatte es ihr zu schaffen gemacht, Clara als die Frau an Gustavs Seite zu erleben. Dabei war sie es gewesen, die die Verlobung gelöst hatte. Auch wenn Leopold von ihr gefordert hatte, dass nur er das Wort an Gustav richten und ihn über die Situation informieren durfte. Damals war Irma ihm dafür sogar noch dankbar gewesen und hatte geglaubt, dass er ihr einen Canossagang ersparen wollte. Heute jedoch, wo sie ihren Ehemann besser einzuschätzen wusste, hatte sich ihre Überzeugung geändert. Inzwischen fragte sie sich, ob es Leopold nicht womöglich Vergnügen bereitet hatte, Gustav brühwarm mitzuteilen, dass sie nun mit ihm zusammen und die frühere Verlobung damit hinfällig war. Fast schämte sie sich, wenn sie darüber nachdachte. Nicht weil sie glaubte, ihrem Ehemann womöglich unrecht zu tun. Nein, vielmehr ging sie davon aus, dass sie vollkommen richtig damit lag und dass ihr Verhalten dazu beigetragen hatte, Gustav in doppelter Hinsicht das Messer ins Herz zu rammen. Doch es war müßig, sich darüber noch den Kopf zu zerbrechen. Hatte Gustav vor einigen Monaten noch Unverständnis und Wut erkennen lassen, zeigte er mittlerweile nichts als Gleichgültigkeit. Irma wusste, es war allein ihre Schuld, dass sie nun in einer unglücklichen Ehe gefangen war, aus der es keinen Ausweg gab. Wie hatte sie sich von Leopold nur so blenden lassen können? Nun, da sie ihn jeden Tag an ihrer Seite hatte, konnte sie es sich selbst nicht mehr erklären. Tatsächlich schien er nichts Liebevolles an sich zu haben und weder für sie noch für die gemeinsame Tochter etwas zu empfinden. Wann immer jemand ihn auf Sophia ansprach und lobte, welch ein Prachtmädchen die Kleine doch sei, erwiderte er nur, dass es beim nächsten Mal bestimmt ein Junge würde, auf den er stolz sein konnte. Irma schüttelte den

Kopf. Wie schaffte es ein Mensch nur, zwei so vollkommen unterschiedliche Gesichter aufzusetzen? An dem Abend des Erntedankfests hatte sie seine bewundernden Blicke regelrecht in ihrem Rücken gespürt, bevor sie sich zu ihm umgedreht hatte. Überschwänglich hatte er sie begrüßt, und Irma hatte sich auch nicht das Geringste dabei gedacht, immerhin kannte sie ihn schon viele Jahre und hatte diverse Male mit ihm und auch mit seinem Cousin Ferdinand, der ebenfalls an dem Abend zugegen war, gesprochen. Die Stimmung war gelöst, ja geradezu ausgelassen gewesen, und irgendwann, als die Musik aufspielte, bat Leopold sie um einen Tanz. Kurz hatte sie gezögert, immerhin war sie eine verlobte junge Frau, die nur darauf wartete, dass ihr zukünftiger Ehemann sein Medizinstudium in Berlin abschloss und dann nach Bernried zum Gut Falkenbach zurückkehrte, damit sie heiraten und zusammenleben könnten. Doch alles war so beschwingt gewesen, und Irma hatte sich kurzerhand überreden lassen, auch weil Barbara ihr sagte, dass gegen einen einzigen Tanz nun wirklich niemand etwas einwenden könnte. Ferdinands Blick hatte eine andere Sprache gesprochen, doch Irma glaubte damals, sich das nur einzubilden. Heute sah sie die Sache ganz anders und war fast sicher, dass der Cousin ihres jetzigen Ehemanns dessen Absichten durchschaute und damit ganz offensichtlich nicht einverstanden war – immerhin kannte auch er Gustav bereits von Kindesbeinen an. Und selbst wenn Irma von dem Moment an, da Leopold ihre Hand nahm und sie zur Tanzfläche zog, ahnte, nein: sogar genau *wusste*, dass sie gerade einen Fehler beging, ließ sie sich bereitwillig mitziehen. So wurde aus dem einen Tanz ein zweiter und dann noch einer, und während sie anfangs wild eine Polka aufs Parkett legten und dabei lachten und feixten, kam schon bald ein Walzer, den Leopold nutzte, um Irma fest in seine Arme zu ziehen und sie enger, als für den Tanz angemessen gewesen wäre, an sich zu drücken. Allein wenn sie daran zurückdachte, stieg ihr die Schamesröte ins

Gesicht, und sie schüttelte fassungslos den Kopf über ihr eigenes peinliches Verhalten.

An jenem Abend hatte Leopold darauf bestanden, sie und Barbara noch nach Hause zu begleiten. Während Barbara die Tür zur gemeinsamen Wohnung aufschloss und bereits hineinging, überraschte Leopold Irma damit, dass er sie umarmte und ihr einen ebenso zärtlichen wie fordernden Kuss gab. Irma war zu überrascht gewesen, um Gegenwehr zu leisten. Oder vielleicht wollte sie sich auch gar nicht wehren.

In den Tagen darauf kam Leopold immer wieder vorbei. Mal um mit ihr einen Spaziergang im Park zu machen oder sie ins Lichtspielhaus auszuführen. Und manchmal brachte er ihr feine Pralinen mit, sodass Irma sich wie eine kleine Königin fühlte. Wie sehr hatte sie all das genossen! Es dauerte dann nicht einmal drei Wochen, bis Leopold sie bat, die Verlobung mit Gustav zu lösen und stattdessen ihn zu heiraten. Irma war zu überrascht gewesen, um sofort darauf zu antworten, sie hatte sich Bedenkzeit ausgebeten, die Leopold ihr auch gewähren wollte. Doch er kam weiterhin jeden Tag und machte ihr den Hof, sodass sie schließlich seinen Antrag annahm und es Leopold überließ, Gustav reinen Wein einzuschenken und ihn von der Lösung der Verlobung in Kenntnis zu setzen. Als Leopold ihr sagte, dass er Gustav in Berlin angerufen und ihm die Nachricht mitgeteilt hatte, hatte sie ängstlich darauf gewartet, dass ihr ehemaliger Verlobter sich bei ihr melden und sie fürchterlich beschimpfen würde. Doch das war nicht geschehen. Nicht ein Wort hatte Gustav darüber verloren, nie wieder. Dabei hatte Irma schon die Art, wie Leopold ihren Verlobten über den Stand der Dinge informiert hatte, nicht gefallen. Sie war davon ausgegangen, dass Leopold den nächsten Besuch Gustavs auf Gut Falkenbach abwarten würde, um die Angelegenheit unter vier Augen zu besprechen. Doch das hatte er nicht für nötig befunden. Er hatte nur gemeint, dass es doch eine reine Zeitverschwendung sei, so lange zu warten, und es für derlei Gespräche schließlich den Telefonapparat gebe.

Warum nur hatten damals nicht schon alle Alarmglocken bei Irma geläutet, dass ihr künftiger Ehemann vermutlich auch in anderen Dingen grob war, wenn er schon bei einer so wichtigen Angelegenheit so ungehobelt vorging? Nein, sie konnte sich selbst nicht mehr verstehen. Hatte das Verliebtsein sie wirklich so blind für die Wahrheit gemacht? Und war sie überhaupt jemals in Leopold verliebt gewesen? Oder hatte sie sich nur geschmeichelt gefühlt und deshalb seinem Werben nachgegeben, weil Gustav seine ganze Aufmerksamkeit seinem Medizinstudium widmete und Hunderte Kilometer weit fort war? Wieder schüttelte sie den Kopf. Was nützte es denn, sich darüber noch Gedanken zu machen? Was geschehen war, war geschehen, und es gab keinen Weg zurück.

Im Nachhinein konnte sie sich nicht einmal mehr darüber wundern, dass Leopold schon vom Tag der Eheschließung an sein wahres Gesicht zeigte. Genau genommen sogar schon eine Weile davor, als er sie immer wieder drängte, ihn in ihr Bett zu lassen. Aber wenigstens darin war Irma standhaft geblieben, was ihr im Nachhinein einen letzten Rest von Stolz gelassen hatte. Doch kaum waren sie verheiratet, hatte er sich von ihr geholt, was er als Ehemann für sein Recht hielt. Irma dachte noch heute mit Schrecken an diese Nacht zurück. Es hatte nicht einen einzigen Augenblick gegeben, den sie auch nur im Ansatz genossen hätte. Ganz im Gegenteil. Die meiste Zeit hatte sie sich gefragt, wie lange es wohl noch dauern würde, bis sein Körper endlich erschlaffte und er von ihr abließ.

So schlimm war es danach nicht jedes Mal gewesen, und manchmal, wenn er ein gutes Geschäft abgeschlossen hatte und zufrieden mit sich und der Welt war, hatte er sogar so etwas wie Rücksichtnahme an den Tag gelegt. Doch immer wieder hatte er sie auch beschimpft, dass sie ruhig etwas mehr Leidenschaft zeigen und sich ihm bereitwilliger zuwenden sollte. Wie sie sich denn verhalten sollte, hätte Irma ihn gern gefragt, hatte es sich aber nicht getraut, und so war alles immer beim Alten geblieben, manchmal weniger schlimm und dann wieder, wenn er gar zu betrunken war, langwierig und quälend schmerzhaft. Inzwischen machte es Irma nicht einmal mehr etwas aus. Wenn sie diesen gewissen Blick bei ihm wahrnahm, den sie inzwischen zur Genüge kannte, wusste sie, dass es keinen Ausweg für sie gab, und ließ es einfach geschehen. Sie würde damit leben müssen.

Das Kind in ihrem Bauch trat heftig zu, und Irma entfuhr ein Schmerzlaut. Kurz schloss sie die Augen, legte beruhigend die Hand auf den Bauch und strich zärtlich darüber. »Scht, scht!«, machte sie, während sie so gleichmäßig wie möglich zu atmen versuchte. Wieder trat das Kind, diesmal noch heftiger, und Irma verharrte in der Bewegung. Was auch immer dieses Kind schon jetzt gegen sie hatte, sie konnte nur hoffen, dass es besser würde, wenn es erst mal auf der Welt war.

Irma stand auf, streckte den Rücken, umfasste den Bauch und strich weiter in kreisenden Bewegungen darüber. Die Tritte schienen aufzuhören, und die Schmerzen ließen nach. Sie ging zu Sophias Stubenwagen hinüber, zog den Vorhang ein wenig beiseite und warf einen Blick hinein. Die Kleine schlief noch immer tief und fest, atmete gleichmäßig und mit einem Lächeln auf dem Gesicht. Irma zog den Vorhang wieder zu, ging erneut zum Sessel neben dem Fenster und setzte sich. Ein wenig Zeit blieb ihr noch, bevor Sophia wach wurde. Irma verspürte Hunger; das Stillen kostete sie viel Kraft, es war, als würde die Kleine alles, was Irma am Tag zu sich nahm, für sich beanspruchen und der Mutter nicht mehr genug übrig lassen, um sich zu stärken. Kurz überlegte Irma, nach unten zu gehen und sich von Sieglinde, der Haushälterin, etwas Suppe und Brot geben zu lassen. Doch sie entschied sich dagegen. Zum einen würde Sophia womöglich genau in diesem Moment wach werden, und zum anderen konnte Sieglinde sie ohnehin nicht leiden und war nur dann nett zu ihr, wenn Else, ihre Schwiegermutter, dabei war. Dann tat Sieglinde stets so, als sei sie freundlich und zuvorkommend zu Irma, doch sobald Else den Raum verließ und auch sonst niemand aus der Familie mehr anwesend war, änderte sich Sieglindes Tonfall, und sie gab Irma – wenn auch nicht mit Worten – deutlich zu verstehen, dass sie sie nicht leiden konnte und überhaupt nicht daran dachte, ihre Anordnungen zu befolgen. Anfangs hatte Irma sich daran gestört und herauszufinden versucht, was die Haushälterin denn eigentlich gegen sie hatte. Über diesen Punkt war sie jedoch längst hinaus. Inzwischen war es ihr einerlei, ob Sieglinde sie nun mochte oder nicht. Ihr Vater hatte immer gesagt, wenn sie im Leben auf jemanden stieß, der sie schlecht behandelte, sollte sie es nicht persönlich nehmen, denn es sage nichts über sie, jedoch viel über den anderen aus. Genau daran hielt sich Irma, und sie kam mit dieser Einstellung wunderbar zurecht.

Ein Lächeln huschte über ihr Gesicht, als sie an ihren Vater dachte. Bestimmt war er gerade dabei, sich für den heutigen Abend einzusingen, um dann dem Publikum einen unvergesslichen Auftritt darzubieten. Und ihre Mutter würde es kaum mehr zur Kenntnis nehmen und sich in irgendein Buch vertiefen, beide in ihrer eigenen Welt und doch zusammen in einem Raum, die Anwesenheit des anderen spürend und glücklich, diesen Menschen an seiner Seite zu wissen. Was für ein herrliches Gefühl das sein musste, und wie sehr Irma die Eltern darum beneidete.

Wieder sah sie aus dem Fenster. Der Regen hatte aufgehört, und hinter dem Wäldchen, das am Ende des Gartens die Grenze des Anwesens der Lehmanns markierte, bahnte sich sogar die Sonne den Weg durch die Wolken. Irmas Gedanken schweiften nochmals zum gestrigen Tag, zu Gustav, zu Clara und dann zu dem Gespräch, das sie selbst, Elisabeth und Clara zufällig belauscht hatten. Sie konnte sich immer noch keinen Reim darauf machen. Es gab irgendein Geheimnis, das ihr Schwiegervater, dessen Bruder und Paul-Friedrich von Falkenbach unbedingt wahren wollten. Auf Irma hatte das alles sehr bedrohlich gewirkt, und sie hoffte inständig, dass es nicht eines Tages tatsächlich so weit kam, dass die Familien durch etwas, das die drei Männer verband, gefährdet waren. Was es wohl sein mochte? Gewusst hätte sie es schon gern, andererseits auch wieder nicht. Denn ob sie, wenn es womöglich etwas Ungesetzliches war, damit leben könnte? Was hatten die drei doch gleich besprochen? Dass es die Familien ruinieren würde, sollte die Wahrheit jemals ans Licht kommen. Würden Clara und Elisabeth ihr Versprechen halten und wirklich mit niemandem darüber sprechen? Clara vermutlich schon, Irma schätzte sie so ein, dass es ihr nichts ausmachte, ein Geheimnis vor Gustav zu haben. Doch Elisabeth? Sie wirkte so unglaublich verliebt in ihren Ehemann, himmelte ihn geradezu an. Für sie würde Irma nicht die Hand ins Feuer legen. Wäre es insofern denn überhaupt klug von ihr, Leopold nichts zu sagen, nur um sich später womöglich seinen Vorwürfen stellen zu müssen? Wenn er von den Vorkommnissen erst durch Ferdinand erfuhr, da dessen Ehefrau sich ihrem Ehemann gegenüber stärker verpflichtet fühlte als sie selbst? Irma überlegte. Oder wäre es sogar von Vorteil für sie und damit auch für ihre Ehe, wenn sie den Schritt wagte und Leopold einweihte? Vielleicht könnte es die Wogen zwischen ihnen glätten und das gegenseitige Vertrauen in ihrer Beziehung stärken. Aber eigentlich hatte sie doch fest versprochen, es nicht zu tun …

Irma seufzte. Wann nur war ihr Leben so kompliziert geworden?

7. Kapitel

Wenn ein Ort, der dein Zuhause war, dir fremd geworden ist, fühlst du eine schreckliche Leere.

Gustav von Falkenbach

Seine Frau wäre gern noch ein paar Tage auf Gut Falkenbach geblieben, doch Gustav konnte es nicht erwarten, nach Berlin zurückzukehren. Fast wären sie darüber in Streit geraten. Die Diskussion, die sie geführt hatten, hatte darin gegipfelt, dass Gustav seiner Clara anbot, sie könne ja noch eine Weile ohne ihn auf Gut Falkenbach zubringen. Seine Mutter Dorothea werde sich gewiss über die Gesellschaft freuen. Doch das hatte Clara rundweg abgelehnt. Er selbst hatte sich damit herausgeredet, sein Studium nicht weiter vernachlässigen zu können, denn er wollte so schnell wie möglich damit fertig werden. Auch die Bitte seiner Mutter, wenigstens noch über die Mittagszeit zu bleiben, da sie einen Gast erwarteten – eine junge Frau, deren Vater mit seinem Vater und den Lehmann-Brüdern im Krieg gewesen war –, lehnte er ab und ließ sich nur darauf ein, noch abzuwarten, bis sein Vater von einer Erledigung im Ort zurückkehrte, um sich von ihm zu verabschieden. Kaum war Paul-Friedrich heimgekommen, erklärte er Gustav und Dorothea, dass er Erna

Behrend, den erwarteten Mittagsgast, bereits getroffen habe und diese die Einladung zum Essen nicht wahrnehmen könne. Also verabschiedeten Gustav und Clara sich umgehend, stiegen in Gustavs Fiat 1500 B und fuhren los. Clara war das Herz so schwer, dass sie die ersten hundert Kilometer so gut wie gar nicht miteinander sprachen. Einzig die Annehmlichkeit, mit dem Automobil statt mit dem Zug nach Berlin zurückzufahren, stimmte sie etwas milder. Als sie Pfaffenhofen an der Ilm passierten, von wo es noch etwa fünfhundertfünfzig Kilometer bis Berlin waren, hatte sie ihr Schmollen endlich aufgegeben und unterhielt sich wieder frohgestimmt mit ihrem Ehemann.

»Diese Frau, die eigentlich heute Mittag zum Essen auf Gut Falkenbach erwartet wurde – was weißt du über die?«, begann Clara das Gespräch.

»Nur das, was du auch gehört hast. Sie ist die Tochter eines Kriegskameraden meines Vaters. Warum fragst du?«

»Nur so. Es ist ja schließlich nicht alltäglich, dass einfach eine Fremde auftaucht und zu Tisch geladen wird, oder?«

Einen Moment überlegte Gustav. »Ich zumindest habe ihren Namen nie zuvor gehört.« Er zuckte mit den Achseln. »Womöglich hat mein Vater den Namen mal erwähnt, und ich erinnere mich nur nicht daran.«

»Hm«, machte Clara. »Deinem Vater schien es recht wichtig zu sein.«

»Was?«

»Na, dieses Treffen. Was sagte er doch gleich, warum sie nun doch nicht zum Essen kam?«

»Ich glaube nicht, dass er einen Grund nannte.«

»Aber dann muss er sie doch irgendwo getroffen haben. Oder warum wusste nur er, dass sie nicht kommen würde?«

»Ist das ein Verhör?« Er blickte kurz zu ihr hinüber. »Wenn du so viele Fragen hast, hättest du dich direkt an meinen Vater wenden sollen.«

»Ich meine ja nur«, verteidigte sich Clara. »Ein bisschen eigenartig ist das doch alles schon, oder etwa nicht?«

»Eigentlich passt es zu meinem Vater«, fand Gustav. »Er macht einfach alles so, wie er es für richtig hält, ohne jemanden nach seiner Meinung zu fragen. Meine Mutter manchmal noch, ja. Doch mich oder gar Wilhelmine sicher nicht. So ist er eben.« Wieder sah er kurz zu ihr hinüber. »Wie war das denn damals bei deinen Eltern?«, fragte er. »Haben sie dich in ihre Entscheidungen eingebunden?«

»Das ist schon so lange her, dass ich mich nicht mehr erinnern kann«, wehrte Clara ab. »Doch das meinte ich ja auch gar nicht«, kam sie gleich wieder auf das Thema zurück. »Ich finde es nur eigenartig. Da taucht während einer Feier eine junge Frau bei euch auf, deren Vater mit deinem Vater und den Lehmann-Brüdern im Krieg war. Deine Mutter lädt sie für den folgenden Tag zum Mittagessen ein, um sie für den Moment aus dem Haus zu bekommen, und justament am nächsten Tag trifft dein Vater diese Frau *zufällig*, womit sich die Einladung zum Essen erledigt.«

»Woher willst du das wissen?«

»Was?«

»Na, dass meine Mutter sie eingeladen hat, um sie wieder aus dem Haus zu bekommen?«

Clara schluckte. Verdammt, sie hätte sich auf die Zunge beißen mögen. »Na, weil Dorothea das gesagt hat«, log sie.

»Wann? Davon weiß ich nichts.«

»Dann hast du wieder mal nicht zugehört«, stellte Clara mit tadelnder Stimme fest. »Es war, als du deiner Mutter angekündigt hast, dass wir bald aufbrechen wollen. Da sagte sie, dass sie die junge Frau, die gestern vorgesprochen hat, zum Mittagessen eingeladen habe.«

»Nein«, meinte Gustav. »So war das nicht.«

»Doch, ich bin ganz sicher«, beharrte Clara. »Aber im

Grunde ist es ja auch egal. Wichtiger scheint mir, dass es doch komisch ist, dass dein Vater mal eben in den Ort fährt und ausgerechnet die Frau trifft, die in wenigen Stunden zum Essen zu euch kommen sollte.«

»Weshalb beharrst du denn so darauf?«, fragte Gustav.

»Das tue ich doch gar nicht. Man wird sich doch noch wundern dürfen.«

Darauf wusste Gustav nichts zu erwidern. »Können wir uns nicht über etwas Angenehmeres, Erheiternderes unterhalten? Immerhin haben wir noch einige Stunden Fahrt vor uns, weil du ja unbedingt mit dem Automobil reisen wolltest. Mit dem Zug wäre es wesentlich einfacher gewesen.«

»Weshalb das denn? Das ewige Ein- und Umsteigen und wieder auf den nächsten Zug warten. Warum sollte man sich das antun, wenn man ein so schönes Automobil sein Eigen nennt.«

»Nun, zum einen ist es nur für dich nicht anstrengend, weil du schließlich die ganze Zeit auf dem Beifahrersitz entspannen kannst, während ich auf die Fahrbahn achten muss und darauf, nicht irgendwo falsch abzubiegen. Und zum anderen wäre mir wohler dabei gewesen, den Fiat in der Garage auf Gut Falkenbach zu wissen. In Berlin habe ich keine Unterstellmöglichkeit, wie du weißt, und wenn es abends in der ganzen Stadt von feiernden und betrunkenen Menschen nur so wimmelt, befürchte ich, dass mein Auto nicht immer unbeschadet davonkommt.«

»Ich wünschte, du würdest mir die gleiche Aufmerksamkeit und Sorge entgegenbringen wie diesem Fahrzeug«, stellte Clara pikiert fest.

Gustav wollte etwas entgegnen, hielt sich aber zurück. Um die Stimmung zwischen ihm und seiner Frau stand es ohnehin nicht zum Besten. Und wenn er ihr sagte, was er dachte, würde es auch nicht besser. Vor allem störte er sich daran, dass Clara und er im Grunde nie derselben Meinung zu sein schienen.

Er hatte sich schon mehr als einmal gefragt, ob diese Ehe ein Fehler gewesen war und letztendlich nur eine Trotzreaktion auf die rasche Heirat Irmas mit Leopold. Noch vor Kurzem hatte er es bei diesem Gedanken belassen. Vielleicht wäre es besser, gemeinsam mit Clara über eine Scheidung nachzudenken. Im Grunde musste ihr inzwischen doch auch klar geworden sein, dass sie sich nicht so schnell aufeinander hätten einlassen sollen, ohne wirklich zu wissen, was für einen Menschen sie da überhaupt vor sich hatten. Zwar war eine Scheidung gesellschaftlich verpönt und entsprach nicht dem Bild des Führers von einer deutschen Familie, doch Gustav pfiff ohnehin auf dieses ganze Gerede und die Ideologie dahinter. In Berlin tauschte er sich regelmäßig mit anderen Studenten über die politische Lage aus. Viele von ihnen waren Kommunisten, auch wenn sie das nicht öffentlich zugegeben hätten. Dementsprechend kritisch standen sie Hitler und dem ganzen Regime gegenüber, und Gustav fand, dass vieles dafür sprach, dass sie mit ihren Ansichten nicht ganz falsch lagen. Das Problem für ihn war nur, dass er die eine wie die andere Seite in ihrer Ausrichtung zu extrem, zu unnachgiebig fand. Er selbst wollte Arzt werden aus dem tiefen Bedürfnis heraus, den Menschen zu helfen. Er war auf Gesundheit und ein glückliches Leben bedacht, wollte darüber hinaus forschen, um ein Medikament gegen den Phantomschmerz für Menschen mit Amputationen zu entwickeln, die es seit dem Krieg in großer Zahl gab. Sein gesamtes Denken war auf Verbesserung und auf ein positives Miteinander gerichtet, während sich die politischen Kämpfe offenbar nur um Zerstörung und Unterdrückung drehten – etwas, das Gustav völlig fremd war. Konnte und wollte er nun sein Leben, das er seinen hohen Werten verschrieben hatte, mit einer Frau an seiner Seite führen, die er nicht glücklich machte, ebenso wenig wie sie ihn? Wäre es nicht viel besser, schon bald den Schlussstrich zu ziehen und das juristische Drumherum noch in Berlin zu regeln, um sich dann mit der

Bestallung als Arzt in der Tasche vollends seinem Heilberuf und der Forschung zu widmen? Es stellte sich doch die Frage, wie es weitergehen sollte mit Clara und ihm, wenn sie erst mal auf Gut Falkenbach eingezogen waren und dort ihr gemeinsames Leben aufbauten. Wenn sie Kinder bekamen und dann endgültig in dieser Ehe gefangen waren. Jetzt wäre gerade noch Zeit, die Notbremse zu ziehen und dem Irrsinn Einhalt zu gebieten.

»Woran denkst du?«, fragte Clara.

»Ach, an nichts.«

»Geht es vielleicht etwas konkreter?«

»Nun gut, wie du willst: Warum haben wir beide überhaupt geheiratet?«

»Wie bitte?«

»Ich meine es ernst. Weshalb hast du mich geheiratet?«

»Weil du mich darum gebeten hast.«

»Das klingt wirklich unglaublich romantisch.« Er schüttelte den Kopf.

»Also ich bitte dich, was ist denn nur los mit dir? Kaum bist du mal ein paar Tage zu Hause auf Gut Falkenbach, erkenne ich dich gar nicht mehr wieder.«

Gustav erwiderte nichts. »Nun gut«, erklärte Clara, »dann will ich den Ball einfach mal zurückspielen: Warum hast du mich gebeten, deine Frau zu werden?«

Gustav überlegte, doch ihm wollte keine Antwort einfallen.

»Gustav!«, empörte sie sich. »Ich möchte jetzt sofort etwas von dir hören. Weißt du, dass du mich gerade ernsthaft beleidigst?«

»Das war wirklich nicht meine Absicht. Bitte verzeih.«

»Nein, ich bestehe jetzt auf eine Antwort.« Sie schluckte. »Liebst du mich denn nicht mehr?« Claras Stimme zitterte ein wenig. Bevor Gustav antworten konnte, setzte sie nach: »Wir sind noch nicht einmal ein Jahr verheiratet, Gustav von Falkenbach. Und schon bist du meiner überdrüssig geworden?«

Gustav warf ihr einen raschen Blick zu und sah, dass sich ihre Augen mit Tränen füllten.

»Aber nein. So habe ich es doch nicht gemeint.«

»Und wie hast du es dann gemeint?«

Gustav sagte nichts.

»Wie hast du es gemeint, Gustav?«, beharrte Clara abermals auf einer Antwort.

»Bist du eigentlich glücklich, Clara?«

»Wie ist denn das nun wieder gemeint? Du willst mir nur ausweichen.«

»Nein, ich will dir eben nicht ausweichen, sondern das Ganze sachlich mit dir besprechen. Deshalb meine einfache Frage: Bist du glücklich?«

»Glück, Glück, was ist das schon?«

»Glück ist das, was die Menschen durchs Leben trägt.«

»Das ist die Vorstellung eines Träumers, Gustav, nicht die eines gestandenen Mannes, der Arzt werden will.«

»Wenn du meinst. Und dennoch glaube ich daran. Und ich glaube daran, dass wir alle ein Recht darauf haben oder zumindest versuchen sollten, glücklich zu werden.«

»Und das bist du also mit mir nicht?«

»Du etwa mit mir?«

»Du weichst mir schon wieder aus.«

»Nun gut, wie du willst: Nein, ich bin nicht glücklich.«

Clara öffnete den Mund und schloss ihn wieder. Mit dieser Antwort hatte sie in solcher Deutlichkeit nicht gerechnet. Sie sagte nichts, zog nur das mit ihren Initialen CvF bestickte Stofftaschentuch hervor, von denen sie zwei Dutzend als Geschenk von ihren Schwiegereltern erhalten hatte, und drückte es sich an die Augen.

»Ich wollte dich nicht verletzen, Clara. Bitte verzeih.«

Sie antwortete nicht, weinte nur in ihr Taschentuch. Eine Weile sprach keiner von beiden ein Wort.

»Ich wusste nicht, dass du so über uns denkst«, stellte Clara dann im Flüsterton fest.

»Es tut mir leid«, war alles, was Gustav hervorbrachte. Er fühlte sich miserabel. In all den Monaten hatte er Clara, soweit er sich erinnerte, niemals weinen sehen. Sie war einfach nicht der Mensch dafür. Ihre Ansichten waren sachlich und klar, und oft wirkte sie auf andere eher kühl. Das hatte er seinerzeit, als er sie kennenlernte, so besonders an ihr gefunden. Sie war nicht so wie andere Frauen, und sie war nicht so leicht zu haben gewesen wie manch andere junge Frau. Zwar hatte er bei ihr im Grunde leichtes Spiel gehabt, doch aus den Erzählungen von Kommilitonen wusste er, dass er der erste Mann war, den sie näher an sich herangelassen hatte. Irgendwie hatte ihm das gefallen. Womöglich lag es an der Erfahrung, die er mit Irma gemacht hatte. Fast zwei Jahre waren sie verlobt gewesen und hatten sich schon aus Jugendtagen gekannt. Niemals hätte er Irma einen solchen Vertrauensbruch zugetraut. Als er dann nach dieser schweren Enttäuschung Clara getroffen hatte, die den Ruf hatte, zwar freundlich zu sein und gern zu feiern, jedoch vor allem Körbe zu verteilen, hatte ihn das auf eine gewisse Art gereizt. Heute fragte er sich, ob da noch jemals etwas anderes gewesen war. Aber dass er sie nun so verletzte, das hatte sie gewiss nicht verdient, und es tat ihm von Herzen leid.

»Bitte, Clara, vergiss einfach, was ich gesagt habe«, bat er.

»Wie bitte?«, schluchzte sie. »Wie sollte ich das wohl vergessen? Du hast mir mehr als deutlich zu verstehen gegeben, dass du nichts mehr für mich empfindest. Wenn du es denn überhaupt je getan hast.« Wieder schluchzte sie auf.

»Du hast recht«, gestand er ein. »Du hast einen Besseren verdient als mich.«

»Was genau willst du damit sagen?«

Gustav seufzte. »Können wir nicht wie zwei erwachsene Menschen darüber reden?«

Clara lag offenbar eine Erwiderung auf der Zunge, die sie hinunterschluckte. »Kannst du denn nicht verstehen, wie sehr es mich kränkt, dich so reden zu hören?«

»Doch, und es tut mir wirklich sehr leid. Aber ich frage dich noch einmal: Bist du glücklich, Clara?«

»Ich … ich weiß nicht. Du bist es nicht, oder?«

Gustav schüttelte den Kopf. »Nein, das bin ich nicht. Doch das liegt nicht an dir.«

»Nicht?«

»Nein. Ich habe zu viel Gepäck auf meinen Schultern.«

»Was denn für Gepäck?«

»Das Verhältnis zu meinem Vater ist immer schlechter geworden. Ich habe nur seinetwegen mit dem Medizinstudium angefangen, wusstest du das?«

»Nein, das hast du mir nie erzählt.«

»Ja, es ist so. Du weißt ja von seiner Kriegsverletzung. Er spricht nicht darüber, doch er hat Schmerzen. Große Schmerzen sogar. Und aus diesem Grund nimmt er immer viele Medikamente ein, die ihn … wie soll ich sagen … die ihn zu einem anderen Menschen gemacht haben.«

»Was meinst du damit – zu einem anderen Menschen?«

»Das, worunter er leidet, sind sogenannte Phantomschmerzen. Er hat Schmerzen in dem Bein, das er gar nicht mehr hat. Es liegt an den gekappten Nervenenden.«

Clara spürte, dass ihr bei dem Begriff mulmig, fast sogar übel wurde. Allein schon die Erwähnung der Kriegsverletzung ihres Schwiegervaters ließ Bilder von blutigen Schlachtfeldern und zerfetzten Gliedmaßen in ihrem Kopf entstehen.

»Deshalb nimmt er die Medikamente, doch die verändern sein Wesen«, sprach Gustav weiter, ohne zu bemerken, dass Clara gegen die aufsteigende Übelkeit anzukämpfen hatte.

»Er war vor dem Krieg ganz anders, weißt du?«

»Ach ja? Wie war er denn?«

»Liebevoll, fürsorglich, stets um unsere Mutter, Wilhelmine und mich bemüht. Er war ein großherziger Mensch, der die Gabe besaß, dass jeder in seiner Umgebung sich wohlfühlte.«

»Und das ist jetzt nicht mehr so?«, fragte Clara.

»Fühlst du dich besonders wohl in seiner Gegenwart?«, gab Gustav zurück.

»Ehrlich gesagt schon, ja«, antwortete sie.

Gustav sah kurz zu ihr hinüber, bevor er wieder auf die Fahrbahn blickte. »Nun, das dürfte daran liegen, dass du ihn bisher immer nur in größerer Runde erlebt hast, in der er um Haltung bemüht ist und Freundlichkeit auszustrahlen versucht.«

»Ich kann nur sagen, bei mir gelingt es ihm.«

»Glaub mir, wenn wir wirklich dort leben sollten, lernst du ihn auf eine ganz andere Art kennen.«

»Was meinst du damit – wenn wir wirklich dort leben sollten. Steht denn nicht einmal das fest für dich?«

»Das ist das Gepäck auf meinen Schultern, von dem ich vorhin sprach«, erklärte Gustav. »Für mich hat sich vieles verändert. Ich möchte ganz offen zu dir sein: Mein Lebensweg war im Grunde vorgezeichnet.«

»Du sprichst von deinem Lebensweg mit Irma«, erkannte Clara bitter.

»Ja, das auch. Doch das ist nicht mehr wichtig. Aber eben ein Leben auf Gut Falkenbach, als Sohn meiner Eltern und künftiger Erbe. Ich dachte, mit meinem Medizinstudium etwas bewirken zu können. Ich hatte keinen größeren Traum, als eine Behandlung zu entwickeln, die meinem Vater hilft, damit er endlich wieder zu dem Mann wird, der er einmal war, und wir glücklich als Familie zusammenleben können. Es war wohl der verzweifelte Wunsch eines Sohnes, seinen Vater zurückzugewinnen, der aber in Wahrheit durch den Krieg unwiderruflich ein anderer geworden ist.«

»Aber was hat sich denn für dich so sehr verändert? Ich meine, warum glaubst du nicht mehr an deinen Traum, ein solches Medikament entwickeln und ihm helfen zu können?«

»Weil es zu spät ist. Ob es nun an seinem Kriegstrauma liegt oder daran, was er an Schmerztabletten und Medikamenten für seine Nerven über die Jahre geschluckt hat. All das hat ihn jedenfalls zu einem anderen Mann gemacht. Ich war nur zu verbohrt, das zu erkennen.«

»Und das hat auch deine Gefühle für mich verändert?«

So traurig, wie Claras Stimme in diesem Moment klang, wollte er ihr nicht auch noch gestehen, dass er sich womöglich von Anfang an seiner Gefühle nicht sicher gewesen war. Es genügte, dass man ihm das Herz gebrochen hatte. Es gab keinen Grund, den gleichen Schmerz nun auch ihr zuzufügen.

»Aber nein, natürlich nicht. Die Erkenntnis, dass all das, wofür ich jahrelang studiert habe, am Ende umsonst gewesen sein könnte, belastet mich so sehr, dass ich nur noch dunkle Wolken über mir sehe.« Er löste eine Hand vom Lenkrad und berührte ihren Arm. »Bitte verzeih mir mein unsinniges Gerede. Das alles hat nichts mit uns zu tun.«

»Verzeih du bitte ebenfalls«, bat sie. »Ich muss mich wohl erst noch in meine Rolle als Frau an deiner Seite einfinden.«

Er ergriff ihre Hand, zog sie an seinen Mund und hauchte einen Kuss darauf. »Nein«, stellte er fest, »es liegt nicht an dir. Da war wohl nur das Gefühl, dass nichts in meinem Leben so gekommen ist, wie ich es eigentlich wollte. Wie dumm von mir, das einzig wirklich Gute auch noch von mir weisen zu wollen.«

»Ich bin das einzig Gute in deinem Leben?«, fragte sie glücklich.

»Aber ja, natürlich bist du das. Deshalb möchte ich mich auch nicht mehr streiten.«

»Ich auch nicht.« Sie beugte sich zu ihm hinüber und lehnte sich an seine Schulter. »Kann ich dir etwas sagen?«

»Ja, sicher.«

»Du hast mir eben richtig Angst gemacht.«

»Ich dir Angst? Womit denn?«

»Als du mich gefragt hast, ob ich glücklich bin und warum ich dich geheiratet habe und all das.«

»Ja?«

»Ich dachte wirklich, du willst dich von mir trennen und mich fortschicken.«

Um keinen Preis der Welt hätte Gustav in diesem Moment zugegeben, dass es genau das war, worauf er hinausgewollt hatte.

»Ach, um Himmels willen, so ein Unsinn«, erwiderte er stattdessen. »Du und deine krausen Gedanken. Ich hinterfrage einfach viel, und nun ja, ich möchte doch, dass du glücklich bist.«

»Das ist wunderbar von dir.« Sie beugte sich zu ihm hinüber und gab ihm einen Kuss auf die Wange. »Ich möchte auch, dass du glücklich bist, dass *wir* glücklich sind.« Sie umfasste seinen rechten Arm und kuschelte sich an ihn. »Und ich glaube ganz fest daran, dass wir es auch schaffen, Gustav. Warte nur ab, wenn du dein Medizinstudium erst einmal beendet hast, ich meine Stelle kündigen kann. Wir werden dem ganzen lauten und unsteten Treiben in Berlin entfliehen und ganz nach Bernried ziehen. Dort werden wir zur Ruhe kommen, Gustav. Dann beginnt wirklich unser gemeinsames Leben.«

Gustav lächelte. So, wie es aus Claras Mund klang, könnte es tatsächlich wahr werden, zumindest hoffte er es. Womöglich würde sich wirklich alles klären, wenn sie erst einmal Berlin hinter sich ließen und in seine alte Heimat zurückkehrten.

»Das klingt wirklich wunderbar«, stimmte er zu.

»Es wird Zeit, dass du die Sache mit Irma hinter dir lässt«, erklärte Clara. Es klang nicht vorwurfsvoll, eher sogar sanft und als wäre es als guter Rat gemeint.

»Aber das habe ich doch längst.«

»Nein, Liebling, ich habe deine Blicke bemerkt. Keine Sorge, ich bin dir nicht böse. Doch es ist an der Zeit, loszulassen.«

»Womöglich hast du recht, und ich war bisher nicht in der Lage, zu verzeihen. Doch glaub mir bitte, sie bedeutet mir wirklich nichts mehr.« Als er es aussprach, spürte er mit jeder Faser seines Körpers, dass es gelogen war. Doch ebenso sehr spürte er, dass er die Lüge zur Wahrheit werden lassen wollte.

»Das mag sein«, sagte Clara. »Doch sobald du sie nicht mehr als deine frühere Verlobte ansiehst, sondern nur noch als Leopolds Frau, wirst du sie in einem anderen Licht betrachten.«

»Das ist ein guter Rat. Ich danke dir dafür.«

»Soll ich dir noch etwas sagen?«

»Ja, sicher.«

»Irgendwie ist es gut, dass wir aneinandergeraten sind und uns ausgesprochen haben, auch wenn es schmerzhaft war.«

»Denkst du das wirklich?«

»Ja. Denn gerade jetzt fühle ich mich dir verbundener denn je. Womöglich kann es uns so gelingen, richtig glücklich miteinander zu werden, wenn wir uns das, was uns umtreibt, offen sagen können. Ohne Angst haben zu müssen, einen Fehler zu machen. Ich wäre dazu bereit.«

»Du hast recht«, erkannte Gustav und spürte, dass das jetzt tatsächlich die Wahrheit war. »Lass uns ehrlich miteinander umgehen und uns künftig immer die Wahrheit sagen, auch wenn es einmal schwerfallen mag.«

Clara musste an das Versprechen denken, das sie Irma und Elisabeth gegeben hatte. Sollte sie Gustav von dem Gespräch seines Vaters mit dessen Geschäftspartnern erzählen?

Gustav gab ihr einen Kuss auf das Haar. »Dann werden wir also ab sofort glücklich sein«, verkündete er gut gelaunt.

»Ja«, gab seine Ehefrau zurück. »Das ist ab jetzt beschlossene Sache.«

8. Kapitel

Wenn die Welt ins Wanken zu geraten droht, ist es wichtig, sicheren Stand zu finden.

Paul-Friedrich von Falkenbach

Es war kurz nach zwölf, als Heinrich Lehmann das Gutshaus betrat. Nur wenige Momente zuvor war sein Bruder Wilhelm eingetreten und sofort von Paul-Friedrich abgefangen worden, sodass sie nun ein Stück vom Eingang entfernt standen und zu Heinrich hinübersahen. Genau in diesem Moment kam Dorothea aus dem Speisesaal, der etwa dreißig Leuten Platz bot.

»Ah, Willi, Heinrich«, begrüßte sie die beiden. »Wo sind denn Else, Käthe und der restliche Anhang?«

»Liebe Dorothea.« Wilhelm löste sich vom Gespräch mit Paul-Friedrich und trat auf sie zu. »Du bist wie immer eine Augenweide, meine Liebe.«

»Ach, du alter Charmeur.« Dorothea winkte ab.

»Else wollte noch auf Irma warten. Sophia musste nach ihrem Vormittagsschlaf noch einmal umgezogen werden. Leopold müsste auch gleich kommen. Ich dachte, das Essen sollte so gegen eins beginnen?«

»Ja, aber ohne unseren geplanten Gast«, gab Dorothea enttäuscht von sich.

»Paul-Friedrich wollte mir eben davon erzählen«, erklärte Wilhelm.

Heinrich trat zu ihnen, begrüßte Dorothea und fragte dann Paul-Friedrich: »Die Tochter von Viktor Behrend kommt also nicht?«

»Sie lässt sich entschuldigen«, sagte Paul-Friedrich. »Ich habe sie vorhin getroffen, als ich in Bernried war, um die Rechnung beim Floristen für den Blumenschmuck von gestern Abend zu bezahlen. Sie hat es sich anders überlegt und wird wohl schon wieder abgereist sein.«

»Schade«, sagte Heinrich nur und warf Paul-Friedrich einen Blick zu, den dieser durchaus zu deuten wusste.

»Ja, sehr schade. Aber nun denn. Wenn wir uns schon alle darauf eingestellt haben, sollten wenigstens unsere Familien an dem geplanten Essen teilnehmen. So können wir auch noch einmal den wunderbaren Tag gestern Revue passieren lassen«, meinte Dorothea.

»Ja, meine Liebe, da hast du recht. Doch ich würde gern zunächst noch etwas Geschäftliches mit Willi und Heinrich besprechen. Ich hoffe, es macht dir nichts aus?«, erwiderte ihr Mann.

»Aber woher denn? So kann ich in Ruhe alles vorbereiten. Wissen denn Käthe, Ferdinand und Elisabeth ebenfalls Bescheid, dass wir zusammen essen? Gestern ging es so turbulent zu, dass ich mich nicht mehr erinnere, ob wir darüber gesprochen haben«, richtete Dorothea das Wort an Heinrich.

»Aber ja, natürlich. Sie werden ebenfalls pünktlich hier sein«, versicherte dieser.

»Gut. Sehr gut. Dann fehlt nur noch Wilhelmine. Wo steckt sie nur wieder?«

»Ich glaube, sie ist ausgeritten«, sagte Paul-Friedrich.

»Ach, um Himmels willen. Wie wird sie dann wieder aussehen?« Dorothea legte die Hände aneinander und hob den Blick zum Himmel.

»Wo ist denn Gustav mit seiner Frau?«, fragte Wilhelm.

»Sie sind bereits auf dem Rückweg nach Berlin«, antwortete Paul-Friedrich. »Für unseren Sohn gab es hier auf Gut Falkenbach kein Halten mehr.«

»Sag das bitte nicht so«, mahnte seine Frau. »Der Junge ist tüchtig und möchte sein Studium so bald wie möglich abschließen. Das ist alles.«

»Ja, Liebes. Gewiss. Du hast vollkommen recht«, pflichtete Paul-Friedrich ihr bei. »Wollen wir dann eben in mein Büro gehen?«, wandte er sich an Wilhelm und Heinrich, worauf beide sofort nickten und sich in Bewegung setzten, während Dorothea den Weg in Richtung Küche einschlug, um dort dem Personal weitere Anweisungen zu geben.

Paul-Friedrich öffnete die Bürotür und ließ Wilhelm und Heinrich vor sich eintreten.

»Was für ein verdammter Mist!«, polterte Paul-Friedrich los, kaum dass er die Tür hinter sich geschlossen hatte.

»Wieso?« Wilhelm sah hektisch zwischen ihm und seinem Bruder hin und her. »Was ist denn passiert?«

»Ich war bei der kleinen Behrend. Sie studiert übrigens Zeitungswissenschaft.«

»So eine Scheiße. Eine Schnüfflerin also?«, stellte Heinrich fest.

»So sieht es aus. Aber sie ist gar nicht von allein auf die Sache aufmerksam geworden«, klärte Paul-Friedrich auf.

»Sondern?«, fragte Wilhelm.

»Irgendwer hat ihr beziehungsweise ihrer Mutter Geld gegeben. Ich habe nicht gefragt, wie viel. Doch es wurde behauptet, dass das Geld vom Kriegsamt komme und für den Verlust von Viktor Behrend im Einsatz für sein Vaterland gezahlt werde.«

»Was?« Wilhelm sah fragend von Paul-Friedrich zu Heinrich. »Die haben für die toten Soldaten bezahlt?«

»Nein«, widersprach Paul-Friedrich, »genau das haben sie eben nicht getan. Es scheint so, als wäre jemand zu Familie Behrend gegangen, der nicht mit seinem schlechten Gewissen leben konnte, und hätte ihnen Geld gegeben.«

»Aber wer sollte das sein?« Wilhelm wusste noch immer nicht, worauf sein Geschäftspartner hinauswollte.

»Er glaubt, dass einer von uns dafür verantwortlich ist«, klärte sein Bruder ihn auf und hielt Paul-Friedrichs Blick stand. »Oder etwa nicht?«

»Sonst käme ja wohl kaum jemand infrage, oder?« Paul-Friedrich verzog keine Miene.

Einen Moment sagte keiner etwas, dann polterte Wilhelm los. »Du bist mein Freund, Paul-Friedrich, und das schon seit vielen Jahren. Wir sind zusammen durch dick und dünn gegangen, und wir haben uns etwas geschworen. Doch wenn du bei dieser Beleidigung bleibst, gehe ich durch diese Tür da und spreche nie wieder ein Wort mit dir.« Sein Gesicht war rot vor Wut.

»Willi hat recht. Für ihn lege ich meine Hand ins Feuer und für mich selbst natürlich auch. Und genau genommen lege ich auch für dich meine Hand ins Feuer«, fügte Heinrich erklärend hinzu. »Wie kommst du nur darauf, dass einer von uns so etwas tun könnte?«

Paul-Friedrich starrte die beiden immer noch an, dann entspannte sich seine Haltung endlich. »Ihr habt recht. Ich bitte um Verzeihung.«

Wilhelm war noch immer rot im Gesicht, und seine Augen schienen hervorzuquellen. Dann jedoch beruhigte auch er sich. »Ich verstehe. Du wolltest auf Nummer sicher gehen und unsere Reaktion beobachten.«

»Ich sagte doch: Ich bitte um Verzeihung«, wiederholte Paul-Friedrich.

»Schon gut«, meinte Heinrich. »Aber mach so was nicht noch mal.«

»Was ist denn aus Siegler und Zeidler geworden?«, fragte Wilhelm.

»Über Zeidler weiß ich nichts. Siegler ist zum Säufer geworden. Als ich zuletzt etwas über ihn gehört habe, lebte er in der Nähe von Frankfurt und fristete dort ein jämmerliches Dasein«, antwortete Paul-Friedrich.

»Er hing schon immer an der Flasche«, befand Heinrich.

»Oder an einem Weibsbild«, ergänzte Wilhelm.

»Zeidler stammte aus der Gegend um Hamburg. Doch ich habe nie mehr etwas von ihm gehört. Ob er dahin zurückgekehrt ist«, Paul-Friedrich zuckte mit den Schultern, »das weiß ich nicht.«

»Was hat die kleine Behrend sonst noch gesagt?«, wollte Wilhelm wissen.

»Sie hat in Erfahrung gebracht, was ihr Vater mit den Frauen getrieben hat. Na ja, sie sprach nur von einer. Von der letzten. Die, der wir die Leichen gezeigt haben.« Er verlagerte sein Gewicht und verzog kurz das Gesicht. Sein Beinstumpf machte ihm heute wieder gewaltig zu schaffen, und obwohl er bereits zwei Schmerztabletten genommen hatte, schienen sie nicht die geringste Wirkung zu entfalten.

»Wie hat Viktors Tochter sie denn aufgespürt?« Heinrich zog die Stirn in Falten.

»Sie hat nichts Genaues erzählt.« Wieder verlagerte Paul-Friedrich sein Gewicht, ging dann zu seinem Schreibtisch hinüber und lehnte sich an die Arbeitsplatte. So konnte er das Bein wenigstens ein bisschen entlasten. »Nur dass sie nach Riga gereist ist, um dort zu recherchieren. Wie sie nun ausgerechnet dieses Weibsbild aufgestöbert hat, weiß nur Gott allein.«

»Und wozu sollte diese Reise gut sein?«, fragte Wilhelm.

»Wie gesagt, ihre Neugier wurde erst geweckt, als die

Mutter ihr vor ihrem Tod erzählte, dass sie damals Geld vom früheren Kriegsamt erhalten habe, zum Ausgleich für den Verlust des Ehemanns und Vaters. Ich war schon im Gehen, als Erna Behrend das aufs Tapet brachte«, fügte Paul-Friedrich erklärend hinzu. »Ich wollte nicht zu viel nachfragen, um nicht noch mehr in der Sache rumzuwühlen. Die kleine Behrend ist nicht zu unterschätzen. Sie ist aufgeweckt und hat eine Nase für Ungereimtheiten.«

»Vor solchen Weibern muss man sich in Acht nehmen«, stimmte Heinrich ihm zu. »Die sind gefährlich. Sehen hübsch aus und tun ganz harmlos. Und dann, zack, hauen sie dir die Krallen in den Nacken.«

»Was hat sie noch erzählt?«, bohrte Wilhelm wieder.

»Dass sie in Riga endlich erfahren hat, was für ein Mensch ihr Vater in Wirklichkeit war.«

»Muss ein ziemlicher Schock für sie gewesen sein«, mutmaßte Wilhelm.

Paul-Friedrich nickte. »Die Frau hatte ihr gesagt, dass es insgesamt drei Kerle waren, die sie überfallen haben. Deshalb wollte Erna Behrend von mir wissen, wer die anderen beiden Männer waren.«

»Was hast du gesagt?«

»Dass es Ludwig Pfeiffer und Karl Taubner waren.«

»Gut«, befand Heinrich.

»Ich denke nicht, dass sie mir geglaubt hat.«

»Warum nicht?«

»Weil sie nicht blöd ist. Ich habe ihr die Namen der Männer genannt, von denen sie wusste, dass sie dort gestorben sind. Wie gesagt, die kleine Behrend ist nicht auf den Kopf gefallen. Die zählt eins und eins zusammen.«

»Also schnüffelt sie weiter in der Sache herum?«

»Anzunehmen. Zumindest glaube ich nicht, dass sie so einfach klein beigibt.«

»Dann müssen wir Theo Siegler und Albert Zeidler ausfindig machen, um mit ihnen zu sprechen. Und zwar schnell, bevor Erna Behrend es tut«, drängte Wilhelm.

»Das war auch mein erster Gedanke«, sagte Paul-Friedrich. »Doch was ist, wenn die kleine Behrend genau darauf wartet? Dann weiß sie, dass wir etwas zu verbergen haben.«

»Aber sollen wir einfach nur abwarten, bis sie tiefer gräbt und alles aufdeckt?« Heinrich schüttelte den Kopf.

»Sie kann uns nichts beweisen, allenfalls kann sie einiges erahnen und sich zusammenreimen, was geschehen ist«, hielt Wilhelm dagegen.

»Oder sie kann uns in Berlin anzeigen«, ergänzte Paul-Friedrich. »Wir alle wissen, wie viel Geld die Nationalsozialisten für ihre Vorhaben brauchen. Wenn auch nur der Hauch eines Verdachts auf uns fällt, sind wir geliefert.«

»Und wenn sie Zeidler oder Siegler ausfindig macht und ihnen zusetzt …«, fügte Heinrich hinzu und ließ das Ende offen.

»Wir können nicht tatenlos zusehen, wie Behrends Tochter unser Leben zerstört.« Wilhelm sah seinen Bruder an. »Du konntest doch immer gut mit Siegler. Du musst mit ihm reden.«

»Nach all den Jahren?« Heinrich schüttelte den Kopf. »Dann kapiert selbst dieser Idiot sofort, dass was im Busch ist.«

»Er kann seine Hände auch nicht gerade in Unschuld waschen«, merkte Wilhelm an.

»Das Problem ist nur, dass wir nicht wissen, wie viel er zu verlieren hat«, stellte Paul-Friedrich fest. »Wir müssen mehr über Theo und Albert in Erfahrung bringen, herausfinden, wie sie heute leben, ob sie Familie haben, Geschäfte führen, was auch immer.«

»Und wenn sie nichts zu verlieren haben?«, fragte Heinrich. »Solche Leute sind gefährlich.«

»Einer von ihnen muss es gewesen sein, der Viktors Witwe das Geld zukommen ließ. Zumindest damals hatte derjenige also ein schlechtes Gewissen. Die Frage ist, wie sie danach ihr Leben gestaltet haben«, stellte Paul-Friedrich fest.

»Wie wollen wir also vorgehen?«, fragte Wilhelm.

»Ich würde vorschlagen, dass wir ihre Adressen herausfinden und uns dann ansehen, wie sie leben. Danach entscheiden wir, was zu tun ist«, antwortete Heinrich. »Wenn sie Geld brauchen, können wir ihnen damit das Maul stopfen.«

Paul-Friedrich schüttelte den Kopf. »Nicht, solange die kleine Behrend noch in der Nähe ist. Ich traue ihr nicht.«

»Du denkst, sie wartet nur auf eine Reaktion unsererseits?«

»Wenn ja, dann hat sie zumindest einen Verdacht. Und ich habe nicht vor, diesen zu untermauern, Willi.«

»Ich gebe Paul recht. Wenn sie wirklich hier war, um Antworten über ihren alten Herrn zu bekommen, dann wird sie bald das Weite suchen. Und wenn nicht, dann geht es ihr um uns.«

»Aber wie sollte sie von der Sache damals erfahren haben?«, fragte Wilhelm.

»Na ja«, meinte Paul-Friedrich. »Überleg doch mal. Sie hat eine der Frauen ausfindig gemacht und weiß, was Viktor getrieben hat. Auch wenn sie bisher nicht herausbekommen hat, wie er wirklich gestorben ist, wird sie sich womöglich ihren Teil denken. Wer sagt dir denn, dass die Leute in Riga nicht noch über andere Dinge mit ihr gesprochen haben?«

»Wir hätten die Leichen damals nicht herzeigen dürfen«, befand Wilhelm.

»Hör bloß auf, hier herumzuunken«, fuhr Heinrich ihn an. »Du weißt genau, dass wir keine andere Wahl hatten.«

»Streitereien bringen uns jetzt nicht weiter. Wir haben getan, was wir damals für richtig hielten«, ging Paul-Friedrich dazwischen. »Wenn uns eines über die Jahre immer zugutekam, dann war es unser Zusammenhalt. Also werden wir jetzt nicht damit aufhören.«

»Paul hat recht«, erklärte Heinrich. »Wir dürfen jetzt nur nicht die Nerven verlieren.«

»Was genau hast du ihr denn gesagt?«, wandte sich Wilhelm an Paul-Friedrich.

»Nichts, was sie nicht selbst schon wusste«, erwiderte er. »Sie hat mich gefragt, ob ihr Vater ein Vergewaltiger war. Wie gesagt, sie wusste es längst, wollte es wohl nur noch einmal aus meinem Mund hören. Und dann fragte sie, wer die anderen beiden waren und wie ihr Vater wirklich gestorben ist und warum wir damals gelogen haben, als wir die Meldung machten, dass er als Kriegsheld gestorben ist. Ich habe darauf geantwortet, dass er uns allen an der Aa das Leben gerettet hat. Deshalb wollten wir, dass er nachträglich geehrt wird.«

»Und was hast du gesagt, wie er gestorben ist?«, fragte Heinrich.

»Ich sagte ihr, dass es ein Hinterhalt war. Irgendwelche Bauern überfielen uns, als wir bereits auf dem Rückweg waren. Wir anderen sind mit dem Leben davongekommen, doch Viktor, Ludwig und Karl sind dabei gestorben.«

Heinrich nickte. »Gut. Genau daran werden wir alle uns halten, für den Fall, dass die Kleine noch mal hier auftaucht.«

»Ich glaube kaum, dass sie so wenig subtil vorgehen würde«, befand Paul-Friedrich. »Sie weiß doch, dass wir alle in gutem Kontakt stehen, und kann sich denken, dass wir darüber sprechen.« Er schüttelte den Kopf. »Nein, wenn sie einen Verdacht hat und uns ans Leder will, lässt sie sich etwas anderes einfallen.«

»Und was?«, fragte Wilhelm.

Paul-Friedrich hob in einer ratlosen Geste die Hände. »Ich habe nicht die geringste Ahnung. Aber wir sollten wachsam bleiben.«

Es klopfte, und ohne eine Antwort abzuwarten, betrat Dorothea das Büro. »Seid ihr gleich so weit? Alle anderen sind bereits da, und wir könnten dann auftragen lassen.«

»Ja, meine Liebe, wir kommen gleich. Hab vielen Dank!«, sagte ihr Mann.

»Gut. Aber ich möchte euch nicht noch einmal erinnern müssen.«

»Natürlich nicht, Doro. Wir sind schon fertig«, erwiderte Wilhelm.

Dorothea wandte sich zum Gehen. »Fünf Minuten. Dann erwarte ich euch im Speisesaal.«

»Wir werden da sein«, versprach Heinrich.

Dorothea ging hinaus und schloss energisch die Tür hinter sich.

»Eines noch«, sagte Paul-Friedrich. »Das hätte ich fast vergessen: Erna Behrend weiß, dass wir nach dem Krieg noch mal in Riga waren.«

»Was? Und das fällt dir so ganz nebenbei ein?« Heinrich riss die Augen auf.

»Und was hast du ihr gesagt, weshalb?«

»Na, was wohl? Wir waren dort, wie auch in Frankreich, wo wir ebenfalls während des Krieges stationiert waren, um mit der Sache abzuschließen.«

»Und das hat sie dir geglaubt?«

»Es machte den Anschein, ja.« Er hob abermals die Hände. »Aber wie gesagt, die Kleine ist schwer zu durchschauen.« Paul-Friedrich ging zur Tür. »Doch jetzt kommt. Ich will mir nicht zu allem Überfluss noch den Zorn meiner Frau zuziehen.« Er zog das Tablettenröhrchen aus seiner Hosentasche und schluckte eine Pille ohne Wasser. Heinrich und Wilhelm tauschten einen Blick, sagten aber nichts dazu. Dann ließ er das Röhrchen wieder in seiner Hosentasche verschwinden, und sie gingen langsamer als gewohnt zum Speisesaal, weil Paul-Friedrich erhebliche Probleme hatte, in einen gleichmäßigen Gang zu finden. Keiner von ihnen sagte noch ein Wort. Zu sehr hingen sie ihren Gedanken an damals nach und grübelten, was das Geschehene für ihr heutiges Leben bedeuten könnte. Einen Gedanken jedoch, den sie nicht aussprachen, teilten sie: Wenn es doch nur eine Art Schalter gäbe, um die Vergangenheit ein für alle Mal auszulöschen.

9. Kapitel

Und wenn das Glück womöglich doch anderswo als auf Gut Falkenbach auf uns wartet? Sollten wir dann nicht den Aufbruch wagen?

Elisabeth Lehmann

Elisabeth hatte nur wenige Worte mit ihrem Mann wechseln können, bevor sie sich im Speisesaal von Gut Falkenbach an den Tisch setzten und darauf warteten, dass Paul-Friedrich, Wilhelm und ihr Schwiegervater zu ihnen stießen, um gemeinsam das Mittagessen einzunehmen. Dabei hätte er ihr nicht einmal etwas sagen müssen. Sie wusste, dass er erneut zu seinem Vater gegangen war und sich abermals eine Abfuhr geholt hatte. Sie sah es ihm an. Warum nur war Heinrich so unnachgiebig? Weshalb erkannte er nicht das wahre Talent seines Sohnes und diese besondere Gabe, mit wenigen Strichen etwas zu zeichnen und zu malen, Entwürfe zu Papier zu bringen, die den Betrachter anzogen? Gewiss waren nicht alle seine Ideen für Porzellan geeignet, doch immerhin könnten so moderne Muster entstehen. Aber ihr Schwiegervater beharrte auf dem ewig gleichen altmodischen Blumendekor mit Goldrand, das nun wirklich kein Mensch mehr sehen konnte. Ihr Mann tat ihr von Herzen leid. Nicht nur, weil er sich wieder nicht hatte durchsetzen können. Vielmehr ging es darum, dass Heinrich ihn überhaupt nicht zu respektieren schien, was Ferdinand tief verletzte, auch wenn er es nicht zeigen wollte. Er hatte ihr nicht viel von seiner Kindheit erzählt, doch im Lauf der Zeit, die Elisabeth nun schon mit ihm im Hause seiner Eltern zusammenlebte, hatte sie sich ein Bild machen können. Und was sie sah, wollte ihr so gar nicht gefallen. Während sie selbst zwar streng, aber durchaus liebevoll erzogen worden war, hatte ihr Mann offenbar nur Härte erfahren, und zwar gleichermaßen von Vater und Mutter. Sie mochte ihre Schwiegermutter Käthe, das schon. Doch konnte Elisabeth nicht gerade behaupten, dass diese einen besonders zugewandten Umgang mit ihren Mitmenschen pflegte. Sie schien sich immer ein wenig in ihre eigene Welt zurückzuziehen, hatte sich mit einer Mauer umgeben, die niemand so richtig durchdringen konnte, nicht einmal ihr Ehemann und schon gar nicht ihr Sohn.

»Was ist denn der Anlass für das gemeinsame Essen?«, fragte Wilhelmine, nachdem sie alle begrüßt und sich dann an die Seite ihrer Mutter gesetzt hatte.

Dorothea warf ihrer Tochter einen unfrohen Blick zu. Wilhelmine hatte sich offenbar keine große Mühe gemacht, ihr Haar nach dem Ausritt wieder in Ordnung zu bringen, was man auch deutlich sah. Doch die Mutter behielt den Tadel über das Aussehen ihrer Tochter für sich. Sie selbst hatte es als junge Frau geradezu gehasst, wenn ihre Mutter sie vor anderen zurechtgewiesen hatte. Deshalb würde sie es nun bei ihrer eigenen Tochter besser machen. Aber später, wenn sie allein waren, würde Wilhelmine schon etwas zu hören bekommen, weil sie derart verwildert bei Tisch erschienen war. »Ein Gast«, erklärte Dorothea knapp. »Genau genommen ein Gast, der nun doch nicht kommt.«

»Wie mysteriös«, erwiderte Wilhelmine. »Geht es etwas genauer?«

»Du hast doch gestern mitbekommen, dass jemand während der Feier auftauchte, um mit deinem Vater zu sprechen«, erklärte Dorothea der Tochter, während in diesem Moment Paul-Friedrich, Wilhelm und Heinrich in den Speisesaal traten und sich zum Rest der Familie an den Tisch gesellten.

»Die junge Frau ist die Tochter eines Mannes, der mit deinem Vater, Willi und Heinrich im Krieg gedient hat. Ich habe sie zum Essen eingeladen, und sie hatte auch zugesagt, es sich dann aber heute Vormittag anders überlegt.« Dorothea zuckte die Schultern. »Aber nun ja, da ich alles habe vorbereiten lassen, wäre es albern gewesen, wenn wir uns nicht trotzdem zum Essen getroffen hätten.«

»Weshalb hat sie denn abgesagt?«, fragte Elisabeth unschuldig. Sie spürte, dass Irma, die schräg gegenüber neben Leopold saß, ihr einen warnenden Blick zuwarf, mit dem sie sie offenbar an das gemeinsame Versprechen erinnern wollte. Elisabeth sah sie an und zwinkerte einmal, was Irma mit einem fast unmerklichen Schmunzeln quittierte.

»Das ist eine gute Frage«, fand Dorothea. »Was hat die junge Frau Behrend noch gleich als Grund für die Absage genannt, Paul?«

»Nur dass sie es sich anders überlegt hat und bereits wieder abreisen wollte. Ich gebe zu, so genau habe ich dann doch nicht nachgefragt.«

»Wie dem auch sei«, sagte Dorothea daraufhin und gab Hans, dem Haushofmeister, der an der Tür stand und wartete, ein Zeichen, dass er auftragen lassen konnte, was er mit einem Kopfnicken quittierte. Gleich darauf öffnete er beide Türen und ließ das Servierpersonal eintreten, das zunächst die Getränke reichte. Kaum hatte dieses sich diskret zurückgezogen, kamen weitere Dienstmädchen mit den Speisen, die sie vor den

Herrschaften abstellten, um dann ebenfalls den Speisesaal wieder zu verlassen. Dorothea gab Hans erneut ein Zeichen, worauf dieser abermals nickte und die Tür zum Speisesaal hinter sich schloss.

»Guten Appetit, meine Lieben«, sagte Paul-Friedrich, der erleichtert war, dass seine Schmerzen ein wenig nachzulassen schienen. Endlich taten diese verfluchten Pillen ihre Wirkung.

»Warum ist Gustav denn schon gefahren?«, fragte Ferdinand. »Wir haben uns nicht mal verabschieden können.«

»Clara wollte gern, dass sie mit dem Automobil zurück nach Berlin fahren«, erklärte Paul-Friedrich. »Um nicht noch später loszukommen, haben sie wohl darauf verzichtet, euch noch aufzusuchen.«

»Er konnte es wohl nicht abwarten, wieder nach Sodom und Gomorrha zurückzukehren«, frotzelte Leopold, worauf Irma den Blick senkte.

»Ich finde, mein Bruder macht es genau richtig«, nahm Wilhelmine den Abwesenden in Schutz. »Er ist unabhängig und fragt nicht lange um Erlaubnis.« Sie richtete den Blick auf Leopold und zog die Augenbrauen arrogant in die Höhe. »Das ist doch eigentlich etwas, was dir gut gefallen müsste, oder etwa nicht? Du fragst doch auch nicht um Erlaubnis, wenn du dir etwas nimmst, das dir gar nicht gehört.«

Leopold wollte etwas erwidern, doch Ferdinand kam ihm zuvor.

»Ich stimme Wilhelmine zu. Gustav geht seinen Weg, wie er es für richtig hält. Davon würden wir uns eigentlich auch gern ein Scheibchen abschneiden, nicht wahr, Wilhelmine?«, fragte Ferdinand freundlich.

»Ach, ich glaube, ich hätte tatsächlich nichts dagegen. Hier fällt einem doch manchmal sehr die Decke auf den Kopf.«

»Such dir einen Mann zum Heiraten, dann wirst du die Ruhe und Zweisamkeit zu schätzen wissen«, riet Elisabeth.

»Apropos«, nahm Dorothea den Faden auf. »Die von Leuffenburgs haben uns für kommenden Sonntag als Gäste in ihre Loge in die Staatsoper in München eingeladen. Es wird *Alceste* von Christoph Willibald Gluck aufgeführt. Maximilian wird ebenfalls dabei sein. Ich möchte gern, dass du uns begleitest, Wilhelmine.« Dorothea sah ihre Tochter an. Ganz selbstverständlich rechnete sie mit deren Widerstand und dass diese Zeter und Mordio schreien würde.

»Ist gut, Mutter. Um wie viel Uhr?«

»Äh, um zwanzig Uhr«, antwortete Dorothea verblüfft und sah Wilhelmine an, wollte sich ihre Überraschung jedoch nicht zu sehr anmerken lassen. »Wir sollten jedoch mindestens eine Stunde vorher den Wagen vorfahren lassen, damit wir uns nicht hetzen müssen.«

»Ich werde fertig sein. Wünschst du, dass ich ein bestimmtes Kleid trage?«

Fast glaubte Dorothea, dass es nicht ihre Tochter war, die da mit ihr sprach. »Ich vertraue da gern auf deinen guten Geschmack«, sagte sie.

»Magst du denn Maximilian von Leuffenburg?«, fragte Elisabeth, was Ferdinand ein Grinsen entlockte, da er sich schon einige Male mit Wilhelmine über den Wunsch ihrer Mutter, sich mit dem Leuffenburg-Sohn einzulassen, unterhalten hatte.

Wilhelmine zuckte mit den Schultern. »Ist das denn von Bedeutung?«

»Na, na«, mahnte ihr Vater, »nicht so missmutig, junge Dame.«

»Wenn es doch wahr ist«, konterte Wilhelmine. »Ich glaube, ich habe einfach kein Händchen für Männer. Mir würden wohl sowieso nur die Falschen gefallen. Vielleicht ist es dann ganz gut, wenn ich auf die Auswahl meiner Eltern vertraue.«

»Eine sehr erwachsene Einstellung«, lobte Dorothea.

Elisabeth sah ihren Mann geradezu erschrocken an, dann wandte sie sich an Irma: »Könntest du dir das vorstellen?«

»Ich bin nicht von Adel und musste mir diese Frage nie stellen«, antwortete Irma, wagte aber kaum aufzusehen.

»Ich habe tatsächlich Glück gehabt. Wie wir alle wissen, hätte Irma einen Adligen heiraten können, der noch dazu einer der feinsten Kerle ist, die ich kenne«, sagte Leopold und nickte dabei Gustavs Vater Paul-Friedrich zu. »Doch am Ende war ich es, der ihr Herz erobert hat. So ist das eben mit der Liebe.« Er legte den Arm um seine Frau und zog sie besitzergreifend an sich.

Irma lag eine Erwiderung auf der Zunge, dass sie gut daran getan hätte, sich diese Entscheidung zweimal zu überlegen. Doch das hätte sie sich niemals getraut, auszusprechen.

»Und nun haben wir unsere kleine Sophia«, sagte Irma und bemühte sich um ein Lächeln. »Und Gustav hat mit Clara eine wunderbare Frau gefunden, die ihn glücklich macht. Also ist doch alles so geworden, wie es wohl sein sollte.« Sie sah Wilhelmine an, doch die schien zu sehen, dass das Lächeln nicht echt war, denn sie zog die Stirn kraus.

Hatte Irma sich verraten? Konnte man ihr ansehen, wie unglücklich sie in der Ehe mit Leopold war? Sie und Wilhelmine waren zusammen zur Schule gegangen und kannten sich schon fast ihr ganzes Leben lang. Doch wirklich befreundet waren sie nicht gewesen. Erst als Irma sich in Gustav verliebt hatte und dieser sie irgendwann offiziell seiner Familie vorgestellt hatte, war der Kontakt ein wenig enger geworden. Nachdem sich dann die Verlobung jedoch wieder zerschlagen hatte, hatte Wilhelmine ihr deutlich gezeigt, was sie von ihrem Verhalten hielt und wie böse sie ihr war, den Bruder so hintergangen und gedemütigt zu haben.

»Ja«, sagte Wilhelmine nachdenklich. »Wie schön, dass ihr glücklich geworden seid. Ich glaube ja immer, jeder bekommt das, was er verdient.« Bei diesen Worten veränderte sich Wilhelmines Blick. Kein Zweifel, Irma hatte sich offenbar verraten, und Gustavs Schwester hatte in ihrem Gesicht zu lesen vermocht, was wirklich in ihr vorging. Und mit ihrer Antwort zeigte sie überdeutlich, wie sie dazu stand.

»Ja«, brachte sich nun auch Ferdinand ein, »da schließe ich mich dir an, Wilhelmine. Ich glaube auch, dass am Ende jeder kriegt, was er verdient.«

»Wie ist das denn gemeint?« Heinrich starrte seinen Sohn zornig an.

»Was?«

»Dass jeder kriegt, was er verdient.«

»Was ist denn los, Heinrich?«, fragte nun seine Ehefrau Käthe.

Heinrichs Augen funkelten zornig, dann entspannte sich jedoch sein Gesichtsausdruck wieder. »Ach, gar nichts. Ich wollte nur wissen, woran genau Ferdinand dabei dachte.«

»Eigentlich an gar nichts Bestimmtes«, sagte Ferdinand und schien verblüfft über die Reaktion seines Vaters. Hatte er mit seiner Bemerkung einen Nerv getroffen?

»Ist etwas vorgefallen?«, fragte Else ihren Ehemann Wilhelm. »Es herrscht so eine gereizte Stimmung bei Tisch.«

»Ja, ich gebe dir recht«, stimmte Dorothea zu. »So empfinde ich es auch. Ist denn etwas vorgefallen, Paul-Friedrich?«

»Aber nein, was soll denn vorgefallen sein?«

»Das weiß ich eben nicht. Doch ich war auf ein heiteres Mittagessen eingestellt, insbesondere nach dem großen Erfolg des gestrigen Jubiläums. Denn anders als erfolgreich kann man die Feier doch nicht bezeichnen, oder?«

»Du hast vollkommen recht, Doro«, stimmte Heinrich zu. »Unsere Auftragsbücher waren vorher schon voll, doch insbesondere die Gaststätten werden noch einmal nachordern. – Ich überlege übrigens, in die Partei einzutreten.«

Käthe sah ihren Ehemann verblüfft an, zum einen wegen des plötzlichen Themenwechsels, vor allem aber, weil er mit ihr nie darüber gesprochen hatte.

»Seit wann denkst du denn darüber nach?«, fragte sie überrascht.

»Es wurde mir schon einige Male nahegelegt«, erklärte Heinrich. »Ich denke, es ist von Vorteil, sich zu positionieren. Außerdem hat mir Gauleiter Langenmüller aufgezeigt, dass selbstverständlich Firmen, deren Inhaber der Partei angehören, bei der Vergabe von Großaufträgen bevorzugt werden.«

»Hat er dir das gestern gesagt?«, fragte sein Bruder Wilhelm.

»Ganz recht. Für dich dürfte also das Gleiche gelten. Töpfe, Pfannen und Porzellan werden immer gebraucht, besonders wenn die Wehrmacht weiter aufgebaut wird.« Heinrich wandte sich Paul-Friedrich zu. »Das betrifft auch deine Pferdezucht. Der Führer will das Reich groß und immer größer machen. Gerade zum Repräsentieren braucht er gute Zuchtpferde. Was glaubst du wohl, wie profitabel es sich auf dein Gestüt auswirken könnte?«

»Um die Kavallerie zu bestücken?«, fragte Paul-Friedrich mit Spott in der Stimme. »Dafür sind mir meine Trakehner zu schade.«

»Aber nein, dafür doch nicht. Denk mal an die großen Paraden, die immer öfter abgehalten werden.«

Paul-Friedrich nahm einen Bissen von seinem Essen und schien zu überlegen, während er kaute. Als er heruntergeschluckt hatte, sagte er: »Das könnte tatsächlich lohnenswert sein.«

»Aber ich dachte, euch wäre es wichtig, eher neutral zu bleiben«, wandte Ferdinand ein. »Zumindest habt ihr das bisher immer gesagt.«

Sein Vater sah ihn kopfschüttelnd an. »Wenn du die Firma eines Tages übernehmen willst, musst du lernen, die Zeichen der Zeit zu erkennen.«

»Auch gegen alle Überzeugungen?«, hörte Ferdinand sich fragen. Seine Ehefrau warf ihm einen überraschten, fast schon schockierten Blick zu.

»Was willst du damit sagen?« Heinrich war anzusehen, dass er sofort kochte vor Wut.

»Wieso?«, mischte sich Wilhelmine ein. »Es stimmt doch, was Ferdinand sagt. Ihr habt immer behauptet, euch nicht einmischen zu wollen und euch lieber so neutral wie möglich zu verhalten. Ihr alle drei.« Sie legte den Kopf schräg und sah Heinrich erwartungsvoll an.

»Das stimmt schon«, antwortete dieser nun in wesentlich milderem Tonfall. »Doch die Zeiten haben sich geändert. Viele von uns haben den Führer noch vor wenigen Jahren für einen Gernegroß gehalten, doch inzwischen hat er seine Entschlossenheit bewiesen.«

»Ich halte den Mann für gefährlich«, sagte Ferdinand.

»Wie bitte?«, empörte sich nun auch Wilhelm. »Für solche Reden kannst du verhaftet werden.«

»Genau das meine ich ja. Ich sage nur, was ich denke, und doch kann ich dafür eine schwere Strafe erhalten. Meiner Meinung nach kann eine Regierung, die zu solchen Mitteln greift, niemals gut für das Volk sein.«

»Da muss ich dir nun widersprechen«, mischte sich Dorothea ein. »Während der Kaiserzeit konnte man auch nicht alles sagen, was man wollte, und doch herrschte eine Ordnung, die uns noch Jahre nach der Abschaffung der Monarchie fehlte.«

»Du vermisst tatsächlich die Kaiserzeit, Mutter?« Wilhelmine schüttelte den Kopf.

»Bitte, Wilhelmine, misch dich nicht ein. Du bist viel zu jung, um hier mitreden zu können«, mahnte Dorothea.

»Außerdem sollten Frauen sich aus der Politik heraushalten«, befand nun Paul-Friedrich. »Das ist immer noch Männersache.«

Wilhelmine rollte die Augen. Sie wusste, wie ihr Vater dachte, genau wie jeder andere Mann in diesem Land. Dabei hatte sie schon einiges darüber gelesen, dass es immer mehr Frauen in anderen Ländern gab, die sich ein Mitspracherecht nicht länger verbieten lassen wollten. Zu gern wäre sie wie eine dieser Frauen. Mit Gustav hatte sie oft darüber gesprochen, und er war ganz ihrer Meinung gewesen. Überhaupt hatte sie das Gefühl, dass ihr Bruder der Einzige war, der sie verstand. Nur wusste sie ihn seit seiner Heirat mit Clara nicht mehr recht einzuschätzen. Irgendwie hatte er sich verändert. Doch vermutlich war die größte Veränderung in ihm wohl schon vorgegangen, als Irma die Verlobung mit ihm platzen ließ und sich mit Leopold zusammentat. Es war jedenfalls zu schade, dass er die meiste Zeit des Jahres in Berlin verbrachte und sie sich nicht mehr so unterhalten konnten wie früher. Da hatten sie manchmal bis in die Nacht hinein auf den Betten gesessen und geplaudert. Wie wunderbar diese Zeit gewesen war! Ob es wohl wieder so werden könnte, wenn er sein Medizinstudium beendete und nach Gut Falkenbach zurückkehrte? Sie sah wieder ihren Vater an.

»Ich teile Ferdinands Meinung«, sagte sie mehr aus Protest denn aus Überzeugung. »Ich glaube auch, dass Hitler gefährlich ist.«

»Ach ja? Das sind ja ganz neue Reden. Warst du nicht gestern noch der Ansicht, dass Zellenleiter Gschwendner ja so recht hätte mit dem, was er über den Führer sagt?«, fragte Leopold spöttisch.

»Gestern, ja. Ich gehöre zu den Menschen, die jeden Tag aufs Neue ihr Denken und Tun hinterfragen«, hielt Wilhelmine trotzig dagegen. »Kannst du das auch von dir behaupten, Leo?«

Leopold sah sie an und schien eine Erwiderung zu überlegen, dann lachte er auf. »Na, dann sollte ich mir wohl mal ein Beispiel an dir nehmen, um nicht gar zu rückständig zu wirken.« Er zwinkerte ihr zu.

»Das könnte von Vorteil sein«, gab sie hochnäsig zurück, musste dann aber selbst lachen.

Sie unterhielten sich noch eine Weile über belanglose Dinge, doch irgendwie lag immer noch eine gewisse Spannung in der Luft. Wirkliche Harmonie wollte an diesem Mittag einfach nicht aufkommen, sodass Elisabeth erleichtert war, als Wilhelmine ihre Eltern fragte, ob sie aufstehen dürfe.

»Hast du denn noch etwas vor?«, fragte Dorothea.

»Ich möchte noch nach München fahren und mir ein wenig die Auslagen in den Schaufenstern ansehen«, antwortete Wilhelmine. »Vielleicht entdecke ich ja ein schönes Kleid für Sonntag, wenn wir uns mit den von Leuffenburgs in der Oper treffen.«

»Ein ausgezeichneter Einfall«, lobte Dorothea.

»Kann ich vielleicht mitkommen?«, fragte Elisabeth, bereute es aber im nächsten Moment schon wieder. Die Frage war einfach aus ihr herausgesprudelt, und dem ablehnenden Gesichtsausdruck Wilhelmines konnte sie ansehen, dass diese wenig begeistert von der Idee war, mit ihr Zeit zu verbringen.

»Es muss aber auch nicht sein«, fügte Elisabeth eilig hinzu.

»Doch«, sagte Wilhelmine. »Warum denn nicht. Wir haben bisher nie wirklich etwas zusammen unternommen. Das wird bestimmt nett.«

»Dann kann ich also mitkommen?« Elisabeth freute sich aufrichtig.

»Ja«, bekräftigte Wilhelmine und sah dann zu Irma. »Möchtest du vielleicht auch mit?« Die Frage war ihr nicht leicht über die Lippen gekommen, immerhin war sie Gustavs wegen nach wie vor wütend auf Irma. Doch andererseits hatte sie gerade gestern erst erlebt, wie sehr man sich in einem Menschen täuschen konnte. Früher jedenfalls hatte sie sich immer sehr gut mit Irma verstanden. Vielleicht war es an der Zeit, die alten Zöpfe abzuschneiden und ganz neu zu beginnen.

»Sehr gern.« Irmas Gesicht hellte sich auf, dann jedoch wurde ihre Miene wieder ernst. »Aber nein, es geht ja nicht. Sophia muss schon in ungefähr einer Stunde wieder gestillt werden.«

»Schade«, sagte Wilhelmine. »Dann eben ein andermal.«

»Ja.« Irma nickte. »Trotzdem freue ich mich, dass du mich gefragt hast.«

Wilhelmine nickte, unschlüssig, was sie dazu noch hätte sagen sollen. Auf eine zustimmende Geste ihrer Mutter schob sie den Stuhl zurück und stand auf. »Wollen wir dann, Elisabeth?«

»Ja, ich komme.« Elisabeth gab Ferdinand eilig einen Kuss und erhob sich ebenfalls.

»Dann bis später«, verabschiedete sie sich von den Anwesenden. Während Ferdinand sein Portemonnaie hervorzog und Elisabeth noch einen Geldschein gab, wartete Wilhelmine auf sie, und sie verließen zusammen den Saal. Irma sah ihnen fast sehnsuchtsvoll nach. Wie gern wäre sie mit ihnen gegangen.

Wilhelmine bat Hans, einen Wagen vorfahren zu lassen. Dann holten die beiden Frauen ihre Mäntel und traten vors Haus. Herrmann, der Chauffeur der Familie von Falkenbach, fuhr soeben vor, stieg aus und hielt den beiden die Wagentür auf. Die ersten paar Minuten der Fahrt sprachen die beiden nicht miteinander, und es herrschte eine etwas unangenehme Stille. Dann sagte Elisabeth: »Ich freue mich, dass du mich mitnimmst. Vielen Dank.«

»Gern geschehen«, erwiderte Wilhelmine und fügte dann hinzu: »Wir hätten das schon längst einmal machen sollen.«

»Ja, das stimmt.«

Wieder sagte keine von ihnen etwas, dann meinte Wilhelmine: »Ist schon komisch, dass wir bisher so wenig miteinander zu tun hatten, obwohl wir doch so nah beieinander wohnen und auch immer mal wieder zusammengetroffen sind, nicht wahr?«

Elisabeth nickte. »Ehrlich gesagt, bin ich von mir selbst überrascht, dass ich dich überhaupt gefragt habe.«

»Ach ja? Warum? Bin ich so schrecklich?«

Elisabeth schüttelte den Kopf. »Nein, das nun wirklich nicht. Ich dachte wohl nur, dass wir … na ja, dass wir eben nicht derselben Gesellschaftsschicht angehören und du deshalb womöglich nichts mit mir zu tun haben willst.«

»Also, du bist ja schlimmer als meine Mutter«, lachte Wilhelmine. »Wie kommst du denn auf so etwas?« Sie schlug die Hand vor den Mund. »Oje, ich hoffe, dass nicht ich dir dieses Gefühl gegeben habe?«

»Nein.« Elisabeth schüttelte den Kopf. »Das hast du wirklich nie getan. Ich weiß selbst nicht so recht. Es ist mir wohl so in die Wiege gelegt worden«, mutmaßte sie.

Wilhelmine legte sich zwei Finger an die Oberlippe und verstellte die Stimme: »Wir Deutschen«, sie rollte dramatisch das R, »gehören doch alle ein und derselben Volksgemeinschaft arischen Blutes an …« Wilhelmine prustete los, und auch Elisabeth lachte schallend.

»Du kannst ihn wirklich täuschend echt imitieren«, meinte sie fröhlich.

»Das ist leicht. Da gibt es schwierigere Typen. Warte mal«, sagte Wilhelmine. »Wer bin ich jetzt?« Sie strich sich das Haar zurück, hob das Kinn und sah Elisabeth mit einem arroganten, herablassenden Gesichtsausdruck an. »Glaube mir, Elisabeth: *Fast jede Frau wäre gern treu. Schwierig ist es bloß, den Mann zu finden, dem man treu sein kann.*« Sie hob den Blick noch mehr, ganz so, als erwarte sie einen Applaus.

Elisabeth zog die Stirn in Falten. »Ich weiß nicht …« Sie überlegte.

»Gut, noch etwas, das diese Frau gesagt hat«, kündigte

Wilhelmine an. »*Wenn man schöne Beine behalten will, muss man sie von den Blicken der Männer massieren lassen.*«

Elisabeth schüttelte den Kopf.

»Pass auf, gleich weißt du es.« Wilhelmine räusperte sich, hob abermals den Blick und begann zu singen: »*Ich bin von Kopf bis Fuß auf Liebe eingestellt, denn das ist meine Welt, und sonst …*«

»Marlene Dietrich!«, rief Elisabeth laut.

Wilhelmine jubelte auf. »Ja! Sehr gut.« Sie lachte.

»Noch jemanden bitte«, forderte Elisabeth, die sichtlich Gefallen an dem Spiel, vor allem aber am Zusammensein mit Wilhelmine gefunden hatte.

Wilhelmine überlegte, starrte nach oben und kaute auf der Unterlippe. Schließlich sah sie Elisabeth an. »Mir fällt gerade niemand mehr ein. Ich würde ja jemanden aus den Stummfilmen nachmachen, doch dafür fehlt mir hier der Platz.«

Elisabeth winkte ab. »Da käme ich sowieso nicht drauf.« Sie lachte abermals. »Woher kannst du das so gut?«

»Leute nachmachen?«

»Ja, genau.«

Wilhelmine zuckte mit den Schultern. »Das haben Gustav und ich früher immer gespielt, allerdings meistens mit den Freunden und Bekannten unserer Eltern. Ich glaube, weil wir das Auftreten der meisten so albern fanden.«

»Wirklich?«

»Aber ja. Es gab da beispielsweise den Baron von Liebenau.« Sie überlegte. »Oder hieß er Liebentau? Ich weiß es nicht mehr. Auf jeden Fall hatte er immer so ein albernes Monokel, das er sich vors Auge hielt und dann sein Gesicht so komisch verzog, dass er gar nicht mehr richtig reden konnte. Und wenn, dann spuckte er dabei, sodass meine Mutter immer diskret drei Schritte zurückwich. Aber natürlich wollte sie es sich nicht anmerken lassen. Vor allem aber hat meine Mutter die herrliche Angewohnheit, etwas nachzuahmen, das ihr Gegenüber macht und das ihr ungewöhnlich erscheint, obwohl sie das gar nicht will.« Wilhelmine prustete wieder los und verzog das Gesicht, ganz so, als klemme sie sich gerade ein Monokel vor das rechte Auge. »Deshalb sah es bei meiner Mutter so aus, als zwinkerte sie ihrem Gegenüber zu oder als hätte sie ein nervöses Zucken. Immer wenn dieser Baron da war, sind Gustav und ich nicht von Mutters Seite gewichen, weil wir uns so herrlich amüsieren konnten. Wir haben dafür sogar mal das Hinterteil versohlt bekommen, doch das war es uns wert.«

Elisabeth stimmte in das Lachen ein. »Das klingt, als hättet ihr eine herrliche Kindheit gehabt.«

»Ja, ich denke schon. Wir hatten es wirklich sehr gut. Vor allem hatten wir Spaß zusammen. Gustav war ein wunderbarer großer Bruder. Wenn wir etwas angestellt hatten und erwischt wurden, hat er es jedes Mal auf sich genommen.« Sie wurde nachdenklich. »Es ist schade, dass er heute so ernst ist. Früher konnte man mehr mit ihm lachen.«

»Was denkst du, weshalb? Weil ihr erwachsen geworden seid?«

Wilhelmine wiegte den Kopf. »Sicher, zum Teil. Eine gewisse Schuld gebe ich aber Irma. Du kennst ja bestimmt die Geschichte, oder?«

Elisabeth nickte. »Ferdinand hat sie mir erzählt. Ich kann mir ja nicht wirklich ein Urteil erlauben, aber ich finde, Leopold hätte das nicht tun dürfen.«

Wilhelmine sah sie an. »Ich sehe die Schuld mehr bei Irma. Sie war es schließlich, die mit Gustav verlobt war. Natürlich war auch Leopolds Verhalten nicht in Ordnung, doch Irma war diejenige, die eine Verpflichtung Gustav gegenüber eingegangen ist.«

»Trotzdem hast du ihr vorhin die Hand gereicht, indem du ihr angeboten hast mitzukommen.«

Wilhelmine zuckte die Achseln. »Was nützt es schon,

sie ewig mit Missachtung zu strafen, wenn wir uns ja doch irgendwie arrangieren müssen. Und wenn ich ehrlich bin, dann glaube ich, dass sie das Ganze am allermeisten bereut. Ihr Charakter wurde auf die Probe gestellt, und sie hat diese Probe nicht bestanden. Nun wird sie ihr Leben mit Leopold verbringen müssen.« Wilhelmine hob die Augenbrauen. »Wenn du mich fragst, ist sie damit schon genug gestraft.«

Elisabeth schmunzelte. »Ist er denn so schlimm?«

»Ich denke, er ist ein Wichtigtuer. Zumindest hätte meine Großmutter ihn so genannt.«

»Deine Großeltern sind schon alle tot, nicht wahr?«

»Ja, da ist niemand mehr. Wie ist es bei dir?«

»Nun, Ferdinands Großeltern sind, wie du wahrscheinlich weißt, ebenfalls schon gestorben. Ich habe nur noch eine Großmutter mütterlicherseits.«

»Ich finde es so schade. Gerade in den letzten paar Jahren, seit ich richtig erwachsen wurde, hätte ich so viele Fragen, die ich gerade meiner Großmutter gern stellen würde.«

»Was für Fragen?«

»Über das Frausein«, antwortete Wilhelmine wie aus der Pistole geschossen. »Mit meiner Mutter kann ich darüber nicht sprechen. Meine Großmutter war da ganz anders. Sie war nämlich eine begeisterte Anhängerin der Suffragetten. Natürlich nur aus der Ferne«, fügte Wilhelmine rasch hinzu. »Doch es war genau ihr Denken.«

»Wenn du das so sagst … Ich glaube, ich sollte meine Großmutter auch öfter mal besuchen und mich mit ihr unterhalten.«

»Tu das. Bevor es zu spät ist«, riet Wilhelmine und blickte kurz aus dem Fenster des Automobils. Sie waren schon bald da. Gerade kamen sie am Krankenhaus rechts der Isar vorbei, als Wilhelmine plötzlich eine junge Frau auffiel. Sie bat Herrmann eilig darum, den Wagen anzuhalten.

»Was ist denn?«, fragte Elisabeth erschrocken.

»Einen Moment«, sagte Wilhelmine und öffnete die Tür bereits, obwohl das Fahrzeug noch rollte. Sofort stieg sie aus und lief zu der jungen Frau hinüber, die soeben die Stufen des Krankenhauses herunterkam und sich ein Taschentuch vors Gesicht hielt, in das sie hineinweinte.

»Liesel«, sprach Wilhelmine die junge Frau an, die in diesem Moment aufblickte und jetzt langsam zu erkennen schien, wer vor ihr stand.

»Guten Tag, Wilhelmine«, brachte sie dann stockend hervor.

»Was ist denn geschehen, Liesel? Warum weinst du?«

Die Angesprochene drückte sich abermals das Taschentuch vors Gesicht und brauchte einen Augenblick, ehe sie wieder ein Wort hervorbrachte. »Ewald«, sagte sie dann nur.

»Was ist denn mit deinem Ewald?« Wilhelmine schwante Böses, denn sie hatte noch deutlich den verbitterten Gesichtsausdruck Rudolph Gschwendners von gestern Abend vor Augen, der tief enttäuscht von seinem Freund Ewald gewesen war. Dieser hatte wegen der Silberhochzeitsfeier seiner künftigen Schwiegereltern seine Teilnahme an den Pimpfenprüfungen abgesagt.

»Er wurde überfallen«, presste Liesel hervor. »Halb totgeschlagen haben sie ihn. Er ist noch immer nicht wieder aufgewacht, und nur der Herr allein weiß, ob er je wieder wird.« Sie weinte bitterlich, und Wilhelmine machte einen Schritt auf sie zu, um sie tröstend in die Arme zu nehmen.

»Weiß man denn, wer das war?« Wilhelmine mochte nicht einmal darüber nachdenken, dass sie selbst die Antwort vermutlich schon kannte.

»Nein.« Liesel löste sich aus der Umarmung. »Irgendwelche dahergelaufenen Kerle mit Knüppeln. Als ein paar Leute darauf aufmerksam wurden und eingegriffen haben, hat die Bande das

Weite gesucht.« Wieder schluchzte sie. »Der Ewald ist so ein guter Mensch. Wer konnte ihm so etwas nur antun?«

Wilhelmine presste die Lippen zusammen. »Kann ich dich vielleicht mitnehmen?«, fragte sie dann.

»Ich bin mit dem Fahrrad gekommen«, erklärte Liesel.

»Den ganzen Weg aus Bernried?«

Liesel zuckte die Achseln. »Was hätte ich denn machen sollen?«

»Wo ist dein Fahrrad jetzt?«

»Dort vorn.« Liesel deutete mit der ausgestreckten Hand.

»Herrmann!«, rief Wilhelmine und winkte dem Chauffeur, der auch sofort ausstieg und zu den beiden herüberkam.

»Ja, Fräulein von Falkenbach?«

»Nehmen Sie bitte das Fahrrad dort, und machen Sie es an der Gepäckhalterung fest. Wir werden Liesel nach Hause fahren.«

»Sehr wohl, gnädiges Fräulein.«

Wilhelmine fasste Liesels Hand und führte sie zum Automobil. Elisabeth saß bei offener Tür und mit den Füßen auf dem Gehsteig im Wagen.

»Elisabeth, das ist Liesel Föhring. Ihr Verlobter wurde zusammengeschlagen und liegt dort im Krankenhaus.«

»Wir kennen uns«, sagte Elisabeth und nickte Liesel zu. »Zumindest vom Sehen.«

»Guten Tag«, grüßte Liesel.

»Heute wird es leider nichts mit einem Schaufensterbummel«, erklärte Wilhelmine. »Wir bringen Liesel zurück nach Bernried.«

»Natürlich«, sagte Elisabeth sofort und rutschte wieder ins Innere des Automobils. Als Liesel nach ihr einstieg, sagte sie zu ihr: »Es tut mir leid, was geschehen ist.«

»Danke«, erwiderte Liesel nur. »Ich hoffe, sie erwischen die Kerle.«

Wilhelmine sagte nichts, sondern schloss sofort die Tür, kaum dass sie im Wagen saß. Wäre doch nur Gustav auf Gut Falkenbach. Er hätte bestimmt einen Rat, wie sie mit ihrem Wissen umgehen sollte. Doch so musste sie selbst eine Entscheidung treffen.

10. Kapitel

Die Zeit, in der wir leben, bringt täglich so viele Veränderungen mit sich, dass es schwer ist, nicht den Überblick zu verlieren.

Gustav von Falkenbach

Gustav seufzte, als er den Telefonhörer auflegte. Das, was seine Schwester ihm soeben erzählt hatte, hatte ihn aufgewühlt.

»Was ist geschehen?«, fragte Clara, die einen Teil des Telefonats mitverfolgt hatte.

Gustav zog die Stirn in Falten. »Das war Wilhelmine«, erklärte er. »Es hat einen Vorfall gegeben, und sie wollte meine Meinung hören, wie sie damit umgehen soll.«

»Was für einen Vorfall denn?« Obwohl Clara müde und erschöpft von der fast zehnstündigen Fahrt war und zunächst ungehalten reagiert hatte, dass Wilhelmine so spät am Abend noch bei ihnen anrief, war sie mit einem Mal hellwach. Die Schwester ihres Mannes meldete sich nicht allzu oft bei ihnen, ziemlich selten sogar. Wenn sie nun anrief, obwohl es fast Mitternacht war, musste etwas Außerordentliches passiert sein.

»Wilhelmine war gestern Abend noch mit Rudolph Gschwendner aus«, kam Gustav gleich zum Kern des Gesprächs. Clara sagte nichts dazu und tat auch nicht verwundert, dass

Wilhelmine nach der Jubiläumsfeier noch weggegangen war. Sie wusste ja nicht, ob Gustav womöglich bereits von seiner Schwester erfahren hatte, dass Clara sie überrascht hatte. Also beschloss sie, zunächst abzuwarten oder aber ganz unverblümt ihr Wissen preiszugeben, von Wilhelmines spätabendlichem Ausflug gewusst zu haben. Sie wollte wirklich dafür sorgen, dass das Verhältnis zu ihrem Ehemann besser, ja sogar richtig gut wurde. Da könnte die eine oder andere Information an der richtigen Stelle Gold wert sein.

»Und da hat sie mitbekommen, dass Ewald, der eigentliche beste Freund von Rudolph, den Zorn der Gruppe auf sich gezogen hat«, fuhr Gustav fort und erzählte Clara alles, was Wilhelmine ihm berichtet hatte, einschließlich des zufälligen Treffens mit Liesel, Ewalds Verlobter, und seinen schweren Verletzungen.

Clara schlug erschrocken die Hand vor den Mund.

»Wird er denn wieder gesund?«

»Das wusste Wilhelmine nicht. Genau genommen, weiß es wohl niemand so recht. Man muss abwarten.«

»Und das alles wegen dieser Pimpfenprüfungen?« Clara schüttelte ungläubig den Kopf. »Sind die denn alle wahnsinnig geworden?« Ihr stand die Erschütterung deutlich ins Gesicht geschrieben.

Gustav ging zu ihr und nahm sie in den Arm. Er hatte noch selten erlebt, dass seine Frau wegen einer Nachricht derart betroffen wirkte.

»Das Problem ist, dass man sogar vorsichtig sein muss, das Ganze anzuzeigen.«

»Wie meinst du das?«

»Na, was glaubst du wohl, wie die Nazis es finden, wenn man eine Gruppe aus ihren Reihen beschuldigt, einen Kameraden krankenhausreif geprügelt zu haben? Noch dazu einen, der sich eben nicht so fanatisch eingebracht hat.« Gustav löste die Umarmung und sah Clara an. »Das spielt denen doch nur in die Karten. Ganz nach dem Motto: Die aus der Reihe tanzen, sollen gleich wissen, was ihnen blüht.«

»Mein Gott. Und für einen solchen Irrsinn verprügelt man seinen besten Freund?« Sie schüttelte den Kopf. »Ich verstehe wirklich nicht mehr, was in diesem Land gerade vor sich geht.«

»Ich auch nicht«, gab Gustav ihr recht. »Wilhelmine war vollkommen aufgelöst und hat wohl schon seit Stunden versucht, uns zu erreichen, obwohl sie ja hätte wissen müssen, dass wir noch gar nicht wieder daheim sein konnten. Sie war ganz durcheinander.«

»Warum hat sie sich nicht an deinen Vater gewandt, um von ihm einen Rat zu erbitten?«

»Ach, weißt du, Wilhelmine und ich sind beide eher kritisch meinem Vater gegenüber eingestellt. Wie ich dir schon sagte, er ist nicht mehr der Mensch, der er früher einmal war. Und nun kommt auch noch etwas anderes hinzu.«

»Nämlich?«

»Wilhelmine erzählte mir, dass gestern beim Mittagessen in großer Runde darüber gesprochen wurde, dass mein Vater ebenso wie Heinrich und Wilhelm Lehmann voraussichtlich der Partei beitreten wollen.«

»Der Nazi-Partei?« Clara schlug die Hand vor den Mund. »O mein Gott!«

Gustav nickte. »Aus diesem Grund war sie erst recht unsicher, ob sie meinen Vater ansprechen sollte. Sie kann die Situation nicht mehr einschätzen.«

»Wer kann das schon? Doch ich habe mitgehört, dass du ihr geraten hast, dennoch mit Paul-Friedrich zu sprechen?«

»Ja, denn ich weiß genau, dass Wilhelmine nicht der Mensch ist, der dieses Wissen einfach so für sich behalten kann. Mein Vater ist ein einflussreicher Mann in der Gegend. Er kennt so ziemlich jeden, und jeder kennt ihn. Auch Gauleiter

Langenmüller. Er ist kein verkehrter Kerl, auch wenn er Gauleiter ist, fehlt ihm durchaus nicht das Menschliche. Wenn mein Vater mit ihm spricht, könnte es sein, dass er etwas unternimmt. Vor allem weil derjenige, den sie zusammengeschlagen haben, sein Sohn ist.«

»Es könnte sein?«, echote Clara. »Du meinst, dass das nicht einmal dann sicher ist, wenn dein Vater sich der Sache annimmt und Meldung macht, wer dahintersteckt?«

»Nun, zum einen würde ich nicht meine Hand dafür ins Feuer legen, dass mein Vater sich überhaupt um diese Angelegenheit kümmert. Doch zumindest ist es die beste Chance, die Wilhelmine hat. Und wie Langenmüller sich am Ende verhält, weiß eben auch niemand zu sagen.«

»Du bleibst erstaunlich ruhig, gemessen daran, welches Unrecht geschehen ist.« Clara stemmte die Hände in die Hüften.

»Ich bin nur realistisch. So vieles ist in den letzten Jahren in diesem Land passiert, das ich für ausgeschlossen gehalten hätte. Es ist nicht so, dass es mir gleichgültig ist. Ich habe nur nicht mehr viel Hoffnung, etwas verändern zu können.«

Clara überlegte kurz, dann trat sie auf Gustav zu und umarmte ihn. »Entschuldige bitte. Es war nicht anklagend gemeint.«

»Offen gesagt, finde ich es gut, wie sehr dich die Sache empört.« Er gab ihr einen Kuss. »Von dieser Seite habe ich dich bisher gar nicht kennengelernt.«

Sie zuckte die Achseln. »Wie du schon sagst, es nützt ja auch nicht wirklich etwas.« Sie musste ein Gähnen unterdrücken. »Was denkst du, können wir uns dann jetzt schlafen legen? Ich bin schrecklich müde.«

»Ja, ich auch.« Er gab ihr noch einen Kuss, dann gingen sie zusammen zu Bett und ließen den Koffer einfach im Flur stehen. Sie würden ihn morgen auspacken. Für heute hatten sie wahrlich genug mitgemacht.

Am nächsten Morgen frühstückten Gustav und Clara noch zusammen. Dann machte Gustav sich auf den Weg in die Universität. Clara wartete noch einen Moment und sah ihm von oben am Fenster nach, wie er sich auf sein Fahrrad schwang und die Straße entlangfuhr. Als er aus ihrem Blickfeld verschwand, nahm sie ihren dünnen Mantel, kontrollierte noch einmal ihre Frisur und verließ dann ebenfalls die Wohnung. Draußen in der Wilhelmsaue bog sie nach links und kam an der Auenkirche vorbei. Dann wandte sie sich nach rechts in die Mannheimer Straße, der sie bis zur Brandenburgischen Straße folgte. Kurz fiel ihr Blick auf die Litfaßsäule, auf der mehrere Plakate für die bevorstehenden Olympischen Spiele warben, die den Höhepunkt des Jahres 1936 darstellten. Aus aller Herren Länder würden die Menschen kommen, um an den Wettkämpfen teilzunehmen und sich sportlich mit anderen Nationen zu messen. Überall wurde davon gesprochen, dass der Führer sogar einen Film über die Olympischen Spiele drehen lassen wollte, damit auch diejenigen, die nicht daran teilnehmen konnten, die deutsche Gastfreundschaft und die weltoffene Stimmung mit eigenen Augen zu sehen bekamen. Clara wusste nicht, ob Gustav vorhatte, zusammen mit ihr die Spiele zu besuchen. Einerseits hätte sie das alles wirklich schon sehr gern gesehen. Andererseits glaubte sie, dass dort vieles gezeigt werden sollte, was gar nicht der Realität entsprach, und dass es letztendlich eine groß angelegte Täuschungskampagne Hitlers war, um ein möglichst gutes Bild nach außen zu präsentieren.

Clara blieb kurz stehen und sah sich die Plakatreihe an, die neben den Olympia-Plakaten an der Litfaßsäule hing. Sie zeigte ein und dasselbe Plakat immer wieder. Unter der Überschrift *Bilder deutscher Rassen* zeigte es je drei hellblonde, drei mittelblonde und drei dunkelhaarige Menschen und die damit verbundene Unterteilung in nordische Rasse, fälische Rasse und westische Rasse. Letzterer wollte zu dieser Zeit nun wirklich niemand in Deutschland angehören, und auch wenn Clara das Prinzip dieser Unterteilung als unsinnig empfand, war sie froh, rein äußerlich zur nordischen Rasse zu gehören. Weitere Plakate forderten dazu auf, deutsches Obst zu essen, ein anderes präsentierte eine Familie mit Mutter, Vater und vier Kindern und warb mit dem Titel *Gesunde Eltern – gesunde Kinder* für die Aufklärungsschriften der NS-Volkswohlfahrt.

Clara ging schließlich weiter nach links in die Brandenburgische Straße in Richtung Fehrbelliner Platz. Dort blieb sie vor einer Fleischerei stehen, sah sich kurz nach rechts und links um und betrat dann den Ladenraum. Die kleine Glocke über der Tür kündigte ihren Besuch an, und die Frau hinter dem Tresen sah hoch.

»Guten Tag, Tante Vera«, grüßte Clara beim Eintreten.

»Ach, das ist aber eine Überraschung. Guten Tag, Annemarie.«

Sie war die einzige Kundin im Geschäft, wofür sie dankbar war.

»Ist Hildchen da?«

»Um diese Zeit? Nein, sie ist in der Schneiderei. Musst du denn gar nicht arbeiten?«

»Nein, heute nicht. Erst morgen wieder.«

»Und geht es dir denn gut?«, fragte Tante Vera hinter ihrer Ladentheke. »Du siehst ein bisschen blass aus.«

»Mir geht es gut, Tante, danke. Ich habe nur letzte Nacht schlecht geschlafen, das ist alles.« Clara reichte ein kleines Bündel Geldscheine über den Tresen. »Hier. Kannst du das, was über ist, dem Hildchen geben?«

»Ja, sicher.« Die Fleischerin nahm es an. »Aber alles wird teurer. Da wird am Ende nicht viel übrig bleiben.«

»Ich weiß. Versuche es bitte trotzdem.«

»Das mache ich.« Sie ließ das Geld in ihrer Kitteltasche

verschwinden. Clara glaubte keinen Augenblick daran, dass irgendetwas davon in Hildchens Händen landen würde.

»Ich muss wieder gehen. Grüß sie von mir.«

»Das werde ich.«

»Auf bald.«

»Auf bald.«

Clara öffnete die Tür und ließ eine Kundin, die gerade die Fleischerei betreten wollte, zunächst hereinkommen, bevor sie selbst den Laden verließ. Dann beeilte sie sich, obwohl sie am heutigen Tag eigentlich nicht arbeiten musste. Sie würde dennoch ins Hotel gehen und fragen, ob sie aushelfen konnte. Wie immer brauchte sie jeden Pfennig. Und da sie früher als gedacht aus Bernried zurückgekehrt war, wollte sie die gewonnene Zeit nutzen. Wenn ihr Chef sie wegschickte und keine Verwendung für sie hatte, würde sie sich einfach auf den Weg zu ihrer anderen Anstellung machen. Irgendwie würde sie es schon schaffen, diesen Tag nicht ohne ein paar Mark Verdienst zu beenden. Sie war fleißig, und sie hatte ein festes Ziel vor Augen. Und sie würde nicht zulassen, dass ihr jemand einen Strich durch die Rechnung machte – gerade jetzt, wo sie auf einem so guten Weg war und Stück für Stück vorankam. Sie musste an die Rückfahrt gestern denken und an das Gespräch, das sie mit ihrem Mann geführt hatte. Sie wusste jetzt, dass sie vorsichtiger sein musste. Zwar hatte Gustav es am Ende anders darzustellen versucht, doch sie war schließlich nicht auf den Kopf gefallen. Hätte sie nicht ihren Trumpf ausgespielt, der immer und bei jedem Mann zog, und ein paar Tränen herausgepresst, hätte er ihr womöglich eine Trennung oder gar die Annullierung der Ehe vorgeschlagen. Das hatte sie wirklich nicht kommen sehen. Es zeigte ihr, dass sie künftig wachsamer, vor allem aber nicht zu selbstgewiss sein durfte. Mit der Heirat, so hatte sie geglaubt, würde ihr Leben deutlich entspannter werden. Und das war auch tatsächlich der Fall. Nun galt es, sich Gustav als eine so wunderbare

Ehefrau zu präsentieren, dass von einer Trennung keine Rede mehr sein konnte. Und wenn sie erst nach Bernried zogen, würde hoffentlich alles gut. Gewiss würde Gustav wenigstens noch ein paar Wochen brauchen, um sein Medizinstudium zum Abschluss zu bringen. Und bis dahin würde Clara genug Geld zusammenkratzen, um ein Zimmer in Bernried anzumieten, in dem Hildchen wohnen und sich in aller Ruhe eine Anstellung suchen könnte. So würden sie es noch vor dem Oktober schaffen, all das, was Berlin für sie bedeutete, hinter sich zu lassen. Clara sorgte sich einzig darum, ob sie auch rechtzeitig genug Geld zusammenbekam, um den falschen Pass für Hildchen zu bezahlen. Denn ohne den konnten sie nicht aus Berlin fort; es war ohnehin schon schwer genug gewesen, jemanden zu finden, der sich mit falschen Ausweispapieren auskannte. Hier in Berlin wusste Clara, an wen sie sich zu wenden hatte und wo sie bekam, was sie brauchte, damit Annemarie Leinemann ein für alle Mal von der Bildfläche verschwand. Nun musste sie das Gleiche auch noch für Hildchen tun, dann von hier fortgehen und sich am Ende mit ihr in Bernried ein neues Leben aufbauen. Dann würden sie unerkannt und in Frieden leben können.

Sie erreichte das *Hotel Savoy* in der Fasanenstraße und war kaum durch die Tür, als ihr Chef ihren Weg kreuzte.

»Annemarie? Hast du nicht heute noch frei?«

»Ja, das stimmt. Doch ich bin früher von meiner Reise zurück und wollte mich melden, falls ich aushelfen soll.«

Das Gesicht des Mittvierzigers hellte sich auf. »Weißt du, Kind, dich schickt der Himmel. Die Trude ist heute Morgen nicht gekommen.«

»Ist sie krank?«

»Ach, was weiß ich. Nicht einmal Bescheid gesagt hat sie. Wenn du willst, kannst du dir gleich deine Schürze überwerfen und bedienen.«

Clara erwiderte sein Lächeln. »Na, dann ist es ja wirklich gut, dass ich vorbeigeschaut habe«, stellte sie fest und zog schon im Gehen ihren Mantel aus. Noch bevor sie die Garderobe erreichte, um ihre Kellnerinnenuniform aus dem Regalfach zu nehmen, hatte sie schon ausgerechnet, wie viel sie verdienen konnte, wenn sie bis in den frühen Abend arbeitete. Ja, es war wirklich eine gute Entscheidung gewesen, auf gut Glück herzukommen. Eine sehr gute.

Es war bereits nach halb sieben, als sie die Treppe zum zweiten Stock hinaufstieg und die Wohnungstür aufschloss. Sie hatte die restliche Suppe aus der Küche mitnehmen dürfen, die Gustav und ihr nicht nur diesen Abend, sondern vermutlich auch einen weiteren Tag reichen würde. Und sie hatte nicht einen Pfennig dafür bezahlen müssen, weil ihr Chef sich für ihren spontanen Einsatz erkenntlich zeigen wollte. Außerdem hatte sie so gut gelaunt und freundlich bedient, dass sie einiges an Trinkgeld eingenommen hatte. Von einem Gast, sie glaubte, dass er Engländer oder Amerikaner war, hatte sie eine ganze Mark bekommen! Fast ungläubig hatte sie die Münze in der Hand gehalten. Es war ein wirklich guter Tag gewesen.

Aus dem Wohnzimmer hörte sie Geräusche. War Gustav etwa schon da? Sonst kam er nie vor acht Uhr.

Clara hängte ihren Mantel an den Haken, ging zunächst in die Küche, um den Suppenbehälter abzustellen, und lief dann ins Wohnzimmer hinüber.

»Gustav! Du bist aber früh dran.«

»Allerdings. Weil ich dachte, dass du heute zu Hause bleibst und ich dich überraschen wollte.«

»Ich war noch arbeiten.«

»Aber du hattest dir doch freigenommen?«

»Ja, das schon. Aber ich bin trotzdem hingegangen, um nachzusehen, ob Hilde alles geschafft hat. Und tatsächlich lagen noch Schreibarbeiten da, die ich dann erledigt habe, bevor ich morgen nicht mehr dagegen ankomme.« Sie deutete mit der Hand in Richtung Küche. »Ich habe uns Suppe mitgebracht.«

»Woher hast du Suppe?«

»Die Frau meines Chefs hat zu viel gekocht und mich gefragt, ob ich sie mitnehmen will.«

»Einen Eintopf?«, fragte Gustav. »Ich sterbe vor Hunger.«

»Nein, viel besser. Hühnersuppe mit Fleischklößchen. Die magst du doch so gern.«

»Ich habe die beste Frau der Welt«, stellte Gustav begeistert fest.

»Kaum bietet man dir etwas zu essen an, frisst du einem aus der Hand.« Sie beugte sich zu ihm und gab ihm einen Kuss. »Ich bin froh, dich zu sehen. Nach den letzten Tagen, in denen ich endlich einmal mehr von dir hatte, habe ich dich heute vermisst.«

Gustav zog sie auf seinen Schoß. »Es ist schön, dass du das sagst. Und mir geht es genauso. Die anderen aus dem Studium wollten sich heute Abend noch treffen, doch ich sagte, dass ich keine Zeit habe.« Er küsste sie. »Denn ich wollte den Abend lieber mit dir verbringen.« Sie küssten sich abermals, diesmal inniger, leidenschaftlicher. Schließlich stand Clara abrupt auf.

»Was ist?«, fragte Gustav.

»Ganz einfach. Ich mache jetzt die Suppe warm, damit wir essen können. Denn irgendwie finde ich, wir sollten heute nicht zu spät zu Bett gehen.«

Gustav grinste breit. »Da bin ich ganz deiner Meinung.«

11. Kapitel

Noch vor Kurzem hätte ich mir vorstellen können, Gut Falkenbach den Rücken zu kehren. Doch nun beginne ich mich zu fragen, ob es womöglich der einzig noch sichere Ort auf dieser Welt ist.

Elisabeth Lehmann

Elisabeth hatte das Gefühl, noch immer ein bisschen unter Schock zu stehen, seit sie Liesel, deren Verlobter im Krankenhaus offenbar um sein Leben kämpfte, nach Hause gefahren hatten. Auf der Fahrt hatten sie nicht sehr viel gesprochen. Wilhelmine war fast die ganze Zeit damit beschäftigt gewesen, Liesel zu trösten und ihr gut zuzureden. Einige Male hatte auch Elisabeth etwas gesagt, wenn auch im Grunde nur Belangloses. Sie kannte sowohl Ewald als auch Liesel vom Sehen, hatte jedoch bisher nichts mit ihnen zu tun gehabt. Aber das plötzliche Leid, das über die beiden hereingebrochen war, ließ sie nicht kalt. Wie weit war es wirklich in diesem Lande schon gekommen? Dass Juden sich Repressalien ausgesetzt sahen, war längst nichts Neues mehr. Was das anging, verstand Elisabeth diejenigen Juden, die Deutschland noch nicht verlassen hatten, einfach nicht. Worauf warteten sie denn hier noch? Elisabeth konnte sich nicht vorstellen, selbst irgendwo zu leben, wo sie nicht erwünscht war und wo sie nicht in Sicherheit leben konnte. Sie war nur eine einfache Bäckereiverkäuferin und verstand gewiss nicht alle Zusammenhänge, doch dass Juden im Deutschen Reich bedroht wurden, war mehr als nur ein Gerücht. In Bernried war es bisher nicht so weit gekommen, doch sie hatte von vertrauenswürdigen Personen gehört, dass in Berlin die Geschäfte von Juden mit Farbe beschmiert und Fenster demoliert wurden und dass vor den Geschäften Menschen mit Plakaten auf und ab gingen, die die Passanten dazu aufforderten, nicht bei Juden einzukaufen. Viele hatten dort inzwischen Angst, das Geschäft eines Juden zu betreten, was Elisabeth absolut verstehen konnte. Sie wusste nicht, wie viele jüdische Familien in Bernried lebten. Wenn sie so darüber nachdachte, kannte sie selbst nur eine jüdische Familie, und diese nur flüchtig. Doch vielleicht gab es noch mehr Juden in Bernried. Wer konnte sich da schon sicher sein? Immer häufiger versuchten Juden, sich nicht zu erkennen zu geben, was nur allzu verständlich war. Aber das war doch kein Leben! Immer in Gefahr, dass jemand kam und das Geheimnis aufdeckte? Nein, damit könnte sie nicht umgehen, sie war froh, aus einem gutbürgerlichen, katholischen Haushalt zu kommen, und dass an ihrer arischen Abstammung kein Zweifel bestand. Doch dass die Nazis nun nicht einmal davor zurückschreckten, einen aus ihren eigenen Reihen wegen einer Banalität so übel zuzurichten, wie sie es bei Ewald getan hatten, machte Elisabeth aufrichtig Angst und verunsicherte sie zutiefst. Was, wenn es künftig nicht mehr nur die Juden traf? Was, wenn man schon verfolgt wurde, weil man, so wie sie selbst, nie dem Bund Deutscher Mädel, dem BDM, angehört hatte? Was, wenn künftig befohlen wurde, diese albernen geflochtenen Zöpfe zu tragen und sie ihr Haar nicht hinten offen tragen und nur an den Seiten zurückstecken durfte, wo es Ferdinand doch so gut gefiel? Sie schüttelte den Kopf bei diesen albernen Gedanken. Warum sollte jemand so etwas anordnen? Andererseits gab es inzwischen viele Erlasse und Einschränkungen, die ihr geradezu absurd vorkamen, wobei sie sich bei etlichen nicht einmal sicher war, ob es sich wirklich um Gesetze handelte, die unbedingt zu befolgen waren, oder vielmehr nur um Richtlinien. Überhaupt stellte Elisabeth in diesem Moment fest, dass sie über vieles, was im Land geschah, gar nicht richtig Bescheid wusste. Sie tat einfach, was alle anderen taten, ob ihr dies nun sinnvoll erschien oder nicht. Sie passte sich an und fiel deshalb nicht weiter auf. Sie war sogar so unauffällig, dass sie von Glück sagen konnte, dass Ferdinand überhaupt auf sie aufmerksam geworden war, und tatsächlich war es rein dem Zufall geschuldet gewesen, dass sie sich begegnet waren. Sie hatte in dem kleinen Zeitungskiosk in Bernried eingekauft, der als einer der wenigen neben der *Münchener Zeitung* und den *Münchner Neuesten Nachrichten* auch die *Frankfurter Zeitung* sowie das *Berliner Tageblatt und Handels-Zeitung* in der Auslage hatte. Das *Berliner Tageblatt* hatte sie regelmäßig für ihren Vater geholt, der vor drei Monaten, und damit noch vor der Eheschließung mit Ferdinand, gestorben war. Sein Herz hatte einfach aufgehört zu schlagen, mit gerade einmal fünfzig Jahren. Aber ihm war es letztlich zu verdanken, dass Elisabeth ihrem Mann überhaupt begegnet war. Denn obwohl sie eigentlich nur die Zeitung hatte holen wollen, war sie auf ein paar Postkarten aufmerksam geworden, die Motive von Bauwerken und Landschaftsaufnahmen von Bernried zeigten. Ein junger Mann hatte sie auf dem Tresen ausgebreitet und Herrn Gaus, dem Inhaber des Kiosks, präsentiert. Eine nach der anderen hatte Herr Gaus in aller Ruhe betrachtet und immer mal wieder einen anerkennenden Pfiff von sich gegeben. Dann hatte er seine Kasse geöffnet und dem jungen Mann Geld für die Karten ausgehändigt, während Elisabeth, die neben ihm stand und nur die Zeitung für ihren Vater bezahlen wollte, gar nicht anders konnte, als die Zeichnungen ebenfalls zu bestaunen. Jede der

Postkarten war von Hand bemalt und nicht, wie üblich, mit ein und demselben Motiv zigfach gedruckt. Elisabeth hatte selten etwas so Schönes gesehen, und genau das sagte sie dem jungen Mann auch.

Sie kannte ihn vom Sehen, wusste ihn aber nicht einzuordnen. Nur dass er nicht in Bernried aufgewachsen, sondern irgendwann mit seiner Familie zugezogen war, hätte sie sagen können. Erst als Ferdinand sich mit Namen vorstellte, konnte sie ihn in Zusammenhang mit der großen Topf- und der Porzellanfabrik bringen. Mit welcher von beiden, hatte sie damals auch nicht gewusst. Sie hatten sich dann eine Weile nett unterhalten, und Ferdinand hatte sie nach ihrem Namen gefragt. Zwei Tage später hatte sie eine eigens für sie gezeichnete Postkarte im Briefkasten gefunden, auf der er sie zu einem Abendessen einlud. Er hatte Tag, Zeit und Ort vorgeschlagen und geschrieben, dass er dort sein und auf sie warten würde. Wenn sie nicht kommen wollte, bräuchte sie ihm nicht extra abzusagen. Er würde in der Hoffnung, dass sie käme, den ganzen Abend dort im Lokal verbringen. Nun ja, sie hatte überhaupt nicht überlegen müssen und war natürlich hingegangen, wenngleich ihre Eltern sich über Ferdinands Art doch sehr aufgeregt hatten. In ihren Augen gehörte es sich, dass jemand, der einer jungen Frau den Hof machte, immer zuerst bei den Eltern um Erlaubnis bat. Doch danach hatte Ferdinand offenbar nicht der Sinn gestanden. Also war Elisabeth an dem Abend in die Gaststätte gegangen – ganz allein, und das als Frau! –, und als sie ihren Namen nannte, hatte der Kellner sie gleich an den Tisch geführt, wo Ferdinand bereits auf sie wartete. Es wurde ein zauberhafter Abend. Nachdem sie sich ein Jahr lang regelmäßig getroffen hatten und es auch schon einen Abend gegeben hatte, an dem die beiden Elternpaare sich kennenlernten, hatte Ferdinand schließlich um ihre Hand angehalten, und zwar genau in dem Lokal, in dem sie sich das erste Mal verabredet hatten. Es war ja so romantisch gewesen. Nun waren sie noch keine zwei Monate verheiratet, doch Elisabeth wünschte sich nichts sehnlicher, als endlich schwanger zu werden. Erst dann, so fand sie, wären sie eine richtige Familie. Wie es sich wohl anfühlte, wenn ein Kind im Bauch heranwuchs?

Sie fuhr mit dem Fahrrad von Gut Falkenbach zum Ortskern Bernrieds und kam dabei an dem Haus vorbei, in dem die Langenmüllers, Ewalds Familie, lebten. Wie es den Menschen dort drin jetzt wohl ging? Von außen sah alles aus wie immer, doch Elisabeth wusste, wie viel Leid über die Familie hereingebrochen war. Ewalds Mutter arbeitete wie so viele andere Frauen, beispielsweise auch Irma, in der Mütterschule, wo sie jungen deutschen Frauen beibrachten, wie man die Familie versorgte und auf welche Werte es zum Wohl der Volksgemeinschaft ankam. Wie würde sie das, was ihrem Sohn widerfahren war, beurteilen, da sie doch von den deutschen Werten so überzeugt war? Und was dachte ihr Ehemann, Ewalds Vater, der sogar Gauleiter war? Würde der Übergriff auf Ewald Folgen haben? Und wenn ja, welche? Würde Gauleiter Langenmüller eher wie ein Vater oder doch eher wie ein Gauleiter denken? Würde er dafür sorgen, dass die Kerle der Zelle, die für das Verbrechen verantwortlich waren, auch bestraft wurden? Elisabeth hoffte inständig, dass der Vater in ihm über den Gauleiter siegte, denn es wäre an Ungerechtigkeit nicht mehr zu überbieten, wenn die Schläger damit durchkämen.

Wilhelmine hatte nicht gesagt, dass sie wusste, wer dahintersteckte, solange Liesel noch mit im Auto saß. Doch kaum hatten sie die junge Frau bei sich zu Hause abgesetzt, war die Wahrheit aus Wilhelmine nur so herausgesprudelt. Sie hatte Elisabeth anvertraut, wer hinter dem Überfall auf Ewald steckte, und hatte ihr auch erzählt, dass Rudolph Gschwendner und einige Kumpane aus der Zelle sich darüber aufgeregt hatten, dass Ewald aus familiären Gründen eine Pimpfenprüfung auslassen wollte. Im ersten Moment hatte Elisabeth nicht einmal verstanden, was daran so schlimm sein sollte. Immerhin war es nur eine Pimpfenprüfung, solche gab es andauernd, und sie dienten doch nur dazu, schon bei den Kleinsten das Wissen über den Führer abzufragen und danach ihren Pimpfenausweis abzustempeln. Das mochte die Eltern und Großeltern in dem Moment stolz machen, doch letztlich war es keine große Sache, sondern nur ein Teil der vielen Maßnahmen, die zur Befeuerung des Führerkults dienten. Dem konnte man sich doch ohnehin nicht entziehen. Auf eine Pimpfenprüfung mehr oder weniger kam es da nun wirklich nicht an. Aber laut gesagt hätte Elisabeth das nicht. Wer weiß, was sie mit einer Frau machten, wenn sie schon einen aus den eigenen Reihen derart zurichteten?

Sie erreichte die Bäckerei, stellte ihr Fahrrad ab und ging hinein. »Guten Tag,« grüßte sie beim Eintreten, was von ihrer Mutter, die hinter der Verkaufstheke stand, mit einem Lächeln quittiert wurde.

Außer ihr waren noch vier Kundinnen im Laden, die der Reihe nach von ihrer Mutter und Resi, deren Gehilfin, bedient wurden.

Elisabeth reihte sich nicht ein, sondern stellte sich hinten in den Laden, um abzuwarten, bis ihre Mutter kurz hinter dem Tresen hervorkommen und mit ihr sprechen konnte. Doch kaum verließ eine Kundin die Bäckerei, kam schon die nächste und wieder die nächste, sodass nicht abzusehen war, wann ihre Mutter einen Moment Zeit für sie fand.

»Ich gehe hinauf zur Oma und komme nachher noch mal wieder«, kündigte Elisabeth an, und ihre Mutter nickte.

Der Eingang zur Wohnung im oberen Stock, in dem seit dem Tode ihres Vaters ihre Mutter und ihre Oma zusammenlebten, befand sich an der Seite. Elisabeth bückte sich zu dem Blumenkübel herab, der neben dem Eingang stand, hob ihn an, nahm sich den Schlüssel, der wie immer darunter lag, und schloss die Eingangstür auf. Dann legte sie den Schlüssel wieder an seinen Platz. Sie ging direkt nach oben, wo sie unter die Fußmatte vor der Tür griff und sich einen weiteren Schlüssel nahm.

»Oma! Ich bin's, die Elsbeth.« So wurde Elisabeth von ihrer Großmutter immer schon genannt.

»Ich bin in der Stube, Kind«, hörte sie die Einundsiebzigjährige rufen.

Elisabeth fand ihre Großmutter Auguste dort in ihrem Stuhl am Fenster vor. Auf ihrem Schoß hatte sie eine Stickerei liegen, von der sie nun aufsah und Elisabeth anlächelte. Die alte Dame, die seit dem Tod ihres Mannes vor vielen Jahren Schwarz trug, streckte die Hand nach ihr aus.

»Komm her, mein Kind, und setz dich zu mir!«, bat sie.

»Guten Tag, Oma.« Elisabeth ging hinüber und gab ihr einen Kuss auf die Wange. »Na, wie geht es dir? Ist alles in Ordnung?«

»Aber ja, mir geht es sehr gut. Und dir?«

Elisabeth zog sich einen Stuhl heran und setzte sich ihr gegenüber.

»Du siehst ein bisschen dünn aus. Isst du auch genug da auf dem Schloss, auf dem ihr lebt?«

»Das ist ein Gutshof, kein Schloss, Oma. Und ich wohne ohnehin nicht dort bei den von Falkenbachs, sondern in dem Haus meiner Schwiegereltern, das zwar sehr großzügig, aber trotzdem nur ein Haus ist.«

»Wie dem auch sei. Ich glaube, du isst nicht genug«, stellte die Großmutter nochmals fest. »Dein Gesicht wirkt schmaler als sonst.«

»Glaub mir, ich esse genug. Und du? Was stickst du denn da Schönes?«

»Ich denke, es wird ein Taschentuch«, meinte Auguste und begutachtete ihre Arbeit. »Oder auch ein kleines Platzdeckchen.

Aber nein, ich denke doch eher, ein Taschentuch. Möchtest du es gern haben? Dann besticke ich es mit deinen Initialen.«

»Ja, gern. Ich mag das Muster. Es erinnert mich an ein Porzellangeschirr, das in der Fabrik meines Schwiegervaters gefertigt wird.«

»Dann machen sie dort aber hübsches Geschirr«, befand Auguste.

»Ja, das stimmt schon.« Elisabeth sah sich um. »Brauchst du etwas oder kann ich dir etwas holen?«

»Aber nein, Kind. Ich kann mich noch ganz gut bewegen, und außerdem will ich sowieso nichts haben. Bleib einfach nur hier sitzen, und erzähl mir ein bisschen, was in deinem Leben so geschieht. Bist du inzwischen in anderen Umständen?«

»Nein, Oma, das bin ich nicht.«

»Aber es wird doch langsam Zeit. Wie viele Jahre bist du jetzt schon verheiratet?«

»Noch keine acht Wochen, Oma.«

»Nur acht Wochen? Das kann nicht sein. Das ist doch länger her!«

»Nein, ganz sicher nicht. Und sobald ich in anderen Umständen bin, sage ich dir sofort Bescheid.«

»Nur acht Wochen«, murmelte ihre Großmutter und schüttelte den Kopf. Elisabeths letzte Bemerkung schien sie gar nicht aufgenommen zu haben.

»Ach sag, Kind, könntest du mir wohl einen Tee machen? Es ist ja so schrecklich kalt, und dann wird mir etwas wärmer.«

»Aber ja, sehr gern.« Elisabeth stand auf. Ihr wäre eher danach gewesen, alle Fenster aufzureißen. Das Feuer im gusseisernen Holzofen loderte, und es war viel zu warm im Raum. Doch Elisabeth wusste, dass ihre Großmutter ständig fror.

Sie ging in die Küche, holte den zur Hälfte mit Wasser gefüllten Flötenkessel aus Emaille und stellte ihn auf den gusseisernen Ofen. Dann setzte sie sich wieder zu ihrer Großmutter.

»Sag, Kind, wie geht es denn deiner Mutter? Ich habe sie schon einige Monate nicht mehr gesehen. Sie besucht mich einfach nicht.«

»Aber Oma, ihr wohnt doch zusammen hier! Bestimmt hast du sie erst vor wenigen Stunden gesehen. Ich bin ganz sicher.«

»Nein, wirklich nicht, Kind. Sie war schon so lange nicht mehr bei mir. Ihr wird doch nichts zugestoßen sein?«

Elisabeth schüttelte den Kopf. Es bedrückte sie, dass die Verwirrung ihrer Großmutter in den letzten Monaten so stark vorangeschritten war. »Sie ist unten in der Bäckerei, Omi. Es geht ihr gut.«

»Sie ist unten und kommt dennoch monatelang nicht zu mir? Das finde ich nicht nett. Sie muss doch wissen, dass mich ein solches Verhalten traurig macht.«

»Aber ...« Elisabeth wurde vom Pfeifen des Kessels unterbrochen. Sie stand auf und schenkte das kochende Wasser in die Tasse ihrer Großmutter, in die sie zuvor ein gefülltes Tee-Ei gelegt hatte. Dann brachte sie den Kessel wieder in die Küche zurück, damit ihre Großmutter sich nicht verbrennen konnte. Ihre Mutter hatte Elisabeth schon vor geraumer Zeit darum gebeten, die heiße Kanne aus der Umgebung der Großmutter zu entfernen. Es hatte vor einiger Zeit einen Vorfall gegeben, bei dem Auguste den Kessel einfach angefasst und sich übel verbrannt hatte. Seither brachte Elisabeths Mutter so gut wie alles außer Reichweite, woran Auguste sich irgendwie verletzen könnte.

»Denkst du, dass deine Mutter böse auf mich ist?«, nahm Auguste das Gespräch in etwas bangem Tonfall wieder auf, als Elisabeth die Teetasse hergeholt und auf der Fensterbank abgestellt hatte, damit sie noch etwas abkühlte. Sofort machte Auguste Anstalten, danach zu greifen.

»Nicht! Das ist noch zu heiß.«

Sofort zog die Großmutter die Hand wieder weg. »Aber zu kalt soll der Tee nicht werden. Sonst mag ich ihn nicht mehr.«

»Nein, ich passe schon auf.«

»Es ist wirklich schön, dass du hier bist, mein Kind.« Auguste schien ihre Frage an Elisabeth bereits wieder vergessen zu haben. »Wusstest du übrigens, dass die kleine Bramstätter in anderen Umständen ist? Ich habe sie neulich gesehen. Und zwar ohne Ehemann.«

»Lieselotte Bramstätter?«

»Ja, genau.«

Elisabeth seufzte leise. Lieselotte Bramstätter war im Alter ihrer Mutter, und die Schwangerschaft, von der ihre Oma da sprach, lag fast drei Jahrzehnte zurück. Elisabeth wusste um die Geschichte, die damals ein echter Skandal war. Lieselotte Bramstätter hatte ihren Mann erst geheiratet, als sie bereits deutlich schwanger gewesen war. Inzwischen hatten die Bramstätters die Metzgerei hier im Ort, und das Kind, das *in Schande* gezeugt wurde, hieß Kurt und übernahm mit seinen knapp dreißig Jahren in Kürze das Geschäft.

»Na, so was«, erwiderte Elisabeth also unverbindlich, weil ihr nichts einfiel, was sie sonst zu der *Neuigkeit* ihrer Großmutter hätte sagen können.

»Und du?«, fragte Auguste dann. »Wie steht's denn bei dir mit einem Mann? So hübsch, wie du bist, kann es doch gar nicht sein, dass dir niemand den Hof macht.«

Elisabeth lächelte, griff nach der Teetasse und hielt sie prüfend an ihre Lippen. »Der Tee ist noch heiß, aber sicher schmeckt er dir schon.« Sie holte das Tee-Ei heraus und legte es auf einem kleinen Tellerchen ab. Dann gab sie der Großmutter die Tasse in die Hand. Genüsslich schnupperte die alte Dame daran, führte die Tasse dann vorsichtig an ihre Lippen und trank mehrere kleine Schlucke.

»Ah!«, seufzte sie. »Das tut gut.«

»Sehr schön. Dann werde ich jetzt aufbrechen. Lass dir deinen Tee schmecken, Oma.«

»Danke schön, Kind. Das werde ich. Und grüß mir deinen Mann. Ich finde ihn übrigens sehr nett.«

Elisabeth schüttelte den Kopf. »Ja, Omi, das mache ich. Bis bald.«

Sie blickte sich noch einmal um, als sie aus der Stube trat. Ihre Großmutter hatte die Tasse abgestellt und widmete sich jetzt wieder ihrer Stickerei. Ein Lächeln lag auf ihren Lippen, und während Elisabeth eben noch traurig über den Zustand ihrer Großmutter gewesen war, fragte sie sich nun, ob diese nicht in ihrer eigenen Welt doch glücklich war. Zumindest sah es so aus.

Elisabeth ging anschließend noch einmal in die Bäckerei, doch es war noch voller als zuvor, und sie winkte ihrer Mutter nur kurz zum Abschied zu, was diese mit einem Lächeln und einer kurzen Geste beantwortete. Elisabeth stieg wieder auf ihr Fahrrad und machte sich mit gemischten Gefühlen auf den Rückweg nach Gut Falkenbach. Was sollte werden, wenn der Zustand ihrer Großmutter sich weiter verschlechterte? Und lag die Altersvergesslichkeit womöglich in der Familie? Würde ihre Mutter, die jetzt mit beiden Beinen im Leben stand, eines Tages auch so enden? Elisabeth mochte noch nicht einmal darüber nachdenken. Immer schneller trat sie in die Pedale, als wollte sie ihrem möglichen Schicksal davonfahren.

12. Kapitel

Es hätte zwei Berufswege für mich gegeben: bei der Polizei oder eben bei der Zeitung. Ich bin froh, mich für Letzteren entschieden zu haben. Er fördert mehr Wahrheit zutage.

Erna Behrend

Sie war entschlossen, die Sache nicht auf sich beruhen zu lassen. Dabei kam ihr zugute, dass die Menschen einfach gern redeten, vor allem über die reichen Leute – ganz besonders in einem kleinen Ort wie Bernried – und Erna war nur allzu bereit, ihnen zuzuhören.

So hatte sie in den wenigen Tagen hier so viel über die von Falkenbachs erfahren, dass sie vermutlich deren Familiengeschichte hätte verfassen können. Von den Familien Lehmann gab es weniger zu berichten, was vor allem daran zu liegen schien, dass sie erst vor etwa sechzehn Jahren, also nicht lange nach dem Krieg, hierhergezogen waren und ihre Fabriken eröffnet hatten, während die von Falkenbachs schon seit Generationen hier lebten. Noch konnte Erna sich jedoch kein vollständiges Bild davon machen, was damals im Krieg tatsächlich geschehen war und inwieweit die Geschehnisse um ihren Vater überhaupt mit Paul-Friedrich von Falkenbach und den Gebrüdern Lehmann zu tun hatten. Sie hatten in derselben Einheit gedient und Seite an Seite den Feind bekämpft. Doch während man ihr früher stets erzählt hatte, ihr Vater sei ein Held gewesen und als solcher im Krieg gefallen, glaubte, nein: wusste sie inzwischen, dass das gelogen war. Egal, welche Heldentaten er auch vollbracht haben mochte – das machte nicht wieder gut, was er der jungen Frau in Riga angetan hatte. Und war sie überhaupt die Einzige gewesen? Paul-Friedrich von Falkenbach hatte gesagt, dass ihr Vater und die beiden anderen Soldaten von Bauern erschlagen wurden. Die Frau, mit der sie gesprochen hatte, hatte eine ganz andere Geschichte erzählt, doch sie wusste nicht wirklich, wie die Soldaten zu Tode gekommen waren. Offenbar hatte sie aber den Eindruck gewonnen, dass sie von ihren Kameraden umgebracht wurden. Sie hatte auf dem Foto nur einen der Männer als Vergewaltiger wiedererkannt, nämlich Ernas Vater Viktor Behrend. Aus einer Art Eingebung heraus hatte Erna spontan gelogen, als sie Paul-Friedrich von Falkenbach gegenüber behauptet hatte, dass es *zwei* Leichen gewesen wären, die die Frau damals auf dem Karren gesehen hatte. Erna hatte damit eine Reaktion bei Paul-Friedrich provozieren wollen. Zwar kannte sie den Mann nicht gut genug, um ihn wirklich einschätzen zu können, doch Erna war überzeugt, mit ihrer Behauptung der Wahrheit sehr nahe zu kommen. Sie glaubte keinen Moment daran, dass alle Männer, die die Frau damals überfallen hatten, tot waren. Etwas an der Reaktion von Falkenbachs hatte sie irritiert, auch wenn sie nicht hätte sagen können, was es war. Keinesfalls würde sie jedoch hinnehmen, dass der dritte Täter ungestraft davonkam. Sie hatte bei ihrer eigenen Mutter erlebt, wie es eine Frau veränderte, wenn ihr Gewalt angetan wurde. Der Mann, der ihre Mutter damals überfallen hatte, war bis heute nicht gefasst worden, und die Mutter hatte bis zum Tag ihres Todes in Angst gelebt. Das Knacken einer Diele, eine Tür, die knarrte, ein Fenster, das im

Luftzug laut zufiel – alles brachte sie dazu, dass sie erschrocken hochfuhr. Erna hatte mehr als einmal gedacht, ihre Mutter sei letzten Endes vor allem daran gestorben, dass ihr Herz die andauernden Angstattacken nicht mehr aushalten konnte.

Das war im Grunde auch die Antriebsfeder gewesen, weshalb Erna, nachdem sie von dem Geld erfahren hatte, das angeblich vom Kriegsamt an ihre Mutter ausbezahlt worden war, nicht aufhören konnte, in der Angelegenheit herumzustochern. Irgendetwas war faul, das spürte sie bis in die Spitze ihres kleinen Zehs. Zwar wusste sie noch nicht genau, wie alles zusammenhing, doch sie hatte sich inzwischen ein Bild gemacht, das erschreckend viel Sinn ergab. Vermutlich hatte derjenige, der ebenfalls an der Vergewaltigung der Frau beteiligt gewesen und von seinen Kameraden verschont geblieben war, ein schlechtes Gewissen gehabt, dass Viktor Behrend und der andere Soldat beiseitegeschafft worden waren, während er selbst ungestraft davonkam. Dazu passte nach Meinung Ernas auch, was Paul-Friedrich von Falkenbach über die Schlacht um Riga an der Aa berichtet hatte: nämlich dass ihr Vater den anderen Männern das Leben gerettet hatte. Dies hatte sie auch den Berichten, die es zu der Schlacht um Riga gab, entnommen. Und wäre Ludwig Pfeiffer nicht ebenfalls zusammen mit ihrem Vater gestorben, hätte sie darauf getippt, dass er derjenige war, der ihrer Mutter das Geld gebracht hatte – immerhin hatte ihr Vater ihn auf den Schultern aus dem Schlachtfeld getragen. Doch Ludwig Pfeiffer war tot, und das bedeutete, dass es einer von den fünf anderen Männern gewesen sein musste, der das Geld ihrer Mutter übergeben hatte. Doch wer? Es konnte nur jemand sein, den sein schlechtes Gewissen umtrieb und der einen Teil seiner Schuld mit Geld aufzuwiegen versuchte. Sie kannte inzwischen die Anschriften von Theo Siegler und Albert Zeidler und würde die beiden aufsuchen, sobald sie morgen aus Bernried abgereist war. Einen Versuch wollte sie jedoch in jedem Fall noch starten, weshalb sie nun mit dem von der Gastwirtschaft entliehenen Fahrrad auf dem Weg nach Gut Falkenbach war. Allerdings hatte sie nicht vor, erneut bei Paul-Friedrich von Falkenbach vorstellig zu werden. Zwar sagte ihr ein sicherer Instinkt, auf den sie sich bisher immer hatte verlassen können, dass er ihr etwas verschwieg. Doch sie wusste, dass sie bei ihm nicht weiterkäme. Er war ihrer Meinung nach ein Stratege, der sich nicht aus der Fassung bringen ließ. Sie würde also anderswo ansetzen müssen.

Erna war ein wenig außer Atem, als sie das Wohnhaus von Wilhelm Lehmann erreichte. Sie lehnte das Fahrrad an die Hauswand, nahm den kleinen Blumenstrauß, den sie besorgt hatte, aus dem Korb am Lenker, ging zur Tür und drückte den goldenen Klingelknopf. Es dauerte einen Moment, bis eine mürrisch dreinblickende Haushälterin ihr öffnete.

»Ja?«

»Guten Tag, ist Frau Lehmann zu sprechen?«

»Für wen bitte?« Sieglinde machte sich nicht die Mühe, besonders höflich zu sein.

»Mein Name ist Erna Behrend. Ich war vor zwei Tagen mit den Lehmanns und den von Falkenbachs zum Essen verabredet. Frau Lehmann wird sich gewiss erinnern.«

»Dann kommen Sie bitte herein«, sagte die Haushälterin nun wesentlich höflicher und gab den Eingang frei. »Und einen Moment noch, ich gehe sie holen.« Sie wackelte etwas schwerfällig davon.

»Danke schön.« Erna betrat das Haus, das innen so großzügig geschnitten war, wie die Außenansicht es vermuten ließ, und schloss hinter sich die Tür. Sie schaute sich um und ging zu der kleinen Bilderwand, an der ältere gerahmte Fotografien hingen, auf denen eine große, in Kittel gekleidete Gruppe von Arbeitern vor einem großen Haus zu sehen war, über dem ein Schild mit dem Schriftzug *Lehmann* prangte.

»Guten Tag«, vernahm sie hinter sich eine Stimme und drehte sich um. Else Lehmann kam zusammen mit der Haushälterin auf Erna zu. Die ging der Hausherrin entgegen und reichte ihr die Hand. »Mein Name ist Erna Behrend«, stellte sie sich vor und überreichte ihr den Blumenstrauß. »Vielen Dank, dass Sie sich einen Moment Zeit für mich nehmen.«

»Sind die für mich?« Else war sichtlich angetan. Sie mochte es, wenn junge Menschen sich durch gute Manieren auszeichneten. »Kommen Sie doch bitte herein, Fräulein Behrend. Ich bedaure ja, dass vorgestern aus dem Mittagessen nichts geworden ist. Möchten Sie mir Ihren Mantel geben?«

»Danke.« Erna zog den Mantel aus, den Else sogleich an Sieglinde weiterreichte. »Ja, ich auch.«

»Umso überraschter bin ich nun«, erklärte Else, während sie Erna Behrend ins Esszimmer führte, »dass Sie noch in Bernried sind. Ich hatte es so verstanden, dass Sie deshalb nicht zum Mittagessen kamen, weil Sie abreisen wollten.«

Erna schmunzelte. Das also hatte Paul-Friedrich von Falkenbach daheim als Erklärung abgegeben. »Ach, wissen Sie, es gefällt mir wirklich sehr gut in Ihrem Bernried. Es ist ein kleiner, aber feiner Ort.«

»Bitte nehmen Sie doch Platz. Was kann ich Ihnen anbieten?«

»Hätten Sie wohl einen Tee oder einen Kaffee?«, fragte Erna.

»Beides. Was ist Ihnen lieber?«

»Dann entscheide ich mich für den Kaffee«, erklärte Erna. »Das Gebräu im Gasthof, in dem ich untergekommen bin, ist wirklich schauderhaft.«

Else gab der Haushälterin ein Zeichen, worauf diese, die die Unterhaltung mitbekommen hatte, kurz knickste und dann das Esszimmer verließ.

»Woher kommen Sie denn, Fräulein Behrend?«

»Aus Berlin.«

»Sieh an. Aus der Großstadt also. Na, dann wird es Ihnen doch hier fast zu ruhig sein, oder?«

Erna zuckte mit den Achseln. »Ich weiß nicht, ich glaube sogar, ich fühle mich hier wohler als in Berlin. Nur meinen Beruf könnte ich in Bernried wohl nicht ausüben.«

»Welchem Beruf gehen Sie denn nach, wenn ich fragen darf?«

»Ich studiere Zeitungswissenschaft«, erklärte Erna.

Else schüttelte den Kopf. »Nein, da haben Sie recht, das ginge hier nicht. Wir haben hier weder eine Universität noch einen Zeitungsverlag.« Sie lachte gutmütig.

»Aber immerhin gibt es eine Porzellan- und eine Topffabrik.«

»Töpfe *und Pfannen*«, stellte Else klar. »Von einer Produktlinie allein könnten wir nicht leben.«

»Eigentlich ein ungewöhnlicher Standort für Fabriken, scheint mir.«

»Finden Sie?«

»Aber ja«, bekräftigte Erna gerade, als es klopfte und die Haushälterin mit einem Tablett hereinkam, auf dem eine Kaffeekanne, zwei Tassen auf Untertellern, Zucker, Milch und eine Schale mit Gebäck standen. Sie stellte es am Ende des Tisches ab, verteilte das Service, schenkte ein und ging wieder hinaus.

»Bitte, Fräulein Behrend, greifen Sie zu.«

»Vielen Dank.« Sie nahm sich etwas Milch, bis der Kaffee wie Karamell aussah. Else hielt Erna die Schale mit dem Gebäck hin.

»Nein, danke«, lehnte diese ab.

Else stellte die Schale wieder zurück. »Wo waren wir stehen geblieben?«

»Ich sagte, dass ich das kleine Bernried, genauer noch Gut Falkenbach, für einen ungewöhnlichen Ort halte, um Fabriken aufzubauen.«

»Nun ja«, erklärte Else vage, »es bot sich einfach an.«

»Inwiefern? Soweit ich erfahren habe, hatten Sie doch früher Ihre Fabriken in Leipzig, nicht wahr?«

»Das ist richtig. Der Großvater meines Mannes und meines Schwagers Heinrich hatte dort ursprünglich die Unternehmen gegründet. Aber viel kleiner als das, was wir heute haben. Das Porzellan wurde in der Manufaktur hergestellt. Und um überhaupt davon leben zu können, wurde schließlich auch eine Pfannengießerei eröffnet. Das waren die Anfänge. Mein Schwiegervater hat alles, was er verdiente, immer wieder in die Betriebe gesteckt. Und als es an der Zeit war, hat er sie an seine beiden Söhne Wilhelm und Heinrich übertragen. Doch Reichtümer waren damit nicht zu verdienen.«

»Und wie kam es dann zu all dem hier?«

Erna deutete in den Raum.

»Das Haus, meinen Sie?«

»Das und die Fabriken. Ich meine, das muss doch alles ein Vermögen gekostet haben.«

Es klopfte, und ohne eine Antwort abzuwarten, erschien Irma im Esszimmer. »Dachte ich mir doch, dass ich Stimmen gehört habe«, erklärte sie und ging zielstrebig auf Erna zu. »Guten Tag. Wir kennen uns noch nicht. Ich bin Irma Lehmann.« Sie hatte gezögert, den Raum zu betreten, und tatsächlich einen Moment an der Tür gelauscht. Es war sonst nicht ihre Art, so forsch zu sein. Doch sie spürte, dass Else drauf und dran war, leichtfertig und gutgläubig alles Mögliche auszuplaudern, was diese Erna Behrend dann gegen die Familie benutzen würde. Auch wenn sie das Geheimnis ihres Schwiegervaters und seiner beiden Geschäftspartner nicht kannte, so war Irma doch entschlossen, es auf jeden Fall zum Schutz der Familien zu wahren.

»Sehr erfreut.« Erna schüttelte ihr die Hand. »Erna Behrend.«

Irma nickte ihr zu. In ihrem Blick lag Misstrauen.

»Fräulein Behrend ist die junge Frau, die eigentlich zum Essen kommen wollte«, erklärte Else. »Komm, setz dich zu uns. Wo ist denn Sophia?«

»Sie macht ein kleines Schläfchen.« Irma setzte sich an den Tisch, ließ jedoch Erna Behrend nicht aus den Augen. »Und was führt Sie hierher, Fräulein Behrend?«

»Ach, höfliche Neugierde«, erklärte Erna leichthin.

»Neugierde worauf denn?«, fragte Irma.

»Auf das alles hier. Es ist ja schon sehr beeindruckend, was die Familien Lehmann aufgebaut haben.«

»Hm«, machte Irma. »War nicht Ihr ursprüngliches Ansinnen, etwas über die Kriegskameraden Ihres Vaters zu erfahren?«

Else sah zwischen den jungen Frauen hin und her. Die Spannung, die zwischen ihnen in der Luft lag, war geradezu greifbar.

Erna schien ihre Worte genau abzuwägen. »Ja, anfangs. Doch inzwischen finde ich das, was Ihre Familien hier geschaffen haben, so unglaublich, dass ich mich auch dafür interessiere.«

»Ach ja? Na, wollen Sie sich dann nicht die Fabrik einmal ansehen?« Irma sprang förmlich von ihrem Stuhl auf.

»Aber wir haben ja unseren Kaffee noch nicht einmal getrunken«, wandte Else ein.

»Bestimmt ist Fräulein Behrend nicht nur wegen des guten Kaffees hier, Schwiegermutter.« Irma sah Erna Behrend auffordernd an. »Wollen wir?«

Erna Behrend erhob sich langsam von ihrem Stuhl.

»Soll ich euch begleiten?«, fragte Else etwas verunsichert.

»Aber nein. Bleib du nur hier. Ich werde Fräulein Behrend herumführen und ihr alles zeigen.« Irma hob den Kopf und lächelte Erna Behrend an. »Bitte.« Sie deutete mit der Hand zur Tür.

Nun erhob sich auch Else. »Es war nett, mit Ihnen zu plaudern«, sagte sie zu Erna. »Wenn Sie wieder einmal in der Nähe sein sollten, würde ich mich über einen Besuch freuen.«

Erna reichte ihr die Hand. »Vielen Dank für Ihre Gastfreundschaft, Frau Lehmann. Ich kann mir wirklich gut vorstellen, einmal wiederzukommen.«

»Schwiegermutter, wärst du so nett, nach Sophia zu sehen, wenn ich etwas länger brauchen sollte?«

»Aber gewiss, das werde ich«, stimmte Else sogleich zu. Fast erkannte sie ihre Schwiegertochter nicht wieder. Die war doch sonst stets so ruhig, ja fast schon schüchtern, und nun trat sie mit einer Entschiedenheit auf, die ihresgleichen suchte. Was war nur plötzlich in Irma gefahren?

»Gut«, sagte Irma. »Dann gehen wir bitte.« Sie ging zur Tür. »Sieglinde!«, rief sie laut.

Die Haushälterin kam mit einem Geschirrtuch in der Hand aus der Küche geeilt.

»Hol bitte den Mantel von unserm Gast, und bring meinen gleich mit.« Sie wandte sich zu Erna um, die ihr gefolgt war. »Sie hatten doch einen Mantel mit, oder?«

»Ja.« Erna nickte. Das resolute Auftreten Irma Lehmanns überraschte sie. Es schien fast, als wollte diese sie so schnell wie möglich aus dem Haus lotsen, vor allem aber von Else Lehmann fernhalten. Die Frage war, weshalb?

Sieglinde ging an den Garderobenschrank und holte sowohl Ernas als auch Irmas Mantel hervor. Der reichte sie das Kleidungsstück nur, während sie Erna hineinhalf.

Else war ihnen in die Eingangshalle gefolgt und verabschiedete sich nun noch mal von Erna Behrend, während sie weiter über das verblüffende Verhalten ihrer Schwiegertochter sinnierte.

Zusammen mit Erna verließ Irma das Haus. Erleichtert atmete sie durch, als sie ins Freie traten. Die erste Hürde war genommen.

»Bitte dort entlang.« Sie deutete mit der Hand auf den Weg, der zum Fabrikgebäude führte, dann drehte sie sich noch einmal um. »Ist das dort Ihr Fahrrad?«

»Ja.«

»Nehmen Sie es doch am besten gleich mit. Dann können Sie direkt von der Fabrik aus zurückfahren.«

Erna zögerte kurz, dann nickte sie, ging zum Fahrrad und holte es.

»Gut«, sagte Irma und lief los. Einen Moment gingen sie nebeneinander her, ohne etwas zu sagen.

»Wenn man diesem Weg folgt«, durchbrach Irma schließlich das peinliche Schweigen, »sehen Sie dort nach einer Weile die Porzellanfabrik von Heinrich Lehmann, dem Bruder meines Schwiegervaters. Und wir biegen hier ab zur Topf- und Pfannenfabrik.«

»Ein sehr weitläufiges Gelände.« Erna sah sich um. »Und ungewöhnlich, dass hier richtige Fabriken stehen. Wenn es die befestigten Zufahrten nicht gäbe, könnte man glauben, der Weg führt direkt in den Wald.«

»Wie schön, dass Ihnen das auffällt. Ich finde auch, dass Paul-Friedrich, Wilhelm und Heinrich den Bau und die Anordnung der Fabriken auf dem Areal wunderbar gelöst und dabei die Anmutung dieses Grundstücks erhalten haben.«

»Ja, das stimmt. Das trifft es in der Tat.«

»Dort vorn ist jetzt die Topf- und Pfannenfabrik«, kündigte Irma an, und fast wirkte es so, als sei die junge Frau erleichtert, dass sie angekommen waren.

»Bitte hier entlang«, sagte Irma und hielt Erna, nachdem diese ihr Fahrrad abgestellt hatte, die mit Glasausschnitten verzierte Eingangstür auf.

Erna blickte sich staunend im Innern um. Einige Fabrikangestellte sahen kurz zu den beiden Frauen herüber, widmeten sich aber sogleich wieder ihrer Arbeit.

»Das ist ja wirklich riesig!« Erna musste laut sprechen, um gegen die Maschinengeräusche anzukommen. »An Platz scheint es hier wirklich nicht zu mangeln.«

»Nein, gewiss nicht«, gab Irma ebenso laut zurück.

»Wie groß ist die Fabrik?«

»Ich fürchte, das weiß ich gar nicht so genau. Aber ich kenne jemanden, der Ihnen genauestens darüber Auskunft geben kann. Kommen Sie doch bitte mit.« Irma machte kehrt und ging zielstrebig die Steintreppe hinauf, in der Hoffnung, dass Erna ihr schon folgen würde. Sie wollte sich die Mühe, die ihr Schwangerschaftsbauch ihr dabei bereitete, nicht anmerken lassen. Oben wartete Irma, bis Erna zu ihr aufgeschlossen hatte. Ohne ein weiteres Wort eilte sie voran, vorbei an mehreren Büros. Bei dem am Ende des Ganges stand die Tür offen.

»Entschuldigung!? Sie können da nicht so einfach … oh, Frau Lehmann, ich habe Sie eben gar nicht erkannt«, sagte Frau Weber, Wilhelms Sekretärin, die, kaum dass sie gesehen hatte, dass jemand das Büro ihres Chefs betreten wollte, pfeilschnell hinter ihrem Schreibtisch hervorgeschossen war.

»Guten Tag, Frau Weber. Ist mein Schwiegervater in seinem Büro?«

»Ja, Frau Lehmann. Aber ich weiß nicht, ob ihm gerade Besuch recht ist.«

»Ich kläre das«, bestimmte Irma und ließ so keinen weiteren Widerspruch zu.

»Ganz wie Sie wollen, Frau Lehmann.« Die Sekretärin wandte sich ab und kehrte wieder an ihren Schreibtisch zurück. Irma hoffte, sie nicht gar zu grob in die Schranken gewiesen zu haben. Doch sie hatte jetzt keine Zeit, um Rücksicht auf irgendwelche Befindlichkeiten zu nehmen. Entschlossen klopfte sie an die mit Ornamenten verzierte Holztür.

»Herein!«, schallte es aus dem Innern.

Irma drückte die Klinke herunter. »Kommen Sie, Fräulein Behrend.«

Der Besucherin war anzusehen, dass sie sich überrumpelt fühlte. Irma hatte sie zu keiner Zeit gefragt, ob sie überhaupt mit Wilhelm Lehmann sprechen wollte.

»Irma?«

»Guten Tag, Schwiegervater.« Irma wartete, bis Erna ebenfalls eingetreten war, und schloss dann die Tür. »Du erinnerst dich doch an Fräulein Behrend?«

Wilhelm erhob sich. Es gelang ihm nicht ganz, den Schreck zu verbergen, der ihm soeben in alle Glieder gefahren war.

Als Wilhelm nicht reagierte, fuhr Irma unbeirrt fort.

»Fräulein Behrend, ich denke, Sie sind meinem Schwiegervater Wilhelm Lehmann schon begegnet, nicht wahr?«

Erna nickte, gab sich einen Ruck und ging auf Wilhelm zu. »Guten Tag, Herr Lehmann.« Sie streckte ihm die Hand entgegen. »Ihre Schwiegertochter war so freundlich, mich hierherzubringen, um mir die Fabrik zu zeigen.«

»Fräulein Behrend … das ist wirklich eine Überraschung.« Er schüttelte kurz ihre Hand und warf Irma dabei einen fragenden Blick zu.

»Ich bin zufällig dazugekommen, als Fräulein Behrend deine Frau über die Fabrik befragte.«

»Nun, *Befragung* würde ich es nicht nennen«, widersprach Erna.

»Aber nein«, Irma lächelte, »so war es auch gar nicht gemeint.« Sie wandte sich wieder an Wilhelm. »Aber da sich Fräulein Behrend so brennend für die Fabriken und deren Geschichte interessiert, dachte ich, es sei besser, wenn wir zu dir kämen. Ich möchte Else selbstverständlich nicht zu nahe treten, aber ich denke, du bist der bessere Ansprechpartner für Fräulein Behrend.«

»Ja.« Wilhelm riss sich selbst aus seiner Schockstarre. »Gewiss. Da hast du natürlich vollkommen recht.« Er kam um den Schreibtisch herum. »Bitte, Fräulein Behrend. Setzen Sie sich doch. Was kann ich Ihnen anbieten?«

»Äh, nein danke, ich … ich habe auch gar nicht so viel Zeit.«

»Na, so was«, meinte Irma etwas spitz. »Das haben Sie ja gar nicht gesagt. Ich hatte den Eindruck, dass Sie alle Zeit der Welt hätten.«

Ein Klopfen an der Tür entband Erna einer Antwort.

»Herrgott, was ist denn heute nur los?« Wilhelm zog sein Taschentuch hervor und tupfte sich hektisch den Schweiß von der Stirn. »Herein!«

Die Tür ging auf, und Leopold trat ein. »Dann habe ich ja doch richtig gesehen«, stellte er fest und ging auf seine Frau zu. »Was machst du denn hier?« Er schaute neugierig zu Erna. »Und wer ist unsere reizende Besucherin?«

Irma wurde wütend. Nicht nur, dass die Situation, die schon zuvor angespannt gewesen war, durch Leopolds plötzlichen Auftritt zu entgleiten drohte. Vor allem aber stieg ihr wegen der unverhohlenen Bewunderung, die in seinem Blick lag, als er Erna Behrend die Hand reichte, bittere Galle in die Kehle. Sein Verhalten war beschämend.

»Leopold Lehmann. Und mit wem habe ich die Ehre?«

»Erna Behrend«, stellte sie sich mit einem Lächeln vor, in dem nach Irmas Empfinden etwas Anzügliches lag.

Leopold hob ihre Hand höher und führte sie an seinen Mund. »Es ist mir eine Freude, Fräulein Behrend. Oder Frau Behrend?«

»Nein, Fräulein ist schon richtig.«

»Wie schön, dies zu hören.«

»Was willst du hier?«, polterte Wilhelm los, dem das Gesäusel seines Sohnes, insbesondere als er den Blick seiner

Schwiegertochter wahrnahm, zu viel wurde. »Hast du nichts zu tun?«

Leopold ließ Ernas Hand los und sah seinen Vater an. »Was ist denn los? Ich habe unten mit Otto gesprochen, als ich am anderen Ende der Halle meine Frau eintreten sah. Da werde ich doch wohl herkommen dürfen.«

»Wie reizend von dir«, bemerkte Irma. »Und da Fräulein Behrend hier ist, um etwas über die Fabrik zu erfahren, übergeben wir sie wohl am besten in die kompetenten Hände deines Vaters.« Sie funkelte ihn wütend an, doch er schien einfach durch sie hindurchzusehen.

»Sie interessieren sich also für die Fabrik?«, fragte Leopold nach. »Es wäre mir ein Vergnügen, Ihnen alles zu zeigen.«

Irma warf Wilhelm einen flehenden Blick zu.

»So weit kommt's noch!«, polterte Wilhelm los. Er sah seine Schwiegertochter an. »Ich danke dir, dass du Fräulein Behrend hergebracht hast. Ich werde mir gern die Zeit für sie nehmen.« Zu Leopold sagte er: »Und du geh wieder an deine Arbeit.«

»Aber ich könnte …«

»An die Arbeit!«, schnauzte Wilhelm so plötzlich und so laut los, dass Irma zusammenzuckte. »Und zwar sofort!« Wilhelm war puterrot im Gesicht.

Leopold warf seinem Vater einen geradezu hasserfüllten Blick zu. Dann hob er das Kinn und reichte Erna Behrend nochmals die Hand. »Dann wünsche ich Ihnen viel Freude bei der Besichtigung der Fabrik.« Er verzichtete auf einen weiteren Handkuss.

»Danke, Herr Lehmann.«

»Auf Wiedersehen, Fräulein Behrend«, schloss sich Irma der Verabschiedung an und schüttelte Erna ebenfalls die Hand.

»Auf Wiedersehen.«

Irma machte kehrt und ging zur Tür. »Kommst du, Leopold?«

Er nickte, wenngleich ihm anzusehen war, dass er zu gern eine Erklärung für das Verhalten seines Vaters, vor allem aber auch für das seiner Ehefrau gefordert hätte. Doch er sagte nichts weiter und kam zu ihr herüber.

»Bitte, Fräulein Behrend, setzen Sie sich«, sagte Wilhelm, während Leopold Irma vor sich in den Gang hinaustreten ließ. Er wollte gerade die Tür schließen, als Wilhelm sagte: »Lass offen.« Und dann an Erna Behrend gewandt: »Ich sage nur meiner Sekretärin rasch Bescheid, dass sie uns etwas zu trinken bringen soll.« Es war eine Feststellung, und er verzichtete darauf, seine Besucherin zu fragen, was und ob sie überhaupt etwas wollte. Leopold hielt ihm die Tür auf, während Erna Behrend auf einem der Besucherstühle Platz nahm.

Wilhelm trat aus seinem Büro und schloss die Tür von außen.

»Frau Weber, wir brauchen etwas zu trinken«, sagte er eilig zu der Sekretärin.

»Kaffee oder Tee, Herr Lehmann?«

»Egal«, tat er ihre Frage ab.

»Dann bis später, Vater.« Leopold stand die Wut darüber, wie Wilhelm ihn vor der Besucherin zurechtgewiesen hatte, deutlich ins Gesicht geschrieben.

»Ja, bis später«, wiederholte Wilhelm geistesabwesend und machte dann einen Schritt aus dem Büro der Sekretärin.

Leopold und Irma waren schon ein Stück über den Flur gegangen, als Wilhelm sie zurückhielt.

»Irma«, rief er ihnen nach, worauf das Ehepaar stehen blieb und sich zu ihm umdrehte. Wilhelm machte eine Kopfbewegung und bedeutete der Schwiegertochter, sie möge noch einmal zurückkommen. Sie machte kehrt, und auch Leopold schickte sich an, ihr zu seinem Vater zu folgen.

»Geh du schon mal in dein Büro«, ordnete Wilhelm an.

»Weshalb?«

»Weil ich es sage.«

»Ich werde doch wohl erfahren dürfen, was du mit meiner Frau zu besprechen hast«, empörte sich Leopold.

»Jaja, und jetzt geh«, scheuchte Wilhelm ihn davon.

Irma hatte zu ihrem Schwiegervater aufgeschlossen, der ihren Arm nahm und sich noch einmal nach Leopold umsah, der nun auf dem Absatz kehrtmachte und schließlich in seinem Büro verschwand.

»Warum hast du sie hergebracht?«

»Weil ich nicht wollte, dass sie Else weiter Fragen stellt, die diese ihr gutgläubig und ausführlich beantwortet, ohne zu ahnen, wem sie sich da öffnet.«

Wilhelm kniff die Augen zusammen und funkelte sie an. »Wie meinst du das?«

»Ich meine, dass du viel besser als Paul-Friedrich oder auch Heinrich geeignet bist, das abzuwenden, was über unsere Familien kommen kann, wenn Erna Behrend weiterhin Fragen stellt.«

Einen Moment sagte Wilhelm nichts, sah sie nur an.

»Was weißt du?«

Irma atmete geräuschvoll aus. »Ich weiß, dass es auch meine Aufgabe ist, unsere Familie so gut es geht zu schützen.« Sie deutete auf die Tür zu seinem Büro. »Ich habe getan, was ich konnte. Jetzt bist du dran.«

13. Kapitel

Um jeden Preis die Ordnung zu wahren, ist das Einzige, was gegen den Wahnsinn helfen kann.

Paul-Friedrich von Falkenbach

»Ich danke Ihnen für Ihren Besuch, Gauleiter Langenmüller. Ich kann nur ahnen, in welcher seelischen Notlage Sie sich gerade befinden.« Paul-Friedrich versuchte, sicheren Stand zu finden. Sein Beinstumpf war so entzündet, dass er morgens kaum die Prothese hatte anlegen können. »Bitte setzen Sie sich doch.«

»Vielen Dank, Herr von Falkenbach.« Der Gauleiter nahm Platz.

Ohne zu fragen, was der Mann wollte, stellte Paul-Friedrich zwei Flaschen Bier und zwei Gläser auf dem Tisch ab, holte dann noch zwei Schnapsgläser und eine Flasche Obstbrand und setzte sich dann ebenfalls. Es wirkte ungelenk, was ihn für einen Moment verunsicherte. Er hasste es, wenn er nicht vermeiden konnte, dass jemand auf seine Behinderung aufmerksam wurde. Doch er konnte es jetzt nicht ändern.

Gauleiter Langenmüller sah auf die Uhr. »Noch nicht mal elf.« Er tat, als habe er Bedenken. »Eigentlich ein bisschen zu früh für Bier und Schnaps.«

»Nicht in Zeiten, in denen jemand mutwillig so zugerichtet wird wie Ihr Sohn.«

»Da haben Sie leider recht, Herr von Falkenbach.«

»Nennen Sie mich doch Paul.«

»Wie bitte?« Der Gauleiter war über die Maßen erstaunt. Er kannte Paul-Friedrich von Falkenbach schon so lange, doch nie zuvor war er auch nur in die Nähe dieser vertraulichen Anrede gekommen.

»Gern«, brachte er dann heraus. »Karl.«

Paul-Friedrich schenkte die Schnapsgläser voll und reichte eines an seinen Besucher weiter. »Na dann, Karl, auf dein Wohl.«

Beide kippten den selbst gebrannten Schnaps hinunter und stellten die Gläser geräuschvoll auf dem Marmortisch ab. Sofort schenkte Paul-Friedrich nach.

»Wie geht es deinem Ewald?«, fragte er.

Langenmüller seufzte. »Heute Morgen hat er das erste Mal wieder die Augen geöffnet.« Er schüttelte den Kopf. »Meine liebe Frau hat tagelang geweint.«

»Wird er wieder gesund?«

»Gestern noch hätte ich es nicht zu sagen vermocht, doch seit heute haben wir wieder Hoffnung.«

»Das freut mich aufrichtig. Ich bin selbst Vater, wie du weißt. Ein Kind beinahe zu verlieren, ist das Schlimmste, was einem Mann widerfahren kann.«

Langenmüller griff zum Glas, und Paul-Friedrich tat es ihm gleich. Zusammen kippten sie den zweiten Schnaps hinunter.

»Er war vorhin noch zu schwach, um zu reden«, erzählte der Gauleiter. »Und sein Kiefer ist gebrochen. Deshalb wird er ohnehin noch Schwierigkeiten beim Sprechen haben. Doch sobald er sagen kann, wer ihm das angetan hat, werde ich mir die Schweine persönlich vorknöpfen.«

»Ich denke, ich kann dir da helfen.«

»Du?«

Paul-Friedrich nickte. »Meine Tochter hat etwas gehört, das du wissen solltest.«

Der Gauleiter setzte sich aufrecht hin. »Weiß sie, wer es war?«

»Sie weiß, dass es einige Männer gibt, die deinem Sohn eine Lektion erteilen wollten.«

»Wer?« Langenmüllers Miene versteinerte.

»Die Leute um Rudolph Gschwendner.«

Der Gauleiter beugte sich weiter vor. »Sag das noch mal«, forderte er und setzte sogleich hinzu: »Rudolph Gschwendner ist Ewalds bester Freund. Sie kennen sich, seit sie laufen gelernt haben.«

Paul-Friedrich zuckte die Achseln. »Ich weiß, es ist nicht leicht, so etwas zu akzeptieren. Wilhelmine sagt, es soll darum gegangen sein, dass Ewald nicht an den anstehenden Pimpfenprüfungen teilnehmen, sondern stattdessen seine Verlobte zur Silberhochzeitsfeier ihrer Eltern begleiten wollte.«

Gauleiter Langenmüller starrte ihn nur sprachlos an. Kurz öffnete er den Mund und schloss ihn wieder. Dann setzte er erneut an: »Sein bester Freund soll ihn so zugerichtet haben, weil er nicht bei den Pimpfenprüfungen dabei sein wollte?«, fragte er ungläubig und schüttelte den Kopf.

»Das war es, was Wilhelmine mitbekommen hat. Rudolph Gschwendner und noch einige andere haben sich furchtbar über Ewalds Entscheidung aufgeregt, weil er damit ihrer Meinung nach den Führer verrät. Und noch am selben Abend wurde dein Sohn zusammengeschlagen.«

»Hm«, machte Langenmüller. »Zwar will ich keinesfalls das Wort deiner Tochter anzweifeln, doch ich kann das einfach nicht glauben. Rudolph Gschwendner mag ein glühender Anhänger des Führers sein, doch die Pimpfenprüfungen sind zwar für die Kleinen und ihre Eltern von Bedeutung, nicht aber für die Zellen selbst. Ich weiß, dass es sogar oft schwierig ist, genug Freiwillige aus den Zellen zu aktivieren, damit sie die Prüfungen abnehmen.«

Wieder zuckte Paul-Friedrich mit den Achseln. »Ich gebe dir nur weiter, was Wilhelmine gehört hat. Was du damit anfängst, ist deine Entscheidung.« Er schenkte abermals die Gläser voll. »Und da dein Ewald jetzt wieder aufgewacht ist, wird er dir in einigen Tagen selbst erzählen können, wer dafür verantwortlich ist. Zumindest, wenn er die Leute erkannt hat.« Er hob das Glas. »Auf deinen Ewald, und dass er bald wieder ganz gesund wird.«

»Darauf trinke ich.« Sie kippten abermals den Schnaps herunter. »Das war aber jetzt mein Letzter«, erklärte Gauleiter Langenmüller. »Sonst fahre ich nachher Schlangenlinien, wenn ich zur Sitzung des NSDAP-Kreises nach Weilheim muss. Der erste Kreistag für Weilheim ist geplant, und der Kreisleiter hat mich gebeten, der Vorstellung der Pläne beizuwohnen.« Seine Stimme verriet einen gewissen Stolz.

»Jaja, die Pflichten eines Gauleiters, nicht wahr?«

»Wem sagst du das? Aber es ist für unser Land, und wir alle sind es dem Führer schuldig, zu tun, was in unserer Macht steht. Selbst dann, wenn unsere persönliche Situation mal alles andere als einfach ist.«

»Ich schätze dein Pflichtbewusstsein, mit dem du hinter der Sache und dem Führer stehst«, lobte Paul-Friedrich. »Und ich denke, es ist an der Zeit, dass ich mich ebenfalls mehr einbringe.«

»Wie das?«

»Ich möchte in die Partei eintreten. Und Wilhelm und Heinrich Lehmann ebenfalls. Dieses Land hat uns so viel gegeben. Nun sollten wir auch unseren Beitrag leisten.«

»Paul-Friedrich, damit hätte ich nicht gerechnet.« Er hob das Bierglas und stieß mit dem Hausherrn an. »Es wird mir ein Vergnügen sein, der Partei deinen Entschluss mitzuteilen, wenn es dir recht ist.«

»Ja, meine Entscheidung steht. Wo muss ich mich einfinden, um Mitglied zu werden?«

»Sehr gern bringe ich dir persönlich die Liste vorbei, in die du dich eintragen kannst. Solche Männer wie dich und deine Geschäftspartner brauchen wir hier. Unerschrockene, kriegserprobte Männer, die verstanden haben, dass die Maßnahmen des Führers notwendig sind, um Deutschland endlich vom Joch der Arbeitslosigkeit zu befreien und dieses Land voranzubringen – komme, was wolle. Und wer sich uns in den Weg stellt, der wird sehen, dass er es nicht nur mit einem von uns zu tun hat, sondern mit dem ganzen deutschen Volk.«

Fast musste Paul-Friedrich schmunzeln, denn auf einmal klangen die Stimme und die Art, wie Karl Langenmüller sprach, ganz anders. Fast war es, als spräche der Führer selbst aus ihm mit dieser besonderen Melodie, die er in seine Stimme legte, wenn er über den Rundfunkempfänger die Deutschen zu Geschlossenheit und Opferbereitschaft aufforderte.

»Ich wäre dir wirklich sehr verbunden«, kam er zum Thema zurück, »wenn du uns den Eintritt in die Partei ermöglichst. Ich habe gehört, dass nicht jeder aufgenommen wird.«

Langenmüller winkte ab. »Die Zeiten sind längst vorbei. Wir brauchen jeden Mann«, stellte er sachlich fest, um dann rasch hinzuzufügen: »Aber dass du und die Gebrüder Lehmann aufgenommen werden, hätte zu jeder Zeit außer Frage gestanden.«

Paul-Friedrich trank einen Schluck von seinem Bier. »Hand aufs Herz, Karl, habt ihr Schwierigkeiten, Mitglieder zu werben?«

»Aber nein.« Der Gauleiter schüttelte sofort den Kopf. Ob die Reaktion echt wahr oder nur der Tatsache geschuldet, dass Langenmüller klar geworden war, dass er zuvor etwas Unkluges gesagt hatte, hätte Paul-Friedrich nicht einzuschätzen gewusst.

»Aber die großen Leistungen, die der Führer in den letzten Jahren vollbracht hat, sind tatsächlich noch nicht in allen Köpfen angekommen.«

»Inwiefern?«, fragte Paul-Friedrich.

»Ach, weißt du«, der Gauleiter griff nach seinem Bierglas und trank einen Schluck, »es sind nicht die Gegner, die die Sache boykottieren. Es sind die, die sich aus allem heraushalten, keine Unterstützung leisten und alles nur hinnehmen. Sie sind das Geschwür, das im Innern unseres Volkskörpers wuchert. Auch wenn die meisten inzwischen eingesehen haben, dass die Taten des Führers lobenswert sind und der Unterstützung bedürfen, gibt es immer noch zu viele, die einfach nur zusehen, statt selbst mit anzupacken. Es ist, als wollte man aus Trümmern ein Haus bauen und hätte fünfzig Mann, die an der Baustelle stehen, aber nur drei oder vier fassen wirklich mit an.«

»Ich verstehe, was du meinst.« Auch Paul-Friedrich trank aus seinem Glas. »Und fast habe ich jetzt ein schlechtes Gewissen, dass ich mich viel zu lange auch nur danebengestellt habe, ohne etwas zu tun.«

»Du bist ja schließlich zur Besinnung gekommen.« Langenmüller zog die Stirn in Falten. »Doch wie kann es uns gelingen, auch noch den Letzten im Land zu erreichen, damit er sich mit Eifer um die doch wohl wichtigste Sache bemüht, die es nur geben kann? Wie können die Menschen sich nur so gleichgültig verhalten? Es geht doch um ihr Leben und die Zukunft ihrer Kinder.«

»Wahrscheinlich braucht es noch Zeit, bis es auch der Letzte verstanden hat«, mutmaßte Paul-Friedrich.

»Drei Jahre ist der Führer nun an der Macht, und der Einsatz, der Fleiß und die Opfer, die er für dieses Land aufbringt, sind immens. Wie viel, frage ich dich, kann ein Mensch zum Wohl der anderen leisten, wenn er nicht vorbehaltlose

Unterstützung spürt, und zwar von den Alten bis hin zu den Kleinsten?« Er schüttelte den Kopf. »Ich kann die Empörung deiner Tochter, was Rudolph Gschwendner betrifft, sogar nachvollziehen. Allerdings würde er genau deshalb niemanden angehen, schon gar nicht seinen besten Freund.« Wieder trank er einen Schluck.

»Du kennst ihn besser«, meinte Paul-Friedrich und trank sein Glas leer. Geräuschvoll stellte er es auf dem Tisch ab.

»Es war schön, dass wir uns mal in Ruhe unterhalten konnten.« Karl Langenmüller, der sein Bierglas ebenfalls geleert hatte, stand auf, worauf sich auch Paul-Friedrich erhob. Er verzog das Gesicht, als er sein linkes Bein belastete.

Der Gauleiter bemerkte es und sah ihn fragend an. »Ein Andenken aus dem Krieg?«

Paul-Friedrich nickte. Eigenartigerweise machte es ihm in diesem Moment nichts aus, auf die Versehrung angesprochen zu werden. Ganz im Gegenteil. Auf gewisse Weise erfüllte es ihn sogar mit Stolz, von seinem Einsatz und dem Preis, den er für sein Land gezahlt hatte, berichten zu können. »Von den Franzosen«, erklärte er. »Das Geschoss ging direkt durch den Oberschenkel. Die Muskeln und Sehnen wurden richtiggehend zerfetzt. Oberhalb des Knies lag der Knochen frei. Eine Weile dachte man, dass ich es nicht überleben würde.«

»Es war dein Wille, der dich überleben ließ«, stellte Gauleiter Langenmüller fest. »Solche Männer wie dich braucht unser Land: Männer, die unerschrocken das tun, woran sie glauben.«

Paul-Friedrich erfüllten die Worte des Gauleiters mit Stolz. »Bring mir die Liste, damit ich mich eintragen kann. Und wenn es etwas gibt, was ich für die Partei und damit für das Land tun kann, lass es mich wissen.«

»Das werde ich.« Sie schüttelten sich die Hände. »Danke, Paul-Friedrich, dass wir auf dich zählen können.«

Der Hausherr brachte seinen Gast selbst hinaus und blieb vor der Tür des Gutshauses stehen, als Langenmüller in seinen 1935er Adler Diplomat stieg, den Motor startete und davonfuhr. Paul-Friedrich hob noch einmal grüßend die Hand, als der Gauleiter den Wagen von der Einfahrt herunterlenkte und schließlich nach rechts in die Straße einbog. Er wollte sich gerade umdrehen und zurück ins Haus gehen, als er in einiger Entfernung eine junge Frau auf einem Fahrrad bemerkte, die von Wilhelms Topf- und Pfannenfabrik zu kommen schien. Mit der rechten Hand beschattete er seine Augen, um sie besser erkennen zu können. Auf die Distanz sah die junge Frau aus wie Erna Behrend. Er schaute genauer hin, doch da bog sie schon ab in Richtung Hauptstraße. Paul-Friedrich schüttelte den Kopf. Bestimmt hatte er sich geirrt, und es war irgendeine Arbeiterin der Fabrik, die Erna Behrend entfernt ähnlich sah. Anders konnte es ja gar nicht sein. Weshalb sollte Erna Behrend sich auch in der Fabrik aufgehalten haben? Paul-Friedrich verwarf den Gedanken. So langsam bekam er offenbar Halluzinationen. Er drehte sich um und humpelte zurück ins Haus. Diese verfluchten Schmerzen. Es war, als quälte ihn der Knöchel seines linken Fußes, so als hätte er sich verkrampft, und er müsste ihn unbedingt ein wenig hin und her bewegen, um sich Erleichterung zu verschaffen. Doch wie sollte das gehen – mit einem Fuß, den er vor fast zwanzig Jahren in irgendeinem Feldlazarett in Frankreich gelassen hatte und der inzwischen ebenso verfault und zu Staub geworden war wie all die anderen Gliedmaßen und toten Körper, die der Krieg gefordert hatte?

Er humpelte durch die Eingangshalle und machte dabei das typische ungleichmäßige Geräusch mit seinen Schuhsohlen, das er so hasste. Jeder Schritt zeugte von seinem Kriegsleiden.

Er ging in sein Arbeitszimmer und blieb kurz stehen, um sich zu sammeln. Der Schmerz in seinem linken Bein war kaum mehr zu ertragen. Der Wundschmerz am Stumpf überlagerte inzwischen sogar den Phantomschmerz am Fuß. Er stieß sich von der Tür ab, ging langsam zu seinem Schreibtisch hinüber. Die wenigen Meter erforderten seine ganze Kraft, und der Schweiß lief ihm übers Gesicht, als er den Schreibtisch erreichte und sich darauf abstützte. Zentimeter für Zentimeter tastete er sich an der Tischplatte entlang, bis er schließlich bei seinem Schreibtischsessel war und sich mit einem gequälten Laut darauf niederließ. Paul-Friedrich lehnte sich zurück und schloss die Augen. Das war doch kein Leben, verdammt noch mal. Einen Moment blieb er so sitzen, versuchte eine Position zu finden, die sein Bein vollends zu entlasten vermochte. Er drehte sich mehr auf die rechte Hüfte, streckte den linken Stumpf vor. Doch die Prothese schien diesen nach unten zu ziehen, sodass Paul-Friedrich das Bein eilig wieder aufsetzte. Doch auch das half nicht. Er fingerte in seiner Hosentasche nach dem Pillenröhrchen und holte eine Tablette heraus. Er würde schon bald Nachschub besorgen müssen, denn damit er überhaupt eine Linderung spürte, brauchte er immer mehr davon. Oder aber … Er überlegte. Sein Arzt Dr. Bergmann, der selbst im Krieg gewesen war und das Leid an der Front miterlebt hatte, hatte ihm beim letzten Mal etwas gegeben. Er ließ die Tablette wieder in das Röhrchen fallen und verschloss es. Dann zog er seinen Schreibtischschlüssel aus der Westentasche und öffnete die unterste Schublade. Er holte die kleine Holzkiste hervor, stellte sie vor sich auf die Schreibtischplatte und öffnete sie. Darin befanden sich eine Spritze und eine kleine Glasflasche mit einer klaren Flüssigkeit. Paul-Friedrichs Blick glitt zur Tür. Hätte er doch nur abgeschlossen. Einerseits wäre es ihm nicht recht, sollte zufällig Dorothea hereinkommen, während er sich die Spritze setzte. Andererseits wusste er, dass er es mit diesen Schmerzen keinesfalls noch schaffen würde, die Tür zu erreichen und den

Schlüssel herumzudrehen. Wieder sah er auf die Spritze. Er musste es einfach schnell erledigen. Entschlossen nahm er sie aus dem Kästchen und suchte die Markierung, die Dr. Bergmann ihm darauf hinterlassen hatte. Bis dorthin sollte er Flüssigkeit aufziehen, keinesfalls mehr. Paul-Friedrich zog den kleinen Stöpsel aus der Glasflasche, hielt die Spritze hinein und zog sie auf. Dann verschloss er das Fläschchen wieder. Einen Moment hielt er inne und betrachtete erneut die Spritze. Beging er gerade einen Fehler? Wieder dachte er an Dorothea, die irgendwo im Haus war und ihn jederzeit ertappen könnte. Bei diesem Gedanken griff er entschlossen zu, machte mit der linken Hand eine Faust und setzte sich mit der rechten die Spritze so in den Unterarm, wie Dr. Bergmann es ihm gezeigt hatte. Er zitterte, als er die Flüssigkeit langsam in die Vene drückte. Dann zog er die Spritze, holte sein Taschentuch hervor, wischte die Nadel damit ab, legte die Utensilien eilig zurück in das Holzkästchen und verstaute es wiederum in der untersten Schreibtischschublade. Dann lehnte er sich zurück und wartete auf die Wirkung. Paul-Friedrich schloss die Augen. Ihm war, als ströme die Flüssigkeit – obwohl es doch nur eine so geringe Menge gewesen war – durch seinen ganzen Körper, und zwar so, als durchflute ihn pures Sonnenlicht. Er entspannte sich noch mehr, hatte das Gefühl, tiefer und immer tiefer in seinem Sessel zu versinken. Seine Gedanken wurden leicht, und der eben noch als so heftig empfundene Schmerz in seinem Stumpf glich nun nur mehr einem leichten Pulsieren, das er sogar als angenehm empfand. Er wollte sich gern hinlegen, wollte immer tiefer in dieses Gefühl eintauchen. Also öffnete er kurz die Augen, ließ sich von seinem Schreibtischsessel heruntergleiten und legte sich einfach auf den Fußboden. Müsste das Holz nicht hart sein? Paul-Friedrich kam es vor, als liege er nicht auf dem blanken Holzboden, sondern auf dem weichsten Bett, mit meterhohen

Kissen, in die er immer tiefer einsank. Entspannt streckte er sich der Länge nach aus, lächelte still in sich hinein. Er konnte sich nicht erinnern, wann er sich das letzte Mal so gut, so gelöst gefühlt hatte. Alle Schmerzen schienen vergessen, und er wünschte sich nichts sehnlicher, als in einen tiefen Schlaf zu fallen. Sollte die Welt sich doch eine Weile ohne ihn weiterdrehen. Ihm war es einerlei.

14. Kapitel

Meine Welt gerät ins Wanken, und ich suche verzweifelt nach Halt.
Wilhelm Lehmann

»Paul-Friedrich?« Wilhelm Lehmann rüttelte an der Schulter seines Freundes. Der Brustkorb hob und senkte sich, und hätte er ihn nicht in dieser ungewöhnlichen Position vorgefunden, er hätte sicher angenommen, dass Paul-Friedrich nur friedlich schlief. Doch so war er mehr als beunruhigt.

»Paul-Friedrich!« Abermals berührte er ihn an der Schulter, sah zu Dorothea hinüber, die mit Tränen in den Augen und einem Taschentuch vor dem Mund dastand und zitternd das Geschehen beobachtete.

»Paul!« Wilhelm holte aus und verpasste ihm rechts und links eine Ohrfeige, worauf der am Boden Liegende eine erste Reaktion zeigte.

»Wir brauchen Wasser«, erklärte Wilhelm und sah erneut zu Dorothea, die einen Moment brauchte, sich aus ihrer Schockstarre zu befreien. Dann hastete sie zu dem Barschränkchen, nahm die Karaffe, schenkte Wasser in ein Glas und kam damit herbeigeeilt. Sie beugte sich herab und wollte es ihrem Mann gerade an die Lippen setzen, als Wilhelm es ihr einfach aus der Hand nahm und mit einem Ruck Paul-Friedrich das Wasser ins Gesicht kippte. Dorothea gab einen erschrockenen Laut von sich.

Paul-Friedrich hob die Lider, zwinkerte, dann schüttelte er den Kopf und wischte sich mit der Hand das Wasser aus den Augen. »Wilhelm?«

»Da bist du ja wieder. Komm, ich helfe dir auf. Du hast uns einen ganz schönen Schrecken eingejagt.« Wilhelm trat hinter den Freund, fasste ihn unter den Achseln und hob ihn mit einem Ruck hoch, sodass er auf die Füße kam. Sofort fasste Wilhelm nach, um sicherzustellen, dass Paul-Friedrich nicht wieder umfiel.

»Setz dich dorthin«, forderte Wilhelm ihn auf und half ihm in den Sessel.

»Was ist denn nur geschehen, Paul? Soll ich Dr. Bergmann kommen lassen?« Dorothea war tränenüberströmt und blickte ihren Mann ängstlich an.

»Ich … ich weiß nicht«, stammelte Paul-Friedrich. »Ich muss eingeschlafen sein.«

»Auf dem Fußboden?« Dorotheas Stimme überschlug sich.

»Wie geht es dir jetzt? Hast du Schmerzen?« Wilhelm musterte ihn prüfend.

Paul-Friedrich sah von Wilhelm zu Dorothea. »Es geht mir gut. Wirklich.«

»Aber Paul! Dann hättest du doch nicht dort unten gelegen«, erregte sich seine Ehefrau.

»Kannst du ihm einen Kaffee holen?«, bat Wilhelm.

»Ja.« Kurz zögerte sie. »Natürlich. Ich bin gleich wieder da.« Sie ging zur Tür, drehte sich aber noch einmal zu ihrem Ehemann um. »Geht es dir auch wirklich gut?«

»Aber ja«, versicherte er. »Mach dir keine Sorgen.«

Dorothea nickte, dann eilte sie hinaus.

»Was war denn los?«, fragte Wilhelm, sobald sie die Tür geschlossen hatte.

»Ich war wohl einfach nur erschöpft.«

»Erzähl mir keinen Mist. Das kannst du dir für deine Frau aufsparen. Also?«

Paul-Friedrich zögerte. »Der Arzt hat mir was Neues gegen die Schmerzen gegeben«, gestand er schließlich, und auf eine gewisse Art erleichterte es ihn, dass er sich jemandem anvertrauen konnte. »Er sagt, es ist das gleiche Zeug, das auch Oberbefehlshaber Göring nimmt. Dann kann es doch so verkehrt nicht sein.«

»Und hast du zu viel davon genommen oder warum bist du umgekippt?«

»Nein«, antwortete von Falkenbach, »ich habe mich wirklich hingelegt. Das war nicht gelogen. Und als die Schmerzen endlich mal nachließen, muss ich eingeschlafen sein.«

»Das war nicht nur der Schlaf«, erklärte Wilhelm. »Ich habe Minuten gebraucht, um dich wach zu bekommen.«

»Ach ja? Dann sollte ich beim nächsten Mal weniger nehmen.«

»Oder es einfach in den Müll werfen. Paul, du hast doch gesehen, was dieses Zeug mit den Menschen macht. Wie viele von denen, die im Krieg verwundet wurden und irgendwelche Pillen bekommen haben, sind nur noch ein Schatten ihrer selbst?«

»Das war direkt nach dem Krieg«, hielt Paul-Friedrich dagegen. »Das kannst du nicht mit mir vergleichen. Das, was diese Leute kaputt gemacht hat, war der Krieg an sich, das waren nicht die Pillen.« Er sah Wilhelm an, dem die Sorge um die Gesundheit des Freundes ins Gesicht geschrieben stand. »Ich habe meine Seele nicht im Krieg gelassen und muss die Tabletten nicht deshalb nehmen, sondern weil dieser verdammte krüppelige Stumpf so wund ist wie ein Pavianarsch.«

»Du hast recht. Keiner von uns anderen kann beurteilen, wie das ist«, befand Wilhelm und deutete dabei auf Paul-Friedrichs versehrtes Bein.

Die Tür ging auf, und Dorothea kam mit einem Becher voll dampfenden Kaffees herein. »Ich dachte mir, dass es dir sicher nicht recht wäre, wenn jemand vom Personal dir den Kaffee bringt.«

»Danke, Dorothea. Das war sehr umsichtig von dir.«

Paul-Friedrich setzte den Becher an und trank vorsichtig einen kleinen Schluck, um sich nicht den Mund zu verbrennen. »Jetzt kann ich es dir ja sagen«, erklärte er dann seiner Ehefrau. »Ich habe heute Nacht kaum geschlafen. Wilhelmine hat mir gestern von einem Überfall auf Ewald Langenmüller berichtet. Er wurde halb totgeschlagen. Und Wilhelmine glaubt zu wissen, wer dafür verantwortlich ist.«

»Wirklich?« Dorothea nahm auf einem der Stühle Platz. »Und wer ist es?«

»Nun, sie dachte, Rudolph Gschwendner würde dahinterstecken, doch das war ein Irrtum. Ich habe vorhin mit Ewalds Vater, Gauleiter Langenmüller, gesprochen. Er ist, nachdem ich ihn angerufen hatte, eigens zu uns hergefahren, um sich anzuhören, was ich zu sagen hatte.«

»Und woher will er wissen, dass Rudolph Gschwendner es nicht war?«

»Es gibt gute Gründe«, wich er aus, da auch er nicht davon überzeugt war, dass Karl Langenmüller wirklich beurteilen konnte, wozu Rudolph Gschwendner in seinem fanatischen Übereifer fähig war. »Aber in jedem Fall wird er die Sache jetzt untersuchen, sodass wir hier unsere Pflicht und Schuldigkeit getan haben. Und nachdem die Anspannung von mir abfiel, wollte ich nur einen Moment zur Ruhe kommen und muss eingeschlafen sein.«

»Paul, ich bitte dich«, widersprach seine Ehefrau. »Deshalb legt man sich doch nicht auf den Fußboden. Du willst mich wohl für dumm verkaufen?«

»Mein Bein«, sagte er dann und senkte dabei den Blick.

»Ich wollte es nicht belasten, da ich schon so starke Schmerzen hatte.«

»Oh«, erwiderte Dorothea nur, die wusste, wie sehr ihr Ehemann mit der Behinderung zu kämpfen hatte. »Ich verstehe.«

Paul-Friedrich trank noch einen Schluck Kaffee.

»Geht es dir denn jetzt wieder gut? Oder soll ich doch Dr. Bergmann holen?«

»Alles bestens, Dorothea. Deine Sorge rührt mich. Doch Dr. Bergmann wird nicht gebraucht.«

Sie lächelte ihren Ehemann an und erhob sich schließlich. »Nun denn, dann lasse ich euch mal allein. Immerhin ist Wilhelm ja eigentlich gekommen, um etwas mit dir zu besprechen.« Sie wandte sich an den Besucher. »Und du versprichst mir, sofort Bescheid zu geben, wenn es auch nur das leiseste Anzeichen gibt, dass etwas mit Paul nicht stimmt. Dann lasse ich doch den Arzt kommen.«

»Versprochen«, sagte Wilhelm.

»Ich verlasse mich darauf.« Sie ging zu Paul-Friedrich, hauchte ihm einen Kuss auf die Stirn. Dann verließ sie den Raum.

»Kannst du mir was Stärkeres geben?«, fragte Paul-Friedrich und deutete auf seinen Kaffee.

Wilhelm nickte, ging an den Barschrank und schenkte zwei Gläser Enzian ein, mit denen er zum Schreibtisch zurückkam und eines Paul-Friedrich reichte. Sie prosteten sich kurz zu und tranken. Erst dann setzte Wilhelm sich hin.

»Weshalb bist du überhaupt hier?«

»Ich weiß nicht, ob jetzt der richtige Zeitpunkt ist, das mit dir zu bereden«, stellte Wilhelm fest.

»Na los, raus mit der Sprache! Was ist passiert?«

»Die kleine Behrend war in der Fabrik.«

»Was?«

»Du hast richtig verstanden. Die schnüffelt herum. Sie ist zu uns nach Hause gekommen und hat Else auszuhorchen versucht. Anscheinend hat Irma es mitbekommen und war so schlau, sie zu mir in die Fabrik zu bringen, damit ich mich darum kümmern konnte. Und da haben wir auch schon das nächste Problem: Irma weiß etwas.«

»Du hast es ihr erzählt?« Paul-Friedrich starrte ihn regelrecht an.

»Bist du mit dem Kopf aufgeschlagen, als du zu Boden gegangen bist?«, gab Wilhelm schroff zurück. »Natürlich habe ich ihr nichts gesagt. Aber sie weiß trotzdem irgendwas.«

»Wie kommst du darauf?«

Wilhelm seufzte, dann begann er zu erzählen, was sich bei dem Besuch der beiden Frauen in der Fabrik zugetragen hatte, und ließ auch Leopolds Verhalten nicht unerwähnt. »Und als ich meine Schwiegertochter kurz zur Seite nahm und sie unter vier Augen fragte, weshalb sie Erna Behrend zur Fabrik gebracht habe, erklärte sie mir, sie hätte nicht zulassen wollen, dass die kleine Behrend Else weiter aushorcht.«

»Das hat sie so gesagt?«

Wilhelm nickte. »Und als ich sie fragte, wie sie das meine, hat sie mir geradeheraus ins Gesicht gesagt, dass du, Heinrich und ich dafür verantwortlich seien, das Unglück von den Familien abzuwenden. Sie selbst habe jetzt getan, was nötig sei, um die Familien zu schützen. Jetzt sei ich dran.«

»Also weiß sie, dass es etwas herauszufinden gibt?«

»Offenbar. Doch glaub mir, ich habe keine Ahnung, woher.«

»Hast du dich Leopold anvertraut?«

»Unsinn. Wir waren doch übereingekommen, unsere Söhne nicht einzubeziehen.«

»Und daran hast du dich auch gehalten?«, fragte Paul-Friedrich zweifelnd.

»Allerdings hab ich mich daran gehalten.« Wilhelms flache Hand knallte geräuschvoll auf die Tischplatte. »Ich habe zu keinem Menschen etwas gesagt. Keine Silbe. Und außerdem …«, er brach ab.

»Außerdem *was*?«

»Leopold hat keine Ahnung.« Er sah Paul-Friedrich an. »Irma hat Erna Behrend von Else weggelotst und in die Fabrik gebracht. Als Leopold überraschend auftauchte, war er völlig ahnungslos. Sie hat auch ihn gleich hinauszubugsieren versucht.« Wilhelm schüttelte den Kopf. »Irma weiß etwas, mein Sohn jedoch nicht. Da bin ich sicher.«

»Hm!« Paul-Friedrich rieb sich nachdenklich das Kinn. »War Irma vielleicht in Bernried und hat mit Erna Behrend gesprochen?«

»Ich weiß es nicht. Doch eigentlich kann ich es mir nicht vorstellen. Irma verbringt fast den ganzen Tag im Haus und kümmert sich um ihre Tochter. Und wenn sie mal nicht dort ist, geht sie mit der Kleinen spazieren und spielt draußen an der frischen Luft mit ihr.« Er schüttelte den Kopf. »Außerdem machten die beiden keinen vertrauten Eindruck, im Gegenteil. Irma wollte sich am liebsten so rasch wie nur möglich wieder entfernen, das war ihr deutlich anzumerken. Sie hat Erna Behrend in die Fabrik begleitet, um sie mir zu übergeben und damit die Verantwortung loszuwerden.« Er schüttelte abermals den Kopf. »Nein, die beiden Frauen verbindet nichts. Da bin ich sicher.«

Paul-Friedrich streckte ihm sein leeres Glas entgegen. »Holst du uns noch was?«

»Sicher.« Wilhelm stand auf und ging erneut zum Barschrank, füllte die Gläser und kehrte wieder an den Schreibtisch zurück. Eine Weile sagte keiner von ihnen ein Wort, schweigend tranken sie ihren Enzian und grübelten, wie das alles wohl zusammenhing.

»Woher sollte Irma Bescheid wissen?«, fragte Paul-Friedrich schließlich und blickte dabei in sein leeres Glas.

»Sie muss es irgendwie herausbekommen haben«, stellte Wilhelm fest. »Doch wie nur?«

»Ich kann es mir nicht erklären.« Paul-Friedrich sah den Freund an. »Wir müssen mit ihr sprechen.«

»Bist du verrückt? Damit gestehen wir doch alles ein.«

»Überleg doch mal«, forderte Paul-Friedrich ihn auf. »Du hast es selbst gesagt, irgendetwas weiß sie. Und jetzt weiß sie außerdem, dass du weißt, dass sie etwas weiß.«

Wilhelm hatte das Gefühl, ihm rauche der Kopf.

»Wenn du beziehungsweise wir jetzt nicht mit ihr sprechen, wird alles nur immer schlimmer.«

»Wie sollte es noch schlimmer werden?«, gab Wilhelm ein wenig zu laut zurück. »Die Tochter von Viktor taucht hier auf, stöbert in der Vergangenheit, reist sogar nach Riga und wühlt auch dort im Dreck. Und nun kommt meine Schwiegertochter an, und es wird klar, dass auch sie etwas weiß. Offenbar weiß hier jeder irgendwas, und wir stecken von Tag zu Tag tiefer in der Scheiße.«

»Bleib ruhig, Wilhelm«, mahnte Paul-Friedrich. Er atmete geräuschvoll aus. »Was ist mit Heinrich – weiß er schon Bescheid?«

»Siehst du ihn etwa hier?« Wilhelm verzog das Gesicht. »Ich habe ihm noch kein Wort gesagt. Es ist doch klar, dass er sonst vollkommen die Kontrolle verliert.« Wilhelm schüttelte den Kopf. »Du kennst meinen Bruder genauso gut wie ich. Du und ich müssen das klären, Paul, sonst geht hier alles den Bach hinunter.«

»Wir müssen als Erstes mit deiner Schwiegertochter sprechen«, entschied Paul-Friedrich. »Wo ist sie jetzt?«

»In unserem Haus, nehme ich an.«

»Ruf an, und sag Irma, dass sie herüberkommen soll.«

Paul-Friedrich schob Wilhelm den Telefonapparat hin. Ohne zu zögern nahm dieser den Hörer ab und wählte.

»Sieglinde? Hier ist Wilhelm Lehmann«, sagte er. »Ist meine Schwiegertochter im Haus?«

Er lauschte einen Moment. »Gut. Hol sie ans Telefon.«

Wilhelm nickte Paul-Friedrich zu, dann hielt er sich den Hörer wieder ans Ohr. Es dauerte eine Weile, dann hörte er Irmas Stimme.

»Irma, ich bin bei Paul-Friedrich. Komm bitte kurz herüber zu uns.«

Wieder horchte er.

»Dann gib Sophia doch Else zum Aufpassen, oder bring sie meinetwegen auch mit«, sagte er barsch und wartete wieder kurz. »Gut, dann bis gleich.« Er legte den Hörer auf die Gabel zurück. »Sie kommt.«

Während des Wartens sprachen sie nur wenig miteinander. Vor allem tauschten sie sich darüber aus, wie viel von dem, was sich heute in Sachen Erna Behrend ereignet hatte, sie Heinrich zur Kenntnis geben durften. Wie Wilhelm wusste und auch Paul-Friedrich gegenüber nochmals betonte, war Heinrich noch nie ein besonnener Mensch gewesen. Er kam da ganz nach dem Vater, der ein äußerst aufbrausender Zeitgenosse gewesen war. Umtriebig im Geschäft, ungeduldig mit Frau und Kindern – so beschrieb man den verstorbenen Albrecht Lehmann wohl am besten. Und soweit Wilhelm es mitbekommen hatte, war es auch schon bei dessen Vater, also Wilhelms und Heinrichs Großvater, nicht anders gewesen. Es hatte Zucht und Ordnung zu herrschen in der Familie Lehmann, dafür hatten die Familienoberhäupter gesorgt. An ein freundliches Wort konnte Wilhelm sich weder vom Vater noch vom Großvater erinnern, jedoch an so manche Ohrfeige und auch schlimme Prügel. Und immer hatte er versucht, seinen jüngeren Bruder Heinrich so gut es ging davor zu bewahren.

Möglicherweise auch, um die Kette aus Zorn und Gewalt zu durchbrechen. Am Ende hatte das Erbe der Lehmanns sich doch durchgesetzt, und Heinrich würde wohl nie in der Lage sein, in schwierigen Situationen einen kühlen Kopf zu bewahren. Aus diesem Grund hatte Wilhelm seinerzeit auch dafür gesorgt, dass er und sein Bruder in die gleiche Einheit kamen, als sie an die Front gerufen wurden. Heinrich wusste nichts davon, doch es hatte Wilhelm eine Brosche ihrer Großmutter gekostet. Wilhelm hatte als großer Bruder schon immer gemeint, Heinrich beschützen zu müssen, und daran hatte sich bis heute nichts geändert, weshalb Wilhelm auch keinen Moment gezögert hatte, ebenfalls nach Bernried umzusiedeln, als Paul-Friedrich den Plan vorgetragen und Heinrich sogleich eingeschlagen hatte. Nein, er konnte und durfte den Bruder nicht sich selbst überlassen. Sobald er die Kontrolle über ihn abgab, wusste nur Gott allein, was geschehen würde. Und auf diese Erfahrung konnte Wilhelm wahrhaftig verzichten.

Es klopfte, und nach Paul-Friedrichs Aufforderung wurde die Tür geöffnet, und Hans trat herein. »Frau Irma Lehmann wünscht die Herren zu sprechen.«

»Wir erwarten sie bereits. Danke, Hans, schick sie ruhig herein.« Paul-Friedrich und Wilhelm erhoben sich.

Hans hielt Irma die Tür auf und ließ sie eintreten.

»Guten Tag«, grüßte sie.

»Komm hier herüber und nimm Platz, Irma.« Paul-Friedrich deutete auf die Sitzgarnitur im hinteren Teil seines Büros. »Hans«, wandte er sich noch einmal an den Haushofmeister, »wir möchten nicht gestört werden.«

»Sehr wohl, gnädiger Herr.« Hans verbeugte sich und verließ den Raum.

»Du kannst dir gewiss denken, warum wir um dein Kommen gebeten haben?« Es war mehr eine Feststellung als eine Frage ihres Schwiegervaters.

»Ja, das kann ich.«

»Also gut, dann reden wir am besten nicht lange um den heißen Brei herum. Du hast offenbar einen bestimmten Grund gehabt, Erna Behrend aus dem Haus zu schaffen und in die Fabrik zu bringen. Und diesen wüssten wir gern«, sagte Paul-Friedrich.

Irma zögerte. Offenbar suchte sie nach den richtigen Worten. »Ich dachte, es wäre besser, wenn sie dort ihre Fragen stellt und nicht bei uns zu Hause.«

»Irma.« Wilhelms Stimme klang väterlich. »Ich mag dich sehr, mein Kind. Du bist für mich die Tochter, die ich nie hatte. Und als dein Schwiegervater bitte ich dich, ganz offen mit uns zu sprechen.«

Irma blickte zu Boden. Nervös knetete sie ihre Hände, fuhr mit der Zunge über ihre Lippen. »Ich habe euch reden gehört«, erklärte sie.

»Was soll das heißen – du hast uns reden gehört?«

»Bei der Jubiläumsfeier.« Sie deutete hinüber zum Badezimmer. »Ich hatte mir versehentlich Wein aufs Kleid gegossen. Und um nicht das Bad vorn beim Saal zu belegen, bin ich hierher gegangen. Als ich dann plötzlich eure Stimmen hörte, habe ich mich nicht getraut, mich zu erkennen zu geben.« Noch während sie redete, überlegte sie, ob sie die ganze Wahrheit sagen und auch Elisabeth und Clara erwähnen sollte. Doch sie wusste noch nicht recht, wie ihr Schwiegervater und Paul-Friedrich reagieren würden, und wollte die beiden anderen Frauen auf keinen Fall mit hineinziehen.

»Du hast also gelauscht«, stellte Paul-Friedrich mit ernster Miene fest.

»Ungewollt! Aber ja, ich habe gelauscht.«

»Und was genau meinst du gehört zu haben?«

»Etwas, das mich nichts angeht.« Irma hob den Kopf. »Doch heute war ich tatsächlich froh, es mitbekommen zu haben, denn ich glaube, dass diese Erna Behrend euch nichts Gutes will, und die Art, wie sie Else ausgefragt hat …«

»Was willst du damit sagen?«

»Dass Erna Behrend das, was ihr verbergen wollt, aufzudecken versucht – was auch immer es sein mag.«

Paul-Friedrich und Wilhelm tauschten einen Blick.

»Und was meinst du, was wir zu verbergen haben?«

Irma hielt seinem Blick stand. »Ich weiß es nicht, und ich will es auch nicht wissen.«

»Sollen wir dir das wirklich glauben?«, fragte Paul-Friedrich. »Du bist also gar nicht neugierig?«

Irma überlegte kurz. »Ich möchte nicht respektlos klingen, doch im Grunde ist es egal, ob ihr mir glaubt oder nicht.« Sie sah von einem zum anderen. »Wie du am Verhalten deines Sohnes vorhin erkennen konntest, Wilhelm, habe ich nicht mit Leopold über das gesprochen, was ich gehört habe. Und ich habe vorhin nur versucht, das Richtige für die Familie zu tun. Das ist alles. Hätte ich etwas von einem Geheimnis herausposaunen wollen, hätte ich es getan. Doch das ist nicht der Fall. Kann ich dann jetzt also zurück zu Sophia?«

Wieder tauschten Paul-Friedrich und Wilhelm einen Blick.

»Ich muss schon sagen, Irma, ich glaube, ich habe dich unterschätzt«, stellte Wilhelm fest. »Du bist eine sehr kluge und besonnene junge Frau. Mein Sohn kann von Glück reden, mit dir verheiratet zu sein.«

»Ich bin in allererster Linie Mutter. Und ich würde es nicht zulassen, dass Sophia oder mein noch ungeborenes Kind ein Unheil trifft.«

»Ich gebe Wilhelm recht: Wir haben dich unterschätzt«, bekräftigte Paul-Friedrich.

Irma stand auf. »Ich fasse das als Kompliment auf. Ihr könnt euch auf mich verlassen – obwohl ich euch bitten möchte, mich aus der Sache herauszuhalten, sofern es möglich ist.«

»Das werden wir.« Wilhelm streckte ihr die Hand entgegen. »Das verspreche ich dir.«

Irma nahm zuerst seine, dann ergriff sie auch Paul-Friedrichs Hand. Irgendwie, das musste sie zugeben, gefiel es ihr, sich den Respekt dieser gestandenen Männer verdient zu haben.

15. Kapitel

Alles ist auf den Weg gebracht. Ich mag nicht einmal den Gedanken zulassen, auf den letzten Metern womöglich zu scheitern.

Clara von Falkenbach

Trudes Erkrankung – die in Wahrheit nichts anderes zu bedeuten hatte, als dass sie mit dem neuen Kerl, den sie vor Kurzem kennengelernt hatte, nun auch während der eigentlichen Arbeitszeit das Bett teilte – war für Clara ein echter Glücksfall.

Die bevorstehenden Olympischen Spiele trieben schon jetzt Massen an Besuchern in die Stadt, und das *Savoy* war bis auf das letzte Zimmer ausgebucht. Jede helfende Hand des Personals wurde benötigt, und Clara brauchte nicht einmal mehr die zweite Stelle als Bedienung in der Eckkneipe am Stadtrand, was ihr nicht nur Fahrwege ersparte, sondern auch Unannehmlichkeiten, denn dort trieb sich oft üble Klientel herum. Noch hatte sie die Stelle dort nicht offiziell gekündigt, doch wenn es mit den Doppelschichten im Hotel so weiterging, wäre es ihr schon bald möglich, der Eckkneipe für immer Lebewohl zu sagen und den Rest der Zeit, die ihr noch in Berlin blieb, ausschließlich im *Savoy* Dienst zu tun. Bis Ende dieser Woche hatte sie vermutlich das Geld für Hildchens falschen

Pass angespart. Dann würde sie die Anzahlung leisten, und danach dauerte es noch drei Tage, bis sie das Ausweispapier abholen konnte. Schon in zwei Wochen wäre alles erledigt, und sie müsste nur noch abwarten, bis Gustav und sie das nächste Mal nach Bernried fuhren. Es war also nur eine Frage der Zeit, dann wären Hildchen und sie in Sicherheit, und zwar ein für alle Mal. Sie lächelte bei dem Gedanken daran, dass ihr Traum nunmehr in greifbare Nähe gerückt war. Oft hatte sie abends, wenn sie keinen Schlaf finden konnte, auf dem Rücken gelegen und in die Dunkelheit gestarrt. Dann hatte sie die Augen geschlossen und sich vorgestellt, wie es sich wohl anfühlen musste, nicht mehr in ständiger Furcht zu leben. Wenn sie Berlin und das Damoklesschwert, das über Hildchen und ihr schwebte, hinter sich ließ und alle Angst ein Ende fände, könnte sie dann endlich einmal in Ruhe schlafen? Nachts nicht mehr mit klopfendem Herzen hochschrecken, bis sie den gleichmäßigen Atem ihres Mannes hörte und ihr bewusst wurde, dass alles in Ordnung war? Bald, ganz bald schon wurden ihre Träume nun wahr. Nur noch wenige Wochen, dann war alles vorbei. So und nicht anders musste es einfach kommen.

»Du bist spät dran«, stellte Gustav fest, als sie die Wohnung betrat. Er stand in der Küche und hatte ein paar Brote geschmiert. Und obwohl Clara eben gedacht hatte, viel zu müde und erschöpft zum Essen zu sein, knurrte ihr nun beim Anblick des gefüllten Tellers der Magen.

»Ich habe es dir doch schon gesagt: Wir bekommen immer mehr Aufträge, und ich muss den ganzen Tag so viele Briefe für meinen Chef schreiben, dass ich gar nicht mehr weiß, wo mir der Kopf steht.«

»Es wäre schön, wenn du anrufen und Bescheid geben würdest, wenn du später nach Hause kommst. Ich habe mir nämlich Sorgen gemacht, und außerdem hatte ich schon vor Stunden großen Hunger und habe das Abendbrot immer weiter hinausgezögert, weil ich mit dir zusammen essen wollte.«

»Ach, das tut mir leid.« Sie ging zu Gustav und küsste ihn zärtlich. »Ich wollte dich nicht warten lassen. Beim nächsten Mal rufe ich an.«

»Danke.«

Sie ging noch einmal in den Flur, um ihren Mantel an der Garderobe aufzuhängen. »Aber ich wusste auch nicht, dass du schon da bist. Fallen die Treffen mit deinen Kommilitonen in letzter Zeit ständig aus?«

»Ach, es liegt an diesen verdammten Olympischen Spielen«, gab Gustav laut zurück und dämpfte seine Stimme erst, als seine Frau wieder in die Küche trat.

»Hitlers Banden patrouillieren stärker denn je in den Straßen. Wenn man mit mehr als drei Leuten zusammensteht, wird man schon aufgefordert, weiterzugehen und nicht herumzulungern. Ganz Berlin soll nur den besten Eindruck machen, wenn die ganzen ausländischen Besucher kommen. Pah!«, stieß er bitter hervor. »Hast du die Plakate gesehen?«

»Welche meinst du?«

»Die Werbeplakate für die Olympischen Spiele, auf denen *Freie Spiele für freie Menschen* angekündigt werden? Dass ich nicht lache. Deutschland als Vorzeigenation mit Prachtstraßen, an denen stolz die Hakenkreuzflaggen im Wind flattern, während in den Nebenstraßen Menschen von den Braunhemden drangsaliert werden und man ihnen Prügel androht, wenn sie nicht dem vom Führer vorgegebenen Bild eines guten Deutschen entsprechen. Man möchte ausspucken vor dieser Heuchelei.«

»Du darfst dich nicht so sehr darüber aufregen«, mahnte Clara und ließ sich müde auf einen der beiden Küchenstühle fallen, während Gustav ihr etwas zu trinken reichte und sich dann ebenfalls setzte. »Eines Tages wirst du noch verhaftet, weil man dir Hetze gegen den Führer vorwirft.«

»Hetze gegen den Führer?« Gustav schüttelte den Kopf. »Schön wär's. Dann hätte ich wenigstens vor mir Respekt, statt immer nur im Stillen und daheim vor mich hinzufluchen und tatenlos zuzusehen, wie dieses Land vor die Hunde geht.«

»Wie das Land vor die Hunde geht?«, wiederholte Clara fragend.

»Allerdings. In menschlicher Hinsicht. Alle scheinen doch nur noch in ständiger Angst vor Repressalien zu leben, obwohl sie nichts weiter tun, als ihre Meinung zu sagen. Oder besser: zu denken. Laut mag ja keiner mehr etwas von sich geben. Und ich bin da keine Ausnahme.«

»Du gehst viel zu hart mit dir ins Gericht. Selbst wenn du dich offen zu Wort melden und deine Kritik am Führer herausbrüllen würdest, was, denkst du, könntest du damit wohl erreichen? Man würde dich abführen, und du könntest noch von Glück sagen, wenn du nicht einfach in einem Verhörraum der Gestapo-Zentrale an der Prinz-Albrecht-Straße verschwindest«, erwiderte Clara ebenso kraft- wie mutlos. »Im besseren Fall, bei einem ordentlichen Gerichtsverfahren, wirst du zu einer Gefängnisstrafe verurteilt und landest dann in einem dreckigen Loch mit anderen *Politischen*. Und was dann? Was hättest du damit erreicht?«

»Ich könnte wieder in den Spiegel schauen.« Es klang fast trotzig.

Sie beugte sich zu ihm, um ihm einen Kuss zu geben. »Ich möchte einfach nicht, dass du im Gefängnis landest, sondern hier bei mir bist.« Sie gab ihm einen weiteren Kuss. Dann setzte sie sich wieder. »Können wir jetzt bitte essen? Langsam, aber sicher sterbe ich vor Hunger.«

Während des Essens war die politische Lage nur noch kurz ein Thema zwischen den Eheleuten. Dann erzählte Gustav seiner Frau, dass Wolfgang Bosselstein, ein Studienfreund, der etwa zur gleichen Zeit wie Gustav das Medizinstudium begonnen hatte und nun genau wie er auf die Bestallung als Arzt wartete, in seine Heimat ins Münsterland zurückgekehrt sei. Sein Vater hatte einen Herzinfarkt erlitten, und nun musste Wolfgang Bosselstein für die Mutter und vier Geschwister sorgen. Gustav hoffte, dass sein Kommilitone dennoch seine Bestallung erhielt, aber wissen konnte man das nicht so genau. Allein die Vorstellung, die viele Arbeit über die Jahre könnte völlig umsonst gewesen sein, hätte Gustav in tiefste Verzweiflung gestürzt. Zwar wusste er selbst noch nicht, ob es ihm in Bernried überhaupt gelingen würde, sich als Arzt niederzulassen, wo er doch nach Auffassung seines Vaters vor allem der zukünftige Gutsherr von Falkenbach zu sein hatte. Aber zumindest wüsste er, dass er ein vollwertiger Mediziner war, ganz gleich, ob er den Beruf nun jemals ausübte oder nicht.

Seit seinem letzten Besuch in Bernried hatte Gustav zumindest einen Gedanken gänzlich verworfen: Er wollte nicht mehr in die Forschung gehen und ein Medikament entwickeln, das seinem Vater und vielen anderen Versehrten helfen sollte. Gustav war klar geworden, dass es dafür viel zu spät war. Der Krieg lag jetzt achtzehn Jahre zurück. Die Männer, die verwundet heimgekehrt und auf Tabletten angewiesen waren, um mit den Schmerzen zurechtzukommen, waren entweder schon nicht mehr am Leben oder aber so abhängig von ihrer täglichen Dosis, dass es ohnehin kein Zurück mehr gab. Nein, Gustav machte sich nichts vor: Der Grund, weswegen er Medizin studieren wollte, hatte sich in Luft aufgelöst.

»Ich habe nachgedacht«, sagte Gustav später, als sie bereits zu Bett gegangen waren und Clara ihn bat, das Licht auszuschalten.

»Worüber?«, fragte sie, und die Müdigkeit war ihrer Stimme deutlich anzuhören.

»Was, wenn wir nicht nach Bernried gehen?«

Wie nach einem Donnerschlag war Clara plötzlich wieder hellwach.

»Was willst du damit sagen?« Eilig setzte sie sich auf und sah ihn an.

»Ach, weißt du, Bernried ist ein Kaff, in dem jeder jeden kennt und alle sich nur um sich und ihre kleine Welt scheren.«

»Und? Was soll daran schlecht sein?«

»Nichts, gar nichts.« Er setzte sich ebenfalls auf und nahm ihre Hände. »Aber findest du nicht, dass wir besser hierbleiben sollten? Ich meine, hier in Berlin?«

»In Berlin?« Claras Stimme klang schrill.

»Ja. Hier pulsiert das Leben, hier bekommen wir den ungeschönten Blick auf das Leben, auch wenn Propagandaminister Goebbels über den Rundfunk etwas ganz anderes herausposaunt. Hier ist es echt, Clara, nicht so wie in Bernried, wo die Leute fast noch wie vor hundert Jahren leben.«

»Gut Falkenbach ist eines der schönsten Anwesen, das ich je gesehen habe. Alles dort ist so gepflegt, die Räume mit den hohen Decken, die herrlichen Gemälde, der weitläufige Park. Unser Zimmer dort ist fast doppelt so groß wie unsere ganze Wohnung hier!«

»Aber das sind doch nur Oberflächlichkeiten«, fand Gustav.

»Nein, Gustav, es ist ein Zuhause. Und zwar ein echtes, und nicht nur so eine vorübergehende Bleibe, in der wir hier hausen, bis wir Berlin verlassen können.«

»Ich finde, wir leben hier sehr gut. Und bisher hast du nie gesagt, dass dir diese Wohnung nicht reicht.«

»Sie reicht mir ja. Sie reicht mir für den Moment, sie reicht mir *hier*.« Clara schlug das Herz bis zum Hals, sie suchte verzweifelt nach Worten. Zwar war das Verhältnis Gustavs zu seinem Vater mehr als angespannt, doch dass er ernsthaft erwägen könnte, in Berlin zu bleiben, schockierte sie zutiefst. Dann wäre alles, worauf sie so lange hingearbeitet und wofür sie alles gegeben hatte, sinnlos gewesen.

»Ich dachte, du bist hier glücklich mit mir.« Gustav klang enttäuscht, fast schon gekränkt.

»Das bin ich«, erwiderte sie. »Doch nicht mein Leben lang.«

»Aber es wird doch besser, wenn ich mich erst einmal als Arzt niedergelassen und wir uns etwas Eigenes aufgebaut haben. Du könntest als meine Sprechstundenhilfe arbeiten, du kannst doch so gut Maschine schreiben.« Er lächelte sie an.

»Bitte, Gustav, ich möchte nicht, dass du darüber Witze machst.« Sie musste ihm die aufsteigende Übelkeit nicht vorspielen. Ihr war wirklich schlecht geworden, immer wieder kroch ihr bittere Galle die Speiseröhre hinauf. Was konnte sie nur ins Feld führen, das ihn zum Umdenken brachte?

»Findest du es richtig, Wilhelmine so im Stich zu lassen?«, sagte sie aus einer plötzlichen Eingebung heraus.

»Weshalb lasse ich sie denn im Stich?«

»Ach, Gustav, ich bitte dich, das weißt du doch ganz genau. Deine Mutter wahrt den schönen Schein, doch denkst du wirklich, Wilhelmine kann mit ihren Anliegen und Sorgen zu ihr kommen? Und über deinen Vater brauchen wir in dem Zusammenhang ja wohl nicht einmal zu sprechen, nicht wahr?« Clara sah ihren Ehemann an. Sie merkte, dass sie den Samen des Zweifels gesät hatte. Nun musste sie nachhaken. Sanft nahm sie seine Hand. »Kaum waren wir abgereist, hat sie schon verzweifelt versucht, dich zu erreichen, weil sie nicht wusste, wie sie sich wegen der tragischen Sache mit dem jungen Mann verhalten sollte.«

»Ewald Langenmüller«, half Gustav ihr mit dem Namen.

»Ja, genau. Ewald Langenmüller, der von seinen feinen Nazi-Freunden zusammengeschlagen wurde. Gibt dir das gar nicht zu denken? Ich meine damit nicht nur, dass Wilhelmine deinen Rat so dringend brauchte, sondern dass solche Geschehnisse auch vor einem *Kaff* wie Bernried nicht haltmachen. Ob du es nun hören willst oder nicht, aber deine Familie genießt dort hohes Ansehen. Dort kannst du mit deinem brillanten Geist und deinen menschenfreundlichen Ansichten noch etwas erreichen, dort wird man dir zuhören. Hier bist du doch nur einer von Tausenden Studenten, die sich hinter verschlossenen Türen darüber ereifern, was sich die Politiker in der Reichskanzlei wohl als nächste Schweinerei überlegen, um das Volk zu drangsalieren.« Sie schüttelte den Kopf. »Nein, Gustav. Du kannst viel mehr als das. Du kannst wirklich etwas bewegen. Aber ziehst du es vor, hier in Berlin zu bleiben und in der Masse unterzutauchen, ja dich zu verkriechen und dabei auf die Nazis zu schimpfen, statt selbst etwas zu tun?« Sie ließ seine Hand los. »Ich möchte dich nicht kränken, doch das ist nicht der Mann, den ich geheiratet habe.«

Gustav sah sie einen Moment lang an. Dann beugte er sich vor und zog sie in seine Arme. »Du hast recht. Bitte verzeih. Es war dumm von mir, ich habe überhaupt nicht richtig darüber nachgedacht. Du und ich werden nach Bernried gehen. Und wenn es meinem Vater nicht gefällt, dann eröffne ich eben ohne sein Einverständnis meine Arztpraxis.«

Clara schmiegte sich an seine Brust und atmete erleichtert auf. »Ich kann es wirklich kaum noch erwarten.«

»Meine Bestallung als Arzt wird nicht mehr lange auf sich warten lassen. Sobald ich sie in Händen habe und vereidigt bin, kündigen wir die Wohnung hier und ziehen mit Sack und Pack nach Bernried. Das verspreche ich dir.«

»Danke.« Sie hob den Blick und küsste ihn zärtlich. »Wirklich, ich danke dir so sehr.« Wieder küsste sie ihn, diesmal fordernder. Gustav erwiderte ihren Kuss, zog sie näher zu sich heran. Ihre Hand wanderte unter die Bettdecke. Zärtlich strich sie an seiner Brust herab, fuhr dann mit der Hand tiefer und fasste ihm fordernd in den Schritt. Gustav stöhnte auf. Ihre Küsse wurden drängender, bis Gustav hastig unter die Decke griff und seine Hose herunterzog. Clara streifte sogleich ihr Nachthemd über den Kopf. Als Gustav nach der Nachttischlampe tastete, um das Licht zu löschen, hielt Clara ihn zurück. Ohne zu zögern schwang sie sich auf ihn und stemmte sich so weit hoch, dass ihre Scham immer wieder sanft über sein steifes Glied strich.

»Lass das Licht an«, sagte sie dann mit rauer Stimme, stemmte sich noch höher und nahm ihn endlich in sich auf. Genussvoll ließ sie den Kopf in den Nacken fallen, während sie sich sanft bewegte und seinen Blick auf ihren Brüsten spürte. Nie zuvor hatten sie das Licht angelassen, doch Clara spürte, dass ihre Entscheidung richtig gewesen war. Denn so früh wie nie stöhnte Gustav und bäumte sich auf, als er sich in sie ergoss und sich dann kraftlos zurücksinken ließ. Sanft ließ sie die Bewegungen ausklingen, stieg dann von ihm herab und kuschelte sich in seinen Arm. Gustav war noch immer außer Atem und rang nach Luft.

»Das war unglaublich!«, stieß er keuchend hervor.

Ein Lächeln huschte über Claras Gesicht. Und wieder hatte sie etwas über ihren Ehemann herausgefunden, das sie nach Bedarf einsetzen konnte. Sie war zufrieden.

»Jetzt kannst du das Licht ausmachen«, hauchte sie und gab ihm noch einen Kuss auf die Wange. Dann drehte sie sich auf die andere Seite und fiel rasch in einen zufriedenen Schlaf.

16. Kapitel

Mein Vater sagt immer, dass man sich den Respekt der Menschen verdienen müsse. Was für ein Unsinn. Es genügt, ihnen ein gehöriges Maß an Angst einzujagen.

Leopold Lehmann

»Kannst du mir mal erklären, was das vorhin sollte?« Leopold funkelte Irma wütend an. Er saß auf dem Stuhl im Eingangsbereich, sodass er sie sofort bemerkte, als sie das Haus betrat. »Und wo warst du überhaupt? Sophia wird von meiner Mutter beaufsichtigt, weil du unbedingt irgendwohin musstest. Also, wo warst du?«

»Ich war im Gutshaus. Dein Vater und Paul-Friedrich hatten mich gebeten zu kommen.«

»Mein Vater und Paul-Friedrich, ja? Und weshalb?«

»Weil sie mit mir sprechen wollten«, gab sie ihm knapp Auskunft. »Ist Sophia noch bei deiner Mutter?« Irma ging an den Garderobenschrank und hängte ihren Mantel auf einen Bügel.

»Ich habe dich etwas gefragt! Weshalb solltest du nach drüben kommen?« Leopold sprang auf und riss sie am Arm herum. Erschrocken schrie Irma auf.

»Was ist denn hier los?« Sieglinde kam aus der Küche herbeigeeilt und hielt inne, als sie die Szene sah.

Irma schaute Leopold an. Sein Gesicht war wutverzerrt, und sie war nicht sicher, wie weit er gehen würde.

Sie wandte sich ab, um seinem Blick nicht standhalten zu müssen. Gerade eben noch, während des Gesprächs mit Paul-Friedrich und Wilhelm, hatte sie sich stark gefühlt. Nun jedoch, in Gegenwart von Leopold, fühlte sie sich klein und unbedeutend und schwach. »Ist meine Schwiegermutter mit Sophia oben?«, fragte sie Sieglinde.

»Nein, gnädige Frau. Sie sind auf der Terrasse.«

»Danke, Sieglinde.«

Irma wollte sich umdrehen und gehen, da packte Leopold sie erneut. Dieses Mal verpasste er ihr eine so heftige Ohrfeige, dass sie zu Boden ging.

»Denkst du, dass du machen kannst, was du willst, nur weil das Personal anwesend ist?« Er trat auf Irma zu und riss sie an den Haaren hoch. Irma entfuhr ein Schmerzensschrei.

»Was hast du dort gewollt, habe ich dich gefragt!« Bevor Irma antworten konnte, holte er erneut aus und schlug ihr ins Gesicht. Wieder verlor sie das Gleichgewicht und fiel hin, und zwar genau in dem Moment, als Wilhelm durch die Vordertür das Haus betrat. Entsetzt blickte er auf die Situation, eilte dann zu Irma und half ihr auf. Schützend nahm er sie in den Arm, dann schob er sie hinter sich. »Was ist hier los?«, brüllte er Leopold an.

Sieglinde starrte erschrocken vom Vater zum Sohn, dann machte sie kehrt und rannte in die Küche zurück.

»Was hier los ist, willst du wissen?« Leopolds Gesicht war rot vor Wut. »Ich habe eine Frau, die mir nicht gehorcht, das ist hier los. Ich habe sie nur gefragt, wo sie war.« Er machte einen Schritt auf seinen Vater zu, den er um fast eine Kopflänge überragte. »Und sie antwortete mir, dass sie bei dir und Paul-Friedrich war.«

»Das stimmt auch«, stellte Wilhelm klar.

»Sieh an. Und als ich sie weiter fragte, was ihr besprochen habt, ist sie mir ausgewichen und wollte die Antwort verweigern. Also musste ich ihr ein paar Manieren beibringen.«

Irma schluchzte leise hinter Wilhelms Rücken.

»Und deshalb schlägst du deine Frau?« Wilhelm machte wieder einen Schritt nach vorn.

»Halt dich zurück, Vater. Das hier geht dich nicht das Geringste an.«

Ohne ein weiteres Wort holte Wilhelm aus und schlug seinem Sohn mit der Faust von unten ins Gesicht, er traf ihn genau am Kinn. Leopold taumelte nicht einmal mehr, sondern ging wie ein gefällter Baum zu Boden. Irma schrie wieder erschrocken auf. Ohne auf den am Boden liegenden Leopold zu achten, drehte Wilhelm sich um. »Es ist vorbei. Du musst dir keine Sorgen mehr machen. Ich werde nicht zulassen, dass er dich noch einmal …« Wilhelm hielt inne.

Irma zitterte am ganzen Körper, doch das war nicht der Grund, weshalb er den Satz nicht beendete. Vielmehr starrte er erschrocken auf die Wasserpfütze, die soeben mit einem plätschernden Geräusch schwallartig auf den Boden geflossen war.

Irma umfasste schützend ihren Bauch. »Meine Fruchtblase ist geplatzt«, stammelte sie.

»Um Himmels willen!« Er fasste sie unter und führte sie zu dem Stuhl, auf dem vorhin bei ihrer Ankunft Leopold auf sie gewartet hatte.

»Du bleibst hier sitzen, ich hole Hilfe.«

Wilhelm rannte ein paar Schritte in Richtung Küche. »Sieglinde!«, brüllte er, so laut er konnte, worauf die Haushälterin mit ängstlichem Blick herbeigeeilt kam. Sie sah zu Leopold und wollte direkt zu ihm, doch Wilhelm bremste sie. »Das Kind kommt. Ruf die Hebamme an. Und wo ist eigentlich meine Frau?«

»Sie … sie ist auf der Terrasse.«

»Gut. Ich hole sie. Du kümmerst dich darum, dass die Hebamme so schnell wie möglich kommt. Und bereite alles vor. Du weißt doch sicher, was zu tun ist.« Wilhelm fuchtelte mit den Armen in der Luft.

Leopold stöhnte, offenbar kam er wieder zu sich. Sieglinde machte einen Schritt auf ihn zu, um ihm aufzuhelfen, doch Wilhelm fuhr sie an: »Lass ihn liegen, und hol endlich die verdammte Hebamme, wie ich es dir aufgetragen habe!«

»Jawohl, gnädiger Herr!« Sieglinde traten die Tränen in die Augen, sie knickste eilig und lief davon.

Wilhelm eilte zur Tür des Wohnzimmers, von dem aus man auf die Terrasse gelangte. Noch bevor er sie erreichte, gab Irma einen gequälten Laut von sich. »Ich glaube, es ist schon bald so weit«, brachte sie heiser hervor.

Wilhelm sah sich hektisch um. »Else!«, brüllte er dann in Richtung der Terrasse. »Else, komm sofort her!«

Leopold setzte sich mühsam auf und fasste sich ans Kinn. Er starrte seinen Vater grimmig an.

»Was soll das?«, fragte Leopold, als in diesem Moment Else mit Sophia auf dem Arm aus dem Wohnzimmer in den Flur trat.

»Was schreist du denn so, Wilhelm? Sophia hat sich fast zu Tode erschreckt«, empörte sich Else.

»Irmas Fruchtblase ist geplatzt«, sagte Wilhelm zu seiner Frau.

Leopold rappelte sich hoch. »Das Kind kommt also?«

»Ja, das Kind kommt«, gab Wilhelm wütend zurück. »Und zwar viel zu früh, weil du dafür gesorgt hast.«

»Was ist denn nur geschehen?« Else drückte Sophia verzweifelt an sich.

»Unser feiner Herr Sohn hat seine Frau geschlagen. Und nun kommt ihr Kind zu früh.«

»Was hast du getan!« Else war fassungslos.

»Es ist mein gutes Recht …« Weiter kam Leopold nicht, weil Wilhelm die Faust hob und sie ihm drohend entgegenreckte. »Ein Wort noch aus deinem jämmerlichen Maul, und ich schlage dich noch mal nieder. Aber dann stehst du so schnell nicht wieder auf.«

»Wilhelm, Leopold, um Himmels willen.« Elses Stimme überschlug sich fast vor Verzweiflung.

Sieglinde kam wieder herbeigerannt. »Die Hebamme ist schon unterwegs. Aber es dauert ein wenig mit dem Fahrrad.«

»Herrgott noch einmal!«, schnauzte Wilhelm. »Weißt du denn, wo die Hebamme wohnt, Sieglinde?«

»Ja, gnädiger Herr.«

»Gut.« Er packte Leopold am Kragen. »Dann wirst du jetzt in dein Auto steigen und Sieglinde mitnehmen, damit ihr der Hebamme entgegenfahren könnt. Und ich rate dir dringend, sie rechtzeitig herzuschaffen. Denn wenn dem Kind etwas geschehen sollte, bist du die längste Zeit mein Sohn gewesen.«

Leopolds Miene veränderte sich. Eben noch rot vor Wut, wurde er nun schlagartig blass, und ihm entglitten die Gesichtszüge. »Ja, Vater.« Er rannte zum Schlüsselschrank, nahm den Autoschlüssel heraus und sagte: »Komm, Sieglinde, beeilen wir uns.« Dann verließen sie zusammen das Haus.

Sophia begann zu weinen. Sie wollte zu ihrer Mutter, die sich inzwischen vor Schmerzen krümmte.

»Scht, scht«, versuchte Else, das Kind zu beruhigen, was ihr jedoch nicht gelang. Sophia hatte mitbekommen, dass etwas nicht stimmte, und weinte nun immer lauter.

»Hildegard! Hildegard!«, rief Wilhelm jetzt nach dem Dienstmädchen.

Sogleich kam die junge Frau um die Ecke geschossen. Offenbar hatte sie alles mitgehört, sich jedoch nicht getraut, hereinzukommen.

»Hildegard, bereite das Bett für meine Schwiegertochter vor. Das Kind kommt.«

»Jawohl, gnädiger Herr.« Sie knickste und rannte wie der Blitz die Treppe hinauf.

»Komm, Irma«, sagte er dann in sanftem Ton, was ihm nicht ganz leicht fiel, da Sophia immer lauter schrie. »Wir bringen dich nach oben, damit du dich hinlegen kannst.«

»Gib sie mir für einen Moment«, bat Irma trotz ihrer Schmerzen, und Else setzte ihr die Kleine sanft auf den Schoß, sichtlich erleichtert, das schreiende Kind für einen Moment aus ihrer Obhut entlassen zu können.

Irma war anzusehen, wie sehr sie mit den Schmerzen zu kämpfen hatte. Dennoch wiegte sie die Tochter sanft hin und her und summte eine Melodie, bis aus dem Schreien ein leises Schluchzen und Greinen wurde.

»*Im Märzen der Bauer die Rößlein einspannt. Er pfleget und pflanzet all' Bäume und Land. Er ackert, er egget, er pflüget und sät, und regt seine Hände gar früh und noch spät*«, sang Irma und wiegte Sophia dabei zärtlich, und als sie die Strophe beendet hatte, begann sie noch einmal von vorn, bis die Kleine ganz ruhig wurde. Eine Wehe erfasste Irmas Körper, und sie hatte Mühe, Sophia weiter auf dem Arm zu halten.

»Komm, Sophia. Komm zum Großpapa.« Wilhelm, dem Irmas angestrengtes Gesicht nicht entgangen war, streckte die Arme nach Sophia aus, die sich jedoch an die Mutter klammerte.

»*Im Märzen der Bauer die Rößlein einspannt*«, hob Wilhelm nun an zu singen und öffnete nochmals die Arme. Sophia wirkte unsicher, lockerte aber ihren Griff um den Hals der Mutter.

Wilhelm sang weiter, nahm Sophia auf seinen Arm und drehte sich im Rhythmus der Melodie mit ihr, was der Kleinen sichtlich Freude machte. Noch einmal sang er die Strophe, dann signalisierte er Else mit einer Geste, dass sie Sophia nehmen und ebenfalls in den Gesang einstimmen sollte, was diese auch sofort tat. Einen Moment sangen sie noch zu zweit, dann ging Wilhelm zu Irma. »Komm, ich helfe dir.« Er zog sie hoch, und ihr entfuhr ein kurzer Schmerzenslaut. Else sang sogleich etwas lauter und tanzte mit Sophia zur Melodie, damit die Kleine nichts von der Not der Mutter mitbekam.

»Ich glaube, ich schaffe die Treppe nicht«, brachte Irma gequält hervor.

Ohne zu zögern legte Wilhelm ihren Arm um seinen Hals und hob sie hoch. »Aber ich bin doch ganz nass«, protestierte Irma.

Wilhelm ging nicht darauf ein. »Trotz deines Bauchs bist du leicht wie eine Feder. Du hättest während der Schwangerschaft mehr essen müssen«, erwiderte er nur und stieg dann mit ihr die Stufen hinauf.

»Und wir beide holen uns jetzt einen schönen Zwieback, meine Kleine«, kündigte Else an und trug Sophia in die Küche. Keinesfalls würde sie zulassen, dass das Kind sich oben aufhielt. Das, was ihre Mutter die nächsten Stunden durchzumachen hatte, würde all ihre Kraft kosten. Wilhelm hatte vollkommen recht: Auch Else war aufgefallen, dass Irma zwar am Bauch zugenommen hatte, ansonsten jedoch mit jedem Tag dünner geworden war. Sie hatte nichts gesagt, weil sie nicht eine von den Schwiegermüttern sein wollte, die sich einmischten. Außerdem wusste Irma ja durch ihre Arbeit in der Mütterschule wohl selbst am besten, was gut für sie war. Doch nach dem Erlebnis von heute war Else nicht mehr so sicher, dass Irma wirklich auf sich achtete. Else hatte in all den Jahren, die sie nun schon mit Wilhelm verheiratet war, und das waren mehr als dreißig, niemals körperliche Gewalt erfahren. Nie! Zwar hatte auch ihr Mann das eine oder andere Mal geschimpft oder sogar gewütet, aber immer nur wenn die Verantwortung und der Druck, alle ihm Anvertrauten versorgen zu müssen, zu groß geworden war und er sich mit einem groben Fluch Erleichterung verschaffen wollte. Doch niemals hatte er die Hand gegen sie erhoben oder sie auch nur grob angefasst.

Dass nun ihr eigener Sohn sich so verhielt, schockierte sie. Wie konnte er das tun, nach allem, was sie und Wilhelm ihm mit auf den Weg gegeben hatten? Wann war aus dem hübschen Jungen, der mit seiner Intelligenz so oft zu beeindrucken verstanden hatte, ein aufbrausender, unkontrollierter Frauenschläger geworden? Weshalb schämte er sich nicht vor sich selbst, derart übel die Fassung zu verlieren? Else konnte das alles nicht verstehen. Auch sie hatte seinerzeit Zweifel gehabt, ob die Liebelei zwischen Leopold und Irma wirklich das Richtige war. Immerhin war sie doch mit Gustav verlobt gewesen. Else hatte sich damals richtig gewundert – und wunderte sich bis heute –, dass weder Gustav noch seine Eltern ein böses Wort über Leopold fallen ließen. Sie selbst hätte sicher anders reagiert und der anderen Partei zumindest in einem Vier-Augen-Gespräch einmal gehörig die Meinung gesagt. Doch alle hatten so getan, als sei die neue Verbindung das Normalste auf der Welt, und hatten einfach mit ihrem Leben weitergemacht. Ob sie alle, und in diesen Gedanken schloss Else sich und Wilhelm ein, es Leopold womöglich zu leicht gemacht hatten? Nicht nur in Bezug auf die Sache mit Irma, sondern generell? Der Junge kannte ja keine Not oder Entbehrungen. Gewiss war er mit seinen fünf Jahren alt genug gewesen, um mitzubekommen, dass Krieg herrschte und sein Vater als Soldat an der Front war. Doch im Grunde hatte es Leopold niemals an etwas gefehlt, weil sie damals in Leipzig einen großen Garten bei den Fabrikhallen gehabt hatten, in dem sie und ihre Schwägerin Käthe Gemüse anbauten und sogar ein paar Hühner hielten. Weder Leopold noch Ferdinand hatten jemals hungern müssen, und auch sonst hatte keiner der Jungen am eigenen Leib verspürt, wie es war, ums Überleben zu kämpfen. Und das war auch gut so.

Also stand weiter die Frage im Raum, wodurch Leopold

zu dem Menschen geworden war, der sich in seine Wut und Unbeherrschtheit derart hineinsteigerte, dass er sie auch gegen seine eigene Frau richtete. Sosehr Else darüber nachgrübelte, ihr wollte beim besten Willen nichts einfallen, was sein Verhalten gerechtfertigt oder zumindest erklärt hätte.

Mit Sophia auf dem Arm trat sie in die Küche, wo Karla, eine junge Haushaltshilfe, am Herd in einem großen Suppentopf rührte.

»Karla, wir brauchen für die Kleine ein Stück Zwieback. Und setz schon einmal Wasser auf. Meine Schwiegertochter liegt in den Wehen.«

»Sehr wohl, gnädige Frau. Ein Kessel mit heißem Wasser steht schon bereit.«

»Gut, doch wir brauchen mehr.« Else kam ein Gedanke. »Und bereite bitte auch eine schöne Tasse Tee zu. Der wird ihr guttun.«

»Jawohl, gnädige Frau.« Karla füllte ein Tee-Ei, legte es in eine große Tasse und goss Wasser darauf.

»Kannst du unseren kleinen Schatz ein wenig beaufsichtigen?«, bat Else. »Ich habe ihr einen Zwieback versprochen. Ach, es ist wirklich an der Zeit, dass wir eine Kinderfrau einstellen.« Else setzte Sophia auf der Küchenbank ab und stopfte rechts und links von ihr dicke Kissen fest, damit sie nicht herunterfallen konnte, was die Kleine ohne Murren geschehen ließ.

Else nahm die Tasse und wickelte zusätzlich ein Küchentuch darum, damit sie sich nicht verbrannte.

»Ich gehe kurz nach oben und sehe nach meiner Schwiegertochter.«

»Ich werde auf Sophia achtgeben«, versicherte Karla.

»Danke. Dann bis gleich.«

Else ging mit der Tasse hinauf zum Schlafzimmer von Irma und Leopold. Als sie die Tür öffnete, stieß Irma einen unterdrückten Schrei aus.

»Da bist du ja!«, sagte Wilhelm erleichtert. »Dann kannst du hier endlich übernehmen. Das ist nichts für einen Mann.«

Obwohl das Dienstmädchen Hildegard, das mehrere Lagen von Leintüchern auf dem Bett ausgebreitet hatte, die man nach der Geburt wegwerfen würde, auch noch anwesend war, hatte Wilhelm sich offenbar nicht davonstehlen wollen. Nun jedoch die Situation seiner Ehefrau überlassen zu können, ließ ihn aufatmen. Er ließ Irmas Hand los, die er die ganze Zeit gehalten hatte, stand von dem Stuhl neben dem Bett auf und trat zu seiner Frau.

Else berührte kurz in einer zärtlichen Geste seinen Arm. In Momenten wie diesen war sie noch glücklicher als sonst, einen so einfühlsamen und guten Mann zu haben, der stets alles Schlechte von anderen fernzuhalten versuchte. »Ich danke dir, Willi.«

Ein kleines Lächeln huschte über sein Gesicht, dann wandte er sich wieder Irma zu: »Es tut mir leid, was Leopold dir angetan hat. Ich werde dafür Sorge tragen, dass das nie wieder vorkommt.«

»Danke«, brachte Irma hervor. »Danke für alles.« Das letzte Wort ging in einem Stöhnen unter, da sich eine Wehe ankündigte.

»Geh jetzt lieber«, forderte Else ihn auf, und Wilhelm folgte der Aufforderung nur zu gern. An der Tür drehte er sich noch einmal um. »Viel Glück, Irma. Du wirst sehen, alles wird gut.« Dann schloss er die Tür.

Irma lief der Schweiß über die Stirn. »Es ist anders als beim letzten Mal«, keuchte sie und biss die Zähne zusammen, um dem Schmerz Herr zu werden. »Es … es fühlt sich nicht richtig an.«

Else tupfte Irma mit einem feuchten Tuch das Gesicht ab. »Du musst versuchen, dich etwas zu entspannen«, sagte sie sanft und drückte Irmas Hand. »Die Wehe ist gleich vorbei.

Nur noch wenige Augenblicke, dann hast du es geschafft. Siehst du, sie lässt schon nach. Gleich kannst du wieder durchatmen.«

Irma keuchte. »Aber etwas stimmt nicht, Else. Ich spüre es ganz genau.« Angst lag in ihrer Stimme.

»Du musst ruhig bleiben, Irma. Die Hebamme wird bestimmt bald hier sein. Alles wird gut.«

Wieder peinigte ein Krampf die junge Frau, und obwohl Else es sich nicht anmerken ließ, wurde sie mit jeder Minute nervöser. Die Wehen kamen in viel zu kurzen Abständen. Es war noch nicht lange her seit dem Blasensprung und dem Abgang des Fruchtwassers. Sie betete, dass das Kind bei dem Sturz, den Irma infolge von Leopolds Schlägen erlitten hatte, nicht verletzt worden war. Sie wusste nur zu genau, wie es war, ein Kind, oder wie in ihrem Fall fünf Kinder, zu verlieren. Mit jedem kleinen Körper, den man tot aus ihrem Leib geholt hatte, war auch ein wenig von ihr gestorben. Sie hatte sich immer viele Kinder gewünscht, doch nachdem sie Leopold zur Welt gebracht hatte, war ihr kein weiteres Mal das Glück vergönnt, einem Kind das Leben zu schenken. Bei der ersten Fehlgeburt war es schon schlimm gewesen. Es war ungefähr zwei Jahre nach Leopolds Geburt passiert, und sie war schon ganz am Ende der Schwangerschaft, als die Wehen einsetzten. Else war überglücklich gewesen. Anfangs war auch alles ganz normal verlaufen, doch dann hörten die Wehen einfach auf, obwohl sie sich bereits mitten im Geburtsvorgang befand. Einfach so und ohne dass die Hebamme zuvor etwas Besorgniserregendes festgestellt hatte. Da sie bereits vollständig geöffnet war, hatte die Hebamme das Kind ohne eine weitere Wehe aus dem Leib geholt. Es war der traurigste Moment ihres bisherigen Lebens gewesen, als man Else sagte, ihr Kind sei noch während der Geburt verstorben. Für sie war damals eine Welt zusammengebrochen. Tage, nein Wochen hätte sie nur noch weinen und um ihr Kind trauern wollen. Doch da war ja Leopold, der sein Recht forderte und der Else so von der tragischen Totgeburt ablenkte, dass es ein reiner Segen war. Vier weitere Male wurde sie danach noch schwanger. Das erste Kind verlor sie gleich in einem frühen Stadium der Schwangerschaft, zwei weitere dann im fünften und sechsten Monat und das letzte, es war ein kleines Mädchen, musste nach einer anfänglich normalen Geburt am Ende wieder tot entbunden werden. Danach hatte Else für sich beschlossen, niemals wieder schwanger zu werden. Sie wusste, dass sie keine weitere Fehlgeburt ertragen hätte, ohne den Verstand zu verlieren. Also nahm sie jedes Mal sofort eine Spülung vor, wenn Wilhelm und sie sich geliebt hatten. Und irgendwann bat sie ihren Ehemann schließlich, einen Schutz zu verwenden, weil die Angst, noch einmal schwanger zu werden, so sehr an ihr nagte, dass sie ihren Mann immer seltener in ihr Bett ließ. Doch auch das war nun schon einige Jahre her, und inzwischen hatte die Natur dafür gesorgt, dass Else nicht mehr empfangen konnte. Ein Umstand, für den sie dankbar war.

»Hildegard«, sagte Else, »geh nachsehen, ob es genug heißes Wasser gibt, und hol zwei Eimer voll. Und wir brauchen noch mehr Tücher.«

»Jawohl, gnädige Frau.« Das Dienstmädchen knickste und eilte hinaus.

»Du hast Angst, Irma, das weiß ich. Doch für dein Kind musst du versuchen, ganz ruhig zu atmen. Ganz ruhig«, wiederholte Else noch mal. »Komm, wir atmen zusammen ein.« Sie holte tief Luft. »Und aus«, sagte Else. »Ein – und langsam wieder aus. Ja, so ist es gut.«

»Es tut so weh.«

»Ich weiß, Irma. Doch alles wird gut. Es dauert nicht mehr lange, dann wirst du dein gesundes Kind im Arm halten. Einen rosigen kleinen Menschen.« Sie lächelte, und auch Irma hob kurz die Mundwinkel.

»Sehr gut. Und jetzt wieder einatmen – und ganz langsam wieder ausatmen. Spürst du, wie viel besser es wird? Es war nur die Aufregung, Irma. Mit deinem Kind ist alles in Ordnung. Es ist gesund und freut sich auf die Welt, die auf es wartet.« Else streichelte zärtlich die Hand der Schwiegertochter.

»Was denkst du, möchtest du nicht das Kleid ausziehen, damit du es bequemer hast?«

»Ich weiß nicht, ob ich das schaffe.«

»Aber natürlich schaffen wir das. Und dann fühlst du dich noch besser und kannst voller Freude deinem Kind das Leben schenken.« Sie erhob sich von dem Stuhl und stützte Irma, die sich etwas nach vorn beugte und ihr Kleid immer abwechselnd rechts und links ein Stück hochzog, bis sie nicht mehr darauf saß.

»Wo ist das Nachthemd, das du zur Geburt anziehen möchtest?«

»Die Nachthemden sind dort in der Kommode. Ich habe kein besonderes dafür vorgesehen.«

»Nicht? Aber das kann doch nicht sein.« Else ging hinüber, öffnete die Kommode und sah den kleinen Stapel durch. »Wir nehmen das hier«, entschied sie.

»Aber das ist mein neuestes, und die Flecken werden gewiss nie wieder herausgehen.«

»Es ist das beste, das du hast, und damit genau richtig«, erwiderte Else, nahm das Nachthemd heraus und ging damit zurück zum Bett.

»Ich glaube, es kommt wieder eine Wehe«, sagte Irma bang.

»Ja, genauso soll es sein.« Else war weiter um Ruhe bemüht. Nur keine Aufregung, kein Gedanke daran, dass etwas schiefgehen konnte. Nichts davon wollte sie zulassen. »Ich helfe dir.« Sie drückte Irma die Kissen zurecht. »Lehn dich an. Wir werden in aller Ruhe diese Wehe abwarten und dich danach umkleiden.« Sie setzte sich wieder auf den Stuhl und nahm erneut Irmas

Hand. »Versuch zu lächeln, Irma. Das hilft, die Schmerzen zu ertragen.«

»Ich kann nicht.« Irma nahm sich das Tuch, mit dem Else ihr vorhin das Gesicht abgetupft hatte, und biss ganz fest darauf, um nicht laut herauszuschreien.

»Gut machst du das«, lobte Else. »Gleich hast du es geschafft. Ich zähle herunter und in fünf, vier, drei, zwei, einer Sekunde …«, sie wartete, »wird die Wehe wieder schwächer. Merkst du es?«

Irma nickte. Ihre Haare klebten nass an der Stirn, und sie ließ sich erschöpft zurück in die Kissen sinken.

»Du meisterst das ganz wunderbar.« Else wartete noch einen Moment, dann half sie Irma aus dem Kleid und zog ihr das Nachthemd über. »Ist es so besser? So kannst du dich etwas freier bewegen.«

Es klopfte, und nach Elses Aufforderung kam Hildegard mit zwei Eimern heißem Wasser herein, die sie auf dem Fußboden abstellte.

»Nicht einfach dorthin, sondern an die Seite«, rügte Else und ersparte sich die Bemerkung, dass ja ansonsten jeder, der das Zimmer betrat, unweigerlich einen Eimer umstieß. Das Mädchen trug sie zu der Stelle, die Else ihr gezeigt hatte.

»Gut. Und nun lauf noch einmal, und hol kaltes Wasser zum Trinken.«

»Ja, gnädige Frau.« Hildegard knickste und rannte wieder aus dem Zimmer. Dem Dienstmädchen war deutlich anzumerken, dass es sich in der Situation unwohl fühlte.

»Ich glaube immer noch, dass etwas nicht stimmt.« Irma standen Tränen in den Augen, sie musste ein Schluchzen unterdrücken. »Ich habe solche Angst, Else.«

»Bitte fürchte dich doch nicht.«

»Aber ich fühle das Kind nicht mehr.« Irma presste die Lippen zusammen. »Es ist anders als damals bei Sophia. Vorhin habe ich es noch gespürt, doch jetzt ist da nichts als Schmerz.« Sie schlug die Hände vors Gesicht. »Wenn Leopold mein Kind getötet hat, dann bringe ich ihn um.«

Else hätte erschrocken sein müssen, doch auch wenn die Drohung gegen ihren eigenen Sohn gerichtet war, empfand sie nichts als Verständnis für Irma.

»Dein Kind lebt. Es sammelt im Moment nur ein wenig Kraft, um schon bald ans Licht der Welt zu drängen.«

Es klopfte, und Hildegard brachte die Hebamme mit.

»Ich bin so schnell gekommen, wie ich konnte«, erklärte Frieda Barzik, eine Frau um die sechzig, die schon seit Jahrzehnten in Bernried die Kinder ins Leben holte.

»Gott sei Dank!«, entfuhr es Else, die sofort aufstand, um die Hebamme zu begrüßen. Frau Barzik fragte nach dem Badezimmer, um sich gleich gründlich Hände und Arme zu reinigen, bevor sie die junge Frau untersuchte. Dann ging sie zu Irma, die bisher noch kein Wort gesagt hatte und vollkommen verängstigt aussah.

»Ich glaube, es stimmt etwas nicht«, richtete sie nun zum ersten Mal das Wort an die Hebamme. »Mein Kind bewegt sich nicht mehr.« Kaum hatte sie den Satz ausgesprochen, verkrampfte sie sich unter einer heftigen Wehe.

Frieda Barzik setzte sich aufs Bett und fasste Irma unter das Nachthemd.

»Wann ist das Fruchtwasser abgegangen?«

»Vor einer Stunde, vielleicht etwas länger.«

»Mhm«, machte die Hebamme und tastete weiter.

Irma zuckte kurz zusammen, versuchte sich jedoch so weit wie möglich zu entspannen. Sie spürte, dass die Hebamme in sie eindrang und ihre Hand immer weiter vorschob. Dann zog sie sie langsam zurück.

»Lebt es noch?«

»Ich weiß es nicht«, sagte die Hebamme. »Aber es hat sich

nicht gedreht, sodass ich es für das Kind tun muss. Sonst kann es nicht auf die Welt kommen.«

»Tun Sie's«, forderte Irma.

»Es wird schmerzhaft sein. Womöglich so sehr, dass Sie das Bewusstsein verlieren.«

Irma drückte sich noch tiefer in die Kissen, spreizte die Beine und nahm sich wieder das Tuch. »Tun Sie's. Jetzt.« Damit biss sie, so fest sie konnte, in das Tuch und starrte an die Decke.

»Tränke die Tücher mit dem warmen Wasser, wring sie fest aus, und gib sie mir dann«, forderte Frieda Barzik nun Hildegard auf, die sich sofort daranmachte, der Anweisung Folge zu leisten.

Die Hebamme schob das Nachthemd bis zu Irmas Brüsten hoch, nahm dann die feuchten Tücher und legte sie der Gebärenden auf den Bauch.

»Das löst die Spannung ein wenig«, erklärte sie.

»Soll ich hinausgehen?«, fragte Else.

Irma schüttelte den Kopf, sah jedoch kurz zu Hildegard hinüber.

Else verstand. »Hildegard, du kannst jetzt gehen. Ich danke dir.«

»Sehr wohl, gnädige Frau.«

Kaum, dass das Mädchen die Tür hinter sich geschlossen hatte, legte Frieda Barzik ihre linke Hand auf Irmas Bauch und drang mit der rechten vorsichtig in sie ein. Irma schrie vor Schmerzen, doch durch das Tuch in ihrem Mund war nur ein dumpfer Laut zu hören. Die Hebamme schob ihre rechte Hand noch weiter vor, machte kreisende Bewegungen, und tatsächlich glaubte Irma, jeden Moment das Bewusstsein zu verlieren. Sie hatte noch nie in ihrem Leben einen solchen Schmerz verspürt. Da fühlte sie, wie sich eine Wehe anbahnte. Nein, das würde sie nicht mehr schaffen, diese Wehe würde sie nicht auch noch überstehen.

»Und jetzt pressen!«, befahl die Hebamme und drückte ihr mit der linken Hand so fest auf den Oberbauch, dass Irma nicht mehr wusste, welcher Schmerz sie am meisten peinigte. Dann, ganz plötzlich, war alles vorbei. Sie wusste selbst nicht recht, ob sie es schon geschafft hatte. Dann sah sie, wie die Hebamme mit einem feuchten Tuch über den kleinen blutigen Körper wischte, der hinten in ihrem Bett lag. Irma keuchte, als Else ihr sanft das Tuch aus dem Mund nahm. Tränen standen ihr in den Augen. Das Kind gab nicht einen Laut von sich.

»Ist es tot?« Irma versuchte sich aufzurichten.

»Aber nein.« Die Hebamme hob das Neugeborene an und hielt es einmal kopfüber, worauf das Kleine zu schreien begann. Dann legte sie es Irma auf den Bauch. »Es ist nicht tot, nur erschöpft. Sie haben eine gesunde kleine Tochter.«

17. Kapitel

Man sagt, dass der kluge Mensch zu schweigen versteht. Ich jedoch bin nicht länger dazu bereit.

Elisabeth Lehmann

»Hast du es schon gehört?« Elisabeth kam mit einem strahlenden Lächeln die Treppe herunter und umarmte glücklich ihren Mann, als sie die letzte Stufe erreicht hatte. »Irma hat ihr Kind bekommen. Es ist wieder ein kleines Mädchen. Beiden geht es gut.«

»Ach? Nein, das hat mir niemand gesagt«, stellte Ferdinand fest. »Wann denn?«

»Gerade erst vor ein paar Stunden. Wollen wir gleich noch hinübergehen und gratulieren?«

Ferdinand bemühte sich um ein Lächeln, das ihm jedoch nicht recht gelingen wollte. »Ja, natürlich, das sollten wir tun.«

»Was hast du denn? Ist etwas geschehen?«

»Das Übliche. Mein Vater und ich haben gestritten. Oder vielmehr habe ich mit ihm zu sprechen versucht, weil unser Vorarbeiter Bruno Kantz mich um Unterstützung gebeten hat. Du hättest ihn erleben sollen. Mein Vater hat mich vor den Augen von Kantz zusammengebrüllt.« Ferdinand seufzte. »Es ist in letzter Zeit noch schlimmer mit ihm geworden. Ich weiß wirklich nicht, was mit ihm los ist. Es war noch nie einfach mit ihm, doch zurzeit ist es unerträglich. Er ist über die Maßen gereizt, brüllt sofort jeden Mitarbeiter an, wenn der auch nur ein falsches Wort sagt. Er scheint ständig unter einer solchen Anspannung zu stehen, dass ein falscher Blick ausreicht, ihn vollkommen die Fassung verlieren zu lassen. Und ehrlich gesagt …«, er zögerte, »ehrlich gesagt, weiß ich nicht, wie lange ich es noch mit ihm aushalte.«

»Ach, mein armer Liebling. Das tut mir leid.« Elisabeth berührte zärtlich seinen Arm. Sie hatte durchaus eine Ahnung, was ihren Schwiegervater so unter Druck setzte und beschäftigte. Doch das durfte sie Ferdinand keinesfalls sagen. Mehr als einmal hatte sie es schon bereut, Clara und Irma das Versprechen gegeben zu haben.

»Nun denn«, Ferdinand zuckte resigniert die Achseln, »es ist wohl nicht zu ändern.«

»Komm. Gehen wir zu Irma und freuen uns mit ihr und Leopold über die Geburt des kleinen Mädchens, ja? Das wird auch dich auf andere Gedanken bringen. Käthe ist bereits drüben.«

Ferdinand nickte. »Du hast recht, lass uns gehen.«

Elisabeth hakte sich bei ihrem Mann unter, und zusammen verließen sie das Haus. Ferdinand wirkte immer noch bedrückt, während Elisabeth ihn mit ein wenig Geplauder abzulenken versuchte. Er war höflich, tat interessiert. Doch Elisabeth wusste, dass ihr Mann mit seinen Gedanken nicht wirklich bei ihr war. Zu sehr beschäftigten ihn die ewigen Auseinandersetzungen mit seinem Vater Heinrich. Elisabeth war wütend auf ihren Schwiegervater. Was bildete dieser Mann sich nur ein? Nach allem, was sie gehört hatte, hatte er wohl Dreck am Stecken. Oder zumindest teilte er mit Paul-Friedrich und seinem Bruder Wilhelm ein Geheimnis, das um keinen Preis ans Licht kommen durfte. Und doch führte er sich auf, als wäre er unfehlbar, und schmetterte alle Vorschläge und Anregungen ab, die Ferdinand mit seinem wachen und klugen Geist vorzubringen hatte. Das war einfach nicht in Ordnung. Ein Gedanke keimte in ihr, eine Idee, die sie erst noch in ihrem Kopf und in ihrem Herzen bewegen musste. Ob es klug war, wenn sie einmal mit Heinrich sprach? Sie würde an seine Vernunft und seine Pflicht als Vater appellieren. Und wenn nichts half, musste sie ihn eben auf das Geheimnis ansprechen, das er gar so dringend wahren wollte. Daran war er dann selbst schuld. So würde sie das Versprechen, das sie Clara und Irma gegeben hatte, nicht wirklich brechen. Immerhin galt es nur, mit niemand Außenstehendem zu sprechen, der nichts von dem Geheimnis wusste. Das war bei Heinrich ja nun nicht der Fall. Auch wenn es ihr widerstrebte, war sie bereit, diesen Schritt zu gehen. Für Ferdinand, den Mann, den sie über alles liebte und dessen deprimierten Anblick sie kaum ertragen konnte. Ja, sie würde mit Heinrich sprechen. Und sie würde deutliche Worte finden, wenn er nicht einlenkte und sich künftig Ferdinand gegenüber wesentlich zugänglicher zeigte. Sie sah zu ihrem Ehemann hinüber, der ihren Blick zu spüren schien und sie nun anlächelte.

»Was ist?«, fragte er.

»Ach, gar nichts«, log sie. »Ich bin einfach nur glücklich, weil ich sicher bin, dass sich alles zum Guten wenden wird.«

»Wie meinst du das?« Er zog seine Stirn in Falten.

»Ach, nur so ein Gefühl.« Sie schmiegte sich an seinen Arm, bis sie das Haus erreichten, in dem Wilhelm, Else, Leopold und Irma lebten und in dem erst vor ein paar Stunden ein neuer Erdenbürger das Licht der Welt erblickt hatte.

Sieglinde ließ die Besucher ein und sagte ihnen, dass Irma sich in ihrem Schlafzimmer befände und dass auch der andere Besuch schon oben sei, worauf Elisabeth und Ferdinand gleich hinaufgingen und nur den Stimmen zu folgen hatten, um die richtige Tür zu finden.

Elisabeth klopfte vorsichtig an, dann betraten sie zusammen das Zimmer.

Käthe saß an der einen Seite des Bettes, Else und Wilhelm mit Sophia auf dem Schoß an der anderen. Die Kleine hatte sich an ihren Großvater gekuschelt und war eingeschlafen. Irma saß, an einen Kissenstapel gelehnt, fast aufrecht im Bett und hielt selig das Neugeborene in den Armen, ihr Blick war fast entrückt.

»Irma!« Elisabeth ging zu ihr, und Käthe machte ein wenig Platz, damit sie näher herantreten konnte.

»Mein Gott, sie ist so hübsch!«, entfuhr es Elisabeth, der anzusehen war, dass sie mit den Tränen kämpfte. »Meinen ganz herzlichen Glückwunsch, Irma. Sie ist einfach wundervoll.«

»Danke schön. Möchtest du sie einmal halten?«

»Aber ja!« Erst jetzt sah Elisabeth Irma richtig an. »Was ist mit deinem Gesicht geschehen? Kommt das von der Geburt?«

Irma senkte den Blick. Sie hatte noch nicht in den Spiegel gesehen, doch die spürbaren Schwellungen an ihrem Auge und ihrer Wange verrieten ihr, dass die Schläge ihres Ehemannes auch sichtbare Folgen hatten. »Nein, nicht von der Geburt«, sagte sie nur, ohne es weiter zu erklären.

Elisabeth bemerkte, dass Wilhelm und Else sich einen Blick zuwarfen und Else danach zu Boden sah. Was hatte das alles zu bedeuten? »Ich würde die Kleine sehr gern im Arm halten«, erklärte Elisabeth schnell noch mal, um die peinliche Stille zu durchbrechen. Sie beugte sich zu Irma hinunter und ließ sich von ihr das kleine Mädchen reichen. Dann richtete Elisabeth sich mit dem Kind auf dem Arm wieder auf. »Komm nur, Ferdinand, und sieh sie dir an. Sie ist wirklich ein Schatz.«

Ihr Mann kam herüber und lächelte die frischgebackene Mutter an. »Geht es dir gut, Irma?«, fragte er.

»Ja, danke. Ich bin ziemlich erschöpft, aber glücklich.«

»Wo ist denn Leopold?«, fragte Ferdinand.

Irma presste die Lippen zusammen und schüttelte nur wortlos den Kopf, ohne die Frage zu beantworten.

»Wir reden später darüber«, mischte sich Wilhelm rasch ein und warf seinem Neffen einen Blick zu, der ihm bedeutete, dass der Vater des Kindes derzeit kein gutes Thema war.

Ferdinand wusste nicht recht, was er davon halten sollte. Doch er sagte nichts mehr dazu, trat nur näher an seine Frau heran, die zärtlich die Wange des kleinen Mädchens streichelte.

»Weißt du schon, wie sie heißen soll?«, fragte Ferdinand dann Irma.

»Ja, Charlotte.«

»Charlotte? Ein wirklich schöner Name«, lobte Elisabeth. »Und er passt irgendwie auch zu der Kleinen.« Wieder berührte sie mit der Spitze des Zeigefingers die Wange des Neugeborenen. »Charlotte Lehmann, du bist ein wirklich zauberhaftes Kind.« Sie sah zu Sophia hinüber und lächelte. »Sie sieht genau aus wie Sophia, nicht wahr?«

»Das habe ich auch schon gesagt«, erklärte Käthe.

Ferdinand legte den Arm um seine Frau. »So ein Kind steht dir gut«, stellte er gutmütig lächelnd fest.

»Deshalb bin ich auch fest entschlossen, dich nicht mehr allzu lange warten zu lassen, bis du Vater wirst.«

»Das wäre wirklich zu schön«, brachte sich Käthe ein. »Ich möchte so gern endlich Großmutter werden. Es ist nun wirklich an der Zeit.«

»Du bist eben spät Mutter geworden«, sagte Elisabeth. »Deshalb musst du nun ein wenig Geduld haben.« Sie lächelte ihre Schwiegermutter an, doch dieser entgleisten augenblicklich die Gesichtszüge, und sie presste die Lippen aufeinander. »Habe ich etwas Falsches gesagt?«, fragte Elisabeth erschrocken, als sie Käthes Reaktion bemerkte.

Käthe blickte nicht auf, schüttelte nur den Kopf. »Ich muss nun auch wieder los«, erklärte sie dann und stand abrupt auf.

»Irma, ich gratuliere dir von Herzen. Pass gut auf eure Kleine auf«, sagte sie und schaute kurz zu Else und Wilhelm hinüber, denen das Bedauern ins Gesicht geschrieben stand.

»Auf bald.« Käthe bemühte sich, es zu verbergen, doch Elisabeth war sicher, dass sie Tränen in den Augen hatte.

Eilig verließ Käthe das Schlafzimmer.

»Was, um Himmels willen, habe ich denn Schlimmes gesagt?«, fragte Elisabeth sichtlich betroffen. Sie reichte Charlotte vorsichtig an Irma zurück, die ebenso verwirrt über die Reaktion Käthes zu sein schien wie Elisabeth.

»Du kannst nichts dafür«, stellte Ferdinand klar. »Ich hatte einen Bruder, weißt du …«

»Ferdinand!«, fuhr Wilhelm dem Neffen über den Mund. »Du weißt, dass wir nicht darüber sprechen.«

»Wir sprechen nirgendwo anders darüber. Aber Elisabeth ist meine Frau. Und wenn wir alle vermeiden wollen, dass meine Mutter durch eine solche Bemerkung wie soeben verletzt wird, sollten wir mit offenen Karten spielen.«

»Ferdinand hat recht, Wilhelm«, mischte sich nun Else ein.

Ferdinand wartete, ob sein Onkel widersprechen wollte, was jedoch offenbar nicht der Fall war. Dann erklärte er Elisabeth und Irma: »Meine Mutter war noch sehr jung, als sie das erste Mal schwanger war, erst fünfzehn Jahre alt.« Er schmunzelte. »Mein Vater und sie konnten es wohl nicht abwarten.«

»Vorsicht!«, mahnte Wilhelm, lächelte aber gutmütig.

»Nun ja, sie haben dann eilig mit dem Einverständnis meiner Großeltern geheiratet, und meine Mutter war gerade einmal sechzehn Jahre alt, als mein Bruder Johannes geboren wurde.«

Elisabeth setzte sich auf den Stuhl, auf dem soeben noch ihre Schwiegermutter gesessen hatte, und wartete ab, was ihr Mann gleich erzählen würde.

»Johannes war vierzehn Jahre älter als ich und wurde damals gleich zum Kriegsdienst eingezogen.« Seine Stimme wurde rau. »Er kehrte nie zurück.«

Elisabeth schlug betroffen die Hand vor den Mund. »O mein Gott! Das tut mir so leid.«

»Nachdem der Krieg vorbei war, haben wir alle Tag für Tag auf seine Rückkehr gewartet«, erklärte Wilhelm. »Doch er kam nicht.«

»Wurde denn sein Leichnam nie gefunden?«, fragte nun Irma, die die kleine Charlotte in ihren Armen hielt.

»Nein. Niemals. Ich will ganz offen zu euch sein. Es gab Gerüchte, die uns zugetragen wurden, dass er sich unerlaubt von der Truppe entfernt haben soll. Doch es gab auch andere Stimmen«, fuhr Wilhelm fort. »Und wer kennt schon die Wahrheit?«

»Ich glaube, meine Mutter hofft noch heute, dass ihr Sohn eines Tages wieder heimkommt«, sagte Ferdinand.

»Wer könnte es ihr verdenken?«, meinte Else. »Eine Mutter, die ihr Kind liebt, wird die Hoffnung niemals aufgeben, ganz gleich, ob es noch klein ist oder bereits erwachsen.«

»Aber der Krieg ist schon seit achtzehn Jahren vorbei«, gab Ferdinand zu bedenken. »Wäre Johannes noch am Leben, hätte er inzwischen sicher den Weg nach Hause gefunden.« Er seufzte. »Aus diesem Grund hat meine Mutter meinen Vater auch bekniet, das Haus in Leipzig zu behalten, in dem wir früher lebten. Es steht seit sechzehn Jahren leer, doch meine Mutter hat dort eine Nachricht für meinen Bruder hinterlassen, nur für den Fall, dass er doch noch heimkommt.«

»Und ich habe sie so taktlos darauf angesprochen, dass sie erst spät Mutter wurde, und damit alte Wunden wieder aufgerissen, während sie in Wahrheit um ihren ersten Sohn trauert.« Elisabeth war anzusehen, wie sehr sie ihre Worte bedauerte.

»Aber du konntest es doch nicht wissen«, versuchte Irma

sie zu trösten. »Ich habe auch nichts davon gewusst und hätte ebenso gut eine falsche Bemerkung machen können.«

»Nun wisst ihr also Bescheid«, schloss Wilhelm ab. »Und ich bitte euch, das Thema damit ein für alle Mal ruhen zu lassen. Es hilft niemandem, die Vergangenheit immer wieder an die Oberfläche zu zerren.« Bei diesen Worten sah er Irma eindringlich an, und sie hatte den Eindruck, dass er in diesem Moment nicht mehr vom spurlosen Verschwinden seines Neffen sprach.

»Ich werde niemals ein Wort darüber verlieren«, versprach Irma, worauf Wilhelm ihr zunickte.

»Ich auch nicht«, erklärte Elisabeth und sah dann Ferdinand an. »Obwohl ich mich sehr gern bei deiner Mutter entschuldigen würde.«

»Das Beste wird sein, du machst es, wie mein Onkel sagt: Lass die Vergangenheit ruhen, und sprich das Thema nicht wieder an.«

Elisabeth nickte, wenngleich ihr Gefühl ihr sagte, dass es vielleicht besser wäre, ganz offen mit Käthe zu sprechen. Ihre Schwiegermutter hatte sich ihr gegenüber stets freundlich und zuvorkommend verhalten, und es tat ihr von Herzen weh, sie nun so vor den Kopf gestoßen zu haben. Doch Ferdinand kannte seine Mutter natürlich besser, und vermutlich war es richtig, die Angelegenheit einfach nicht mehr zu erwähnen.

Irma unterdrückte ein Gähnen.

»Ich glaube, du musst dich jetzt ein bisschen ausruhen«, sagte Else. »Soll ich dir die Kleine abnehmen?«

»Ja, bitte.« Irma hob Charlotte sanft an.

»Ich werde sie nebenan in den Stubenwagen legen.« Else sah zu Sophia, die tief und fest auf Wilhelms Arm schlief. »Und diese kleine Maus hier kannst du nach drüben tragen, Wilhelm. Sollte Sophia wach werden, kümmere ich mich um sie. Und wenn die kleine Charlotte angelegt werden muss, dann hole ich sie aus dem Wagen und bringe sie dir, Irma.«

»Ich danke dir, Else. Gerade fühle ich mich völlig kraftlos.« Irma lächelte schwach.

»Kein Wunder, aber du hast das fabelhaft gemacht, Irma. Schlaf jetzt.« Else nahm Charlotte sanft auf den Arm, und auch Wilhelm erhob sich mit der schlafenden Sophia.

»Ihr seid so wunderbare Großeltern«, sagte Ferdinand gerührt. Fast kam in ihm so etwas wie Neid auf, weil er sich nicht vorstellen konnte, dass sein Vater sich jemals so rührend um seine künftigen Enkel kümmern würde wie Wilhelm.

Elisabeth erhob sich leise, damit die Kinder nicht wach wurden, und sah noch einmal Irma an, deren Augenlider bereits flatterten. Nicht lange, und sie würde vor Erschöpfung tief schlafen.

Zusammen verließen die vier Erwachsenen mit den beiden Kleinen den Raum und schlossen, so leise es ging, die Tür hinter sich. Wilhelm brachte Sophia in das Kinderzimmer nebenan und legte sie vorsichtig in ihren Stubenwagen. Dann wartete er, bis Else ihm folgte und auch die neugeborene Enkelin in den zweiten Stubenwagen legte, der noch um einiges kleiner war als der für Sophia. Else würde in kurzen Abständen nach den Kindern sehen. Für den Moment zählte nur, dass deren Mutter Ruhe bekam, um sich erholen zu können. Die beiden Großeltern schlichen hinaus und schlossen die Tür. Auf dem Flur warteten Elisabeth und Ferdinand auf sie.

»Was ist geschehen?«, flüsterte Ferdinand sofort. »Was ist mit Irmas Gesicht passiert?«

»Gehen wir nach unten«, gab Wilhelm leise zurück. »Nicht dass wir die Kinder wecken.«

Schweigend stiegen die vier die Stufen hinab ins untere Geschoss und versammelten sich im Wohnzimmer.

»Ist die kleine Charlotte nicht reizend?«, fragte Else.

»Was ist geschehen?« Ferdinand ging nicht auf die Frage seiner Tante ein, sondern wiederholte nur das, was er schon oben auf dem Flur gefragt hatte.

»Setzt euch. Möchtet ihr etwas trinken?«, bot Wilhelm an.

Elisabeth und Ferdinand lehnten dankend ab.

Wilhelm seufzte, während sie in der Sitzecke ihre Plätze einnahmen. »Das war Leopold«, brachte er knapp hervor.

»Das dachte ich mir schon.« Ferdinands Miene wirkte auf einmal wie versteinert.

»Leopold hat Irma geschlagen?«, fragte Elisabeth nach, die glaubte, nicht richtig verstanden zu haben.

»Allerdings«, bestätigte Wilhelm. »Ich weiß nicht mehr, was mit Leopold los ist. Er wird immer unberechenbarer.«

Ferdinand atmete geräuschvoll aus. »Warum hat er das getan?«

»Wegen gar nichts«, schnaubte Wilhelm. »Und selbst wenn er dachte, er hätte einen Grund, so könnte er niemals dafür herhalten, die eigene Frau zu schlagen.« Er ballte die Hand zur Faust. »Noch dazu, wenn sie hochschwanger ist.«

»Wir hatten große Furcht, dass sie das Kind verliert. Sie ist zwei Wochen zu früh niedergekommen.« Else zog ihr Taschentuch hervor und presste es sich einen Moment an den Mund, als wollte sie ein Schluchzen unterdrücken. »Die kleine Charlotte hatte sich nicht gedreht und lag nicht richtig. Kein Wunder, es war ja noch deutlich vor dem Geburtstermin. Wäre die Hebamme nicht gewesen …« Sie brachte den Satz nicht zu Ende.

»Wo ist Leopold jetzt?«, fragte Ferdinand.

»Ich weiß es nicht«, erwiderte Wilhelm. »Wir hatten deshalb eine fürchterliche Auseinandersetzung, bei der auch ich etwas getan habe, was mir nie zuvor passiert ist.«

Elisabeth und Ferdinand sahen Wilhelm erwartungsvoll an.

»Ich habe meinem Sohn mit der Faust ins Gesicht geschlagen.«

Ferdinand verzog keine Miene. »Gut so«, stellte er dann fest. »Das wäre auch meine erste Reaktion gewesen.«

»Leopold hat noch die Hebamme hergefahren, Sieglinde war mit im Auto. Sie sagte mir, dass er danach direkt fortgefahren sei, richtiggehend vom Hof gerast. Hoffentlich geschieht dem Jungen nichts«, meinte Else besorgt.

»Der *Junge* ist ein erwachsener Mann, Else. Und eines sage ich dir: Ich dulde ein solches Verhalten nicht in meinem Haus. Irma hätte gut daran getan, bei Gustav zu bleiben und dessen Frau zu werden.«

»Aber Wilhelm!«, empörte sich Else. »Er ist doch unser Sohn.«

»Ja, er ist unser Sohn. Und es hat ihm nie an etwas gemangelt. Womöglich hätte ich strenger zu ihm sein sollen.« Wilhelm sah Ferdinand an. »So wie dein Vater zu dir.«

»Glaub mir, das ist alles andere als erstrebenswert«, gab Ferdinand zurück.

»Nun, zumindest ist aus dir ein zuverlässiger, arbeitsamer Mensch und ehrlicher, liebevoller Ehemann geworden. So schlecht kann es für dich also nicht gewesen sein.«

Ferdinand schüttelte den Kopf. »Besten Dank, dass du mir diese guten Eigenschaften zuschreibst. Doch glaube mir bitte, wenn ich sage, dass ich *trotz* der Strenge, ja manchmal sogar Gnadenlosigkeit meines Vaters zu dem geworden bin, der ich heute bin. Nicht *deshalb*.«

Wilhelm zuckte die Achseln. »Es ist müßig, darüber zu spekulieren. In jedem Fall jedoch werde ich mehr als nur ein ernstes Wort mit meinem Sohn sprechen müssen, wenn er nach Hause kommt. Denn ein solches Verhalten kann ich nicht dulden. Niemals.«

»Ich bin froh, dass du es ihm nicht durchgehen lässt«, mischte sich nun Elisabeth ein. »Es muss furchtbar für Irma gewesen sein, was sie durchgemacht hat. Ich mag mir gar nicht vorstellen, welche Ängste sie um ihr Kind ausgestanden hat. Ganz abgesehen von der Demütigung.«

»Ich hoffe, dass Leopold das irgendwie wiedergutmachen kann«, sagte Else bang.

»Weißt du, was ich hoffe?«, fragte Wilhelm und fuhr dann fort, ohne ihre Antwort abzuwarten. »Dass er überhaupt begreift, welches Unrecht er begangen hat.«

Else sah ihren Ehemann an, wollte offenbar etwas erwidern. Doch sie schien zu spüren, dass an den Worten Wilhelms leider mehr Wahres war, als ihr lieb war.

»Wir müssen dann jetzt gehen«, entschied Ferdinand und erhob sich zusammen mit Elisabeth. Auch Wilhelm und Else standen auf.

Elisabeth machte einen Schritt auf Else zu. »Ich habe euch noch nicht einmal dazu gratuliert, dass ihr wieder Großeltern geworden seid.« Sie umarmte erst Ferdinands Tante, dann seinen Onkel. »Charlotte wird euch so viel Freude machen, genau wie die kleine Sophia. Herzlichen Glückwunsch.«

Ferdinand fühlte sich zu der gleichen Geste aufgefordert. Dann verabschiedeten die beiden sich und wurden von Else und Wilhelm noch zur Tür gebracht.

Ferdinand hatte soeben Elisabeth an sich vorbei ins Freie treten lassen, da drehte er sich noch einmal um. »Und wenn Leopold heimkommt und mit jemandem reden möchte oder Hilfe braucht, dann richtet ihm bitte aus, dass er bei mir ein offenes Ohr findet.«

»Vielen Dank, lieber Neffe«, sagte Wilhelm und legte ihm väterlich die Hand auf die Schulter. »Du hast das Herz am rechten Fleck. Deine Eltern können sehr stolz auf dich sein.«

»Danke.« In Ferdinands Ohren klangen die Worte des Onkels noch eine ganze Weile nach. Was wäre das wohl für ein Gefühl, einen Vater zu haben, der stolz auf ihn war? Fast schien es ihm zu unrealistisch, um überhaupt darüber nachzudenken. Doch allein der Funke Hoffnung, dass es doch eines Tages geschehen könnte, erfüllte ihn mit Freude.

18. Kapitel

Mein wacher Verstand ist mein wertvollstes Gut. Aus einem Gedanken wird ein Plan, aus einem Plan eine Tat. So löse ich all meine Probleme.

Paul-Friedrich von Falkenbach

»So rasch hatte ich nicht damit gerechnet.« Paul-Friedrich empfing Gauleiter Langenmüller in seinem Arbeitszimmer und blickte nun auf die Büchlein und die Parteiabzeichen, die ihn, Heinrich und Wilhelm offiziell als Mitglieder der NSDAP auswiesen.

»Ich habe mich gleich gestern auf der Kreisleitersitzung in Weilheim dafür eingesetzt, euch so bald wie möglich in die Partei aufnehmen zu lassen. Und noch bevor die Sitzung beendet war, wurden mir die Mitgliedsbücher und Abzeichen für euch drei ausgehändigt. Ihr gehört nun offiziell der Partei an. Trag das Abzeichen mit Stolz, lieber Paul-Friedrich. Es zeugt von der besten Entscheidung deines Lebens.«

Paul-Friedrich nahm das kleine Abzeichen und befestigte es sogleich an seinem Revers.

»Es steht dir ausgezeichnet«, stellte Gauleiter Langenmüller fest.

»Danke. Möchtest du etwas trinken?«

Karl Langenmüller hob abwehrend die Hände. »Auf keinen Fall. Ich wollte nur kurz vorbeikommen, um die Sachen abzugeben. Und ...«, er zögerte, »und weil ich dich gern noch auf etwas ansprechen wollte.«

»Ach ja, worauf denn?« Paul-Friedrich deutete auf die Sitzgruppe. »Aber setzen wir uns doch wenigstens, wenn du schon nichts trinken willst.«

»Ach, weißt du, ein Enzian wird schon nicht schaden«, befand Langenmüller, der es sich offenbar anders überlegt hatte.

»Das nenne ich einen richtigen Kerl.«

Während Langenmüller sich setzte, holte Paul-Friedrich zwei Schnapsgläser und die Flasche Enzian und nahm dann ebenfalls Platz. Als er einschenkte, sagte Langenmüller: »Ich wollte dich auf etwas ansprechen, was mir ein wenig Sorge bereitet.«

»So?« Sie prosteten sich zu und tranken die Gläser leer.

»Na ja, Sorge ist vielleicht der falsche Begriff. Ich wundere mich eher.«

»Nun aber raus mit der Sprache«, forderte Paul-Friedrich. »Worauf willst du hinaus?«

»Erna Behrend. Sagt dir der Name etwas?«

Paul-Friedrich konnte von Glück sagen, seinen Enzian bereits ausgetrunken zu haben. Sonst hätte er sich bei der Nennung des Namens gewiss verschluckt.

»Ja, allerdings. Wir haben in derselben Einheit mit ihrem Vater Viktor gedient. Eine gescheite junge Frau, wenngleich sie eine etwas verklärte Sicht auf manche Dinge hat.«

»Eine verklärte Sicht auf manche Dinge?«, fragte der Gauleiter nach.

»Na ja, wie soll ich sagen, sie hat wohl viele Jahre lang ihren Vater, der im Krieg gefallen ist, als einen Heiligen verehrt. Und da sie nun – von wer weiß woher – Geschichten gehört hat, dass er auch nur ein Soldat war, der seine liebe Mühe hatte, mit dem, was der Krieg uns allen abverlangte, umzugehen, vermutet sie jetzt hinter allem und jedem eine Verschwörung.«

»Ach, so ist das. Dann wird mir einiges klar.«

»Wieso? Was ist denn mit ihr? Hat sie sich in Schwierigkeiten gebracht?« Paul-Friedrich versuchte, seiner Stimme einen gleichmütigen Tonfall zu geben, war aber innerlich so angespannt, dass es ihn beinahe zerriss.

»Das Mädel fragt jeden im Dorf über dich, Wilhelm und Heinrich aus.«

Paul-Friedrich lachte, auch wenn es in ihm ganz anders aussah. »Was gibt es denn über uns in Erfahrung zu bringen?«

»Tja, eigentlich nichts. Aber du weißt ja, was die Leute gern so reden.«

»Nein, was reden sie denn?«

Der Gauleiter winkte ab. »Ach, ihr seid reiche Leute. Da ist doch vollkommen klar, dass da etwas nicht mit rechten Dingen zugegangen sein kann.« Er lachte kehlig auf und zwinkerte Paul-Friedrich zu.

»Nun«, erwiderte Paul-Friedrich, »ich weiß nicht, was Erna Behrend damit bezwecken will. Aber soll sie doch. Wir haben uns nichts vorzuwerfen. Allerdings …«

»Ja?«

»Mir gefällt nicht, dass sie den Namen ihres Vaters offenbar in den Dreck zu ziehen versucht. Der Mann war Soldat, und unsere gesamte Truppe hat ihm ihr Leben zu verdanken. So einen Mann im Nachhinein zu verunglimpfen, steht allem entgegen, woran ich glaube. Weißt du, mir macht es nicht wirklich etwas aus, wenn sie über mich Gerüchte in die Welt setzt. Und auch an Heinrich und Wilhelm dürfte es abprallen, wenn Viktors Tochter irgendwelche wilden Behauptungen aufstellt. Doch andere in unserer früheren Einheit, denen das Leben danach nicht so gewogen war, würden damit nur schwer fertigwerden.«

»Mhm!« Der Gauleiter schüttelte den Kopf. »Ich war auch im Krieg. Ich weiß es noch genau, wie die Menschen am Straßenrand standen und uns zuwinkten, als wir auszogen, um womöglich unser Leben für unser Land zu geben. Und dann, als wir wiederkamen wie die geprügelten Hunde, hat man sich weggedreht und die Fensterläden geschlossen, als wir die gleiche Straße wie damals wieder entlanggingen. Das hatte keiner von uns verdient.«

»Aber das können eben nur die wissen, die dabei waren«, stellte Paul-Friedrich fest. Kurz überlegte er, ob er den Vorstoß, der ihm soeben in den Sinn gekommen war, wagen sollte. Es würde von der weiteren Reaktion seines Gegenübers abhängen.

»Weißt du, wir haben den Rest unserer Einheit, oder sagen wir besser, die beiden anderen, die zusammen mit Wilhelm, Heinrich und mir überlebt haben, nach dem Krieg aus den Augen verloren. Was, wenn diese Erna Behrend auch bei ihnen vorstellig werden sollte? Theo war damals schon eine recht labile Seele. Ich weiß nicht, wie er reagiert, wenn die alten Wunden wieder aufgerissen werden.«

»Warum rufst du ihn nicht an, um ihn vorzuwarnen, falls diese Erna Behrend ihn aufsucht?«

»Ach, wahrscheinlich ist das gar nicht nötig«, wehrte Paul-Friedrich ab. »Erna Behrend hat mich gefragt, wo Theo Siegler und Albert Zeidler, also unsere früheren Kameraden, heute leben. Und ich wusste es gar nicht. Woher auch? Womöglich wird sie es auch nicht herausfinden, und es wird gar nichts passieren.«

»Oder eben doch – und dann sind sie unvorbereitet. Wäre ich an der Stelle deiner Kameraden, ich fände es gut, auf einen solchen Menschen vorab eingestellt zu sein.« Er sah Paul-Friedrich direkt in die Augen. »Es gibt Leute, die lieber zerstören als aufbauen. Und wenn diese Erna Behrend dazugehört, bist du es meiner Meinung nach deinen früheren Kameraden schuldig, sie darauf vorzubereiten.«

»Da hast du auch wieder recht. Doch was soll ich machen?« Er hob in einer hilflosen Geste die Hände. »Ich kenne ihre Wohnorte wirklich nicht.«

»Aber ich bitte dich. So etwas herauszufinden, ist doch ein Leichtes.«

»Ach ja?«

»Ja, natürlich.« Der Gauleiter stand auf. »Ich werde mich gleich darum kümmern und dich anrufen, sobald ich die Anschriften habe.«

Paul-Friedrich erhob sich ebenfalls. Erst etwas zögernd, wegen seines entzündeten Stumpfs, dann jedoch gelang es ihm, einen sicheren Stand zu finden.

»Wenn du meinst«, sagte er nur.

»Weißt du, Paul-Friedrich, ich mag es nicht, wenn sich die jungen Leute hinstellen und mit dem Finger auf die zeigen, die für ihr Vaterland eingetreten sind und große … ach, was sage ich, größte Opfer brachten. Wenn ich es verhindern kann, dass ein Soldat, ein Kamerad, etwas Unzumutbares erdulden muss, dann werde ich es tun.«

»Danke, Karl. Ich muss schon sagen, ich habe das Gefühl, nicht nur einen Parteigenossen, sondern auch einen Freund gewonnen zu haben.«

»Und aus diesem Grund stehen wir zusammen, Seite an Seite und mit erhobenem Haupt, das voller Stolz auf die Gemeinschaft blickt.« Er nahm Haltung an. »Heil Hitler!«

»Heil Hitler!«

Paul-Friedrich begleitete den Gast noch bis zur Tür und blieb dann kurz davor stehen, ohne sie zu öffnen.

»Ach, was ich noch fragen wollte, gibt es etwas Neues über deinen Sohn?«

»Es geht bergauf. Und übrigens kannst du deiner Tochter sagen, dass sie sich getäuscht hat. Rudolph Gschwendner hat nicht das Geringste mit dem Überfall auf meinen Sohn zu tun.

Er war sogar selbst im Krankenhaus und hat Ewald besucht, weil er in solcher Sorge um ihn war. Die beiden haben sich unterhalten, und dabei hat Ewald Rudolph erzählt, mindestens zwei von den Angreifern erkannt zu haben.«

»Ach ja?«

»Ja. Rudolph ist danach direkt zu mir gekommen und hat Meldung gemacht.«

»Und wer waren die Angreifer?«

»Wir hätten es uns auch denken können«, erwiderte der Gauleiter grimmig. »Kennst du die Familie Friedeholz?«

»Nein, der Name sagt mir nichts.«

»Sie leben etwas außerhalb vom Ort auf einem Hof. Halten Vieh, ziehen Gemüse. Sie haben zwei Söhne, Samuel und Benjamin.«

»Also Juden?«

»Ganz genau. Juden. Sie hatten offenbar eine Wut auf Ewald, oder eben auf jeden anderen guten deutschen Mann. Wir haben sie zum Verhör abgeholt, doch noch bestreiten sie die Tat. *Noch.* Die werden wir schon kleinkriegen.«

»Na dann, ich bin froh, dass die Sache damit geklärt ist. Nun muss noch dein Ewald wieder gesund werden, dann wird alles gut.«

»Ewald schafft das schon«, versicherte Langenmüller. »Einen guten Deutschen bringt so schnell nichts um, vor allem nicht die Juden mit ihren Knüppeln.«

Paul-Friedrich öffnete die Tür. »Ich erwarte deine Nachricht, was meine Kriegskameraden angeht. Und schon jetzt vielen Dank dafür.«

»Theo Siegler und Albert Zeidler.« Der Gauleiter tippte sich an die Stirn. »Alles hier drin. Ich melde mich bei dir. Heil Hitler!«

»Heil Hitler«, gab Paul-Friedrich zurück und ließ ihn hinaus. Kaum dass der Gauleiter in sein Auto gestiegen war, den Brunnen in der Mitte der Auffahrt umrundet hatte und Richtung Straße fuhr, ließ Paul-Friedrich seinen Wagen kommen, um sich auf dem eigenen Gelände zu seinem Gestüt fahren zu lassen. Ein Spaziergang hätte für ihn eine zu große Qual bedeutet. Er hatte es am heutigen Morgen auch schon bereut, zusammen mit Dorothea das Stück Weg zum Haus Wilhelm Lehmanns gegangen zu sein, dessen Schwiegertochter am gestrigen Tage einem gesunden kleinen Mädchen das Leben geschenkt hatte und denen sie deshalb gratuliert hatten. Es war wirklich an der Zeit, dass Gustav sich ranhielt und ihn ebenfalls zum Großvater machte, auch wenn er immer noch auf seine Bestallung als Arzt wartete. Austragen musste das Kind ja ohnehin seine Frau, dann konnte er einfach weitermachen. Aber offenbar war Gustav dazu noch nicht bereit. Oder wie sollte man es sich erklären, dass er schon ein Jahr verheiratet war und Clara noch immer nicht schwanger? Sie war doch ein hübsches Ding mit ihren blonden Haaren und der zarten Figur. Zwar wirkte sie ein wenig zugeknöpft, doch Paul-Friedrich ging davon aus, dass sie sich bei Gustav durchaus aufgeschlossener zeigte. Zumindest hoffte er das. Gustav musste dringend für einen Erben sorgen, damit die Linie der von Falkenbachs weitergeführt wurde. Er würde sich Gustav demnächst einmal vornehmen. So ging es schließlich nicht weiter.

Die Stallungen, die insgesamt zwanzig Pferden Platz boten, befanden sich dort, wo das Gutsgelände an das Ufer des Starnberger Sees grenzte. Wie hatte Paul-Friedrich es früher geliebt, eines der Pferde satteln zu lassen und dann am See entlangzureiten. Es hatte für ihn ein Gefühl der Freiheit bedeutet, das er nur auf dem Rücken eines Pferdes empfinden konnte und das er seit seiner Beinverletzung schmerzlich vermisste. Denn er hatte seither nie mehr auch nur den Versuch gewagt, sich wieder auf ein Pferd zu setzen – aus Angst, dabei unweigerlich zu scheitern und sich dabei vermutlich zum

Narren zu machen. Wie sollte er seine Schenkel in die Flanken des Pferdes drücken, um es zu kontrollieren? Nein, er wollte statt des Scheiterns lieber das wunderbare Freiheitsgefühl in Erinnerung behalten.

Als der Chauffeur beim Gestüt haltmachte, wies Paul-Friedrich ihn an, genau dort vor der Eingangstür zu warten, bis er zurückkäme. Es könnte aber eine Weile dauern. Dann stieg er etwas mühsam aus und betrat die Stallungen. Am Ende der Stallgasse sah er den Knecht, der gerade frisches Stroh in einer Schubkarre vorfuhr, mit dem die Stallböden ausgelegt wurden, sodass die Pferde nicht auf den nackten Steinen standen und lagen. Als der Knecht Paul-Friedrich erblickte, grüßte er und ging dann weiter seiner Arbeit nach. Zwanzig Stallboxen lagen vor ihm, und er war ganz allein mit dieser Aufgabe. Er hatte also noch einiges vor.

Der Gutsherr schloss gerade die Tür hinter sich, als Wilhelmine in Reitkleidung aus der Sattelkammer trat. Sie trug den Duft von Leder mit sich.

»Vater?«

»Wilhelmine, wie schön, dich hier zu treffen. Wenigstens einer meiner Nachkommen interessiert sich für die Pferdezucht.«

»Lass Gustav doch einfach in Ruhe«, sagte sie etwas entnervt darüber, dass der Vater jedes Mal etwas über den Bruder zu schimpfen hatte. Dann fügte sie eilig hinzu, um die Unhöflichkeit von eben etwas abzuschwächen: »Ich meine, um das Gestüt zu betreiben, braucht er ja nur Ahnung vom Geschäft. Er muss die Pferde nicht so lieben wie wir.«

»Du brauchst ihn nicht in Schutz zu nehmen«, erklärte Paul-Friedrich. »Ich habe die Hoffnung bei Gustav, was das angeht, schon lange aufgegeben. Aber du bist schließlich auch eine von Falkenbach.«

»Ja, aber nur so lange, bis ich heiraten muss. Dann werde ich den Namen irgendeines Dahergelaufenen tragen, und das schöne Gestüt wird womöglich eines Tages nicht mehr im Besitz der von Falkenbachs sein.«

»Ach, meine Wilhelmine, du bist schrecklich durchschaubar. Es ist einfach an der Zeit, und deine Mutter und ich werden dafür sorgen, dass du vorteilhaft vermählt wirst. Es nützt also nichts, wenn du mir mit irgendwelchen wilden Erklärungen kommst, weshalb wir dich lieber noch eine Weile unverheiratet lassen sollen. Und bei dem Opernabend mit den von Leuffenburgs am Sonntag bleibt es auch.«

Sie zuckte fast gleichmütig mit den Schultern. »Einen Versuch war es wert«, befand sie dann, während ihr Blick auf das Abzeichen an seinem Revers fiel. Kurz berührte sie das kleine Hakenkreuz. »Du hast es also wirklich gemacht, ja?«

»Allerdings. Das Land braucht jeden Mann, und ich bin bereit, meinen Anteil zu leisten.«

»Du redest schon wie Goebbels.«

»Ich habe übrigens soeben etwas erfahren.« Er ging nicht weiter auf ihre Bemerkung ein. »Ewald Langenmüller wird nicht nur wieder gesund werden, sondern sie wissen jetzt auch, wer ihn überfallen hat.«

»Es hat also etwas genützt?« Eben noch gelangweilt, war Wilhelmine nun Feuer und Flamme. »Sie sperren Rudolph Gschwendner und die anderen Mistkerle ein?«

»Rudolph Gschwendner war es nicht«, erklärte Paul-Friedrich. »Es waren zwei Brüder, die mit ihrer Familie etwas außerhalb von Bernried leben. Ihr Name ist Friedeholz. Sie werden wohl in deinem oder im Alter deines Bruders sein. Kennst du sie?«

»Samuel und Benjamin Friedeholz?« Wilhelmine starrte ihn an.

»Ja, ganz recht. Das waren die Namen, die Gauleiter Langenmüller genannt hat.«

Wilhelmine verschränkte die Arme vor der Brust. »Das ist

der größte Unsinn, den ich jemals gehört habe. Samuel und Benjamin sind die ruhigsten und friedvollsten Menschen, die ich je getroffen habe. Benjamin und ich sind zusammen in die Schule gekommen. Weißt du das nicht mehr? Das ist jetzt etwa fünfzehn Jahre her.«

»Nun ja, Menschen ändern sich.«

»Wer hat behauptet, dass die beiden für den Überfall verantwortlich sind?«

»Na, Ewald selbst. Und hörst du bitte damit auf, mich so skeptisch anzusehen?«

»Ewald selbst, aha.«

»Ja, allerdings.«

»Das glaube ich einfach nicht.«

»Ach, Wilhelmine, nun ist es aber genug. Ich wollte ein bisschen zu den Pferden gehen, um mich zu entspannen und nicht um mit dir zu streiten.« Er schüttelte verärgert den Kopf. »Warst du eigentlich schon bei den Lehmanns? Irma hat ihr Kind bekommen, wie du weißt.«

»Ja, gerade vor einer halben Stunde. Sie ist hübsch, die Kleine.«

»Ich wünschte, dein Bruder und du würdet deiner Mutter und mir ebenfalls Enkel schenken.«

»Aber gern«, gab sie wie aus der Pistole geschossen zurück. »Ich werde mich vom Erstbesten schwängern lassen, um dir den Gefallen zu tun. Bestimmt wird es dann immer noch ein Leichtes für dich sein, einen passenden Ehemann für mich zu besorgen.«

»Wilhelmine, zügle deine Zunge!«

Ihr lag eine Erwiderung auf den Lippen, doch sie schluckte sie herunter.

»Ist dir aufgefallen, wie Irma aussah?«, wechselte sie nun das Thema, bevor sie und ihr Vater sich womöglich in einen Streit verzettelten.

»Allerdings. Ich wollte nicht fragen, was geschehen ist. Doch wie es aussah …«

»Nun, ich war nicht so zurückhaltend wie du. Ich habe Elisabeth angerufen, und die hat mir gesagt, dass Leopold Irma geschlagen hat. Und zwar so brutal, dass sie gestürzt ist und dadurch die Geburt ausgelöst wurde. Das Kind ist deswegen zu früh gekommen, es hätte sterben können.«

»Was ist nur los mit dem Jungen?«

»Er ist kein Junge mehr, Vater. Und genau das ist ja das Problem.«

»Ich werde mit Wilhelm darüber sprechen. Wir kennen den Hintergrund nicht und können uns bis dahin kein Urteil erlauben.«

»Wir können uns kein Urteil erlauben, wenn ein Mann seine hochschwangere Frau so schlägt, dass sie vorzeitig Wehen bekommt?« Sie legte den Kopf schräg. »Ebenso wenig, wie wir uns ein Urteil darüber erlauben dürfen, dass Ewald aller Wahrscheinlichkeit nach gelogen hat, als er sagte, wer ihn halb totgeprügelt hat? Und dass es am Ende rein zufällig zwei Juden gewesen sein sollen, die in Wahrheit die friedliebendsten Menschen im Ort sind?« Sie sah ihm direkt in die Augen und berührte dann erneut sein NSDAP-Abzeichen. »Wirklich, Vater, vielleicht solltest du es noch einmal überdenken, dieses Ding zu tragen. Es scheint irgendwie deinen Verstand zu vernebeln.«

»Wilhelmine!« Er funkelte sie zornig an.

»Ich gehe ja schon«, sagte sie dann resigniert. »Ich glaube, die Pferde verstehen mich sowieso besser als die Menschen.« Damit machte sie kehrt und ließ ihren Vater einfach stehen. Der zögerte noch kurz, dann drehte er sich wieder um und humpelte zurück zum Auto. Die Lust, noch mehr Zeit in den Stallungen zu verbringen, war ihm gründlich vergangen.

»Vielen Dank, Karl. Das ist wirklich sehr freundlich von dir.« Paul-Friedrich legte den Telefonhörer auf. Seine Entscheidung, in die Partei einzutreten und so auch den Kontakt zum Gauleiter zu festigen, hatte sich schon jetzt bezahlt gemacht. Langenmüller hatte gerade einmal eine Stunde gebraucht, um die Adressen von Theo Siegler und Albert Zeidler in Erfahrung zu bringen. Außerdem hatte er Paul-Friedrich mitgeteilt, dass Erna Behrend am heutigen Tage aus dem Gasthaus ausgezogen und in den Zug gestiegen war. Sie hatte Bernried also verlassen, was Paul-Friedrich einerseits erleichterte, ihn andererseits aber dazu zwang, nun auch zu handeln. Er wusste ja nicht, über welche Möglichkeiten Erna Behrend verfügte, um ebenfalls die Anschriften Theo Sieglers und Albert Zeidlers herauszufinden und die Männer zu kontaktieren. Es galt also, ihr zuvorzukommen.

Theo Siegler, so hatte Gauleiter Langenmüller berichtet, fristete offenbar ein recht jämmerliches Dasein in Frankfurt am Main. Im Grunde hatte Paul-Friedrich mit nichts anderem gerechnet. Albert Zeidler war in seine Heimatstadt Hamburg zurückgekehrt, wo er die Tischlerei seines Vaters übernommen hatte. Nun hieß es, Wilhelm und Heinrich zu informieren und mit ihnen zu besprechen, was als Nächstes geschehen sollte. Paul-Friedrich rief zuerst in der Topf- und Pfannenfabrik bei Wilhelm, danach in der Porzellanfabrik bei Heinrich an und bat sie, so bald wie möglich ins Gutshaus zu kommen, was beide auch sofort zusagten.

Es dauerte nicht einmal fünfzehn Minuten, bis Wilhelm und Heinrich, die sich offenbar unverzüglich auf den Weg gemacht hatten und fast gleichzeitig beim Gutshaus eingetroffen waren, von Hans zum Büro Paul-Friedrich von Falkenbachs gebracht wurden. Ihnen war anzumerken, dass die Stimmung zwischen den Brüdern nicht die Beste zu sein schien.

»Meine lieben Freunde«, begrüßte Paul-Friedrich die

beiden. »Kommt herein.« Er sah zwischen den beiden hin und her. »Was ist passiert?«

»Mein Bruder hat es bisher nicht für nötig gehalten, Irma zur Geburt ihrer zweiten Tochter zu gratulieren. Alle anderen waren da, nur er nicht«, stellte Wilhelm fest und sprach, als wäre Heinrich gar nicht anwesend.

»Weil ich im Moment nicht weiß, wo mir vor Arbeit der Kopf steht. Irma und Leopold werden es überstehen und die Glückwünsche auch zu einem späteren Zeitpunkt entgegennehmen.« Er hob die Augenbrauen.

»Erstens, Bruder«, Wilhelm betonte das letzte Wort, »wüsstest du, wenn du dich nicht nur für dich selbst interessieren würdest, dass Leopold derzeit gar nicht da ist.«

»Warum? Wo ist er denn?«, fragte Heinrich überrascht.

»Und zweitens«, fuhr Wilhelm fort, ohne auf die Frage seines Bruders einzugehen, »nimmt Irma es dir gar nicht übel. Aber ich. Und vor allem Else. Ich sage dir, wenn ich dir ordentlich den Kopf waschen lassen wollte, dann würde ich ein Treffen zwischen dir und meiner Ehefrau einfädeln. Dann bekämst du aber etwas zu hören.«

Heinrich, der eben noch vollkommen uneinsichtig gewirkt hatte, verzog nun das Gesicht. »Ich werde nachher noch bei euch vorbeikommen und mich entschuldigen. Vor allem bei Else.«

»Das wollte ich dir auch geraten haben.« Wilhelm sah seinen Bruder noch immer wütend an.

»Und weshalb ist Leopold nicht da? Wo steckt er?«, wollte nun auch Paul-Friedrich wissen.

Die drei gingen ganz selbstverständlich zur Sitzecke hinüber und nahmen Platz.

»Wenn ich das nur wüsste.« Wilhelm sah von Heinrich zu Paul-Friedrich. »Er ist wie vom Erdboden verschluckt.« Wilhelm erzählte, was sich zugetragen hatte. »Irma hatte großes Glück«, sagte er zum Schluss, »dass ihr und der kleinen Charlotte nichts geschehen ist.«

»Moment, Moment!«, bat Heinrich. »Du sagtest eben, dass Irma nach dem gemeinsamen Gespräch nach Hause kam. Von welchem Gespräch redest du?«

Wilhelm und Paul-Friedrich tauschten einen Blick. »Erna Behrend ist bei mir zu Hause aufgetaucht und hat Else ausquetschen wollen. Irma kam zufällig dazu und hat die Behrend dann umgehend zu mir in die Fabrik gelotst, damit ich mich um sie kümmere.« Er seufzte. »Irma weiß, dass die kleine Behrend uns gefährlich werden könnte, und hat sehr geistesgegenwärtig reagiert.«

Heinrich wurde blass um die Nase. »Woher weiß denn deine Schwiegertochter Bescheid?«

»Sieh mich bloß nicht so an«, gab Wilhelm grob zurück. »Als ob ich ihr etwas gesagt hätte.« Er schüttelte den Kopf. »Irma hat mir erzählt, dass sie während der Jubiläumsfeier versehentlich etwas Wein auf ihr Kleid verschüttet hatte und es schnell auswaschen wollte. Aus diesem Grund ist sie in das Bad hier gegangen.« Er deutete auf die verschlossene Tür. »Und von da hat sie sowohl unser Gespräch mit Erna Behrend angehört als auch das, was wir drei danach besprochen haben, mitbekommen.«

»Verdammter Mist!«, fluchte Heinrich.

»Das war auch mein erster Gedanke, doch inzwischen bin ich zu einer anderen Überzeugung gelangt«, stellte Wilhelm fest. »Du hättest ihre Entschlossenheit sehen sollen, als sie die kleine Behrend in meinem Büro anschleppte. Auf Irma können wir uns verlassen.«

»Wir können uns keine Mitwisser leisten«, hielt Heinrich dagegen.

»Im Grunde weiß sie ja gar nichts«, stellte Paul-Friedrich nun klar. »Sie weiß nur, dass es etwas gibt, von dem wir nicht möchten, dass es ans Tageslicht kommt«, fasste er die Fakten zusammen. »Es gibt also gar keinen Grund zur Aufregung. Und ich gebe Wilhelm recht: So wie Irma sich verhalten hat, war es sogar ein Glück, dass sie da war. Wer weiß, was Else in ihrer Gutmütigkeit alles ausgeplaudert hätte, woraus Erna Behrend dann ihre Schlüsse hätte ziehen können.«

»Genau so sehe ich es auch«, befand Wilhelm.

Heinrich sprang auf, fuhr sich mit den Händen durchs Haar und begann, im Zimmer auf und ab zu gehen. Offenbar ertrug er es nicht mehr, still zu sitzen. »Ihr redet euch doch die Sache nur schön!«, schnauzte er plötzlich. »Alles gerät außer Kontrolle. Nicht mehr lange, und die Gestapo wird vorfahren, weil sie ein paar harmlose kleine Fragen an uns hat.«

Paul-Friedrich stützte sich auf dem Tisch ab und stemmte sich hoch. Dann hinkte er zum Schreibtisch hinüber. »Genau das Gegenteil wird der Fall sein«, erklärte er, nahm die zwei Abzeichen und die Parteibücher an sich und reichte dann das erste Heinrich, das zweite Wilhelm und setzte sich wieder. »Wir sind jetzt Mitglieder der NSDAP. Wir sind welche von denen.«

»Und du glaubst wirklich, dass uns das den Hals retten wird?«, begehrte Heinrich auf.

»Setz dich wieder, Heinrich«, sagte Wilhelm in ruhigem Tonfall.

»Ich habe doch recht«, geiferte der einfach weiter. »Wenn die uns draufkommen, weil deine liebe kleine Schwiegertochter womöglich ihre Meinung ändert und an der richtigen Stelle ein paar Andeutungen macht …«

»Du sollst dich auf deinen verdammten Hintern setzen, Himmel noch mal!«, wetterte Wilhelm.

Heinrich funkelte ihn wütend an, tat jedoch, was sein Bruder verlangte.

»Danke«, sagte Wilhelm, als sein Bruder wieder Platz genommen hatte.

»Ich sehe es wie Wilhelm«, stellte Paul-Friedrich fest. »Von Irma geht keine Gefahr aus. Sie ist klug und aufgeweckt. Und sie hat einen ganz wichtigen Satz gesagt.«

»Ach ja? Welchen denn?«

»Dass sie die Familie schützen will«, antwortete Paul-Friedrich, an Heinrich gewandt. »Sie wollte nicht mal wissen, worum es in Wahrheit geht. Ganz im Gegenteil. Sie wollte sich nicht einmal groß mit uns darüber unterhalten, als wir sie hierherkommen ließen, sondern einfach nur wieder nach Hause zu ihrer Tochter. Auf Irma können wir uns verlassen«, wiederholte er und schaute Wilhelm an. »Ich wünschte, sie wäre *meine* Schwiegertochter geworden.«

»Offen gesagt, wünschte ich das auch. In ihrem eigenen Interesse.« Es klang bitter.

»Was ist denn da bei euch eigentlich los?«, fragte Heinrich seinen Bruder.

»Wenn ich dir das nur beantworten könnte. Leopold wollte offenbar von Irma wissen, wo sie gewesen ist. Sie sagte es ihm jedoch nicht, aus welchem Grund auch immer. Da hat er die Kontrolle verloren und sie geschlagen. Ich kam gerade zur Tür herein. Nun ja, und als ich das mitbekam und er nicht einmal einsichtig war, sondern sie sogar noch mal angreifen wollte, da habe ich ihm einen Fausthieb verpasst und ihn zu Boden geschickt. Und das würde ich auch wieder tun.«

»Und seitdem ist er verschwunden?«, hakte Paul-Friedrich nach.

»Er hat auf mein Geheiß noch die Hebamme mit dem Wagen geholt. Doch kaum hatte er sie abgesetzt, ist er davongerast und wurde seither nicht mehr gesehen.« Wilhelm massierte sich den schmerzenden Nacken.

»Du hast keinen Fehler gemacht«, fand Heinrich. »Der Junge hatte es verdient, eine verpasst zu bekommen. Es musste sogar sein. Sonst hätte er dich nicht mehr respektiert.«

»Das sehe ich auch so. Doch nun ist schon ein Tag ohne ein Lebenszeichen von ihm vergangen … und das macht mich nicht eben ruhiger.«

»Verständlich«, sagte Paul-Heinrich. »Aber er wird schon wieder auftauchen. Wäre ihm etwas geschehen, hättest du längst eine Nachricht bekommen. Er leckt sich bestimmt nur irgendwo seine Wunden und wird wieder angekrochen kommen, wenn er sich beruhigt hat.«

Wilhelm nickte und konnte nur hoffen, dass Paul-Friedrich recht behielt.

»Was ich jedoch eigentlich von euch wollte …«, kam Paul-Friedrich nun zu dem Grund, warum er die beiden ins Gutshaus gebeten hatte. »Ich habe die Anschriften von Siegler und Zeidler.«

»Ja? Woher?«, fragte Wilhelm.

»Unser Gauleiter Karl Langenmüller, mit dem ich mich von Besuch zu Besuch besser verstehe, hat sie mir besorgt.«

»Was hast du ihm gesagt, wofür du sie brauchst?«, fragte Heinrich und wurde bereits wieder sichtlich nervös.

Paul-Friedrich wählte seine Worte genau, da er wusste, dass Heinrich nur eine recht kurze Zündschnur hatte. »Genau genommen, hat er mich überhaupt erst darauf gebracht, ihn deswegen anzusprechen«, erklärte Paul-Friedrich. »Es war so: Er fragte mich, ob ich eine gewisse Erna Behrend kenne«, begann er, worauf Heinrich ihn sofort erschrocken ansah.

»Verdammter Scheißdreck!«

»Ganz ruhig, Heinrich. Das war das Beste, was uns passieren konnte. Ich habe ihm erzählt, wer Erna Behrend ist und dass sie offenbar versucht, das Andenken ihres Vaters zu beschädigen. Und nicht nur Viktors, sondern auch das anderer Soldaten, die mit ihm gedient haben.«

»Was hat er darauf gesagt?«, fragte Wilhelm.

»Karl Langenmüller war selbst im Krieg«, antwortete

Paul-Friedrich. »Ihr könnt euch also vorstellen, dass ihm das Vorgehen Erna Behrends absolut nicht gefällt. Ich sagte ihm dann, dass außer uns noch zwei weitere Kameraden unserer Einheit den Krieg überlebt hätten. Und so brachte er die Empfehlung ins Spiel, dass es wichtig sei, die beiden vorzuwarnen, worauf ich ihm sagte, dass ich nicht einmal wisse, wo sie jetzt wohnen.«

»Du hast es schon immer verstanden, die Menschen für dich einzunehmen und deinen Vorteil daraus zu ziehen«, sagte Wilhelm.

»Ich hoffe, das ist als Kompliment gemeint?« Paul-Friedrich sah ihn ein wenig skeptisch an.

»Allerdings ist es das«, versicherte Wilhelm.

»Die Frage ist also, was wir nun mit unserem neuen Wissen anfangen«, fasste Paul-Friedrich zusammen.

»Wir müssen hinfahren und mit ihnen sprechen«, befand Heinrich.

»Das war auch mein Gedanke«, sagte Paul-Friedrich. »Nur so können wir herausfinden, wie die beiden auf Erna Behrend reagieren würden, wenn sie dort auftaucht und die Kameraden auszuhorchen versucht. Am besten teilen wir uns auf. Ich übernehme Theo Siegler. Er scheint mir der größere Unsicherheitsfaktor zu sein. Und du, Wilhelm, sprichst du mit Albert Zeidler?«

Wilhelm wiegte den Kopf. Ihm war anzusehen, dass er mit sich rang. »Ich will ehrlich sein. Solange die Sache mit Leopold hier nicht geklärt ist, kann ich mich nicht einfach davonmachen. Erst wenn er wieder da ist, kann ich fahren.«

»Aber dann könnte uns die kleine Behrend zuvorkommen«, wandte Paul-Friedrich ein. »Gauleiter Langenmüller sagte mir, dass sie heute Morgen ihre Rechnung im Gasthaus bezahlt und dann mit dem Zug Bernried verlassen hat.«

»Verdammt. Dann läuft uns wirklich die Zeit davon«, erkannte Wilhelm.

»Ich rede mit Zeidler«, schlug Heinrich vor.

Wilhelm sah den Bruder an. »Wir alle wissen, dass du nicht gerade ein Ausbund an Geduld bist.«

»Ich werde mich zurückhalten. Das verspreche ich euch.«

Wilhelm und Paul-Friedrich tauschten einen Blick. Ganz wohl schien ihnen bei der Vorstellung nicht zu sein.

»Ich weiß ja, dass ich manchmal aus der Haut fahre. Aber wir werden genau absprechen, was wir sagen und was wir ihnen anbieten, wenn wir Gefahr laufen, dass sie sonst ihr Maul nicht halten«, versuchte er, die anderen zu überzeugen.

Wilhelm zuckte die Schultern. »Aber du wirst dich ganz exakt an unsere Absprachen halten, ist das klar?«

»Ja, ich verspreche es.«

Paul-Friedrich schien noch immer nicht überzeugt, doch auch er sah keine andere Möglichkeit, wollten sie schneller als Erna Behrend sein, auch wenn es ebenso gut sein konnte, dass die Frau nach Hause zurückgefahren war und gar nicht vorhatte, sich an Siegler und Zeidler zu wenden. Doch sie konnten einfach nicht riskieren, abzuwarten und damit ihren momentanen Zeitvorteil zu verspielen. Zumindest hoffte Paul-Friedrich, dass es diesen Zeitvorteil überhaupt noch gab. »Machen wir es«, entschied Paul-Friedrich. »Aber wir müssen sofort handeln.«

»Am besten erkundige ich mich gleich nach einer Zugverbindung«, stellte Heinrich entschlossen fest.

»Wir fahren mit dem Automobil, jeder mit seinem eigenen«, erklärte Paul-Friedrich.

»Wo wohnt Zeidler?«, fragte Heinrich.

»In Hamburg«, war Paul-Friedrichs knappe Antwort.

»In Hamburg?«, echote Heinrich. »Da bin ich ja mehr als einen ganzen Tag unterwegs.«

»Und wenn schon. Reiß dich gefälligst zusammen. Das sollte es dir wohl wert sein.« Wilhelm schüttelte den Kopf über den Einwand des Bruders.

»Du hast recht. Ich fahre mit dem Auto.« Heinrich fühlte sich schon wieder bevormundet, doch er fügte nichts mehr hinzu. Keinesfalls wollte er riskieren, dass Wilhelm und Paul-Friedrich es sich noch anders überlegten und er sich dann doch nicht beweisen konnte.

»Gut. Was sagen wir unseren Frauen?«

»Dass wir geschäftlich unterwegs sind. Ich werde ein paar Anrufe tätigen und mir einige Pferde ansehen und am besten sogar eines kaufen, damit es glaubhaft wirkt. Und du …« Paul-Friedrich sah Heinrich an. »Du könntest einen Händler aufgetan haben, der …«, er zögerte.

»Der mir Kaolin und Quarz in größeren Abnahmemengen zu besseren Preisen liefern könnte«, vollendete Heinrich den Satz.

»Ja, so was in der Art. Es ist ja nicht die erste Geschäftsreise, die wir machen. Wir dürfen uns nur nicht allzu auffällig verhalten, damit unsere Frauen nicht misstrauisch werden, dass wir zur gleichen Zeit aufbrechen.«

»Ein Zufall, sonst nichts«, erklärte Heinrich leichthin.

Paul-Friedrich und Wilhelm ließen die Bemerkung unkommentiert.

Nun stand Paul-Friedrich auf und holte einen Zettel, auf dem er die Anschrift Albert Zeidlers notierte und ihn dann Heinrich gab.

»Und jetzt lasst uns festlegen, was wir ihnen anbieten, damit sie ihr Wissen mit ins Grab nehmen«, sagte er und setzte sich wieder zu seinen Freunden.

19. Kapitel

Wie gern wäre ich ein Mann. Dann würde ich meine Fäuste einsetzen, um mir Gehör zu verschaffen, und es den anderen schon zeigen.

Wilhelmine von Falkenbach

Sie hatte das Telefon ungefähr hundertmal klingeln lassen, doch in der Wohnung ihres Bruders nahm niemand ab. Dabei brauchte sie Gustav jetzt so dringend. Es konnte doch nicht sein, dass alle tatenlos zusahen wie zwei junge Männer, die keiner Fliege etwas zuleide tun konnten, für ein Verbrechen zur Verantwortung gezogen wurden, das andere begangen hatten. Wilhelmine war darüber so empört, dass sie die Wände hätte hochgehen können. Diese verdammten Nazis glaubten, sich einfach alles erlauben zu können. War sie wirklich die Einzige auf dieser Welt, die nicht nur den Kopf darüber schüttelte, sondern nicht mehr bereit war, dieses Unrecht noch länger hinzunehmen? Fast kam es ihr so vor. Sie hatte die Antwort ihres Vaters gehört. Die und das alberne Hakenkreuzabzeichen an seinem Revers zeigten ihr deutlich, dass es vergebliche Liebesmüh war, weiter zu argumentieren. Er würde ihr nicht einmal zuhören. Schließlich nahm er sie und ihre Ansichten auch bei wesentlich banaleren Dingen schon nicht ernst. Und ihre Mutter Dorothea war auch keine bessere Ansprechstelle, sie hielt sich sowieso stets aus allem heraus und verwies auf ihren Ehemann, dessen Entscheidungen sie sich vorbehaltlos unterordnete. Es war ein einziges Elend!

Wilhelmine überlegte, was sie tun könnte, kam aber zu keinem Ergebnis. Am liebsten wäre sie zur Gaststätte beim Schützenverein gefahren, wo Rudolph und seine Kumpane sich immer trafen, und hätte ihm dort vor allen Leuten ins Gesicht geschrien, dass sie genau wusste, was er getan hatte. Doch was würde das schon nützen? Wenn Ewald selbst ausgesagt hatte, dass es die Friedeholz-Brüder waren, würde niemand auf die Idee kommen, ausgerechnet ihr zu glauben. Sie würde sich nur lächerlich machen, das war alles. Gäbe es in ihrem Umfeld doch nur jemanden, der ihr helfen könnte! Obwohl sie ihr gesamtes Leben in dieser Gegend verbracht hatte, hatte sie so gut wie keine Freunde hier. Sie hatte nie richtig irgendwo dazugehört, weil alle anderen am Dorfleben teilgenommen hatten, dies jedoch ihren Eltern zufolge unter ihrem Niveau war. Deren gesellschaftliches Leben hatte sich schon immer und ausschließlich in den gehobenen Kreisen Münchens abgespielt. So waren die Jahre irgendwie an Wilhelmine vorbeigezogen, und als sie sich dann nicht für ein Studium entscheiden konnte, blieb sie einfach auf dem Gut und widmete sich mehr und mehr den Pferden des Gestüts, statt sich einen Freundeskreis aufzubauen. Erst als sie Alexandra, die Tochter der von Rabensteins kennenlernte, mit denen ihre Eltern verkehrten, war ein bisschen Schwung in ihr Leben gekommen. Mit Alex war sie zu einigen Festen gegangen und hatte dort den einen oder anderen jungen Mann getroffen, darunter Rudolph Gschwendner und dessen Freunde. Als die von Rabensteins dann vor einigen Wochen fortzogen, weil der Vater in die Regierung nach Berlin versetzt wurde, verschwand auch Alexandra wieder aus ihrem Leben, und sie schrieben sich lediglich noch Briefe. Nur zu Rudolph und seinen Leuten hatte Wilhelmine danach noch Kontakt gehabt. Aber nach dem fürchterlichen Streit vor ein paar Tagen war nun auch das endgültig vorbei. Auch wenn sie es sich nur ungern eingestand, hatte sie doch ganz im Stillen gehofft, dass Rudolph sich noch einmal bei ihr meldete und zugab, im Unrecht zu sein. Doch bei der Hoffnung war es auch geblieben. Sie wusste, dass es ihr gleichgültig sein müsste, vor allem nach dem brutalen Überfall auf Ewald. Aber das war gar nicht so einfach, sosehr sie es sich auch wünschte. Sie hatte sich so leidenschaftlich in Rudolph verliebt, und der Gedanke, ihn ein für alle Mal aus ihrem Leben streichen zu müssen, schmerzte sie.

Wilhelmine gefiel daher der Gedanke, dass sie Rudolph wenigstens im Nachhinein noch einigen Ärger bereiten konnte, wenn es diesem Kerl schon egal war, wie sie sich fühlte. Außerdem war es richtig, dass Rudolph und die anderen, die mitgemacht hatten, dafür bestraft wurden, was sie Ewald angetan hatten. Wie ihre Rache aussehen und welche Maßnahmen sie genau ergreifen wollte, war Wilhelmine zu diesem Zeitpunkt noch nicht ganz klar, doch ihr würde schon etwas einfallen. Und es wäre ihr am Ende ein Hochgenuss, ihn wissen zu lassen, dass sie es war, die das Ganze bewerkstelligt hatte.

Das Telefon klingelte und riss Wilhelmine aus ihren Gedanken. Hans hob ab und sprach mit jemandem. Dann hängte er wieder ein.

»Wer war es denn, Hans?«, rief sie von oben herunter.

Der Haushofmeister trat ans Treppengeländer und sah hinauf. »Ihr Herr Vater, gnädiges Fräulein.«

»Ach so.« Wilhelmine war enttäuscht. Sie hatte gehofft, es wäre Gustav gewesen, dann hätte sie ihn gleich noch mal zu erreichen versucht. Aber das war wahrscheinlich sinnlos. Bestimmt war er in der Universität oder mit seinen Studienkollegen zusammen und tauschte sich über die wichtigen Themen der Welt aus, während sie in der Einöde Gut Falkenbachs festsaß und darüber grübelte, wie sie Rudolph Gschwendner überführen konnte.

Plötzlich kam ihr ein Einfall. Es war ein wenig forsch, doch immerhin hatte sich Elisabeth letztes Mal über ihren Vorschlag, mit ihr zusammen nach München zu fahren, wirklich gefreut. Vielleicht ging es Ferdinands Frau genau wie ihr selbst, und sie fühlte sich ebenfalls einsam und ein wenig verlassen, auch wenn sie schon immer mit ihrer Familie in Bernried gelebt hatte. Doch im Ortskern zu wohnen, war nun einmal etwas anderes als hier auf Gut Falkenbach. Also lief Wilhelmine die Treppe hinunter und ging ans Telefon, das im Flur an der Wand angebracht war. Sie wählte die Nummer und wartete, dann schließlich nahm Alma, die Haushälterin der Familie Heinrich Lehmanns, den Hörer ab.

Wilhelmine redete kurz mit ihr und fragte, ob Elisabeth daheim sei. Kurz darauf hörte sie ihre Stimme: »Ja? Hier spricht Elisabeth Lehmann.«

»Elisabeth, hier ist Wilhelmine«, gab sie erfreut zurück. »Sag, hättest du Lust, mit mir nach München zu fahren? Aber bevor du antwortest: Es geht diesmal nicht um Kleider. Ich brauche jemanden, dem ich vertrauen kann. Eine Freundin«, fügte sie etwas zögerlich hinzu.

Einen kurzen Moment antwortete Elisabeth nicht. Dann hörte Wilhelmine sie sagen: »Du glaubst gar nicht, wie sehr ich mich über deinen Anruf freue. Und wie gern ich dich begleite.«

»Wunderbar. Wie lange brauchst du, dich fertig zu machen?«

»Fünf Minuten.«

Wilhelmine lachte auf. »Das nenne ich mal flott. In Ordnung, ich sage dem Chauffeur Bescheid. Wir kommen gleich zu dir und holen dich ab.«

»Wunderbar! Ich freue mich!«

»Ja, ich mich auch.« Wilhelmine legte auf und war in diesem Moment so glücklich, wie man nur sein konnte. Fast bereute sie, nicht schon viel früher, nämlich als Elisabeth Ferdinand geheiratet hatte und ins Haus von Heinrich Lehmann eingezogen war, auf die junge Frau zugegangen zu sein. Vielleicht würde sie in ihr wirklich die Freundin finden, die sie sich so sehr wünschte. Sie hoffte es jedenfalls inständig.

»Also, was hast du vor?«, fragte Elisabeth, kaum dass sie die Auffahrt von Gut Falkenbach hinter sich gelassen hatten und auf die Straße einbogen.

»Du weißt doch wegen der Sache mit Ewald Langenmüller Bescheid«, begann Wilhelmine.

»Der Mann, der zusammengeschlagen wurde. Selbstverständlich.«

»Und ich habe dir auch erzählt, dass ich mir ziemlich sicher bin, wer dafür verantwortlich ist, nicht wahr?«

»Dieser Rudolph, sein Freund.«

»Ganz genau. Ich habe mir Hilfe von meinem Vater erhofft und ihm erzählt, was geschehen ist. Und er hat sich wiederum an Ewalds Vater gewandt, Gauleiter Langenmüller.«

»Und dann?«

»Ja, genau deshalb fahren wir jetzt nach München. Denn Ewald soll behauptet haben, dass es die Friedeholz-Brüder waren, die ihn überfallen haben.«

»Die Friedeholz-Brüder?« Elisabeth überlegte. »Die beiden jungen Männer, die mit ihren Eltern ein bisschen außerhalb wohnen und eine Landwirtschaft betreiben?«

»Genau die. Du musst sie ja auch noch von der Schule kennen, nicht wahr?«

»Ich kann mich nicht erinnern, dass ich je etwas mit ihnen zu tun gehabt hätte. Die waren doch immer so still, oder?«

»Richtig. Und genau die sollen jetzt dafür bestraft werden, dass sie angeblich Ewald Langenmüller verprügelt haben.«

Elisabeth schüttelte den Kopf. »Das kann ich mir von denen beim allerbesten Willen nicht vorstellen.«

»Weil es auch blanker Unsinn ist.«

»Und was willst du jetzt tun?«

»Na, ganz einfach. Wir fahren zum Krankenhaus und besuchen Ewald. Und dann werden wir ihn fragen, weshalb er so etwas behauptet.«

»Also, du traust dich ja was«, brachte Elisabeth hervor.

»Nun, genau genommen trauen wir beide uns was. Schließlich bist du ja dabei.«

Darauf wusste Elisabeth zunächst keine Erwiderung. Ganz wohl war ihr nicht bei der Sache, aber andererseits wollte sie Wilhelmine auch nicht enttäuschen.

»Na gut«, sagte sie schließlich. »Dann trauen wir uns also heute etwas. Ich bin gespannt.«

Im Krankenhaus mussten sie sich durchfragen, bis sie schließlich vor dem Zimmer standen, in dem Ewald Langenmüller sich von seinen Verletzungen erholte. Wilhelmine hatte sich aus der Vorratskammer vom Gut eine Tafel Schokolade geholt, die sie nun in der Hand hielt. Elisabeth klopfte, dann traten die beiden jungen Frauen ein.

»Grüß Gott«, sagte Wilhelmine und wartete auf Elisabeth, die soeben die Tür schloss und dann ebenfalls grüßte. Es stand nur ein Bett in dem Zimmer, obwohl für zwei Patienten Platz gewesen wäre. Wilhelmine trat näher an das Krankenbett heran, in dem Ewald lag, den sie wegen seinem verschwollenen Gesicht und dem Verband um den Kopf beinahe nicht erkannt hätte.

»Grüß dich, Ewald«, sagte Wilhelmine nun noch einmal. »Du kennst doch meine Freundin Elisabeth? Sie ist die Frau von Ferdinand Lehmann.«

Ewald hatte noch kein einziges Wort gesagt. Die Überraschung darüber, wer ihn da besuchte, stand ihm ins rot und lila schillernde Gesicht geschrieben.

»Grüß euch«, brachte er dann etwas undeutlich hervor.

»Wir haben dir Schokolade mitgebracht.« Wilhelmine hielt ihm die Tafel hin. Als er weder den Arm hob noch sonst irgendwelche Anstalten machte, das Geschenk entgegenzunehmen, legte Wilhelmine sie auf dem Nachtschränkchen ab.

»Danke.«

»Wir haben gehört, was geschehen ist, und finden es ganz schrecklich«, begann Wilhelmine ihre Anwesenheit zu erklären. »Wie geht es dir denn?«

»Schon besser.«

»Konntest du sehen, wer das gewesen ist?«

Ewald nickte.

»Und sind diejenigen, die es waren, schon eingesperrt worden?«

Ewald senkte den Blick und nickte erneut.

»Wirklich? Und ich meinte, Rudolph Gschwendner gerade vorhin noch im Ort gesehen zu haben.«

Ewald riss erschrocken die Augen auf. Wilhelmine hielt seinem Blick stand.

»Das war nicht Rudolph.«

»Nicht? Dann hast du die Kerle also doch nicht erkannt?«

Ewald zögerte.

»Ich will dir jetzt mal etwas sagen, Ewald. Das waren Rudolph, Horst und vielleicht noch einige andere deiner angeblichen Freunde. Aber Rudolph und Horst auf jeden Fall. Und zwar, weil du mit Liesel zur Silberhochzeit ihrer Eltern wolltest, statt dabei zu sein, wenn die kleinen Buben ihre Pimpfenprüfungen ablegen.«

Ewald starrte sie überrascht an.

»Ja, da staunst du, was ich alles weiß. Wie konntest du nur

behaupten, dass die Friedeholz-Brüder für den Überfall auf dich verantwortlich sind? Was haben Benjamin und Samuel dir denn getan?«

Ewald drehte den Kopf zur Seite.

Elisabeth trat näher an das Bett heran. »Ich kenne dich nicht besonders gut, Ewald. Doch das, was dir passiert ist, hätte nicht geschehen dürfen.«

Ewald wandte sich schließlich wieder den Frauen zu. »Es war nicht meine Idee, es den Juden anzuhängen.«

»Das glaube ich dir sofort«, erwiderte Wilhelmine. »Hat Rudolph dich dazu angestiftet?«

»Ich habe gar nichts gesagt. Nur Rudolph hat geredet. Er und Horst waren hier und haben gedroht, dass sie mich beim nächsten Mal totschlagen, wenn ich in diesem Zusammenhang auch nur ihre Namen erwähne. Und dann sagten sie, ich soll einfach behaupten, dass die Juden dafür verantwortlich sind. Ich wollte das nicht, doch genau in dem Moment kamen meine Eltern mich besuchen, und Rudolph hat meinem Vater sofort erzählt, dass ich Benjamin und Samuel Friedeholz erkannt hätte.«

»Und du hast nicht widersprochen«, stellte Wilhelmine mit einem Seufzer fest.

Ewald schüttelte stumm den Kopf.

»Aber du musst das richtigstellen«, sagte nun Elisabeth. »Weißt du, was sie mit den Friedeholz-Brüdern machen, wenn sie sie zu einem Geständnis zwingen wollen?«

»Sie bringen mich um, wenn ich das tue.«

»Aber die wahren Täter kommen ungestraft davon, während denen, die sich nicht das Geringste haben zuschulden kommen lassen, wer weiß was angetan wird.« Wilhelmine war fassungslos.

»Das kannst du doch nicht zulassen!«, empörte sich nun auch Elisabeth.

»Sie haben nicht nur gesagt, dass sie mich totschlagen.« Ewald schossen die Tränen in die Augen. »Sie haben auch gedroht, sich Liesel zu schnappen. Und wenn sie mit ihr fertig sind, ist sie nicht mehr dieselbe, haben sie gemeint.«

Wilhelmine schlug erschrocken die Hand vor den Mund. »Aber Liesel hat doch damit überhaupt nichts zu schaffen! Wenn du mit deinem Vater sprichst und endlich die Karten auf den Tisch legst, wird man sie beschützen. Selbst Rudolph und Horst werden es dann nicht wagen, ihr auch nur ein Haar zu krümmen.«

Ewald liefen die Tränen über die Wangen. »Du kennst sie nicht, du weißt nicht, wozu sie fähig sind.« Er schloss kurz die Augen. »Bitte geht jetzt. Ich möchte schlafen.«

Wilhelmine wollte noch etwas hinzufügen, irgendwas, um Ewald umzustimmen. Doch weder wusste sie, was, noch glaubte sie, ihn überzeugen zu können.

»Komm«, meinte Elisabeth schließlich und nahm Wilhelmine am Arm. »Gehen wir. Es ist alles gesagt.« Elisabeth verabschiedete sich von Ewald und machte dann einen Schritt in Richtung Tür.

Kurz zögerte Wilhelmine noch, dann ließ sie sich von Elisabeth mitziehen. Sie hatte die Tür bereits geöffnet, da drehte sie sich noch einmal um. »Gute Besserung, Ewald. Ich hoffe, du kannst mit deiner Entscheidung leben.«

Die Rückfahrt verlief schweigend. Beide hingen sie ihren Gedanken nach. Es war eine solche Ungerechtigkeit, ja mehr noch: Es war so unerträglich, mit welcher Dreistigkeit und Willkür sich manche Menschen herausnahmen, gegen andere vorzugehen, dass es sie geradezu fassungslos machte. Als sie schließlich Gut Falkenbach erreichten, fragte Wilhelmine Elisabeth, ob sie noch mitkommen wolle, um ein wenig zu plaudern. Eigentlich war Elisabeth gar nicht danach, dennoch willigte sie ein. So betraten sie zusammen das Gutshaus, als Dorothea ihnen aufgeregt entgegenkam.

»Da bist du ja«, sagte sie zu Wilhelmine.

»Ja, da bin ich. Und Elisabeth auch, wie du siehst.«

»Grüß Gott, Elisabeth, bitte verzeih. Wo wart ihr denn nur?«

»Wir waren in München. Weshalb fragst du? Was ist denn passiert?«

»Dein Vater musste dringend für ein paar Tage fort. Auf Geschäftsreise. Und da der Wagen nicht da war, musste er sich den von Wilhelm leihen und dementsprechend Hans als Chauffeur mitnehmen.«

»Wie hätte ich das denn ahnen sollen?«, fragte Wilhelmine. »Ich habe vorhin noch im Stall mit Vater gesprochen, und da war keine Rede davon, dass er eine Geschäftsreise vorhat.«

»Dein Vater ist unter anderem deshalb so erfolgreich, weil er eine Gelegenheit beim Schopf packt, wenn sie sich ihm bietet. Deshalb wäre es sehr schön gewesen, wenn du dir nicht einfach den Wagen genommen, sondern vorher gefragt hättest.«

»Seit wann soll denn eine solche Regel gelten? Das war doch noch nie der Fall.«

»Ab heute ist es eben so«, stellte Dorothea fest. »Und noch etwas: Den Opernabend mit den von Leuffenburgs müssen wir leider verschieben. Es ist nicht sicher, dass dein Vater dann bereits zurück sein wird.«

»Na, wenigstens etwas Gutes«, brummte Wilhelmine.

»Vielleicht sollte ich lieber gehen«, schlug Elisabeth vor, der die Auseinandersetzung zwischen Mutter und Tochter sichtlich unangenehm war.

»Womöglich hast du recht«, meinte Wilhelmine, die sich plötzlich zutiefst niedergeschlagen fühlte. Erst die üble Sache mit Ewald, und nun wurde sie auch noch für etwas zurechtgewiesen, was stets selbstverständlich gewesen war. Am liebsten hätte sie sich einfach in ein Mauseloch verkrochen und wäre für die nächsten Tage nicht mehr herausgekommen.

»Ich verabschiede mich«, erklärte Dorothea. »Ach, es gibt Tage, da geht aber auch alles drunter und drüber. Und jetzt, wo auch Hans nicht da ist, muss ich mich um das ganze Personal allein kümmern. Wie soll ich das alles nur schaffen?« Sie sagte Elisabeth auf Wiedersehen und teilte Wilhelmine noch mit, dass sie pünktlich um halb sieben zu Abend essen würden. Ohne eine Antwort der Tochter abzuwarten, verschwand sie. Wilhelmine schüttelte den Kopf, als Dorothea weg war. Manchmal konnte sie ihre Mutter nicht ausstehen.

Wilhelmine und Elisabeth verabschiedeten sich voneinander, und Elisabeth lehnte das Angebot ab, sich nach Hause fahren zu lassen. Das Stück Weg würde sie gut auch zu Fuß schaffen. Als sie fort war, stieg Wilhelmine die Stufen hinauf ins obere Stockwerk und wollte schon auf ihr Zimmer gehen, als ihr plötzlich etwas Besseres einfiel. Sie lief den Flur entlang in das frühere Arbeitszimmer ihres Großvaters und warf sich dort in seinen Sessel. Kurz überlegte sie sogar, sich in den Geheimgang zurückzuziehen und sich dort auf den Boden zu setzen, nur damit niemand sie finden konnte. Doch was hätte es schon genützt? So wenig, wie man sich in diesem Haus für sie interessierte, hätte ohnehin niemand nach ihr gesucht.

20. Kapitel

Den einen Tag scheine ich nicht geeignet, auch nur eine einzige Entscheidung zu treffen, und am nächsten soll ich die gesamte Firma führen. Ich weiß nicht, was ich noch glauben soll.

Ferdinand Lehmann

»So etwas hat er ja noch nie gemacht.« Ferdinand schüttelte ratlos den Kopf.

»Hat er dir denn nicht irgendeine Erklärung gegeben?«

»Nur dass er einen neuen Lieferanten aufgetan hat und schnell sein müsse, bevor ein anderer Porzellanhersteller ihm die günstigen Kaolin- und Quarzmengen vor der Nase wegkauft.«

»Gibt es denn da solche Preisunterschiede?«, fragte Elisabeth.

»Eigentlich nicht. Das genau war ja der Grund, warum er so eilig aufgebrochen ist. Zumindest hat er das gesagt.«

»Du glaubst deinem Vater nicht?«

»Ich weiß nicht, was ich davon halten soll. Einerseits hat mich sein Verhalten vollkommen überrascht. Andererseits ist es ja nicht ungewöhnlich, dass er mich in seine Entscheidungen nicht einbezieht und mir offenbar nicht genug vertraut. Ich sollte mich also daran gewöhnt haben.«

»Ach, Ferdinand.« Sie strich ihrem Ehemann zärtlich über den Arm. »Sieh es doch einmal so: Nun kannst du zeigen, was in dir steckt.«

»In den paar Tagen, bis er zurück ist? Was soll ich da schon groß bewirken?«

»Nun ja, wenn du deine Sache gut machst, und das steht für mich völlig außer Frage, könntest du damit den Beweis antreten, dass dein Vater dich unterschätzt hat.«

Ferdinand bemühte sich um ein Lächeln. »Du hast recht. Nur bezweifle ich, dass es groß etwas ändern wird. Wenn ich alles richtig mache und mich *beweise*, wird mein Vater sagen, dass es ja auch kein Kunststück ist, ein paar Tage lang eine Firma zu führen, die sich seit vielen Jahren etabliert hat und in festen Strukturen funktioniert. Und wenn ich es seiner Meinung nach schlecht mache, wird es heißen, dass er maßlos enttäuscht ist, wie wenig ich in all den Jahren gelernt habe, und dass ich wirklich für gar nichts zu gebrauchen bin.«

»Nun siehst du aber alles schwarz in schwarz.«

»Glaub mir, es ist so.«

»Weißt du, was ich an der Sache eigenartig finde?«

»Nein, was?« Ferdinand sah seine Ehefrau an.

»Als ich vorhin mit Wilhelmine aus München zurückkam, hat sich drüben bei den von Falkenbachs fast genau das Gleiche abgespielt. Paul-Friedrich musste vollkommen überraschend zu einer Geschäftsreise aufbrechen. So eilig, dass er nicht warten konnte, bis wir mit dem Wagen wieder da waren, sodass er sich kurzerhand den von deinem Onkel geliehen hat.«

»Wirklich?«

»Wenn ich es dir doch sage. Dorothea hat Wilhelmine in meinem Beisein scharf zurechtgewiesen, weil sie einfach den Wagen genommen hatte. Dabei war das offenbar nie zuvor irgendein Problem.«

»Das ist wirklich sehr eigenartig«, stimmte Ferdinand

seiner Ehefrau zu. »Was hattet ihr überhaupt in München vor?«

»Ich wollte es dir eigentlich nachher in Ruhe erzählen. Irgendwie sind wir die letzten Tage ja nicht dazu gekommen. Hast du von dem Überfall auf Ewald Langenmüller gehört?«

»Nein. Was ist denn passiert?«

Elisabeth erzählte ihm von dem Angriff und auch davon, was Wilhelmine mitbekommen hatte. »Deshalb sind wir ins Rechts der Isar gefahren, um mit Ewald zu sprechen. Er hat zugegeben, dass es Rudolph und Horst waren, die ihn verprügelt haben und die jetzt zu ihrem eigenen Schutz behaupten, dass es Benjamin und Samuel gewesen sind. Doch Ewald hat solche Angst vor ihnen, dass er es nicht richtigstellen will. Stell dir vor, sie haben sogar gedroht, sich Liesel zu packen und ihr etwas anzutun, wenn Ewald die Wahrheit sagen sollte.« Elisabeth seufzte. »Und wir wissen alle, was sie damit meinen.«

»Ich hatte bisher so gut wie nie etwas mit Rudolph Gschwendner zu tun. Doch ich weiß, wer er ist. Ich kann den Kerl nicht leiden.«

»Ich ebenfalls nicht. Und ich kenne ihn schon, solange ich denken kann. Wenn man in Bernried geboren ist, kommt man an der Familie Gschwendner nicht vorbei.«

»Hat er Geschwister?«

»Allerdings. Vier Brüder, und einer schlimmer als der andere.«

Ferdinand wiegte den Kopf. »Dann muss ich Ewald recht geben, mit solchen Leuten sollte man sich nicht anlegen. Einer sagt für den anderen aus, dass sie alle an dem Abend zusammen waren, an dem Liesel verschwunden ist, und man wer weiß was mit ihr angestellt hat. Und sie finden auch noch andere Freunde, die genau das Gleiche behaupten. Diese Nazis stecken doch sowieso alle unter einer Decke. Und wenn die einen erst mal ins Visier genommen …«

»Aber Benjamin und Samuel sind unschuldig! Sie haben nichts gemacht und haben jetzt bestimmt schlimme Strafen zu erwarten, weil sie angeblich einen guten Deutschen, der auch noch in einer Zelle dient, verdroschen haben sollen. Selbst wenn sie da mit einigermaßen heiler Haut wieder rauskommen, wird es ihr Leben verändern. Ihres und das ihrer Eltern. Sie werden als Judensippe gelten, die es gewagt hat, Deutsche anzugreifen. Was glaubst du, was für eine Zukunft die hier in der Gegend noch haben?«

Ferdinand umarmte seine Frau. »Ich verstehe vollkommen, dass du so denkst. Mir geht es genauso. Doch wir werden es nicht ändern können, und wenn Ewald hundertmal seine Aussage widerruft.«

»Aber das ist nicht richtig!«

»Nein, das ist es nicht. Doch wir können leider gar nichts tun.« Er gab Elisabeth einen Kuss auf die Stirn.

»Ach, hier seid ihr.« Käthe war an der offenen Tür des Esszimmers vorbeigekommen, aus dem sie die Stimmen ihres Sohnes und ihrer Schwiegertochter gehört hatte.

»Ja, wir haben uns über Vaters plötzlichen Aufbruch unterhalten«, sagte Ferdinand.

»Eigenartig, nicht wahr?«, fand auch Käthe. »Weshalb er auf einmal so große Mengen Kaolin und Quarz einkaufen muss, will mir nicht in den Kopf.«

»Mir auch nicht. Aber wahrscheinlich liegt es daran, dass ich zu wenig vom Geschäft verstehe.« Ferdinand klang verbittert.

»Du machst das alles sehr gut, mein Sohn. Du weißt doch, wie dein Vater ist. Nimm es dir nicht so zu Herzen.«

Ferdinand versuchte zu lächeln, doch es gelang ihm nicht so recht.

»Ich wollte gern noch einmal nach drüben und nach Irma und dem neugeborenen Kind sehen. Möchtet ihr mich begleiten?«

»Ich nicht.« Ferdinand schüttelte den Kopf. »Ich will noch zur Fabrik und mir einen Überblick verschaffen.«

»Ich begleite dich gern«, sagte Elisabeth zu ihrer Schwiegermutter, »also, wenn es dir recht ist«, fügte sie noch hinzu. Es belastete Elisabeth, dass sie gestern die Schwiegermutter unabsichtlich verletzt hatte. Noch schwieriger fand sie jedoch, nicht mit ihr darüber sprechen zu dürfen. Aber Ferdinand und Wilhelm hatten sich klar ausgedrückt: Unter keinen Umständen sollte Käthe auf ihren älteren Sohn Johannes angesprochen werden. Und daran wollte Elisabeth sich unbedingt halten.

»Warum sollte ich etwas dagegen haben?«, fragte Käthe. »Ich freue mich stets über deine Gesellschaft, liebe Elisabeth.«

»Danke, Käthe. Dann komme ich sehr gern mit.« Elisabeth hob sich auf die Zehenspitzen und gab Ferdinand einen Kuss. »Dann bis später. Wirst du zum Abendessen zu Hause sein?«

»Selbstverständlich. Das lasse ich mir unter keinen Umständen entgehen.« Er erwiderte Elisabeths Kuss.

Kurz darauf verließen die beiden Frauen das Haus.

Es war in den letzten Tagen endlich wärmer geworden. Während im Rundfunk davon gesprochen wurde, dass eine nie da gewesene Hitzewelle ganz Amerika ins Schwitzen brachte und dort erhebliche Ernteausfälle wegen der großen Trockenheit zu beklagen waren, war es in Deutschland bisher ein eher mäßig warmer Sommer gewesen, in dem man abends sogar einen leichten Mantel benötigt hatte. Nun jedoch schien es besser zu werden, und Elisabeth genoss es, den anhaltenden Sonnenschein auf der Haut zu spüren. Dies hatte auch den wunderbaren Effekt, dass sie nicht so blass und kränklich aussah wie sonst.

»Ist das nicht herrlich? Es geht gleich auf fünf Uhr zu, und immer noch ist es so wunderbar warm«, begann Elisabeth das Gespräch mit ihrer Schwiegermutter.

»Ja, das stimmt. Obwohl ich die Temperaturen gern ein wenig ausgeglichener hätte. Kaum ist es nicht mehr kalt, ist es gleich wieder zu heiß. Aber nun ja, wir müssen dankbar sein für jeden Sonnenstrahl, den der liebe Gott uns schenkt.«

»Ja, so ist es wohl.« Elisabeth überlegte, was sie sonst noch Unverbindliches mit der Schwiegermutter plaudern könnte. Sonst war es ihr nie schwergefallen. Doch seit gestern hatte sie ein so schlechtes Gewissen und fühlte sich so bedrückt, dass sie kaum mehr unbefangen mit Käthe umzugehen vermochte. Bei dem Gedanken kamen ihr überraschend die Tränen.

»Aber was ist denn, Elisabeth?«, fragte Käthe betroffen und blieb stehen, als sie die Tränen in den Augen ihrer Schwiegertochter bemerkte.

»Es tut mir leid.« Elisabeth hatte ebenfalls haltgemacht und schlug nun die Hände vors Gesicht.

»Was tut dir denn leid?«

»Ich weiß es. Ferdinand hat es mir gesagt. Ich hatte wirklich keine Ahnung von Johannes, und nun fühle ich mich furchtbar, weil ich dich mit meiner unbedachten Bemerkung so verletzt habe. Das wollte ich wirklich nicht. Das schwöre ich. Doch nun weiß ich nicht mehr, wie ich mich dir gegenüber verhalten soll.« Sie schluchzte auf. »Und jetzt habe ich dir das auch noch gesagt, obwohl ich versprochen habe, es nicht zu tun, und ich habe das Gefühl, alles nur noch schlimmer zu machen.« Elisabeth schluchzte abermals auf. Derart die Fassung zu verlieren, war eigentlich nicht ihre Art. Doch sie fühlte sich dünnhäutiger als sonst, angegriffen – erst der Zwischenfall mit Käthe gestern und dann noch heute dieser aufwühlende Besuch im Krankenhaus.

»Aber Kindchen.« Käthe umarmte die Schwiegertochter. »Ich weiß doch, dass du das nicht mit Absicht getan hast. Keinen einzigen Moment war ich dir böse. Du konntest es doch gar nicht wissen. Es fällt mir nur so schwer, weißt du?«

Bei Elisabeth brachen nun alle Dämme. Der Versuch ihrer Schwiegermutter, sie zu trösten, machte alles nur noch schlimmer, und sie brauchte eine Weile, bis sie sich wieder beruhigte.

»Ich bin ja so erleichtert«, brachte Elisabeth dann hervor. »Ich hatte befürchtet, dass es zwischen uns nun nicht mehr wie früher wäre.«

»Ach, Elisabeth.« Käthe fasste die Schwiegertochter an beiden Schultern. »Für mich bist du doch die Tochter, die ich nie hatte. Weißt du das denn nicht?«

»Danke.« Elisabeth atmete erleichtert aus. Dann hakte Käthe sich bei ihr unter, und sie gingen weiter.

»Ich kann dir nicht sagen, weshalb, doch ich glaube einfach nicht, dass Johannes tot ist«, kam Käthe von sich aus wieder auf ihren älteren Sohn zurück.

»Wir müssen nicht darüber sprechen, wirklich.«

»Doch, es würde mir helfen.«

»Ach ja? Aber Wilhelm und auch Ferdinand sagten, dass unter keinen Umständen darüber gesprochen werden dürfe.«

»Wegen Heinrich, nicht meinetwegen«, klärte Käthe sie auf. »Er hat es bis heute nicht verkraftet. Ich glaube, deshalb ist er auch so unnachgiebig zu Ferdinand.«

»Weshalb?«

»Weil er das Gefühl hat, ihn stählen und auf alles vorbereiten zu müssen, was im Leben über ihn hereinbrechen könnte. Denn im Grunde seines Herzens weiß Heinrich es.«

»Was weiß er?«

»Dass Johannes noch am Leben und nicht im Krieg gefallen ist, wie immer behauptet wurde.«

»Wie kommst du darauf?«

»Es gab da einen Kameraden, den Johannes hatte. Sein Name ist Walter. Sie waren zusammen in einer Einheit, und wie dieser Walter mir bei einem späteren Besuch sagte, hatte Johannes sich ihm anvertraut.«

»Was hat er ihm denn anvertraut?«

»Dass er fliehen wollte. Sie hatten ihren ersten Einsatz an der Front gehabt, und Johannes hatte mitansehen müssen, wie ein Geschoss seinen Nebenmann traf und dessen Bauch aufriss. Doch er war nicht sofort tot, sondern hat in diesem erbärmlichen Zustand noch eine Weile gelebt und so dagelegen, mit herausquellenden Därmen, die er selbst sehen konnte. Das hat etwas in Johannes zerbrochen.« Käthe seufzte. »Walter sagte, dass Johannes noch ein paar Wochen durchgehalten hat. Doch das Bild des sterbenden Kameraden mit dem aufgerissenen Bauch ließ ihn wohl nicht mehr los. Und eines Morgens war Johannes einfach weg.«

»Aber das ist doch gut. Dann könnte er wirklich noch am Leben sein«, freute sich Elisabeth.

»Wenn es die Wahrheit ist, dann ist Johannes ein Deserteur. Nicht dass ich es ihm übel nehmen würde. Er ist mein Sohn, und ich liebe ihn und werde es immer tun. Doch für Heinrich brach eine Welt zusammen, als er die Geschichte von Walter erfuhr. Offiziell gilt Johannes als vermisst, und die Nachfragen Heinrichs in der Kommandozentrale ergaben später, dass er angeblich in einer Schlacht gefallen sei. Doch das widerspricht völlig der Darstellung seines Freundes Walter, der sich nach dem Krieg extra auf den Weg zu uns gemacht hat, um uns die Wahrheit zu sagen und an uns zu appellieren, dass wir die Hoffnung nicht aufgeben sollen, unseren Johannes eines Tages wiederzusehen.«

»Ich werde künftig jeden Abend dafür beten, dass dieser Tag bald kommt.«

»Ich bete auch schon seit vielen Jahren dafür, doch es scheint, als findet der liebe Gott, der richtige Zeitpunkt sei noch nicht da. Und vermutlich hat er recht.«

»Gott?«

»Ja.«

»Weshalb?«

»Wenn Johannes noch lebt, dann weiß er, dass er niemals nach Hause kommen kann, solange sein Vater noch unter uns weilt. Und aus diesem Grund bete ich nicht nur für meinen

Sohn, sondern auch für mich – dass ich meinen Mann überlebe, um eines schönen Tages doch noch meinen Ältesten wieder in die Arme schließen zu können.« Käthe lächelte gequält. »Ich habe es schon so viele Male im Traum erlebt, und ich weiß, dass es wahr werden kann. Es *muss* wahr werden.«

Elisabeth wusste nicht, was sie von Käthes Gedanken halten sollte. Die Schwiegermutter war ihr stets so liebevoll erschienen und als eine so hingebungsvolle Ehefrau. Nun aus ihrem Mund zu hören, dass sie gewissermaßen herbeisehnte, dass ihr Ehemann das Zeitliche segnete, ließ ihr Käthe in einem ganz neuen Licht erscheinen.

»Habe ich dich mit meiner Offenheit schockiert?« Käthe schmunzelte.

»Ein bisschen schon, um ehrlich zu sein.«

Käthe lachte gutmütig. »Keine Sorge, ich wünsche Heinrich bestimmt nicht den Tod. Aber ich kenne sowohl ihn als auch meine Söhne. Johannes könnte seinem Vater – sofern er getan hat, was ich glaube – nie wieder unter die Augen treten. Das weiß er und ich ebenso.« Sie seufzte. »Weißt du, was ich manchmal denke?«

»Nein, was?«

»Dass Johannes ganz in der Nähe ist und uns beobachtet. Ich habe ihm einen Brief in unserer früheren Wohnung hinterlassen. Und darin habe ich ihm geschrieben, wo wir jetzt leben, und ihn um ein kleines Lebenszeichen angefleht. Viele Jahre lang lag der Brief unberührt dort, wo ich ihn hinterlassen habe. Doch vor drei Jahren war er plötzlich verschwunden.«

»Woher weißt du das?«

»Unsere frühere Nachbarin Frau Maler hat auf meinen Wunsch immer wieder einmal nachgesehen. Der Schlüssel zu unserem Haus lag seit jeher unter einem bestimmten Blumenkübel am Eingang zum Keller. Johannes kannte das Versteck, genau wie Frau Maler auch. Sie ging irgendwann in die Wohnung, und fast alles wirkte wie immer. Bis auf den Brief. Der war verschwunden.«

»Könnte er womöglich von einem Luftzug heruntergeweht worden sein?«

»Er war beschwert mit einer Spieldose, die man aufziehen konnte und aus der dann ein Schlaflied erklang. Johannes hat die Melodie als Kind geliebt. Sowohl die Spieldose als auch der Brief waren fort. Das Geld jedoch, das ich ebenfalls dort hinterlegt hatte, war noch da.«

»Weshalb das Geld?«

»Nun, ich dachte mir, wenn Einbrecher in die Wohnung kommen und nach zurückgelassenen Wertgegenständen suchen, würden sie wahrscheinlich auch den Brief und die Spieldose mitnehmen. In keinem Fall jedoch würden sie das Geld zurücklassen, das direkt danebenlag. Doch das Geld war, wie Frau Maler sagte, noch da. Nur die Spieldose und der Brief waren weg.« Sie lächelte wissend. »Johannes hat beides genommen und den Schlüssel dann zurückgelegt. Ich weiß es genau. Ich spüre es, wie eben nur eine Mutter so etwas spüren kann.«

»Fast bekomme ich eine Gänsehaut bei dem Gedanken«, sagte Elisabeth. »Es klingt wie die Abenteuergeschichte in einem Roman.«

»Kein Roman kann das übertreffen, was das Leben selbst schreibt«, erklärte Käthe. »Doch nun sollten wir das Thema wirklich beenden.« Sie deutete zur Treppe.

Elisabeth war völlig verblüfft. Sie hatte überhaupt nicht bemerkt, dass sie bereits vor dem Haus der anderen Lehmanns standen.

»Ich danke dir, dass du mir das alles anvertraut hast. Es bedeutet mir wirklich viel.«

Käthe umarmte die Schwiegertochter, dann gingen sie zusammen die Stufen hinauf. Kaum hatten sie geklingelt, öffnete Sieglinde in ihrer üblichen schlechten Laune die Tür.

»Guten Tag, die Damen.« Sofort gab sie den Eingang frei.

»Guten Tag, Sieglinde«, sagte Käthe, und auch Elisabeth grüßte. »Sind die Herrschaften im Haus?«

»Frau Lehmann ist oben bei ihrer Schwiegertochter, der gnädige Herr ist wohl noch in der Fabrik.«

»Und Leopold? Ist er wieder da?«, fragte Elisabeth.

Die Haushälterin verzog das Gesicht. »Ich habe ihn nicht gesehen. Mehr möchte ich dazu aber nicht sagen.«

»Danke, Sieglinde. Wir gehen dann hinauf.«

Käthe und Elisabeth stiegen zusammen die Stufen hinauf, und Elisabeth hatte das Gefühl, der Schwiegermutter so nah wie noch nie zu sein. Sie war so glücklich, dass Käthe ihr die Geschichte um Johannes anvertraut hatte. Vor allem war da jetzt auch eine Art Vorfreude darauf, dass sie den Bruder ihres Mannes, von dem sie gestern zum ersten Mal gehört hatte, wohl eines Tages kennenlernen würde.

Sie erreichten Irmas Schlafzimmer, klopften vorsichtig und traten dann ein. Irma ruhte aufrecht und mit einem Berg von Kissen an die Rückwand des Bettes gelehnt, und Else saß mit der kleinen Charlotte auf dem Arm davor.

»Guten Tag«, sagten Elisabeth und Käthe leise und fast wie aus einem Mund. Es herrschte eine ganz andere Stimmung als gestern noch, als Irma vollkommen erschöpft gewesen war und eine eigenartige Spannung im Raum vibriert hatte. Heute lag auf Irmas wie auf Elses Gesicht ein Lächeln, wobei die Ältere nur kurz aufsah, um sich gleich wieder selig ihrer jüngsten Enkelin zuzuwenden, die mit fest geschlossenen Augen kleine schmatzende Geräusche von sich gab, obwohl sie nichts in ihrem Mündchen hatte.

Elisabeth zog für Käthe einen Stuhl heran und stellte ihn auf die andere Bettseite, gegenüber von Elses Platz. Sie selbst setzte sich ans Fußende.

»Wie geht es dir denn heute, Irma?«, fragte Elisabeth.

»Gut. Wirklich gut«, gab diese lächelnd zurück. »Die kleine Charlotte ist ein solcher Schatz. Sie hat fast die ganze Nacht geschlafen, und ich habe sie nur einmal anlegen müssen bis zum Morgen. So habe ich ausreichend Schlaf bekommen, was mir außerordentlich gutgetan hat.«

»Und wo ist Sophia?«

»Sie ist mit Anita draußen im Park, damit die Kleine etwas frische Luft bekommt.«

»Na, da wird Sieglinde aber gemeckert haben, dass ihr eines der Dienstmädchen mit einem anderen Auftrag versehen habt, nicht wahr?« Käthe zwinkerte Else zu.

»Und wenn sie nicht gestorben ist, dann meckert sie noch heute«, erwiderte Else spöttisch und lächelte breit. »Und sie wird sogar noch mehr meckern, weil wir vorhaben, Anita dauerhaft als Kindermädchen einzusetzen, damit Irma ein bisschen Unterstützung erhält.«

»Ich habe dir aber gesagt, dass das nicht notwendig ist«, wandte Irma ein.

»Kindchen, du solltest gelegentlich mal in den Spiegel sehen«, sagte Else nicht unfreundlich, sondern eher mit Sorge in der Stimme. »Jetzt, da du mal eine Nacht mit nur einer Unterbrechung durchschlafen konntest, und obwohl du erst gestern die Strapazen einer Geburt hinter dich gebracht hast, siehst du um einiges frischer aus als in den letzten Monaten. Das sollte doch jedem von uns zu denken geben, meinst du nicht?«

»Es ist rührend, wie du dich um mich sorgst, Else.«

»Einer muss es ja machen. Und mein Sohn, dessen Aufgabe es eigentlich wäre, scheint sich dieser Pflicht weder bewusst zu sein noch sich ihrer gewachsen zu fühlen.«

»Hat er denn schon von sich hören lassen?«, fragte Elisabeth.

»Bei mir hat er sich zumindest nicht gemeldet«, stellte Irma fest. »Er hat seine jüngste Tochter noch nicht einmal gesehen. Ich gebe zu, wenn es nach mir ginge, könnte er ruhig wegbleiben.«

Käthe warf ihrer Schwägerin einen etwas bangen Blick zu. Immerhin hatte deren Schwiegertochter ihren Sohn soeben schwer angegriffen. Else hob den Kopf. »Wenn du meine Meinung dazu hören willst: Ich gebe Irma vollkommen recht. Sobald Leopold hier wieder auftaucht, kriegt er etwas zu hören.«

Einen Moment sagte niemand etwas. Dann meinte Else: »Wir sind hier vier erwachsene Frauen und eine kleine Prinzessin, die erst noch erwachsen werden muss.« Sie berührte zärtlich Charlottes Wange. »Müssen wir da wirklich über etwas so Unerfreuliches wie einen Mann sprechen, der seine Familie nicht zu schätzen weiß?« Sie sah Irma an. »Verzeih, wenn ich deinen Mann beleidige, doch ich beleidige damit ebenso meinen Sohn. Und glaub mir, es geht auch ohne ihn.«

Wie aufs Stichwort hörten sie in diesem Augenblick Schritte auf der Treppe und kurz darauf ein zaghaftes Klopfen an der Tür.

»Herein«, sagte Irma widerwillig.

Die Tür ging auf, und Leopold stand im Rahmen. In seiner Hand hatte er einen überdimensionalen Blumenstrauß. Offenbar hatte er gehofft, nur Irma anzutreffen. Dass nun vier Augenpaare auf ihn gerichtet waren, machte ihn deutlich unsicher.

»Guten Tag«, brachte er knapp hervor.

Keine der Frauen sagte etwas, nur Elisabeth nickte ihm kurz zu.

»Könnte ich wohl einen Moment allein mit meiner Frau sprechen?«

»Das kommt darauf an, was du vorhast.« Else übergab die kleine Charlotte an Irma und stand auf. Dann ging sie auf ihren Sohn zu. »Wir alle hier wissen, was du getan hast, Leopold. Und das, was ich dir zu sagen habe, wirst du dir hier und jetzt und vor allen anderen anhören. Ich mag nur eine Frau sein und nicht über die Kraft verfügen, dir etwas entgegensetzen zu können, genau wie Elisabeth, Käthe oder auch Irma. Doch du hast bereits zu spüren bekommen, wie dein Vater sich in dieser Sache verhalten hat. Und ich sage es dir vor allen anderen jetzt ins Gesicht: Erhebst du noch ein einziges Mal die Hand gegen deine Frau, trage ich persönlich dafür Sorge, dass du für jeden Schlag selbst fünf Schläge einsteckst.«

»Mutter, ich …«

»Halt deinen Mund, und lass mich ausreden.«

Leopold zuckte förmlich zusammen. Nie zuvor hatte er seine Mutter so entschlossen, ja fast gefährlich erlebt. Sonst überließ sie oft und gern seinem Vater den Vortritt, der dann die Dinge klärte.

»Ein Schlag von dir«, setzte sie erneut an, »bedeutet also fünf Schläge, die du einzustecken hast, zwei Schläge bedeuten zehn. Du bist nicht auf den Kopf gefallen und wirst es dir selbst ausrechnen können. Dein Vater ist jetzt in der Partei, und ich werde mich nicht scheuen, jedem dort zu erzählen, was du für einer bist, und sie um Hilfe bitten, solltest du je wieder die Kontrolle verlieren. Hast du mich verstanden?«

Leopold stand wie erstarrt, und Else machte noch einen Schritt auf ihn zu. »Ob du das verstanden hast, habe ich dich gefragt.«

»Ja, Mutter. Ich weiß nicht, wie ich mich so benehmen konnte, und ich möchte Irma um Verzeihung bitten.« Er sah an Else vorbei zum Bett hinüber und hob dabei die Blumen hoch. »Bitte, Irma, ich flehe dich an.«

Else drehte sich um. »Elisabeth, Käthe, ich denke, wir sollten gehen und den jungen Eltern die Gelegenheit geben, gemeinsam ihre wunderschöne Tochter zu bewundern.«

Sofort standen Käthe und Elisabeth auf. Leopold kam ein paar Schritte weiter ins Schlafzimmer herein, und die drei

Frauen wandten sich nach einem kurzen Abschiedsgruß an Irma zum Gehen.

»Ruf mich, wenn er dir irgendwie dumm kommt, Irma«, sagte Else noch zu ihrer Schwiegertochter.

»Danke, Else«, gab Irma zurück.

Dann schloss Else die Tür. »Kommt«, sagte sie draußen im Gang zu Käthe und Elisabeth, »gehen wir ein wenig in den Garten. Ich traue dem Frieden noch nicht, und mir wäre wohler, wenn ihr ein bisschen bleibt.«

Die beiden willigten ein, dann gingen die drei Frauen nach unten. Das ungute Gefühl, dass noch etwas geschehen könnte, begleitete sie.

21. Kapitel

Mir ist, als sähe ich das Ziel schon vor mir. Keinesfalls darf ich auf den letzten Metern noch stolpern.

Clara von Falkenbach

Wie gebannt starrte sie auf die Fotografie in dem Pass, auf dem Hildchen, oder besser: Eva, wie sie künftig heißen würde, zu sehen war. Eva Spiller, einundzwanzig Jahre alt und in Cottbus geboren. Hildegard Leinemann aus Berlin gab es nicht mehr. Nun mussten sie nur noch nach Bernried umziehen, einen geeigneten Mann finden und aus dem Fräulein Eva Spiller die Ehefrau Eva Soundso machen. Dann konnte ihnen niemand mehr auf die Schliche kommen. Clara war zufrieden mit sich und der Arbeit, die sie geleistet hatte. Sie selbst hatte sich geraume Zeit, bevor sie Gustav kennengelernt hatte, von demselben Fälscher einen Pass besorgt und aus Annemarie Leinemann Clara Steinberger werden lassen. Mit diesem vermeintlichen Mädchennamen hatte sie sich auch Gustav damals vorgestellt. Es war ein echtes Kinderspiel gewesen. Nur die Arbeit im *Savoy* und in der Kneipe hatte sie schon eine ganze Weile vorher angenommen, sodass sie dort immer unter ihrem echten Namen Dienst getan hatte. Was hatte sie nicht Blut und Wasser geschwitzt, wenn sie meinte, einen von Gustavs Bekannten zu sehen, und sich immer gerade rechtzeitig weggeduckt, damit man sie nicht erkannte. Nun war es bald geschafft, und das Versteckspiel hatte ein Ende. Sie war erleichtert und konnte es gar nicht mehr erwarten, bis Gustav endlich seine Bestallung als Arzt erhielt, sodass sie die Wohnung in Berlin auflösen und alles hinter sich lassen konnten.

Hildchen war in groben Zügen in die Pläne eingeweiht, die Clara für sie geschmiedet hatte. Alles hatte sie jedoch noch nicht erfahren. So kannte sie den Ort nicht, wo sie künftig leben würden, und erst recht wusste sie nicht, wann es so weit wäre. Nur dass es vor dem Oktober geschehen musste, war ihr selbstverständlich klar. Danach wäre es zu spät, und es gäbe keine Gelegenheit mehr zur Flucht.

Clara war vergnügt wie schon lange nicht mehr, als sie die Fleischerei betrat und fröhlich grüßte. Ihre Tante bediente gerade eine Kundin. Als die ihre Waren entgegengenommen, bezahlt und schließlich das Geschäft verlassen hatte, sagte Clara: »Guten Tag, Tante Vera. Wie geht es dir?«

»Ach, du weißt ja, die Hüfte. Inzwischen tut sie mir am Morgen so weh, dass ich kaum noch aufstehen kann. Ich habe schon zu deinem Onkel gesagt, dass er sich nicht wundern muss, wenn ich eines Tages einfach liegen bleibe.«

Clara lächelte. »Ist Hildchen da?«

»Du hast Glück, sie ist eben gekommen.«

»Dann gehe ich hoch, ja?«

»Tu das.«

»Ach, übrigens, Tante Vera, ich möchte mich bei dir bedanken für alles, was du für Hildchen und mich getan hast.«

»Na, das ist aber mal nett.« Die Tante schien überrascht, und kurz bedauerte Clara, dass sie sich zu dieser Bemerkung überhaupt hatte hinreißen lassen. Doch so einfach von heute auf morgen aus Tante Veras Leben zu verschwinden, ohne dass sie danach wusste, wohin die Nichten gegangen waren, fand Clara schon schwer genug. Da sollte sie zumindest erfahren, dass Clara ihren Einsatz, den sie seit nun fast fünf Jahren gezeigt hatte, zu schätzen wusste und dankbar dafür war. Sie verabschiedete sich, als gerade eine neue Kundin die Fleischerei betrat. Dann verließ sie das Geschäft und ging zu dem Nebeneingang, der zur Wohnung nach oben führte. Sie klingelte und wartete einen Moment, bis Hildchen an die Tür kam und durch den Glaseinsatz nach draußen sah. Ihre Miene hellte sich auf, als sie das Gesicht der Schwester erkannte. Eilig öffnete sie die Tür.

»Anni!« Stürmisch umarmte die Jüngere Clara, die ebenfalls die Arme um die Schwester legte. Einen Moment lang standen sie so da, und es schien, als hielten sie sich nicht im Arm, sondern eher aneinander fest.

»Mein Hildchen«, flüsterte Clara.

»Komm rein.« Hildegard gab die Tür frei, und die beiden gingen zusammen nach oben, wo Hildegard mit Tante Vera und Onkel Heinz lebte.

»Wie ich sehe, geht es dir gut?« Clara schloss die Wohnungstür hinter sich.

»Ja, es ist alles in Ordnung.«

»Und es wird sogar noch besser«, frohlockte Clara und zog den Pass aus ihrer Tasche hervor.

»Du hast ihn?«, rief Hildegard begeistert und nahm der Schwester das Dokument ab.

»Allerdings, Fräulein Eva Spiller.«

Hildegard klappte ihn auf und biss sich auf die Unterlippe, wie sie es schon seit Kindheitstagen tat, wenn sie aufgeregt war. Sie sah die Schwester an, dann umarmte sie sie erneut. »Also werden wir wirklich fortgehen?«

»Ja.« Clara nickte heftig, ihr standen Tränen des Glücks in den Augen. »Wir werden weggehen, Hildchen, und niemand wird uns jemals auf die Schliche kommen. Niemand«, bekräftigte sie noch einmal.

Hildegard umarmte die Schwester abermals, blieb minutenlang eng an sie geschmiegt so stehen und weinte vor Erleichterung. So viel fiel in diesem Moment von ihr ab. Die ständige Angst, aufgespürt zu werden, gehörte damit bald der Vergangenheit an. Noch konnte Hildegard kaum verstehen, was das in vollem Umfang für sie bedeuten würde. Nur dass sie so glücklich war wie seit Jahren nicht mehr, womöglich glücklicher als je zuvor in ihrem ganzen Leben, das wusste sie genau.

»Scht, scht«, machte Clara und strich der Schwester dabei zärtlich in kleinen Kreisen über den Rücken, wie sie es schon früher getan hatte, wenn sie sie trösten wollte. »Jetzt wird alles gut, Hildchen. Bald beginnt unser neues Leben.«

Die Jüngere konnte sich noch immer kaum beruhigen. »Eines Tages werde ich genug Geld haben, um wiedergutzumachen, was du für mich getan hast. Das verspreche ich dir.«

»Ich habe es für uns beide getan«, sagte Clara ruhig und mit sanfter Stimme. »Es gibt nichts wiedergutzumachen. Wir werden ab jetzt einfach glücklich und ohne Angst leben können, Hildchen.« Sie löste die Umarmung, fasste Hildegards Schultern und schob sie ein wenig von sich, um ihr in die Augen zu sehen. »Ohne jede Angst«, bekräftigte sie noch einmal.

Hildegard liefen die Tränen über die Wangen. Noch einmal umarmte sie Clara, dann hob sie den Pass ans Gesicht und drückte einen Kuss darauf. Die beiden Frauen gingen in die Küche und setzten sich an den kleinen Holztisch. Hildchen holte die Kanne mit Muckefuck, einem kaffeeähnlichen Getränk, und schenkte beiden eine Tasse voll.

»Und wann geht es los?«, fragte Hildegard aufgeregt.

»Sobald Gustav seine Bestallung erhalten hat. Dann werden wir nach Bernried fahren, und du kommst ein paar Tage später nach. Ich schreibe dir genau auf, an wen du dich wegen eines

Zimmers wenden sollst. Und sobald du da bist, gehe ich in den Ort hinunter, und wir treffen uns ganz zufällig, am besten in der Bäckerei. Dort verbreitet sich der Klatsch am besten. Von dem Zeitpunkt an kann ich dir dann bei allem helfen. Aber vergiss nicht, du darfst mich dort nie wieder mit Anni ansprechen. Nie, hörst du! Du bist dann Eva, und ich bin Clara, die eine Zeit lang im selben Haus in Berlin gewohnt haben. Das ist alles. Du bist in Cottbus geboren und mit deiner Familie nach Berlin gezogen, weil dein Vater in der Schuhfabrik eine Anstellung gefunden hat.«

»In der *Zeha Leder-Manufaktur*, ich weiß Bescheid«, sagte Hildegard wie im Unterricht das auf, was ihre Schwester sich als Lebensgeschichte für sie ausgedacht hatte.

»Nimm es ja nicht auf die leichte Schulter«, mahnte Clara. »Dir müssen diese Dinge in Fleisch und Blut übergehen. Nur eine falsche Bemerkung kann all das, worauf wir so lange Zeit hingearbeitet haben, zunichte machen.« Clara war die Aufregung anzuhören.

»Ich mache keinen Fehler, Anni«, beteuerte Hildegard sofort. »Ich werde gut aufpassen, das verspreche ich dir.«

»Prima.«

»Soll ich dir sagen, wovor ich am meisten Angst habe?«

»Wovor denn?«

»Vor der Zugfahrt. Dass ich das Umsteigen verpasse oder dann in einen falschen Zug steige, dich aber nicht anrufen oder um Hilfe bitten kann.«

»Du wirst das schon schaffen, Hildchen. Keine Sorge.«

»Ich fühle mich immer nur sicher, wenn ich dich in der Nähe weiß.«

»Und wir werden uns ja auch wieder ganz nahe sein. Es wird nicht lange dauern, dann kann ich dich mit nach Gut Falkenbach nehmen – eine alte Bekannte aus Berlin, die ich ganz zufällig in Bernried getroffen habe.«

»Dann sollte ich wohl das erste Mal in meinem Leben froh sein, dass wir nicht allzu viel Ähnlichkeit haben, weil du ganz und gar wie Mutter aussiehst«, stellte Hildegard bitter fest. »Du hast eben Glück gehabt.«

»Du bist eine sehr hübsche junge Frau«, sagte Clara mit Überzeugung. »Lass dir ja von niemandem etwas anderes einreden!«

Hildegard nickte tapfer, doch Clara wusste, wie es in Wahrheit in ihr aussah. Hildchen war keine Schönheit, die Augen standen zu eng beieinander, und ihre Nase war nicht so gerade, wie sie hätte sein sollen. Vor allem aber war da diese Narbe an Hildchens Hals, die sie stets mit einem Tuch verdeckte und die sie jeden Tag daran erinnerte, was ihr widerfahren war.

»So«, sagte Clara, »ich muss dann wieder. Ich melde mich bei dir, sobald es losgehen kann.«

»Erst dann? Werde ich vorher nichts mehr von dir hören?«

»Ich muss arbeiten, um noch so viel Geld wie nur möglich zusammenzubekommen«, bedauerte Clara. »Doch wenn ich es irgendwie schaffe, schaue ich noch mal vorbei.« Sie griff nach der Hand der Schwester. »Und allerspätestens sehen wir uns, kurz bevor du aufbrichst.« Clara wedelte mit dem Pass. »Versteck ihn gut, damit Tante Vera ihn nicht findet, ja?« Sie legte ihn wieder auf den Tisch.

Hildchen nickte. »Ich habe Angst.«

»Ja, ich auch. Doch nicht mehr lange, und dann wird alles gut. Das verspreche ich dir.«

Die beiden verabschiedeten sich voneinander, und Clara wandte sich nicht mehr um, als sie die Treppenstufen hinunterlief und das Haus verließ. Sonst hätte Hildchen womöglich gesehen, dass ihr Tränen in den Augen standen, und das durfte nicht geschehen. Immerhin war sie die große Schwester, und es war ihre Aufgabe, sich um Hildchen zu kümmern und

Zuversicht auszustrahlen. Keinesfalls wollte Clara Schwäche zeigen. Nein, nicht so kurz vor dem Ziel.

Sie sah auf die Uhr, während sie die Straße im Laufschritt überquerte. Ihr war Zeit verloren gegangen, und sie musste sich beeilen, noch pünktlich zum Dienstantritt im *Savoy* zu sein. Wenn sich die Möglichkeit bot, würde sie bereitwillig eine Doppelschicht übernehmen. Doppelte Schichten bedeuteten auch doppeltes Geld. Jeden Pfennig würde sie noch in Berlin zu verdienen versuchen, auch wenn sie schon jetzt mit ihren Kräften fast am Ende war. Die vielen anstrengenden Schichten im Hotel forderten ihr alles ab. Und dann war da noch Gustav, den sie bei Laune zu halten hatte. Manchmal sehnte sie sich regelrecht danach, sich einfach in ihr Bett zu legen und nur zu schlafen. Einfach mal einen Tag lang nichts zu tun, als Kraft zu sammeln und die bleierne Müdigkeit zu vertreiben. Was müsste das für ein herrliches Gefühl sein.

Sie lief durch die Straßen, erreichte das *Savoy* und verlangsamte ihren Schritt, als sie das Hotel betrat. Dann huschte sie zum Personaltrakt, nahm den Hörer von dem Telefon, das dort an der Wand befestigt war und das eigentlich dazu diente, Anweisungen von ihrem Vorgesetzten entgegenzunehmen, oder eben für absolute Notfälle. Sie sah nach rechts und links, konnte aber niemanden entdecken. Eilig wählte sie die Nummer von dem Apparat in der ehelichen Wohnung. *Bitte sei zu Hause, bitte heb ab*, flehte sie innerlich. Tatsächlich hörte sie das erhoffte Klicken.

»Von Falkenbach.«

»Gustav, da bist du ja. Du, es sind Gäste von außerhalb in der Firma, die wegen der Olympischen Spiele gekommen sind und sich nun alles ansehen wollen. Und mein Chef bat mich, noch zu bleiben und zu helfen. Es kann also nachher dauern. Warte bitte nicht auf mich«, trug sie hastig vor.

»In Ordnung. Gut, dass du anrufst. Dann gehe ich noch zu Robert. Er hat mir heute erzählt, dass …«

»Gut, schön. Tu das. Ich muss Schluss machen. Bis später.« Sie hängte ein. Es mochte unhöflich sein, doch wenn sie ihren Ehemann hätte ausreden lassen, hätte er ihr womöglich eine endlose Geschichte erzählt und sie wäre beim Telefonieren erwischt worden. So konnte sie in Ruhe ihrer Arbeit nachgehen und womöglich noch das eine oder andere Trinkgeld einstreichen.

»Annemarie?«

Clara zuckte bei der Stimme ihres Chefs zusammen.

Ihr Herz klopfte wild, als sie sich langsam zu ihm umdrehte. »Guten Tag, Herr Finkenbeiner«, grüßte sie. »Ich wollte mich eben umziehen gehen.«

»Annemarie, es geht wirklich drunter und drüber. Die Zimmermädchen sind noch auf den oberen Etagen beschäftigt«, kündigte er an. »Das Hotel platzt aus allen Nähten. Und nun hat es einen Zwischenfall gegeben in der Mastersuite. Ich weiß, es gehört nicht zu deinen Aufgaben, doch könntest du wohl dort alles wieder in Ordnung bringen? Der Gast hat das Badewasser überlaufen lassen, und alles ist nass.«

»Aber natürlich, das mache ich sofort.«

»Ach, Annemarie. Du bist wirklich nicht zu ersetzen. Lass dir bloß nicht einfallen, irgendwann zu kündigen.«

»Offen gesagt, wurde mir tatsächlich eine Stelle angeboten«, sagte sie aus einer plötzlichen Eingebung heraus. Würde er ihr ein paar Pfennige mehr anbieten, damit sie blieb? Oder war sie mit diesem Vorstoß zu weit gegangen und er wurde gleich furchtbar ärgerlich? Oder entließ sie sogar? Sollte sie lieber wieder zurückrudern?

»Was?« Er riss die Augen auf. »Von wem? Du hast hoffentlich abgelehnt?«

»Ich habe gesagt, dass ich es mir überlegen werde.« Ihre Stimme zitterte. Bang wartete sie ab.

Er machte einige Schritte auf sie zu. »Aber das tust du doch hoffentlich nicht?«

»Nein«, sagte sie dann und schüttelte lächelnd den Kopf. »Sie wissen doch, Herr Finkenbeiner, dass Sie sich auf mich verlassen können.«

»Dem Himmel sei Dank! Einen kurzen Moment dachte ich schon, dass du mich genauso im Stich lässt wie die anderen.« Er zückte das Portemonnaie und zog zwanzig Reichsmark hervor. »Das ist für dich, weil ich mich so auf dich verlassen kann.«

Clara starrte auf den Schein in ihrer Hand. So viel Geld verdiente sie sonst an sechs Tagen!

»Vielen Dank, Herr Finkenbeiner.«

»Schon gut. Du hast es dir verdient. Und nun lauf, und kümmere dich um die Mastersuite, bevor nichts mehr zu retten ist.«

»Das mache ich. Und noch einmal vielen Dank.« Sie wirbelte herum und lief los, um sich umzuziehen und Eimer und Feudel zu holen. Zwanzig Reichsmark! Sie hätte vor Glück schreien mögen.

22. Kapitel

Es gibt Tage, da spüre ich, dass die gelebten Jahre an mir zehren. Und ich verabscheue den Verfall, der damit einhergeht.

Paul-Friedrich von Falkenbach

Er war erschöpft, als Hans den Wagen vor das *Parkhotel Kaiserhof* in Frankfurt lenkte und zum Stehen brachte. Sogleich eilte ein Page herbei, der die Autotür öffnete und helfend die Hand reichte, um dem Gast den Ausstieg zu erleichtern. Doch Paul-Friedrich lehnte mit einem Kopfschütteln ab, setzte sein rechtes Bein auf den Gehsteig und hob dann mit beiden Händen den Beinstumpf mit der Prothese heraus, um die Füße parallel aufs Pflaster zu stellen. Der Page bemerkte es und trat einen Schritt zurück. Dann, als Paul-Friedrich beide Füße nebeneinanderstehen hatte, hielt der Page ihm abermals freundlich die Hand hin, die er nun ergriff und so in den Stand kam. »Danke, mein Junge«, sagte Paul-Friedrich zu dem Pagen, der nicht älter als sechzehn oder siebzehn Jahre alt sein mochte. Er griff in seine Hosentasche und zog eine Münze hervor, die er dem jungen Mann gab.

»Vielen Dank, mein Herr.« Er eilte nach hinten, um das Gepäck aus dem Kofferraum zu laden, doch Hans lehnte ab.

»Das trage ich selbst«, erklärte er, und seine Stimme verriet, dass er keinen Widerspruch duldete.

Paul-Friedrich ging in die Lobby und trat an die Rezeption, während Hans mit dem Gepäck einige Schritte hinter ihm folgte und dort mit etwas Abstand wartete.

»Guten Tag, mein Herr, und willkommen im *Parkhotel Kaiserhof*. Mein Name ist Frederik Gutheiß. Wie kann ich Ihnen behilflich sein?« Der Rezeptionist schenkte ihm ein strahlendes Lächeln.

»Paul-Friedrich von Falkenbach. Ich benötige zwei Zimmer.«

»Sie haben telefonisch reserviert, nehme ich an?«

»Nein.«

»Oh«, erwiderte der Rezeptionist. »Dann bedauere ich außerordentlich. Doch wir sind ausgebucht.«

»Wie bitte?«

»Es tut mir leid, mein Herr.« Er hob in einer entschuldigenden Geste die Hände. »Die ganze Stadt scheint voll zu sein. Viele ausländische Gäste sind wegen der Olympischen Spiele nach Deutschland gekommen und besuchen nicht nur Berlin, sondern auch weitere Städte. Deshalb befürchte ich, dass es in den anderen Hotels nicht viel besser aussieht.« Der Blick des Rezeptionisten fiel auf das Parteiabzeichen an Paul-Friedrichs Revers, was dieser bemerkte.

»Nun, soweit ich informiert bin, steht Ihr Haus für eine gemeinsame Zukunft im Sinne des Führers. Oder habe ich meinen Freund Franz da falsch verstanden? Zwar habe ich schon eine Weile nichts mehr von ihm gehört, doch gewiss wird er ungehalten sein, dass Sie einen Freund nicht willkommen heißen.«

»Franz?«, fragte der Rezeptionist.

»Ganz recht. Franz Gömöri und ich kennen uns schon viele Jahre. Wenn Sie so freundlich wären, ihn kurz anzurufen und ihn von meiner Anwesenheit zu unterrichten?«

»Einen kleinen Moment bitte«, bat Frederik Gutheiß, machte zwei Schritte hinter dem Rezeptionstresen, nahm den Hörer ab und wählte. Er entschuldigte sich für seinen Anruf, murmelte ein paar Sätze und nannte Paul-Friedrichs Namen. Dann legte er auf und kam zurück.

»Noch einmal herzlich willkommen im *Parkhotel Kaiserhof*, Herr von Falkenbach. Ich bitte, meine Unkenntnis zu verzeihen.«

»Nicht der Rede wert«, gab Paul-Friedrich jovial zurück. »Es hat sich ja geklärt.«

»Herr Gömöri bittet um Verzeihung, am heutigen Tag unabkömmlich zu sein, und bedauert, Sie nicht persönlich begrüßen zu können. Die Pflichten … Doch es wäre ihm eine Ehre, wenn Sie mit ihm und seiner Ehefrau morgen zu Abend essen würden, sofern Sie dann noch in Frankfurt weilen sollten.«

»Zunächst bleiben mein Haushofmeister und ich nur für eine Nacht. Aber sollten wir doch morgen Abend noch in Frankfurt sein, wäre es mir eine große Freude, die Einladung anzunehmen.«

Der Rezeptionist verbeugte sich. »Ich werde es weitergeben, Herr von Falkenbach.« Er griff hinter sich und nahm zwei Schlüssel vom Regal. »Eine Suite und eines unserer Standardzimmer«, verkündete er. »Die Zimmernummern stehen auf den Schlüsseln. Und wenn Sie so gütig wären, mir dieses Formular hier auszufüllen?« Er legte einen Meldeschein samt Stift auf den Tresen.

Paul-Friedrich trug seinen Namen und Wohnort ein und unterschrieb. Dann schob er das Formular wieder dem Rezeptionisten zu.

»Darf ich Ihnen mit dem Gepäck helfen lassen?«

Paul-Friedrich lehnte ab. »Das würde mein Haushofmeister wohl kaum zulassen.«

»Wie Sie meinen. Dann wünsche ich eine angenehme Zeit im *Parkhotel Kaiserhof*, und sollten Sie irgendwelche Wünsche haben, stehe ich jederzeit zu Ihrer Verfügung.«

»Vielen Dank, Herr …«

»Gutheiß«, wiederholte er seinen Namen. »Frederik Gutheiß, zu Ihren Diensten.« Wieder verbeugte er sich.

Paul-Friedrich ging zum Aufzug hinüber, und Hans hob die zwei Koffer an und folgte ihm nach. Dann ließen sie sich in den zweiten Stock fahren und bezogen ihre Zimmer. Paul-Friedrich teilte Hans mit, dass er heute Abend das Essen zusammen mit ihm an einem Tisch im Restaurant einzunehmen gedachte. Der Haushofmeister nahm es ohne jede Gefühlsregung hin, wie er immer alles einfach akzeptierte, was ihm aufgetragen wurde. Doch Paul-Friedrich meinte, bemerkt zu haben, dass ein leichtes Lächeln seine Lippen umspielte, als er seinem langjährigen treuen Angestellten diese besondere Ehre zuteil werden ließ.

Am nächsten Morgen stand Paul-Friedrich nach einer unruhigen Nacht in aller Frühe auf, trat ans Fenster und öffnete es. Am Abend, und noch bevor sie gegessen hatten, hatte er daheim bei Dorothea angerufen und ihr mitgeteilt, dass sie sicher angekommen waren. Seine Frau hatte sich erleichtert gezeigt, denn nach Dorotheas Ansicht brachten Reisen immer irgendwelche Risiken mit sich, und sie fürchtete, dass ihrem Mann etwas passierte. Paul-Friedrich fand diese übertriebene Sorge seiner Frau einfach albern, schließlich hatte er einen Krieg überstanden und auch sonst so einigen Gefahren in seinem Leben getrotzt. Aber da sie sich sorgte und es ihr Wunsch war, dass er sich nach der Ankunft kurz meldete, sah er keinen Grund, diesem nicht zu entsprechen. Allerdings würde er sie nicht, einer weiteren Bitte nachgebend, heute früh nochmals anrufen, um zu berichten, wie er die Nacht verbracht hatte. Das ging dann doch zu weit.

Er atmete tief die frische Morgenluft ein und sah auf die Häuser der Stadt. Bis auf den an das *Parkhotel* angrenzenden parkähnlichen Garten und einige vereinzelte Bäume, die die Straße säumten, entdeckte er keinerlei Grün. Nur Häuser, Straßen und Menschen, die auch zu so früher Stunde schon in Eile zu sein schienen. Frankfurt war kein Ort, an dem er leben wollte, ebenso wenig wie in jeder anderen Stadt, die er kannte. Er brauchte das Grün der Wälder und endlose Wiesen und weite Landschaft um sich herum. Sonst schien er nicht genug Luft zum Atmen zu bekommen.

Oder empfand er nur momentan diese Beklemmung, weil er nicht wusste, was ihn heute noch erwartete? Wie würde das Treffen mit Theo Siegler verlaufen? Paul-Friedrich griff in seine Hosentasche, um den Zettel hervorzuholen, auf dem er die Anschrift seines früheren Kameraden notiert hatte. Er warf einen kurzen Blick darauf und steckte das Papier dann wieder ein. Womöglich wäre es klüger, sich nicht von Hans dorthin fahren zu lassen, sondern stattdessen ein Taxi zu nehmen. Andererseits war Hans loyal und ihm treu ergeben. Und wenn ihn alle Erna Behrends dieser Welt oder sogar die Gestapo befragen würde, wohin er Paul-Friedrich gefahren hatte – er war sicher, Hans würde es nicht verraten. Mit diesem Gedanken war für Paul-Friedrich die Entscheidung gefallen, seinen treuen Mitarbeiter mit der Aufgabe zu betrauen. Es wäre lächerlich gewesen, es nicht zu tun.

Paul-Friedrich trat vom Fenster zurück und schloss es. Dann griff er zum Hörer und rief in Hans' Zimmer an, wie sie es am gestrigen Abend vereinbart hatten, um auch das Frühstück gemeinsam einzunehmen. Es war ein überaus angenehmer Abend gewesen, mit einer höflichen und dennoch unaufdringlichen Konversation. Und auf eine gewisse Weise genoss Paul-Friedrich den Aufenthalt sogar, denn er holte ihn ein wenig aus dem Alltagstrott heraus, den er auf Gut Falkenbach lebte.

Es klingelte nur einmal, da hob Hans schon ab und meldete sich. Paul-Friedrich musste schmunzeln, weil er sich fragte, wie lange sein Bediensteter wohl schon neben dem Telefon gesessen und seinen Anruf erwartet hatte.

Sie besprachen, sich sogleich vor dem Fahrstuhl zu treffen, und legten dann auf. Dann nahm Paul-Friedrich den Zimmerschlüssel und verließ die Suite.

Nachdem sie gefrühstückt hatten, zog Paul-Friedrich sich in seine Suite zurück. Auch Hans ging auf sein Zimmer, um dort zu warten, bis sein Dienstherr ihn erneut anrief und ihm das Signal zum Aufbruch gab. Es war noch nicht einmal acht Uhr dreißig und damit zu früh für einen Besuch bei einem Mann, den Paul-Friedrich viele Jahre nicht gesehen hatte. Also streckte er sich der Länge nach auf dem Bett aus, ohne seine Schuhe auszuziehen, und verschränkte die Arme hinter dem Kopf. Er sah an die Decke, ließ seine Gedanken schweifen und atmete geräuschvoll aus. Er war in letzter Zeit viel zu selten dazu gekommen, einmal in Ruhe nachzudenken, dabei war dies gerade im Moment wichtiger denn je. Was war nicht alles geschehen, seit Erna Behrend während der Jubiläumsfeier so überraschend auf Gut Falkenbach aufgetaucht war! Paul-Friedrich schloss die Augen, um sich für eine Weile zu entspannen. Was hatte er nach der Rückkehr aus dem Krieg, als das gemeinsame Projekt mit Wilhelm und Heinrich angelaufen war, Blut und Wasser geschwitzt. Wäre er heute noch einmal in der gleichen Situation, er wüsste nicht, ob er wieder so handeln würde. Wie sehr das, was geschehen war, oder vielmehr, was er hatte geschehen lassen, sein Leben beeinflusst und belastet hatte, war damals von ihm unterschätzt worden. Und zwar deutlich. Er war jünger gewesen, unerschrockener, und fast fühlte es sich an, als hätte sich all das nicht in seiner Vergangenheit, sondern in einem anderen Leben abgespielt, das mit seinem eigenen auf

Gut Falkenbach nicht das Geringste zu tun hatte. Alles war so weit weg. So als wenn man ein Buch las, das man zuklappte und damit wieder aus seinem Leben ausschloss. Nur dass eben dies bei der eigenen Vergangenheit nicht möglich war, wie sehr er es sich auch gewünscht hätte. Er musste sich nicht lange fragen, ob es richtig war, wie er sich verhalten hatte. Es war falsch gewesen, grundfalsch und moralisch mehr als verwerflich. Doch wie hätte er das damals wissen können? Wie sollte ein Mensch überhaupt in der Lage sein, Situationen zu beurteilen, denen er noch nie gegenübergestanden hatte? Und das unter solch schweren Bedingungen wie in einem Krieg? Er öffnete die Augen. Wieder und wieder kreisten die Gedanken in seinem Kopf. So viele Jahre hatte er gebraucht, das Geschehene hinter sich zu lassen, vergessen hatte er es freilich nie. Doch war das bei denen, die im Krieg gekämpft und sich nichts vorzuwerfen hatten, wirklich anders? Gab es überhaupt Männer, die von sich behaupten konnten, sich nichts vorwerfen zu müssen, wenn sie doch situationsbedingt dazu verurteilt waren, die Waffe auf andere Menschen zu richten? Konnte man auch nur einen Moment glauben, dass es wirklich immer richtig gewesen war, wie sich jemand verhalten hatte, der stets fürchten musste, jeder Tag könnte sein letzter sein? Aber, und das war es, was ihm so zu schaffen machte, entschuldigte all das sein eigenes Verhalten? Er setzte sich auf. Wenn er sich selbst eine ehrliche Antwort auf seine Frage geben sollte, würde sie ihm nicht gefallen, das wusste er. Was nützte es also, mit sich selbst zu hadern und sich wieder und wieder zu quälen? Er vermochte es doch ohnehin nicht mehr zu ändern. Also konnte seine jetzige Aufgabe doch einzig darin bestehen, seine Familie zu schützen und wenigstens die Folgen seiner Taten von denen fernzuhalten, die unschuldig waren.

Er ging ans Fenster und öffnete es wieder, wie er es schon am frühen Morgen vor dem Frühstück getan hatte. Nun genügte jedoch ein kurzer Blick hinaus, um festzustellen, dass das Treiben auf den Straßen noch mehr zugenommen hatte und die Menschen wie die Ameisen im Bau ihre Wege suchten, geschäftig, hektisch und nervös. Hinzu kamen die vielen Automobile, die durch die Straßen brausten, jeder sich selbst der Nächste und ohne Rücksicht auf Verluste. Er musste sich nicht fragen, ob er den heutigen Abend noch hier verbringen würde, wenn er Theo Siegler tatsächlich antraf und das, was er mit ihm zu klären hatte, besprechen konnte. Sobald die Angelegenheit erledigt war, würde er Hans anweisen, ihre wenigen Sachen in den Koffern zu verstauen, die Rechnung zu bezahlen und sofort nach Bernried zurückzufahren. Keinen einzigen überflüssigen Moment wollte Paul-Friedrich noch hier in Frankfurt verweilen. Er schloss das Fenster wieder, sah auf die Uhr. Fast Viertel vor neun. Wenn Hans langsam fuhr, könnten sie sich nun auf den Weg zu Theo Sieglers Wohnung machen. Hoffentlich war er da und ersparte es Paul-Friedrich so, länger als unbedingt notwendig in der Stadt zu bleiben.

Er nahm den Hörer ab und gab Hans Bescheid. Dann zog er noch einmal den Zettel mit der Anschrift hervor, damit Hans sich an der Rezeption nach dem Weg erkundigen konnte. Vermutlich würden sie ein wenig suchen müssen, doch das war Paul-Friedrich einerlei. Schließlich hatten sie mehr als genug Zeit, und fast hoffte er, dass sie die Adresse nicht allzu schnell fanden.

Paul-Friedrich nahm sich den Zimmerschlüssel und die lederne Reisetasche und ging hinaus. Hans erwartete ihn bereits am Fahrstuhl, den der Liftboy für sie angehalten hatte, und sie fuhren nach unten.

An der Rezeption war heute nicht Frederik Gutheiß, der sie gestern in Empfang genommen hatte, sondern ein anderer Mitarbeiter im Dienst. Paul-Friedrich gab Hans den Zettel mit der Anschrift und wies ihn an, sich den Weg zu der Adresse beschreiben zu lassen. Der nickte, ging zum Empfang hinüber und sprach den Rezeptionisten an. Währenddessen wartete Paul-Friedrich ein Stück abseits, bis Hans sein Gespräch beendet hatte und ihm mitteilte, dass er nun wisse, wo die Eckenheimer Landstraße sei. Hans wies sogleich den Pagen an, den Wagen vorfahren zu lassen. Einen Moment nur warteten sie, dann brauste der Fahrer mit dem Horch 850 heran, den Paul-Friedrich sich von Wilhelm geliehen hatte.

Der Page öffnete die hintere Tür des Automobils bereits, kaum dass sein Kollege den Wagen vor dem Hotel zum Stehen gebracht hatte. Während Paul-Friedrich etwas umständlich wegen seines linken Beins einstieg, setzte Hans sich bereits auf den Fahrersitz und wartete nur, bis die hintere Wagentür ebenfalls geschlossen wurde. Dann fuhr er los.

Etwa fünfzehn Minuten später hielt Hans in der Eckenheimer Landstraße am rechten Fahrbahnrand vor der Hausnummer 254 an.

Paul-Friedrich sah an der Fassade hinauf.

»Hier ist es«, erklärte Hans. »Eckenheimer Landstraße 254.« Er stieg aus, ging um das Fahrzeug herum und öffnete Paul-Friedrich die Tür. »Soll ich Sie begleiten?«, fragte er.

»Nein, danke. Das muss ich allein erledigen.« Paul-Friedrich ließ sich von Hans die Ledertasche reichen, straffte seinen Rücken und hinkte auf die Haustür zu. Sie war nur angelehnt, sodass Paul-Friedrich sie aufdrückte und einfach eintrat.

Er fand sich im Hausflur eines Mehrfamilienhauses wieder und blickte ins Treppenhaus hinauf. Mindestens vier Treppen konnte er von hier ausmachen. Einen Aufzug gab es nicht. Und bei seinem Glück wohnte Theo Siegler vermutlich auch noch im obersten Stockwerk. Mit einem Seufzen setzte er den ersten Schritt und schleppte sich Stufe für Stufe hinauf. Als er die erste Treppe geschafft hatte, sah er auf das Klingelschild, auf dem der Name Schlender geschrieben stand. Er ging zur anderen Seite, dort lebte jemand namens Müller. Paul-Friedrich seufzte, dann machte er sich auf, die nächsten zwei Treppen hinaufzusteigen. Mit jedem Schritt schmerzte sein Stumpf mehr, immer anstrengender wurde es für ihn, weiter die Stufen zu nehmen und den Schmerz zu unterdrücken, der ständig anzuschwellen schien. Im zweiten Stock angekommen, sah er wieder auf ein Klingelschild, auf dem zu seiner Erleichterung der Name Siegler stand. Paul-Friedrich lehnte sich an die Wand und stellte die Tasche auf dem Boden ab. Er brauchte einen Moment, um sich zu sammeln und zu einer ruhigen Atmung zurückzufinden. Der Schweiß lief ihm den Rücken herunter, und seine Hand zitterte, als er in die Hosentasche griff und das kleine Pillenröhrchen hervorzog. Eilig fingerte er eine Tablette heraus und schob sie sich in den Mund. Für einen kurzen Moment schloss er die Augen, fühlte in sich hinein, ob das Mittel schon seine Wirkung entfaltete. Halfen ihm womöglich diese verdammten Pillen nicht mehr? Er kämpfte gegen die Panik an, die in ihm aufsteigen wollte. Ruhig bleiben und einfach langsam ein- und wieder ausatmen, das war das ganze Geheimnis, um seinen Körper wieder unter Kontrolle zu bringen. Ein- und wieder ausatmen, mehr brauchte es nicht. Ein Lächeln erreichte seine Lippen, als er nun endlich die Wirkung der Tablette spürte. Der Schmerz ließ von seinem Körper ab, er wurde ruhiger, und mit jedem Moment gewann er sein Selbstvertrauen zurück. Er stieß sich von der Wand ab, drückte den Klingelknopf und wartete. Aus der Wohnung drangen keine Geräusche in den Flur. Paul-Friedrich betätigte erneut die Klingel, dann legte er sein Ohr an die Tür und lauschte. Täuschte er sich oder hatte er soeben etwas gehört? Wieder wartete er einen Augenblick, dann klopfte er an die Tür. »Theo?«

Aus dem Innern der Wohnung waren nun eindeutig Geräusche zu vernehmen. Ein Schlüssel wurde im Schloss herumgedreht und dann die Tür einen Spalt breit geöffnet. Das Gesicht, dass Paul-Friedrich durch die schmale Öffnung sah, erinnerte ihn an den Mann, den er zuletzt vor achtzehn Jahren gesehen hatte.

»Paul-Friedrich?«

»Ja, ich bin es.«

Theo Siegler öffnete die Tür und blieb im Türrahmen stehen, unsicher, wie er sich verhalten sollte. Paul-Friedrich lächelte ihn an, machte einen Schritt auf ihn zu und umarmte den Kriegskameraden. Einen Moment blieben sie so stehen, dann lösten sie die Umarmung, und Theo Siegler gab Paul-Friedrich den Eingang frei, damit der eintreten konnte.

Das einzige Licht, das in den Flur drang, schien aus der geöffneten Wohnzimmertür. »Komm rein. Aber ich bin nicht auf Besuch eingestellt. Sieh dich also lieber nicht um.«

»Mach dir keine Gedanken.« Paul-Friedrich folgte Siegler in das Wohnzimmer, dessen Einrichtung aus einer abgewetzten Sitzgarnitur mit einem kleinen Tisch in der Mitte bestand, darunter ein Teppich, der vor Dreck starrte. Weiter gab es eine Schrankwand und einen runden Esstisch mit drei Stühlen. Die Tapeten an den Wänden waren vermutlich nicht einmal schön gewesen, als sie noch neu waren. Nun, nachdem sie wer weiß wie viele Jahre an der Wand hingen, wirkten sie geradezu abstoßend. Die Deckenleuchte bestand aus sechs braunen Glaskugeln auf einem Holzgestell und war für das kleine Wohnzimmer viel zu wuchtig.

Auf den Sesseln lagen etliche Kleidungsstücke, die Theo nun zusammenraffte und auf die Stühle warf, die am Esstisch standen. Dann räumte er noch rasch diverse Gegenstände von dem kleinen Tisch bei der Sitzgarnitur und verteilte diese auf dem Esstisch. Jetzt erst bot er seinem Gast einen Platz an.

»Bitte.«

Paul-Friedrich setzte sich, wenngleich er sich besorgt fragte, wie viele Läuse und Wanzen sich später in seinem Anzug wiederfänden.

»Kann ich dir was zu trinken anbieten?«

Allein die Vorstellung, hier ein Glas oder einen Becher an seine Lippen zu führen, bescherte Paul-Friedrich eine Gänsehaut. Dennoch sagte er: »Gern. Was hast du da?«

»Bier und Schnaps.«

Paul-Friedrich schmunzelte. »Eigentlich nicht unbedingt die Tageszeit dafür, aber nach all den Jahren, die wir uns nicht gesehen haben, können wir uns wohl über die üblichen Gepflogenheiten hinwegsetzen.«

Theo grinste, und im Vorderkiefer zeigte sich eine breite Lücke zwischen einer Reihe gelber, faulig wirkender Zähne. Paul-Friedrich musste sich zusammenreißen, um nicht angewidert das Gesicht zu verziehen.

Theo schlurfte hinaus und kam mit zwei Flaschen Bier, die er sich in die Armbeuge geklemmt hatte, einer Flasche Schnaps und zwei kleinen Gläschen wieder zurück. Er öffnete die Flaschen und reichte eine Paul-Friedrich, der sie dankend annahm und vor sich auf den Tisch stellte. Dann schenkte Theo die Schnapsgläser voll und schob eines zu seinem Besucher hinüber.

»Auf unser Wiedersehen nach so vielen Jahren«, sagte Paul-Friedrich, als Theo das Glas erhob. Als sie den Schnaps ausgetrunken hatten, füllte Theo augenblicklich nach. Noch einmal stießen sie an, und als Theo schon wieder nachschenken wollte, legte Paul-Friedrich die Hand über sein Glas. »Ich bleibe ab jetzt beim Bier.«

»Bleibt mehr für mich«, grinste Theo, schenkte nach, trank aus und schenkte wieder nach. Kurz stellte er das Glas auf dem Tisch ab, dann hob er es schon wieder an die Lippen und kippte den Schnaps in seine Kehle. »Ahhh!«, seufzte er genüsslich.

»Wie geht's dir denn, Theo?« Paul-Friedrich sah sein Gegenüber an. Der zuckte mit den Schultern. »Du siehst es ja. Es geht mir gut. Ich habe alles, was ich brauche. Und du?«

»Gut, wirklich gut. Ich konnte ja zu meiner Familie zurückkehren damals. Hast du je geheiratet?«

Theo grinste und gewährte einen weiteren Blick in seinen zum Teil zahnlosen Mund. »Warum eine nehmen, wenn man alle haben kann?«

»Da hast du natürlich auch wieder recht«, meinte Paul-Friedrich schmunzelnd.

Theo nickte, hob die Flasche und schenkte sich noch einmal nach. Wieder kippte er den Schnaps sofort hinunter.

»Was willst du hier, Paul-Friedrich?« Sieglers Miene veränderte sich. Eben noch etwas verschämt, wirkte er nun eher misstrauisch.

»Ich will nicht lange um den heißen Brei herumreden«, erklärte Paul-Friedrich. »Du erinnerst dich an Viktor Behrend?«

»Wie könnte ich den je vergessen. Aber der ist tot. Tot und nie begraben.« Siegler grinste schief.

»Ja, aber er hat eine Tochter. Ihr Name ist Erna, und sie kramt in der Vergangenheit.«

»Was gibt es da zu kramen?« Siegler griff sich sein Bier und trank. Dann sah er Paul-Friedrich an, als würde ihm erst in diesem Moment bewusst, um was es gehen könnte. »Jetzt verstehe ich. Und was weiß die Kleine?«

»Dass Viktor nicht eben ein freundlicher Zeitgenosse war, wenn es um die Frauen ging.«

»Das ist noch nett ausgedrückt«, stellte Siegler missmutig fest.

»Sie hat es selbst herausgefunden, weil sie eigens nach Riga gefahren ist.«

»Donnerwetter, das nenne ich aber Ehrgeiz.« Er lachte kehlig auf. »Und das nur, um dann zu erfahren, dass Papi ein widerliches Schwein war.«

»So sieht's aus. Doch das ist noch nicht alles.«

»Was denn noch?«

»Sie wühlt auch in unserem Leben rum. In Heinrichs, Wilhelms, meinem und bald auch in deinem und dem von Albert. Hast du zu Albert noch Kontakt?«

»Ja, aber nicht regelmäßig. Wir telefonieren manchmal.« Siegler sah versunken auf seine Flasche. »Er hat auch nie geheiratet und kümmert sich neben der Tischlerei die meiste Zeit um seine betagten Eltern. Ist nicht einfach für ihn.« Theo trank erneut aus seiner Bierflasche, dann flackerte plötzlich Erkenntnis in seinem Blick. »Aber jetzt verstehe ich erst, was du hier willst. Du hast Schiss, dass ich mit der Kleinen spreche, wenn sie hier auftauchen sollte, und dass am Ende dein Ruf leidet oder die Gestapo dich holen kommt.« Er deutete auf das Parteiabzeichen an Paul-Friedrichs Revers. »Dabei bist du doch jetzt einer von denen, wie es aussieht.«

Bevor Paul-Friedrich etwas erwidern konnte, fügte Theo hinzu: »Mach dir mal keine Gedanken. Von mir wird weder sie noch sonst jemand was erfahren.«

»Das weiß ich doch«, beeilte sich Paul-Friedrich zu erwidern. »Oder sagen wir mal, ich dachte es mir.« Er zog die Ledertasche heran, die er mitgebracht hatte.

»Was ist das?«

»Mir ist durch den Besuch von Erna Behrend etwas klar geworden«, sagte Paul-Friedrich und ging über Theos Frage hinweg. »Es ist, wie ich dir vorhin sagte, bei mir alles in Ordnung, und mein Leben hat sich gut entwickelt. Das Auftauchen der kleinen Behrend hat mich darüber ins Nachdenken gebracht, wie gut ich es doch getroffen habe und dass ich das nicht zuletzt auch dir und den anderen Kameraden zu verdanken habe. Dies hier wird dir helfen, damit du auch endlich ein besseres Leben hast.«

»Du musst mich nicht bezahlen, damit ich die Klappe halte.« Theo funkelte seinen Besucher wütend an.

»Das will ich auch nicht. Ob ich dir das Geld nun gebe oder

nicht: Wenn du bei Erna Behrend den Mund aufmachen willst, dann wirst du es tun. Das könnte ich gar nicht verhindern.«

»Und wozu dann das Geld?«

»Sieh mich an, Theo. Wir haben einiges zusammen durchgemacht damals. Habe ich dich je belogen?«

»Nicht, soweit ich weiß.«

»Gut. Dann schau mir in die Augen: Ich lüge auch jetzt nicht. Ich würde mich freuen, wenn du das Geld annimmst und nicht gleich alles versäufst. Es tut mir leid, dass wir uns so aus den Augen verloren haben. Doch das Geld kann dir wenigstens helfen, dein Leben zu verbessern. Und wenn du mehr brauchst, kann ich dich weiter unterstützen.«

»Aber warum gerade jetzt, nach all den Jahren? Warum tauchst du erst hier auf, nachdem die Tochter von Viktor dir offenbar an die Eier will?«

»Weil ich die vergangenen Jahre mit nichts anderem beschäftigt war, als zu arbeiten und das zu mehren, was ich habe. Doch was hat es mir genützt? Vergessen konnte ich deshalb trotzdem nicht, was damals war.«

Theo schüttelte den Kopf. »Ich auch nicht. Ich sehe die Bilder noch immer vor mir.« Er hob die Flasche Schnaps hoch. »Das macht es ein bisschen erträglicher.«

Paul-Friedrich fasste in seine Hosentasche. »Wenn die Bilder bei mir auftauchen, schmerzt mein verdammtes Bein, das ich nicht mehr habe. Dann werfe ich mir dieses Zeug in den Rachen, damit es besser wird.«

Theo nickte. Eine Weile sprachen sie noch miteinander, dann schrieb Paul-Friedrich ihm seine Anschrift und seine Telefonnummer auf und nahm ihm das Versprechen ab, sich sofort zu melden, wenn Erna Behrend bei ihm auftauchte. Doch nicht nur das. Bevor er ging, bot er Siegler jegliche Hilfe an, die ihm zur Verfügung stand, und forderte den früheren Kameraden noch einmal eindringlich auf, sich zu melden, wenn er etwas brauchte, was dieser auch zusagte. Als Paul-Friedrich die Wohnung verließ, blieb die Ledertasche mit dem Geld bei Theo Siegler zurück. Die beiden Männer verabschiedeten sich mit einer langen Umarmung, dann humpelte Paul-Friedrich die Treppen Stufe für Stufe wieder hinunter. Als er aus dem Haus trat und Hans ihm die Tür zum Wagen öffnete, drehte er sich noch einmal um und sah an der Fassade hinauf. Oben am Fenster stand Siegler und hob zum Abschied die Hand. Paul-Friedrich erwiderte die Geste, und eine seltsame Ahnung beschlich ihn, dass er den früheren Kameraden hier das letzte Mal sah. Doch er verwarf den Gedanken schnell wieder und stieg ins Auto. Als der Wagen startete, erfasste Paul-Friedrich ein Gefühl beklemmender Leere. Es war nicht der erste Abschied seines Lebens, doch irgendwie machte ihm dieser besonders zu schaffen.

23. Kapitel

Das ganze moralische Gerede habe ich nie verstanden. Ich nehme mir, was ich will, bevor es ein anderer tut. Nur so kommt man weiter.

Heinrich Lehmann

Ihm fielen fast die Augen zu, als er in Hamburg angekommen war und endlich nach so vielen Stunden Fahrt aus dem Automobil steigen und seinen schmerzenden Rücken durchdrücken konnte. Dummerweise hatte er sich zuvor nicht erkundigt, wo er unterkommen könnte, und hatte es versäumt, etwas zu reservieren. Da es bereits fast elf Uhr am Abend war, konnte er sich denken, dass es sinnlos war, nach einem Hotel oder einer Gaststätte Ausschau zu halten, die um diese Uhrzeit noch geöffnet hatten und bereit waren, Gäste aufzunehmen. Wegen seines übereilten Aufbruchs hatte er auch nichts zu essen mitgenommen, sodass sein Magen unwillig knurrte. Doch was nützte es schon? Heinrich stieg schließlich wieder in sein Auto und stellte es auf einem etwas abgelegenen Parkplatz ab. Dann zog er sein Jackett aus, verschloss das Fahrzeug von innen, drehte sich zur Seite und schlief trotz des Hungers fast augenblicklich ein.

Überraschenderweise hatte er trotz der unbequemen Lage einen ruhigen, tiefen Schlaf genossen, und als er am nächsten Morgen wach wurde und auf die Uhr sah, stellte er fest, dass es fast acht Uhr war – eine Zeit, zu der die Hotels bereits geöffnet hatten. Er kletterte etwas umständlich aus dem Auto, streckte sich und gähnte. Er überlegte, sich aus dem eilig gepackten Koffer ein frisches Hemd herauszunehmen und gegen das zu tauschen, in dem er geschlafen hatte. Doch er verwarf den Gedanken. Lieber wollte er sich jetzt in ein Hotel begeben, sich dort waschen und auf den Tag vorbereiten, vor allem aber ein Frühstück einnehmen, bevor er zu Albert Zeidler fuhr, um die Angelegenheit mit ihm zu klären. So ging er nur mit dem Kamm durchs Haar, strich seine Kleidung glatt, setzte sich wieder ins Auto und fuhr los. Schon gestern bei seinem Eintreffen in der Stadt war er am *Hotel Vier Jahreszeiten* vorbeigekommen, zu dem er nun auf direktem Weg fuhr, um sich dort einzuquartieren. Der Page kam eilig herbei, als er vorfuhr, und ließ sich von Heinrich den Schlüssel für das Automobil geben, um es für ihn zu parken. Ein anderer Hoteldiener nahm Heinrich den Koffer ab und begleitete ihn zur Rezeption.

Er mietete ein Zimmer für eine Nacht, ließ sich den Schlüssel geben, fuhr hinauf, machte sich frisch und wechselte die Kleidung. Dann fuhr er mit dem Aufzug wieder hinunter und ging in den Saal, in dem das Frühstück serviert wurde. Er nahm sich Zeit, bestellte Eier, Brot, Butter, Wurst und Kaffee und ließ es sich gut gehen. Er wollte sich nicht nur sättigen, sondern nutzte das Alleinsein, um sich ganz und gar auf das Gespräch mit Albert Zeidler vorzubereiten und jede eventuelle Wendung, die eintreten konnte, durchzuspielen. Heinrich war zuversichtlich, die Aufgabe, die ihm von seinem Bruder Wilhelm und Paul-Friedrich übertragen worden war, mit Bravour zu meistern. Für ihn war es die Gelegenheit, zu beweisen, dass er nicht der Hitzkopf war, für den die beiden ihn hielten. Sicher hatte er schon so manchen Fehltritt getan. Und dass er rasch die Beherrschung verlor, wusste er selbst nur zu genau. Doch dieses Mal würde er sich zusammenreißen und alles geben, würde geschickt von sich zu überzeugen wissen wie Paul-Friedrich und dabei eine Gutmütigkeit an den Tag legen wie Wilhelm. Ja, es war fast ein wenig so, als wollte er die beiden stolz auf sich machen, zumindest aber sollten sie Respekt vor seiner Leistung haben, sobald er nach Gut Falkenbach zurückkehrte und die Nachricht mitbrachte, dass von Albert Zeidler dank seines, Heinrichs, souveränen Einsatzes keinerlei Gefahr mehr ausging, ganz gleich, was die kleine Behrend dem ehemaligen Kameraden einflüsterte.

Es war halb zehn, als er den Wagen vorfahren ließ, dem Pagen eine Münze gab und sich den Weg zur Lohkoppelstraße beschreiben ließ, in der sich das Haus der Familie Zeidler befand. Er fuhr etwa fünfzehn Minuten, und als er in die Lohkoppelstraße einbog, sah er bereits das Schild mit der Aufschrift *Tischlerei Zeidler*. Er parkte seinen Mercedes direkt davor und stieg aus. Die Tür zur Werkstatt war nicht verschlossen, und sobald er mit der Tasche in der Hand eintrat, hörte er Hammergeräusche.

»Guten Morgen!«, rief er laut und ging noch ein Stück weiter in den Raum hinein. Das Hämmern hörte auf, und aus dem Nebenraum kam der Mann, den Heinrich zuletzt vor achtzehn Jahren gesehen hatte.

»Grüß dich, Albert.«

Der Tischler brauchte einen Moment. »Heinrich Lehmann?«, fragte er dann überrascht.

»Ganz recht, ich bin es.« Heinrich trat auf ihn zu und reichte ihm die Rechte, nach der Albert schließlich griff. »Das nenne ich aber mal eine Überraschung!«

»Gut siehst du aus, Albert. Hast dich kaum verändert.«

»Die Schwielen sind mehr geworden«, erklärte der und hielt die Handflächen wie zum Beweis hoch. »Aber komm erst mal rein.« Zeidler führte Heinrich in einen Nebenraum, in dem ein Tisch und zwei Stühle standen. An der Wand war ein Regalbrett angebracht, auf dem ein paar Tassen und Gläser standen. Eine weitere Tasse befand sich auf dem Tisch, ebenso wie eine Kaffeekanne und ein Aschenbecher, eine Packung Zigaretten und ein Benzinfeuerzeug. Albert beugte sich zu dem kleinen Schränkchen, das in der Ecke stand, und holte zwei Flaschen Bier heraus.

»Setz dich«, sagte er und deutete auf einen der Stühle, auf dem Heinrich nun Platz nahm. Die Begrüßung war zwar nicht übermäßig herzlich ausgefallen, doch gewiss auch nicht unfreundlich. Er hatte nie etwas gegen Albert Zeidler gehabt. Wie dieser jedoch ihm gegenüberstand, wusste er nicht recht einzuschätzen. Nun, da der erste Schritt getan war, war jedoch einige Anspannung von Heinrich abgefallen.

Albert stellte die Bierflaschen auf den Tisch und setzte sich ebenfalls. »Ist lange her«, bemerkte er.

»Das kannst du laut sagen. Wie ist es dir ergangen?«

»Na ja, weit gekommen bin ich nicht.« Er deutete auf die Werkstatt. »Ich mache das, was schon mein Großvater und nach ihm mein Vater gemacht haben. Aber ich kann mich wirklich nicht beklagen. Das Auftragsbuch ist voll, und die Kunden bezahlen ihre Rechnungen. Wir können gut davon leben.«

»Wir?«

»Meine Eltern und ich. Sie sind nicht mehr so gut beieinander. Meine Mutter ist so weit noch rüstig, doch mein Vater weiß manchmal nicht mehr, wer ich bin. Aber so ist das wohl, wenn man alt wird.«

»Und eine Frau oder Kinder hast du nicht?«

»War mir nicht vergönnt. Und du?«

»Noch immer dieselbe Frau und derselbe Sohn. Ferdinand ist inzwischen ein erwachsener Mann. Hat vor Kurzem geheiratet. Tja, nun kommt auch da wohl bald die nächste Generation nach. Das Leben rennt nur so dahin.«

»Hm, eigenartig. Hattest du nicht zwei Söhne?«

»Nein. Nur einen. Du musst das verwechseln.«

»Warum bist du gekommen?«

»Willst du mich gleich wieder loswerden?«

»Hab ich nicht gesagt. Aber du tauchst hier nicht nach all den Jahren ohne Grund auf. Also?« Albert hob die Bierflasche und stieß sie gegen Heinrichs. »Zum Wohl.«

»Zum Wohl.« Heinrich trank einen Schluck. Sollte er wirklich sofort mit der Tür ins Haus fallen? Wahrscheinlich war es das Beste, wo Albert ihn ohnehin schon gefragt hatte.

»Vor ein paar Tagen ist die Tochter von Viktor Behrend bei uns aufgetaucht und hat Fragen gestellt.«

»Ich wusste gar nicht, dass er eine Tochter hatte. Und was wollte sie von dir?«

»Nicht nur von mir. Von Paul-Friedrich, Wilhelm und mir. Und genau genommen auch von dir und Theo Siegler.«

»Aha.«

»Sie wollte wohl was über ihren Vater erfahren und ist deshalb irgendwann mal nach Riga gefahren.«

»Nach Riga?«

Heinrich nickte. »Scheint ein wissbegieriges Ding zu sein, die Kleine.«

»Und?«

»Na ja, sie hat mehr erfahren, als für sie gut ist. Sie hat eine der Frauen aufgetrieben, mit denen Viktor sich vergnügt hat.«

Albert sah ihm direkt in die Augen. »Das war kein Vergnügen, und das weißt du genau.«

»Krieg ist Krieg«, erklärte Heinrich. »Da gelten andere Regeln.«

Zeidler schüttelte den Kopf. »Krieg ist, wenn jungen Kerlen, die nicht wissen, was sie tun, Waffen in die Hand gedrückt werden und sie Aug in Aug auf jemanden schießen, der ebenso ihr Freund hätte sein können, aber eben für die andere Seite kämpft. Doch Frauen zu vergewaltigen und auch alles andere, was damals gelaufen ist, steht auf einem anderen Blatt.«

»Darum geht es hier aber nicht.«

»Worum geht es dann?«

»Die kleine Behrend hat es auf uns abgesehen. Sie versucht uns irgendwas anzuhängen.«

»Euer Problem.«

»Nein, es ist genauso dein Problem. Wir waren alle in einer Einheit. Das, was die einen getan haben, betrifft die anderen ganz genauso.«

Zeidler klopfte sich eine Zigarette aus der Packung und zündete sie an. »Von mir aus kann sie in meinem Leben und in meiner Vergangenheit stöbern, bis ihr die Lust vergeht oder die Langeweile sie dahinrafft. Da gibt es nichts zu entdecken.«

Heinrich spürte, wie der Unmut sich seinen Weg an die Oberfläche bahnte. Doch er durfte sich keinesfalls hinreißen lassen und die Fassung verlieren.

»Du willst es wohl nicht verstehen. Wir sitzen alle in einem Boot, Albert.«

Zeidler nahm ein paar Züge von seiner Zigarette. »Kannst du mit all dem leben, Heinrich?«

»Womit denn?«

»Mit dem, was damals geschehen ist. Würdest du heute wieder so handeln?«

Heinrich senkte den Blick. »Natürlich würde ich das nicht. Alles würde ich ungeschehen machen, wenn ich nur könnte. Alles.«

Zeidler stand auf und holte aus dem Schränkchen, in dem die Bierflaschen standen, eine weitere Flasche mit einer bräunlichen Flüssigkeit darin hervor. »Selbst gebrannt«, erklärte er und nahm zwei Gläser von dem Holzregal, die er füllte. »Für ein solches Gespräch braucht man etwas Stärkeres als Bier.« Er schenkte ein, jedoch tatsächlich nur einen Daumen breit. »Aber Vorsicht. Trink wirklich nur einen kleinen Schluck. Das Zeug ist so hochprozentig, dass es dir die Zunge wegbrennt.«

Beide hoben die Gläser und tranken, worauf Heinrich prompt einen Hustenanfall bekam.

»Ich hab doch gesagt, dass es hochprozentig ist«, stellte Zeidler ungerührt fest. Einen Moment sagte keiner von ihnen etwas, dann begann er wieder zu sprechen: »Ich habe einige Freunde, die damals im Krieg waren. Und es geht allen ähnlich. Die Leichen sind längst verrottet, doch die Bilder im Kopf sind noch immer so frisch, als hätte man die Kugel gerade erst abgefeuert. Ich kenne nicht einen Einzigen, der glaubt, dass es richtig war, was damals geschah.«

»Da gibt es genug, glaub mir.«

»Mag sein«, erwiderte Zeidler. »Doch die, mit denen ich Umgang habe, gehören nicht dazu.«

»Ich komme auch nicht damit zurecht«, sagte Heinrich nun, nicht weil er es wirklich so meinte, sondern weil er es für klüger hielt, sich auf Zeidlers Seite zu schlagen.

»Was habt ihr der Tochter von Behrend denn gesagt?«, fragte Zeidler nun.

»Was sollten wir ihr wohl sagen, was sie nicht selbst schon wusste? Paul-Friedrich hat deutlich gemacht, dass es für niemanden von Vorteil ist, Viktors Namen so viele Jahre nach seinem Tod in den Schmutz zu ziehen. Und damit hat er ja auch recht.«

»Weiß sie, wie er gestorben ist?«

»Natürlich nicht.«

»Vielleicht wäre es gut, ihr die ganze Geschichte zu erzählen.«

»Bist du verrückt geworden?« Heinrich sprang auf.

Albert sah auf das Parteiabzeichen an Heinrichs Revers.

»Hast du Angst, dass deinen Freunden nicht gefällt, was dann zutage käme?« Zeidler sah ihn ungerührt an. »Soll ich dir mal was sagen? Kaum dass du zur Tür hereinkamst, ging mir fast die Galle über, Heinrich Lehmann.« Er stand nun ebenfalls auf. »Ich weiß genau, was du damals getan hast. Und Kerle wie du sind einfach nur der letzte Dreck. Vor einigen Jahren habe ich sogar selbst überlegt, ob ich den Schritt wagen und das zur Anzeige bringen sollte, was ich wusste. Womöglich hätte ich dann besser damit leben können. Und jetzt, wo du vor mir stehst und mich auf deine Seite zu ziehen versuchst, damit ich ja meine Klappe halte, falls die Tochter von Viktor sich mit mir in Verbindung setzen sollte, freue ich mich geradezu darauf, die Gelegenheit beim Schopf zu packen.« Seine Faust schnellte über den Tisch, und er packte Heinrich am Kragen. »Ich habe dich nie leiden können, Heinrich Lehmann. Du widerlicher kleiner Wurm wirst büßen, dafür werde ich nun sorgen. Und das bisschen Mensch, was dann noch von dir übrig ist, wenn die Leute, deren Abzeichen du so stolz an deiner Brust trägst, mit dir fertig sind, wird sich für den Rest seines jämmerlichen Daseins fragen, ob es das wirklich wert gewesen ist. Aber natürlich nur, wenn sie dich am Leben lassen …« Zeidler spuckte Heinrich ins Gesicht und stieß ihn zurück. »Und jetzt verschwinde aus meiner Werkstatt, du elendes Stück Dreck, und lass dich hier nie wieder blicken. Fahr nach Haus zu deiner kleinen Frau, und erkläre ihr, dass euer hübsches Leben vorbei ist, weil ihr Mann nämlich der letzte Abschaum ist. Na los. Raus!« Er deutete auf die Tasche. »Und das da kannst du gleich wieder mitnehmen. Egal, was da drin ist, ich will es nicht.«

Heinrich stand da, wie vom Donner gerührt. Er ballte seine Hand zur Faust, unschlüssig, was er tun sollte.

»Raus!«, brüllte Zeidler noch mal und sah ihn noch kurz an. Dann nahm er die Gläser und stellte sie wieder zurück aufs Regal, ganz so, als wäre Heinrich Luft. Der ballte die Fäuste und wollte auf Zeidler losgehen, wollte diesen verfluchten, selbstgerechten Mistkerl verprügeln, doch dann fiel sein Blick auf die Flasche Selbstgebrannten. Er griff zu, holte aus und zog sie Zeidler über den Kopf. So heftig, dass die Flasche dabei in tausend Stücke zerbrach und die Flüssigkeit Albert über den Kopf lief. Ohne sich noch abfangen zu können, ging er zu Boden und blieb bewegungslos liegen. An seinem Hinterkopf klaffte eine blutige Wunde. Heinrich stand über ihm, wartete ab, ob er sich noch regte. Doch das tat er nicht. Dann fiel ihm das Feuerzeug ein, das auf dem Tisch lag, und ein böses Funkeln trat in seine Augen, als er auf Zeidlers Haare starrte, die nass vom Selbstgebrannten an dessen Kopf klebten. Ganz ruhig nahm er das Benzinfeuerzeug, öffnete es und ließ es aufflammen. »Schmor in der Hölle.« Dann beugte er sich herunter und entzündete Zeidlers Haare. Fast hätte ihn die Stichflamme, die aufloderte, selbst erwischt, doch er wich gerade noch rechtzeitig zurück. Er machte noch ein paar Schritte nach hinten, sah mit Genugtuung, wie sich die Flammen ihren Weg bahnten und sich an der Kleidung Zeidlers immer weiter nach unten fraßen. Heinrich verschob den Holztisch so, dass die Flammen auch diesen schon bald erreichten. Dann bückte er sich nach der Tasche, hob sie auf und ging damit zur Tür. Der Körper Albert Zeidlers brannte nun lichterloh. Vermutlich war er bereits tot, denn er regte sich keinen Millimeter, um sich gegen das Feuer zu wehren. Fast bedauerte Heinrich es – er hätte es genossen, wenn Zeidler noch einmal das Bewusstsein wiedererlangte, um sich seines jämmerlichen Zustands bewusst zu werden. Die Flammen verschlangen immer mehr. Auch der Tisch brannte bereits, und schon bald würden die Stühle auflodern. Heinrich umfasste die Tasche noch fester, dann verließ er die Tischlerei, stieg ins Auto und fuhr fort. Keine Sekunde bedauerte er, was er getan hatte. Der Mistkerl hätte ihn verraten, er hätte sie alle verraten. Und so was nannte sich nun Kriegskamerad.

Er lenkte seinen Wagen vor das *Vier Jahreszeiten* und sagte dem Pagen, dass er nur noch eben seine Sachen holen und das Zimmer bezahlen wolle. Es sei also unnötig, den Wagen für die kurze Zeit zu parken. Und genau so geschah es. Nicht einmal eine halbe Stunde später saß er bereits wieder im Auto und machte sich auf den Rückweg nach Bernried. Er hatte seinen Auftrag erfüllt. Von Albert Zeidler hatten sie nichts mehr zu befürchten. Nie wieder.

24. Kapitel

Wenn ich von meinem Vater Respekt will, muss ich über mich selbst hinauswachsen.

Ferdinand Lehmann

Auch wenn er es sich nicht gern eingestand, war Ferdinand doch enttäuscht, dass sein Vater schon am gestrigen Abend wieder heimgekehrt war. Sie hatten sich nur noch kurz gesehen, und Heinrich hatte Käthe, ihm und Elisabeth verärgert berichtet, dass der Mann, mit dem er sich telefonisch schon weitgehend geeinigt hatte, die Kaolin- und Quarzlieferung bereits anderweitig verkauft hatte. Seine Fahrt nach Hamburg war also vollkommen umsonst gewesen.

Für Ferdinand war es in dieser kurzen Zeitspanne unmöglich gewesen, auch nur eine einzige der Ideen, die er für die Porzellanfabrik hatte, in die Tat umzusetzen. Aber nun gut, er konnte es nicht ändern. Allerdings war heute Morgen der Vater nicht wie üblich als Erstes in die Fabrik gekommen, sondern zu Paul-Friedrich ins Gutshaus gegangen, um mit dem Freund und Geschäftspartner etwas zu besprechen. Worum es dabei ging, konnte Ferdinand sich nicht vorstellen. Er hatte aus einem anderen Grund eine schlaflose Nacht hinter sich und kündigte nun der Sekretärin an, für eine Weile im Privathaus zu sein, weil er etwas mit seiner Frau zu bereden habe. Dann verließ er die Fabrik.

Seit dem Zwischenfall, bei dem Elisabeth die unbedachte Bemerkung gemacht hatte und auch Ferdinand wieder über Johannes, seinen älteren Bruder, nachdachte, ging ihm eine Sache nicht mehr aus dem Kopf, die ihn nicht hatte schlafen lassen. Immer klarer war ein Plan in ihm gereift, wie er es womöglich doch schaffen könnte, sich den Respekt seines Vaters zu erwerben, auch wenn es weder ein leichter Weg würde noch einer, der seiner Frau gefallen mochte.

Er betrat das Haus und ging nach oben ins Schlafzimmer, doch dort war Elisabeth nicht. Dann schaute er unten im Esszimmer und auch im Wohnzimmer nach, doch nirgendwo konnte er sie oder sonst einen Menschen entdecken. Gerade wollte er sich abwenden, da hörte er durch die geöffnete Terrassentür Stimmen. Ferdinand ging hinaus und sah Elisabeth zusammen mit seiner Mutter am Tisch sitzen, beide eine Tasse Kaffee vor sich, wie sie heiter plauderten und dabei die Morgensonne genossen.

»Ferdinand?«, sagte Elisabeth überrascht. »Was machst du denn hier?«

»Ich wollte etwas mit dir besprechen, doch das kann warten.«

»Ich lasse euch gern allein«, bot Käthe sofort an.

»Aber nein, es ist nicht eilig.« Ferdinand überlegte. »Wobei es vielleicht auch gar nicht verkehrt wäre, gleich mit euch beiden darüber zu sprechen.«

»Ist etwas geschehen?«, fragte Käthe besorgt.

Ferdinand zog sich einen Stuhl heran und setzte sich zu den beiden Frauen. »Wir wissen ja alle, wie fest Vater die Zügel in der Hand hält«, begann er. »Ich hatte die leise Hoffnung, mich während seiner Abwesenheit in der Fabrik deutlich mehr einbringen zu können. Aber dafür war er dann doch zu rasch wieder zurück.«

»Deine Stunde wird kommen, Ferdinand. Du musst Geduld haben«, sagte Käthe.

»Es geht hier nicht um Geduld. Es geht um Respekt. Und den muss ich mir erarbeiten, das ist mir jetzt klar geworden.«

»Worauf willst du hinaus, Ferdinand?« Elisabeth legte den Kopf schräg.

»Da ich in der Fabrik nicht die Gelegenheit bekommen werde, sollte ich einen anderen Weg finden«, zögerte er die klare Antwort hinaus. Die Augenpaare beider Frauen waren fest auf ihn gerichtet. »Vater war im Krieg und hat sich für sein Land eingesetzt. Und er wurde dafür belohnt, wenn man bedenkt, wie gut es uns allen geht. Und deshalb würde ich … also …«

»Ferdinand, heraus mit der Sprache!«, forderte nun Käthe. »Was willst du uns sagen?«

»Ich werde zur Wehrmacht gehen.« So, nun war es heraus.

Käthe und Elisabeth starrten ihn sprachlos an.

»Wie bitte?«, fragte Elisabeth und legte ihren Finger hinters Ohr, als hätte sie nicht richtig gehört.

»Auf gar keinen Fall«, entschied Käthe. »Du hast wohl den Verstand verloren.«

»Mutter, Elisabeth, bitte hört mir doch zu. Mit Vater umzugehen, ist im Lauf der Jahre für mich immer schwerer geworden. Er selbst ist soeben in die Partei eingetreten, und langsam frage ich mich, ob es nicht wirklich der richtige Weg ist, um gemeinsam das Land weiter voranzubringen. Wenn ich mich zur Wehrmacht melde, kann ich meinen Teil beitragen, um die Strukturen weiter zu stabilisieren, und Vater müsste mich respektieren. Er hätte gar keine andere Wahl.«

»Aber wir wollen doch Kinder haben!«, brachte Elisabeth fassungslos hervor. »Und ich möchte nicht von dir getrennt sein.«

»Aber natürlich nicht«, sagte Ferdinand. »Ich werde selbstverständlich alles versuchen, dass man mich auf einem nahe gelegenen Stützpunkt unterbringt, beispielsweise in München. Dann wäre ich nur einen Katzensprung entfernt und könnte, je nachdem, wie der Dienst es zulässt, weiterhin viel Zeit hier verbringen. Und es ist ja nicht für immer.«

»Und was ist, wenn der Kriegsfall eintritt?«, fragte Käthe nun, der das Entsetzen über den Vorschlag ihres Sohnes ins Gesicht geschrieben stand.

»Es wird keinen Krieg geben, Mutter. Genau aus diesem Grund ist es ja so wichtig, dass die Wehrmacht sich vergrößert. Der Führer will keinen Krieg. Er ist ein kluger Mann. Doch denke mal allein daran, wie er die Besetzung des Rheinlands aufgehoben hat. War das nicht unglaublich? Er hat Stärke gezeigt; die Präsenz der Wehrmacht allein war so überzeugend, dass nicht ein einziger Schuss fallen musste, damit das in deutsche Hand zurückfiel, was schon immer in deutsche Hand gehört hat.«

Käthe traten die Tränen in die Augen. »Ich will nicht noch einen Sohn verlieren, Ferdinand. Das würde ich nicht ertragen.«

»Du wirst mich nicht verlieren, Mutter. Ganz im Gegenteil. Durch meinen Einsatz werde ich nicht nur dem Land dienen, sondern auch den Frieden in unsere Familie zurückbringen. Du wirst es sehen, Mutter.«

»Bitte, Ferdinand. Tu es nicht. Ich flehe dich an!«, bat ihn auch Elisabeth mit erstickter Stimme.

»Es wird dir hier an nichts fehlen, Elisabeth. Und wenn die Zeit gekommen ist, da Vater wirklich bereit ist, die Verantwortung für die Fabrik abzugeben, werde ich hundertprozentig zurückkehren, damit wir später zusammen mit unseren Kindern hier leben können. Dafür bleibt in jedem Fall noch genug Zeit …« Er sagte es augenzwinkernd und wollte es heiter klingen lassen, was aber nicht verhindern konnte, dass Elisabeth nun in heftiges Schluchzen ausbrach. »Bitte, Ferdinand. Bleib hier. Bitte!«

»Es tut mir leid«, sagte er schließlich und stand auf. Auch wenn er es zuvor eigentlich nur als groben Plan, als eine Möglichkeit für sich angedacht hatte, war ihm während des Gesprächs klar geworden, dass er es tun musste. Es war der einzige Weg für ihn. »Ich werde mit Vater sprechen, sobald es geht, und mich auch an Paul-Friedrich wenden, damit er mir die Verbindung zum Gauleiter herstellt.«

»Aber du glaubst doch im Grunde gar nicht an die Sache des Führers«, versuchte Elisabeth verzweifelt, ein letztes Argument ins Feld zu führen.

»Aber ich glaube an diese Familie und werde alles für sie tun«, gab Ferdinand zurück, beugte sich zu seiner Mutter hinunter und küsste ihre Stirn. Dann wollte er Elisabeth ebenfalls einen Kuss geben, doch sie drehte ihren Kopf weg. Er zögerte, seufzte, dann wandte er sich ab. »Ich werde jetzt mit Vater darüber reden. Bis später.« Damit ging er über die Terrassentür wieder ins Haus. Er hörte, dass Elisabeth wieder laut schluchzte, während seine Mutter beruhigend auf die Schwiegertochter einredete. Es brach ihm das Herz, sie so verletzen zu müssen. Doch er wusste auch, dass er keine andere Wahl hatte, wollte er sich endlich aus dem Mief der Bedeutungslosigkeit befreien.

Kurz überlegte er, beim Gutshaus anzurufen und nachzufragen, ob sein Vater sich noch dort aufhielt. Dann entschied er sich jedoch dagegen und ging einfach los. Selbst wenn Heinrich bereits wieder fort war, könnte er immer noch das Gespräch mit Paul-Friedrich suchen, damit dieser ihn mit dem Gauleiter zusammenbrachte. Mit jedem Schritt, den er tat, wuchs sein Selbstvertrauen und sein Glaube an das, was er vorhatte.

Als er das Gutshaus schließlich erreichte und klingelte, öffnete Hans, der Haushofmeister der Familie von Falkenbach, ihm die Tür. Genau wie Heinrich waren auch Paul-Friedrich und Hans am gestrigen Tag von der Geschäftsreise zurückgekommen, wie Wilhelmine Elisabeth während eines Telefongesprächs noch vor dem Frühstück mitgeteilt hatte. Auf diese Weise hatte auch Heinrich von der Rückkehr Paul-Friedrichs erfahren.

Hans führte Ferdinand zum Büro seines Dienstherrn und klopfte. Dann trat er ein und kündigte Ferdinand an, der auch gleich hereinkommen sollte. Er fand die drei Männer in bester Stimmung vor, alle drei mit einem Glas in der Hand, als hätten sie sich gerade zugeprostet. Hans schloss die Tür von außen.

»Gibt es etwas zu feiern?«, fragte Ferdinand und begrüßte die Anwesenden.

»Aber ja«, sagte Paul-Friedrich sofort. »Ich denke, ich habe ein gutes Pferd gefunden und muss nun nur noch die Untersuchung durch den Tierarzt abwarten, ob alles in Ordnung ist«, log er eilig, da er nach seinem Besuch bei Theo Siegler gar keinen Gedanken mehr daran verschwendet hatte, noch eine Pferdezucht aufzusuchen, um eine Ausrede parat zu haben.

»Dann gratuliere ich.«

»Tja, manch einer hat eben Glück«, mischte sich nun Heinrich ein. »Meine avisierte Lieferung war längst an einen anderen vergeben.«

»Ach, mach dir nichts draus«, sagte Wilhelm. »Wir werden auch so weiterhin gute Geschäfte machen. Alles fügt sich, das weißt du doch.« Paul-Friedrich und Heinrich war klar, dass Wilhelm es zweideutig meinte. Gerade hatten sie darauf angestoßen, dass die Angelegenheit mit Theo Siegler und Albert Zeidler nun erledigt war. Zunächst hatte Paul-Friedrich berichtet, im Anschluss dann Heinrich. Letzterer hatte allerdings nur gesagt, dass Zeidler mit seinem Leben so weit zufrieden sei und dass er nicht einmal das Geld habe annehmen wollen, das Heinrich mitgebracht hatte. Reden würde Zeidler über die Sache gewiss nicht, hatte Heinrich beteuert, was ja auch der Wahrheit entsprach. Den Grund hierfür ließ er allerdings unerwähnt.

»Ich würde euch gern eine Mitteilung machen und bin ganz froh, euch alle zusammen hier anzutreffen«, kündigte Ferdinand an.

»Ach ja?« Heinrich sah ihn erwartungsvoll an.

»Ich habe in letzter Zeit viel nachgedacht, besonders über die Porzellanfabrik.«

Heinrich hob die Augenbrauen. »Und weshalb, wenn man fragen darf?«

»Du erfreust dich bester Gesundheit und stehst mitten im Leben. Und ich denke, es wäre falsch, mich in Lauerstellung bereitzuhalten, um das zu übernehmen, was du mit deiner Erfahrung noch viele Jahre und erheblich besser weiterführen kannst.«

»Hört, hört«, ließ Heinrich vernehmen, als fasste er die Worte als Loblied auf sich auf.

»Da ich aber auch jetzt schon etwas Sinnvolles leisten möchte, habe ich mich entschlossen, der Wehrmacht beizutreten.«

»Du willst *was*?« Wilhelm sah ihn verblüfft an. Gerade von Ferdinand, den er immer für etwas zu weich gehalten hatte, hätte er eine solche Entscheidung nie erwartet.

»Donnerwetter!«, entfuhr es Heinrich, ohne dass Ferdinand noch die Gelegenheit hatte, seinem Onkel zu antworten. Der Vater machte einen Schritt auf Ferdinand zu. »Und das meinst du wirklich ernst?«

»So ernst es einem Menschen nur sein kann.«

»Respekt«, sagte Paul-Friedrich und klopfte ihm auf die Schulter. »Ich gebe zu, dass ich überraschter nicht sein könnte. Aber eben die Ruhigen, Besonnenen sind es, in denen oft das meiste Potenzial steckt.« Er wandte sich an Heinrich. »Du kannst stolz auf deinen Sohn sein, mein Freund. So entschlossen würde sich nicht jeder zeigen.«

Heinrich sah zu Paul-Friedrich, dann zu Ferdinand. »Ja«, sagte er dann, als überraschte ihn dieser Gedanke selbst. »Ich bin tatsächlich stolz auf dich. Stolzer, als ich es mir je hätte vorstellen können.«

Ferdinand hob den Kopf und unterdrückte die Regung, seinen Vater in den Arm nehmen zu wollen. Wie lange hatte er auf diese Worte aus seinem Munde gewartet?

»Danke, Vater«, gab er zurück. »Es freut mich, dass meine Entscheidung deine Zustimmung findet.« Dann blickte er zu Paul-Friedrich. »Du bist doch recht gut mit dem Gauleiter bekannt. Würdest du den Kontakt herstellen? Offen gestanden, weiß ich gar nicht, an wen ich mich wenden soll, um der Wehrmacht beizutreten.«

»Das werde ich sehr gern tun«, antwortete Paul-Friedrich. »Und wenn ihr erlaubt, möchte ich unsere Familien gern am Wochenende zu einem großen gemeinsamen Essen hier ins Gutshaus einladen. Mir scheint, als sähen wir ruhigeren, geordneteren Zeiten entgegen. Und das sollte schließlich gefeiert werden.«

»Darauf trinke ich.« Wilhelm hob sein Glas und kippte den letzten Schluck, als das Telefon klingelte. Da Paul-Friedrich direkt danebenstand, hob er selbst den Hörer ab.

»Von Falkenbach?«

»Vater, hier spricht Gustav. Dein Sohn.«

Paul-Friedrich lag eine Erwiderung auf der Zunge, dass er sich den letzten Hinweis hätte sparen können. Schließlich wusste Paul-Friedrich sehr genau, mit wem er da sprach.

»Gustav, welche Freude. Gerade sitze ich mit Wilhelm, Heinrich und Ferdinand zusammen«, erklärte er. »Wie geht es dir, mein Sohn?«

»Gut, sehr gut sogar. Ich rufe an, um dir etwas zu sagen.

Und wenn die anderen bei dir sind, kannst du es gleich weitergeben: Ich habe am heutigen Tage meine Bestallung erhalten. Ich bin jetzt Arzt, Vater. Ein richtiger Mediziner.«

»Gustav! Dann erkläre ich den heutigen Tag zu dem der stolzen Väter! Ich gratuliere dir, mein Sohn!«

»Danke, Vater.« Gustav schien aufrichtig erfreut über die Reaktion Paul-Friedrichs.

Paul-Friedrich zögerte, ob er die nächste Frage stellen sollte, denn er wollte die ausgelassene Stimmung, die herrschte, nicht zerstören.

Da sagte Gustav: »Und ich hoffe, dir noch eine weitere Freude zu machen. Clara hat mich überzeugt, dass wir so bald wie möglich nach Gut Falkenbach zurückkehren. Wir werden die Wohnung hier in Berlin auflösen und hoffen, schon innerhalb der nächsten zwei Wochen umziehen zu können.«

Paul-Friedrich lachte auf. »Und ich habe gerade überlegt, ob ich dich fragen soll, wann ihr heimkommt. Wirklich, Gustav, du hast mich sehr glücklich gemacht mit deinem Anruf. Ich werde die Neuigkeiten gleich deiner Mutter erzählen.«

»Sehr gut. Ich freue mich aufrichtig auf zu Hause.«

»Und wir uns auf dich. Bis bald, mein Sohn.«

»Bis bald, Vater.«

Paul-Friedrich hängte auf. »Habt ihr es mitbekommen?«

»Fast jedes Wort.« Wilhelm klopfte Paul-Friedrich freundschaftlich auf die Schulter. »Mensch, Paul, dein Gustav! Du kannst so stolz sein. Und er kommt endlich wieder heim.«

»Ja«, sagte Paul-Friedrich. »Glaubt mir, jetzt wird sich alles finden. Alles, was hinter uns liegt, wird vergessen sein, und wir werden endlich glücklich und in Frieden leben. Alle zusammen, hier auf Gut Falkenbach.«

In diesem Moment klopfte es hektisch an der Tür, und ohne abzuwarten, stürmte Wilhelmine in das Büro. »Vater, ich muss unbedingt …« Sie blieb abrupt stehen, als sie Wilhelm, Heinrich und Ferdinand sah. »Oh«, entfuhr es ihr, »Verzeihung. Aber das hier kann nicht warten.« Wilhelmines Wangen waren gerötet.

»Was ist denn passiert?« Paul-Friedrich machte einen Schritt auf seine Tochter zu.

»Das hier, schau.« Sie breitete die Zeitung, die sie zusammengefaltet in der Hand gehalten hatte, nun auf dem Schreibtisch aus, blätterte zur Seite vier und deutete mit dem Zeigefinger auf einen Artikel ganz unten rechts in der Ecke. »Habt ihr das gesehen?«

Paul-Friedrich brauchte nur einen kurzen Blick darauf zu werfen, um zu wissen, was seine Tochter meinte. Er hatte den Artikel bereits heute Morgen zur Kenntnis genommen.

»Ich bin noch nicht dazu gekommen, die Zeitung zu lesen. Was steht dort?«, fragte Wilhelm.

»Dort, lieber Wilhelm«, gab Wilhelmine aufgebracht zurück, »steht, dass Samuel Friedeholz bei einem tätlichen Streit zu Tode gekommen ist und die Familie danach offenbar geflohen ist, damit der andere Sohn, Benjamin, der bevorstehenden Anklage entgeht – für den gemeinschaftlich mit seinem Bruder begangenen Überfall.« Sie funkelte ihren Vater wütend an. »Nennst du das Gerechtigkeit, Vater? Die beiden haben nichts getan! Das waren Rudolph und seine feinen Nazi-Freunde, und ich habe es dir gesagt! Ich habe es dir gesagt, doch du hast nichts unternommen. Und nun ist Samuel tot. Ich glaube nicht ein einziges Wort davon, dass er während einer Streitigkeit gestorben ist. Sie haben ihn umgebracht, Vater, und du hast nichts getan, um es zu verhindern.«

»Es reicht, Wilhelmine!«, fuhr Paul-Friedrich seine Tochter an. »Ich habe doch mit dem Gauleiter gesprochen. Aber Ewald selbst hat die Juden beschuldigt, und der muss es ja am besten wissen.«

»Weil sie ihm gedroht haben.« Wilhelmines Stimme überschlug sich. »Sie haben ihm solche Angst gemacht, dass er ausgesagt hat, was sie hören wollten. Begreift das denn hier niemand?« Sie war den Tränen nahe.

»Dein Verhalten ist unangemessen, Wilhelmine. Und ich erwarte …«

»Nein, Vater.« Ihr liefen jetzt die Tränen über die Wangen. »Gar nichts musst du mehr erwarten.« Sie machte zwei Schritte auf ihn zu und berührte das Parteiabzeichen an seiner Brust. »Wie kannst du dich nur freiwillig solchen Mördern anschließen?« Sie sah zu Wilhelm und Heinrich. »Und auch ihr. Schämen solltet ihr euch!«

Paul-Friedrich hob die Hand und versetzte ihr eine schallende Ohrfeige. »Wage es ja nicht, einen von uns noch einmal zu beleidigen, Wilhelmine! Sonst vergesse ich mich.«

Wilhelmine hielt sich die schmerzende Wange.

»Gerade bist du dabei, einen ganz besonderen Tag zu zerstören. Gustav hat seine Bestallung als Arzt erhalten, er und Clara werden in Kürze heimkehren.« Er wandte sich Ferdinand zu. »Und Ferdinand hat sich entschieden, für sein Land einzutreten und Mitglied der Wehrmacht zu werden. Wir sehen rosigen Zeiten entgegen, und ich werde nicht zulassen, dass ein naives Kind hier solche Reden schwingt und alles in den Schmutz zieht.«

Wilhelmine ließ die Hand sinken. Ihre linke Wange brannte wie Feuer. Sie konnte spüren, dass sie sich bereits heftig rötete. Ganz langsam hob sie den Blick und sah Ferdinand an. »Du gehst zur Wehrmacht?«, stieß sie ungläubig hervor.

Ferdinand senkte den Kopf. Eben noch war er der festen Überzeugung gewesen, das Richtige zu tun. Nun jedoch bereute er schon, jemals diesen Vorschlag gemacht zu haben. Schweigend nickte er.

»Lass nicht den Kopf hängen wie ein Versager, Ferdinand. Du kannst stolz auf deine Entscheidung sein«, versuchte ihn sein Vater Heinrich zu ermuntern.

Wilhelmines Blick war immer noch starr auf Ferdinand gerichtet. Sie löste sich und machte ein paar Schritte auf ihn zu, sodass sie nun genau vor ihm stand und ihn damit zwang, ihr in die Augen zu sehen. »Ausgerechnet du, Ferdinand? Wäre es Leopold, würde es mich nicht überraschen. Aber warum du?«

»Versteh doch, Wilhelmine, für mich ist es der einzige Weg …«

»Entschuldige dich ja nicht für etwas, auf das du stolz sein kannst. Schon gar nicht bei einem dummen Weibsbild, das zu verwöhnt ist, um irgendetwas aus seinem Leben zu machen«, schnauzte Heinrich.

»Heinrich, das reicht«, mahnte Paul-Friedrich. »Ich lasse nicht zu, dass du meine Tochter beleidigst.«

»Ach nein? Aber sie kann es bei meinem Sohn tun, ja?«, begehrte Heinrich auf.

»Hört jetzt auf!«, ging Wilhelm dazwischen. »Wilhelmine hat es nicht so gemeint.«

»Verzeih mir, Wilhelm, aber ich habe es sehr wohl so gemeint.« Wilhelmine hob den Kopf. »Denn ich kann nicht verstehen, dass Männer wie ihr bereit seid, so fest die Augen vor dem zu verschließen, was sich direkt vor euch abspielt.«

»Wilhelmine, ich warne dich«, sagte Paul-Friedrich, der sich sichtlich zusammenreißen musste, um die Fassung zu wahren.

»Ich habe schon verstanden, Vater.« Sie berührte unwillkürlich ihre schmerzende Wange. Nichts, was sie hier und jetzt sagte, würde irgendetwas bewirken. »Bitte verzeiht mir, wenn ich euch beleidigt haben sollte, das war nicht meine Absicht. Ich liebe jeden Einzelnen von euch. Doch verstehen kann ich euch nicht.« Sie machte den Mund schmal. »Ich werde jetzt besser gehen.«

»Was soll das heißen, du wirst gehen?«, begehrte Paul-Friedrich zu erfahren. »Wohin?«

»Wohin wohl?« Sie wischte die Tränen fort. »Zu den Pferden. Sie sind wohl die Einzigen auf Gut Falkenbach, die mich noch verstehen.« Sie sah zu Ferdinand, und es schien, als wollte sie noch einmal das Wort an ihn richten. Doch dann besann sie sich und ging stattdessen zur Tür.

»Es freut mich, dass Gustav heimkehrt«, sagte sie noch und öffnete bereits die Tür. »Es freut mich aufrichtig.«

»Alles wird sich regeln, Wilhelmine«, sagte Paul-Friedrich noch.

Sie nickte und bemühte sich um ein Lächeln, das ihre Augen jedoch nicht erreichte. »Ich wünsche euch allen einen guten Tag.« Damit ging sie hinaus und schloss die Tür.

Nie zuvor hatte sie einen Wandel, der sich ankündigte, als so greifbar empfunden. Sie spürte mit jeder Faser ihres Körpers, dass sich für sie etwas Entscheidendes verändert hatte. Sie würde nicht mehr still sein und einfach hinnehmen, was um sie herum geschah. Doch sie wusste auch, dass sie künftig wesentlich subtiler vorgehen musste, wenn sie wirklich etwas bewegen wollte. Langsam ging sie den Korridor entlang und atmete tief durch, als sie die Haustür erreichte und ins Freie trat. Einen Moment blieb sie noch stehen, sah auf den Brunnen vor dem Haus, spürte die Wärme der Sonnenstrahlen, die ihren Weg durch das Blätterdach der Buchen fanden. Mehr als je zuvor wurde ihr bewusst, wie tief ihre Verbindung zu Gut Falkenbach war und wie sehr es sich lohnte, dafür zu kämpfen. Sie würde nicht länger das Fähnlein im Wind sein, das alles nur mit sich geschehen ließ. Sie wusste jetzt, was sie wollte. Und sie war bereit, sich den Herausforderungen zu stellen.

Für Gut Falkenbach, für ihr Erbe und schließlich auch für ihr Land.

Epilog

Noch bevor die Olympischen Spiele am 16. August des Jahres 1936 ihr Ende fanden, hatten Clara und Gustav alles Hab und Gut, das sie in Berlin besessen hatten, verkauft und waren nach Bernried gezogen. Wie von Clara geplant, waren sie vor Hildchen dort angekommen, die nur zwei Tage, nachdem Clara Berlin ein für alle Mal Lebewohl gesagt hatte, mit allem folgte, was sie hatte.

Hildchen fand ein Zimmer im *Gasthof zur Post*, nur um dann rein zufällig am Folgetag auf ihre vermeintliche frühere Hausnachbarin Clara in der Bäckerei zu treffen, die an diesem Tag mit ihrer Schwägerin Wilhelmine und ihrer Freundin Elisabeth dorthin gefahren war, um für ein großes Familientreffen auf Gut Falkenbach einzukaufen. Alles war genau so verlaufen, wie Clara es vorgesehen hatte, und Wilhelmine war sogar so weit gegangen, Eva – wie die vermeintliche frühere Nachbarin sich vorgestellt hatte – zu einem Besuch auf Gut Falkenbach einzuladen, was diese sogleich annahm. Und da das Treffen so unkompliziert und natürlich gewesen war, konnte Clara nun ihrerseits das Heft in die Hand nehmen und Eva bei der Wohnungs- und Stellensuche behilflich sein.

Mit jedem Tag, den Clara auf Gut Falkenbach verbrachte, wurde sie ruhiger, entspannter, ja glücklicher, was auch ihrer Ehe sichtlich guttat. Inzwischen war Hildchen oder eben Eva, wie sie nun hieß, auf Gut Falkenbach zu einem selbstverständlichen Anblick geworden, sie galt als gute Freundin, sodass die Schwestern ganz offen zusammen sein konnten. Sogar der Gedanke, Hildchen möglichst bald einen Ehemann zu suchen, war in den Hintergrund getreten.

Im Oktober dann eröffnete Gustav offiziell seine Arztpraxis auf Gut Falkenbach. Gleichzeitig entstand auf der Fläche zwischen Wilhelms und Heinrichs Fabrik ein Neubau, der später als größere Praxis mit dazugehörigen Notfallbetten, also eine Art Kleinsthospital, eingerichtet werden sollte. Doch bis dahin würde Gustav im vorderen Teil des Gutshauses seine Patienten behandeln, die allerdings noch nicht gerade in großer Zahl zu ihm kamen.

Das neue Gebäude mit den sechs Notfallbetten konnte dann im Mai 1937 Eröffnung feiern. Zu diesem Anlass kam neben der örtlichen Presse auch ein überregionaler Reporter, der einen großen Artikel über den Zusammenschluss dreier ehemaliger Kriegskameraden schreiben wollte, die ausnahmslos Mitglieder der Partei waren und auf eine beispielhafte Karriere zurückblickten. Gustavs Arztpraxis und die Eröffnung des kleinen Hospitals zeugten davon, dass diese grandiose Erfolgsgeschichte auch in der nächsten Generation fortgesetzt wurde. Deutschlandweit sollte darüber berichtet werden. Auch Ferdinands Eintritt in die Wehrmacht blieb natürlich nicht unerwähnt. Aus diesem Anlass hatte der Reporter auch einen Fotografen mitgebracht, der alle Mitglieder der Familien von Falkenbach und Lehmann auf der großen Freitreppe vor dem Gutshaus aufnahm.

Am 6. Juli 1937 wurde dieser Artikel dann mit Unterstützung der Partei als Paradebeispiel für den Erfolg deutscher

Rechtschaffenheit in zahlreichen Zeitungen des Landes veröffentlicht. Die Zeitungen lagen in den meisten Cafés aus, doch vermutlich stieß der Artikel nur auf wenig Beachtung, weil man im eigenen Leben mit anderen Dingen beschäftigt war, als sich ausgerechnet mit dem Erfolgsstreben dreier Familien aus dem kleinen Bernried am Starnberger See zu befassen.

Nur einen Gast in einer Kaffeestube in Berlin interessierte der Artikel mehr als alle anderen. So sehr, dass er sich vom Kellner sogar ein Vergrößerungsglas bringen ließ, um die Gesichter auf der Fotografie ganz genau betrachten zu können.

In einer fast zärtlichen Geste ließ er dann den Finger auf dem Gesicht einer jungen Frau ruhen, und fast sah es so aus, als streichelte er ihr über die Wange.

»Da bist du ja, meine Annemarie«, raunte er leise, als spräche er mit der Zeitung. »Ich habe dich schon vermisst.«

Quellenliste

Literatur

Wolfgang Benz, Geschichte des Dritten Reiches, Beck, München 2000

Bernd Braun, Die Reichskanzler der Weimarer Republik, Kohlhammer, Stuttgart 2012

Ursula Büttner, Weimar, Die überforderte Republik 1918–1933, Klett-Cotta, Stuttgart 2008

Saul Friedländer, Das Dritte Reich und die Juden, Beck, 2. Aufl., München 2007

Sebastian Haffner, Von Bismarck zu Hitler: Ein Rückblick, Taschenbuch-Neuausgabe, Droemer, München 2015

Ulrich Herbert, Das Dritte Reich: Geschichte einer Diktatur, Beck, 3. Aufl., München 2018

Ulrich Herbert, Geschichte Deutschlands im 20. Jahrhundert, Beck, 2. Aufl., München 2018

Ian Kershaw, Der NS-Staat, Rowohlt, 5. Aufl., Reinbek 2015

Golo Mann, Deutsche Geschichte des 19. und 20. Jahrhunderts, Fischer, 13. Aufl., Frankfurt am Main 2011

R. H. Tenbrock/K. Kluxen/H. E. Stier (Hrsg.), Zeiten und Menschen, Ausgabe B, Band 4, Schöningh/Schroedel, Paderborn/Hannover 1966

Detlev J. K. Peukert, Die Weimarer Republik, Krisenjahre der Klassischen Moderne, Suhrkamp, 5. Aufl., Frankfurt 1987

Christian Staas/Volker Ullrich (Hrsg.), Der Rausch der 20er Jahre, in: ZEIT Geschichte, Heft 1/2020

Martin Vogt (Hrsg.), Deutsche Geschichte, Metzler, 4., erweiterte Auflage, Stuttgart, Weimar 1997

Heinrich August Winkler, Weimar 1918–1933, Die Geschichte der ersten deutschen Demokratie, Beck, Neuaufl., München 2018

Walter Ziegler, Die nationalsozialistischen Gauleiter in Bayern. Ein Beitrag zur Geschichte Bayerns im Dritten Reich, in: Zeitschrift für bayerische Landesgeschichte 58 (1995), 427–460

Internet

http://bernried.de/de/startseite

http://bernried.starnbergersee-info.de/

https://www.bpb.de/geschichte/deutsche-geschichte/der-zweite-weltkrieg/199406/die-wehrmacht-struktur-entwicklung-einsatz

https://www.bundesarchiv.de/DE/Navigation/Finden/Epochen/Deutsches-Reich-Nationalsozialismus/deutsches-reich-nationalsozialismus.html

http://www.denkmaeler-münchen.de/hbf/fluegel.php

https://www.dhm.de/lemo/kapitel/weimarer-republik/innenpolitik/nsdap

https://die-deutsche-wehrmacht.de.tl/Aufr.ue.stung-der-Wehrmacht.htm

http://geschichtsverein-koengen.de/Hitler.htm

https://www.historisches-lexikon-bayerns.de/Lexikon/Traditionsgau_M%C3%BCnchen-Oberbayern,_1930-1945

https://www.weilheim-schongau.de/

http://www.lexikon-der-wehrmacht.de/Soldat/Wehrdienst.htm

https://www.penultima.de/stadtplan/

https://treemagic.org/rademacher/www.verwaltungsgeschichte.de/weilheim.html
https://www.weilheim.de/
https://www.zukunft-braucht-erinnerung.de/geschichte-deutschlands/drittes-reich/

Hat Ihnen dieses Buch gefallen? Möchten Sie informiert werden, wenn Ellin Carsta ihr nächstes Buch veröffentlicht? Dann folgen Sie der Autorin auf Amazon.de!

1) Suchen Sie auf Amazon.de oder in der Amazon App nach dem eben gelesenen Buch.
2) Klicken Sie auf den Namen der Autorin, um auf die Autorenseite zu gelangen.
3) Klicken Sie auf den »Folgen«-Button.

Noch schneller gelangen Sie zur Autorenseite, indem Sie diesen QR-Code mit Ihrem Smartphone oder Tablet scannen:

Wenn Sie dieses Buch auf einem Kindle eReader oder in der Kindle App lesen, wird Ihnen automatisch angeboten, der Autorin zu folgen, sobald Sie die letzte Seite des Buches erreicht haben.

TINTE & FEDER